HEYNE <

W0306121

JULIE CLARK

DIE UNSICHTBARE HAND

ROMAN

Aus dem Amerikanischen
von Ursula Pesch und Sabine Reinhardus

WILHELM HEYNE VERLAG
MÜNCHEN

Die Originalausgabe *The Ghostwriter* erschien erstmals 2025
bei Sourcebooks Landmark, Naperville, Illinois.

FSC
www.fsc.org
MIX
Papier | Fördert
gute Waldnutzung
FSC® C014496

Penguin Random House Verlagsgruppe FSC® N001967

Deutsche Erstausgabe 05/2025

Neumarkter Str. 28, 81673 München
produktsicherheit@penguinrandomhouse.de
(Vorstehende Angaben sind zugleich
Pflichtinformationen nach GPSR)

Redaktion: Lars Zwickies
Umschlaggestaltung: www.buerosued.de
unter Verwendung von mauritius images /
Danita Delimont und www.buerosued.de
Satz: Satzwerk Huber, Germering
Druck und Bindung: GGP Media GmbH, Pößneck
Printed in Germany
ISBN: 978-3-453-44165-1

www.heyne.de

Für Poppy und all die anderen jungen Frauen,
die ihren Kampf fortführen – heute und damals.

ANMERKUNG DER AUTORIN

Ein Teil dieser Geschichte spielt in den Siebzigerjahren in der Stadt Ojai in Kalifornien. Ich habe mich sehr um eine zeitgerechte Darstellung der Gegend und ihrer Bewohner bemüht, musste allerdings im Rahmen der Geschichte einige kleinere Änderungen vornehmen. Sie betreffen insbesondere das jährlich stattfindende Ojai-Sommerfestival, wie es in diesem Roman geschildert wird. Im Laufe der Jahrzehnte gab es eine Reihe von Stadtfesten – zunächst den ursprünglichen Ojai Day von 1917 bis 1928 und dann einen weiteren in den Fünfzigerjahren. In den Neunzigerjahren war die Nordhoff High School für kurze Zeit Austragungsort eines Festivals, bis dann ab Herbst 1991 im Libby Park der Ojai Day wieder neu aufgelegt wurde.

Ich habe die gesamte Umgebung sowie die an das Ojai Meadow Preserve grenzenden Häuser ein wenig verändert, um Ähnlichkeiten mit bestehenden Nachbarschaften und Gebäuden auszuschließen. Sie werden bald verstehen, warum ich das gemacht habe.

Mein besonderer Dank gilt Wendy Barker vom Ojai Valley Museum. Sie hat für mich den Kontakt zu Craig Walker hergestellt, Heimatforscher und lebenslanger Einwohner der Stadt. Craig hat entscheidend dazu beigetragen, mir das Ojai der Siebzigerjahre näherzubringen. Er hat mich über die geografische Beschaffenheit des jetzigen Ojai Meadow Preserve aufgeklärt, mir erzählt, wie die Innenstadt seinerzeit aussah und womit die Kinder sich damals die Zeit vertrieben. Alle Irrtümer sind ausschließlich meine eigenen.

VORWORT

»Ich weiß, was dein Dad getan hat.«

Es war das Jahr, in dem ich zehn Jahre alt geworden war, und einer meiner Klassenkameraden hatte sich neben mich auf die Bank gesetzt und flüsterte aufgeregt in mein Ohr.

Ich legte mein Bologna-Sandwich auf den Tisch. »Er hat ein Buch geschrieben«, sagte ich. Der kometenhafte Aufstieg meines Vaters als Schriftsteller begeisterte mich nicht unbedingt. Seither sprach er lauter. Er trank mehr als sonst – und er hatte ohnehin schon eine Menge getrunken –, war häufig auf Reisen und ließ mich mit seiner Assistentin Melinda allein, einer jungen Frau, die mittlerweile einen eigenen Schlüssel zu unserem Haus besaß. Und die mir erzählte, mein Vater sei zu beschäftigt, um meine Mathearbeit zu unterschreiben oder mit mir Vokabeln zu lernen.

Der Erfolg meines Vaters hatte die Literaturszene überrascht – in den Buchhandlungen standen seine Bücher direkt neben denen von Stephen King, und in manchen Wochen übertraf er sogar dessen Verkaufszahlen. Sein Erfolg war auch in Ojai nicht unbemerkt geblieben und hatte Erinnerungen geweckt. Das Getuschel wurde schließlich so nachdrücklich, dass es sogar den Kids auffiel.

Der Junge, an dessen Namen ich mich nicht mehr erinnere, schüttelte den Kopf, und seine Augen glitzerten vor Schadenfreude, weil er derjenige war, der es mir sagte. Der genau dort, in der Cafeteria der Schule, mein Recht auf eine unbeschwerte Kindheit zerstörte. »Dein Dad hat seinen Bruder und seine Schwester umgebracht. Er hat sie zu Hause ermordet.«

»Du lügst«, gab ich zurück. »Du bist ja bloß neidisch.«

Doch als die Kinder um uns herum völlig anders reagierten, als ich erwartet hatte, kamen mir Zweifel an meinen eigenen Worten. Denn in ihren Mienen spiegelte sich keine Spur herablassender Skepsis, sondern nur stummes Entsetzen darüber, dass dieser Junge sich tatsächlich getraut hatte, laut auszusprechen, was alle anderen bereits wussten.

So fing alles an. Auf diese Weise entdeckte ich das dunkle Geheimnis im Zentrum meiner Familie.

Von diesem Moment an wurde der Mord an Danny und Poppy Taylor zu einer Geschichte, die man sich heimlich auf Pyjamapartys erzählte, während man Ouija spielte und um Mitternacht der Geist der Bloody Mary im Spiegel erschien. Zwei Kinder, genauso alt wie wir, die 1975 erstochen worden waren, während die ganze Stadt den offiziellen Beginn des Sommers beim jährlichen Ojai-Festival feierte, nur hundert Meter vom Haus der beiden entfernt.

Alle in meiner Klasse kannten bald sämtliche Details dieser Geschichte, obwohl Danny und Poppy zu diesem Zeitpunkt bereits seit über fünfzehn Jahren tot waren. Wie Poppy eigentlich ihre beste Freundin am Tilt-A-Whirl treffen wollte und vorher rasch nach Hause gegangen war, um sich einen Pullover zu holen. Wie man sie in einen Hinterhalt gelockt und in ihrem Schlafzimmer umgebracht hatte. Wie ihr älterer Bruder Danny, der herbeieilte, um sie zu retten, im Flur ermordet worden war, nur ein paar Schritte von seiner Schwester entfernt.

Meine Mitschüler kramten alte Zeitungsausschnitte aus den Schränken hervor und reichten sie in der Pause wie Schmuggelware herum. Die Klassenfotos der beiden wurden eingehend studiert. Die zierliche Poppy mit dem gewellten Haar, das aussah, als würde es rasch zerzausen, ihre sommersprossigen Wangen. Dannys Gesicht, erleuchtet von unerfülltem Potenzial, sein breites Lächeln ein niemals eingelöstes Versprechen.

Sie sprachen darüber, wo man Danny gefunden hatte, malten sich aus, wie verzweifelt er versucht haben musste, seiner kleinen Schwester zu Hilfe zu kommen und sie zu beschützen, auch wenn es ihn sein eigenes Leben kostete. Aber Danny war gescheitert, Poppy war gestorben, und man hatte ihre Namen aus der Vergangenheit in die Gegenwart gezerrt, um als warnendes Beispiel zu dienen. *Passt auf, dass ihr nicht so endet wie Danny und Poppy.* Diese Warnung verbarg sich insgeheim hinter der Routinefrage der Eltern: *Ist ein Erwachsener zu Hause?*

Plötzlich ergab alles in meiner Kindheit einen Sinn. Das leise Gemurmel, das uns überall zu folgen schien. Die Lücke, die entstand, wenn wir in der Schlange im Supermarkt standen. Unser Telefon, das niemals klingelte, weil sich jemand mit mir zum Spielen verabreden oder mich zum Geburtstag einladen wollte. Ich hatte immer geglaubt, es läge daran, dass meine Mutter uns verlassen hatte, als ich fünf Jahre alt war, eine Schande, die ich mit mir herumtrug, bis eine noch größere sie verdrängte.

Als ich es schließlich erfuhr, war es nicht schwer, die Fotoalben hinten im Schrank meines Vaters zu finden.

Eine frühe Aufnahme, mit der schwungvollen, schrägen Schrift meiner Großmutter auf der Rückseite – *Danny neun Jahre, Vince acht Jahre, Poppy sechs Jahre* –, zeigte die Geschwister nebeneinander in Pyjamas auf einer braun gestreiften Couch, Becher mit heißer Schokolade in ihren Händen. Auf einem anderen Foto, das ein paar Jahre später entstand, spielten sie an einem kleinen Küchentisch Karten. Im Hintergrund war undeutlich ihre Mutter zu erkennen, und von der Zigarette des Vaters im Aschenbecher stieg am Bildrand Rauch auf.

An den Gesichtern der drei Geschwister konnte ich ablesen, wie die Zeit verging und die Jahre und Tage allmählich näher an den 13. Juni 1975 herankrochen.

Drei Jahre noch, als sie auf einem Foto den Familienwagen, einen Kombi, in der Auffahrt wuschen – Danny in seinen dünnen Shorts hielt den Schlauch, mein Vater ein magerer Dreizehnjähriger, der mit bloßem Oberkörper dastand und die Motorhaube mit einem Schwamm bearbeitete, und die elfjährige Poppy, die aufkreischte, als ein Wasserstrahl sie am Rücken traf.

Zwei Jahre noch, als Danny, im Anzug, hochgewachsen und gut aussehend, an der Schule eine Auszeichnung entgegennahm, und meine Großeltern, stolz und noch ungebrochen, neben ihm standen.

Ein Jahr noch, als mein Vater seinen fünfzehnten Geburtstag feierte. Er beugte sich über den selbst gebackenen Geburtstagskuchen und warf dem Fotografen einen bösen Blick zu.

Zehn Monate noch, als Poppys Klassenfoto in der Highschool aufgenommen wurde; sie lächelte, und ihr leicht schiefer Vorderzahn, den sie wahrscheinlich gehasst hatte, war zu sehen. Zwei Haarspangen hielten ihr langes Haar direkt über den Ohren zurück. Ich fragte mich, ob sie irgendwie ahnte, welches Schicksal ihr am Ende des Schuljahres bevorstand. Ob sie wusste, dass dies ihr letztes Klassenfoto sein würde. Oder sich einfach nur fragte, ob ihr Haar okay aussah oder wie sie in der Mathearbeit abschneiden würde, die sie vielleicht später an diesem Tag schreiben würde.

Ich versuchte wieder und wieder, diesen zehnjährigen Zeitraum zu verstehen, ging dieselben Theorien und Fragen durch, die offenbar alle, die Danny gekannt und Poppy geliebt hatten, so sehr beschäftigten. Sie kamen immer wieder auf Dannys Potenzial, seine Beliebtheit, seinen Sinn für Humor zu sprechen. Und sie beschrieben Poppys leidenschaftliches Engagement für Gleichberechtigung. Ihre Hartnäckigkeit. Ihre Träume, später einmal Regisseurin zu werden.

Auch von meinem Vater war die Rede. Wie er mit seinen Scherzen manchmal so weit ging, dass es an Grausamkeit grenzte. Wie er sich – vergeblich – darum bemüht hatte, dazuzugehören und sich einzufügen. Damals hatten sich alle gewundert, wie es dem schwierigen Vincent gelungen war, sich diese Freundin an Land zu ziehen.

Die Freundin, die später meine Mutter werden sollte.

Ihre Geschichten verwiesen auch auf meine eigenen, seit jeher vorhandenen Charakterzüge. Die Intensität meines Vaters. Die Unsicherheit meiner Mutter. Das Temperament meiner Tante und das Charisma meines Onkels.

Aber als Ghostwriterin – jemand, der den Geschichten anderer zuhört und eine Erzählung daraus entwickelt – weiß ich inzwischen aus Erfahrung, wie schwer es ist, etwas herauszufinden, das jemand unbedingt geheim halten will. Wenn dieser Jemand schließlich stirbt, nimmt er seine Geheimnisse mit ins Grab, bis irgendwann niemand mehr am Leben ist, der sich daran erinnert.

Alles, was jetzt noch übrig ist, sind die fünfzig Jahre alten Mordfälle, fest verankert im Zentrum unserer Familie. Sie sind ebenso sehr Teil meiner DNA wie mein braunes Haar.

Ich habe mir unzählige Male vorgestellt, was am 13. Juni 1975 geschehen ist. Wie aus der Vogelschau sehe ich den Tag vor meinem geistigen Auge, kann ihn wie einen Film betrachten, der allmählich vor mir abläuft. Ein junges Mädchen im Teenageralter ist auf dem Weg nach Hause, um sich rasch einen Pullover zu holen. Sie ist beinahe am Ziel. Ist die Straßenbeleuchtung schon eingeschaltet? Der Gerichtsmediziner hat Poppys Todeszeitpunkt auf ungefähr 19 Uhr bestimmt, Dannys kurz danach.

Poppy wusste nicht, was ihr zu Hause zustoßen würde. Sie ahnte nichts von dem entsetzlichen Albtraum ihrer letzten Minuten. Ganz gleich, wie ich mir den Ablauf vorstelle, sie hatte nicht die geringste Chance. Den Autopsie-Ergebnissen zufolge wurde mein Vater innerhalb einer Stunde zum Einzelkind.

Manche sagen, dieses Trauma habe ihn zu einem der produktivsten Horrorautoren seiner Generation gemacht. Andere sind weniger großzügig.

Mein Vater ist ein talentierter Schriftsteller – ein professioneller und instinktiver Lügner. Ich bin nicht naiv genug, um alles, was er mir erzählt hat, für die absolute Wahrheit zu halten. Ich möchte Sie dazu einladen, sich selbst ein Urteil zu bilden, so wie ich es tun musste.

Olivia Taylor Dumont
13. Juni 2025

KAPITEL 1

MÄRZ 2024

Ich spüle meinen Kaffeebecher aus, und heißes Wasser rauscht in das Kupferspülbecken, als mein Telefon klingelt. Ich trockne mir die Hände ab und gehe zu dem langen Esstisch hinüber, den ich vor einigen Jahren auf dem Flohmarkt erstanden habe.

Ich nehme das vibrierende Handy und erwarte, Toms Namen und sein Gesicht auf dem Display zu sehen. Er ruft mich immer auf seinem Weg zur Arbeit an, und wir nutzen diese Zeit, um über die vielen Themen zu sprechen, die uns ständig durch den Kopf gehen. Warum der Kongress sich wie ein Haufen verwöhnter Zehnjähriger benimmt. Oder was tatsächlich im Mordfall JonBenét Ramsey passiert ist. Manchmal redet er mir gut zu, wenn ich einen Panikanfall habe, weil ich seit einem Jahr keinen Auftrag mehr hatte. Egal, um was es geht, wir sind jedenfalls ständig miteinander im Gespräch, seit wir uns kennengelernt haben. Ich verstehe jetzt endlich, was andere Menschen meinen, wenn sie von ihrem *Lieblingsmenschen* sprechen. Tom ist mein Lieblingsmensch, und ich bin seiner.

Aber diesmal ist nicht Tom der Anrufer, sondern meine Literaturagentin Nicole. Sie ist die einzige Person aus der Verlagsbranche, zu der ich noch Kontakt habe. Anfangs kümmerten sich meine Autorenfreunde noch um mich, luden mich auf einen Kaffee oder Drinks ein. Sie schickten mir Links zu Schreib-Retreats und Tagungen. Doch als ich immer seltener darauf antwortete, verwandelten sich die Einladungen erst in fürsorgliche Textnachrichten und Mails und hörten irgendwann schließlich ganz auf.

Hoffnung flackert in mir auf. Vielleicht ist mein Exil endlich vorüber.

Ich werfe einen Blick aus dem Fenster über die Veranda zu dem Anbau aus Holz, in dem ich arbeite, und frage mich, seit wie vielen Monaten ich ihn nicht mehr betreten habe. Sind es sechs? Oder zehn? Ich denke einen Moment lang an Tom, der ihn entworfen hat. Ich stelle mir vor, wie begeistert er wäre, wenn ich ihm berichten könnte, dass ich endlich ein neues Projekt habe.

»Ich hoffe, du rufst an, weil du einen Auftrag für mich hast«, sage ich.

Es ist schon über ein Jahr her, seit ich zum letzten Mal auf der Bühne einer großen Literaturtagung saß – ich war als einzige weibliche Teilnehmerin zu einer Veranstaltung über Ghostwriting im 21. Jahrhundert eingeladen worden – und bei dieser Gelegenheit meine Karriere ruinierte.

»Genau«, sagt Nicole und hält dann kurz inne, als sei sie nicht sicher, wie sie fortfahren soll. »Aber es ist … ein etwas untypischer Auftrag.«

Ich öffne die gläserne Schiebetür und trete hinaus auf die natursteingeflieste Terrasse mit Panoramablick über den Canyon; bei klarem Wetter kann man von hier aus das Meer am Horizont erkennen. Heute ist der Himmel allerdings grau, und noch sind die Baumkronen weit unter mir nur undeutlich zu sehen, während der Morgennebel sich allmählich in der zunehmenden Wärme auflöst. Dieses Haus hoch oben am Hang des Topanga Canyons habe ich mir von meinem ersten großen Vorschuss gekauft, für ein Buch über eine junge Golfspielerin, die sich aus eigener Kraft aus dem Kinderheim auf nationales Golfniveau hocharbeitet. Es kam einem Gefühl von Heimat am nächsten, seit ich Ojai als Vierzehnjährige verlassen hatte.

Ich liebe das Haus mit seinen Stein- und Gipswänden, den sensibel an die natürlichen Gegebenheiten angepassten Sanitärinstallationen und seinen etwas eigenwilligen Ecken. Nicht jeder möchte an einer verschlungenen Straße im Canyon wohnen, mindestens dreißig Minuten weit entfernt von allen grundlegenden Annehmlichkeiten. Ganz zu schweigen von den alljährlichen Waldbränden, die dafür sorgen, dass sämtliche Bewohner des Topanga Canyons alle Wind- und Wetterbedingungen genauestens registrieren und stets eine gepackte Tasche im Kofferraum des Autos haben, damit sie von einem Augenblick auf den anderen das Gebiet verlassen können. Aber diese Gefahr hatte mich nicht abgeschreckt, denn ich kannte sie. Ihr Schatten war mir vertraut wie eine Landstraße, die einen nach Hause führt und deren Kurven und Windungen sich vor einem wie Erinnerungen entfalten. Wer als Heranwachsende gesagt bekommt, der eigene Vater sei ein Mörder, versteht sich darauf, Gefahr nicht ins Bewusstsein dringen zu lassen. Auch wenn das Unterbewusstsein ständig wachsam bleibt und vorbereitet ist. Darauf wartet, dass die Gefahr sichtbar wird.

»Sag's mir einfach«, erwiderte ich.

»Das Team von Vincent Taylor hat Kontakt mit uns aufgenommen. Du weißt schon, der Horrorautor? Sie möchten dich als Ghostwriterin für sein nächstes Buch haben.«

Ich spüre kaum, wie eine Brise um meine Knöchel und über die bloßen Arme streicht, denn bei der bloßen Erwähnung dieses Namens verwandelt sich mein Geist in ein einziges wirbelndes Durcheinander. Vincent Taylor, mein Vater. Ich habe seit mindestens zwanzig Jahren nicht mehr mit ihm gesprochen, und in meinem jetzigen Leben weiß niemand, dass wir miteinander verwandt sind. Und doch ist er der dunkle Kern, den ich von meinem restlichen Leben abgekapselt habe.

Nicole füllt eilig die durch mein Schweigen entstandene Stille. »Ich weiß, du arbeitest sonst nicht in diesem Bereich. Aber es ist ein Auftrag, und sie haben dich direkt angefragt.«

»Ich bin keine Romanautorin«, sage ich schließlich, und meine Stimme klingt vor Aufregung höher als sonst. Ich räuspere mich, um meine Nervosität zu kaschieren. »Es gibt bestimmt viele, die das besser können.«

Ich höre, wie Nicole etwas auf ihrem Schreibtisch hin und her schiebt, und stelle mir den Blick aus ihrem Fenster in Manhattan vor, auf die belebte Straße weit unten, verstopft mit Autos und Menschen. »Das weiß ich, aber er besteht darauf, dass du den Auftrag übernimmst.« Dann senkt sie neugierig die Stimme: »Ich muss einfach fragen. Woher kennst du ihn denn?«

Ich lasse mich auf einen der schmiedeeisernen Stühle am Tisch draußen nieder, die Zweige der Glyzinie über mir wuchern kreuz und quer durcheinander. Im sanften Wind schwingt die einzige Lampe auf der Terrasse hin und her, leise seufzend streicht Luft durch den Canyon. »Ich kenne ihn nicht«, gebe ich zurück.

Das ist nicht mal gelogen. Ich habe hart daran gearbeitet, mein Leben vollkommen von dem meines Vaters abzutrennen. Ich habe viele Jahre im Ausland verbracht, bis ich sicher sein konnte, dass die amerikanischen Medien die Existenz von Vincent Taylors Tochter vergessen hatten. Ich zog 2005 wieder in die Vereinigten Staaten zurück, im Besitz einer doppelten Staatsbürgerschaft und dem Nachnamen des Mannes, mit dem ich in meinen Zwanzigern eine kurze Ehe geführt hatte – Dumont. Und es ist noch länger her, seit ich Vincent Taylor als jemanden ansah, den ich einmal kannte.

Nach meiner Rückkehr in die Staaten arbeitete ich zunächst als Journalistin. Ich hatte geglaubt, dass ich über Menschen wie meinen Vater schreiben wollte, Menschen, die sich nicht an Regeln halten, die das System austricksen und ihre Privilegien ausnutzen. Doch dann fand ich es abscheulich. Der ständige Kampf darum, an eine Story zu kommen, stieß mich ab. Ich hasste es, den Leuten im Park, im Supermarkt oder am Telefon aufzulauern und sie dazu zu bringen, dass sie mir etwas sagten, was sie mir eigentlich nicht sagen wollten. Also genau dasselbe zu tun, was man mir selbst angetan hatte, bevor es mir gelang, meinen Namen zu ändern und von der Bildfläche zu verschwinden.

Zum Ghostwriting kam ich per Zufall. Eine ehemalige Mitschülerin arbeitete inzwischen als Lektorin für einen großen Verlag in New York. Sie nahm Kontakt mit mir auf, weil der Verlag den Zuschlag für ein Buchprojekt bekommen hatte – die Biografie eines legendären Filmstars der Sechzigerjahre. Der bereits verpflichtete Ghostwriter hatte das Projekt aus unbekannten Gründen fallen lassen. Meine Freundin steckte in der Klemme und suchte dringend jemanden, der den Abgabetermin einhalten konnte. Ich sagte zu und stellte fest, dass ich gut darin war.

Seither habe ich viele Buchseiten mit den Biografien starker Frauen gefüllt. Ich habe über die erste asiatisch-amerikanische Frau im Weltraum geschrieben, über Politikerinnen, die das politische Umfeld für Frauenrechte entscheidend veränderten, oder über Spitzenwissenschaftlerinnen ihres Fachgebietes. Ich liebe die Anonymität des Ghostwritings, die es mir ermöglicht, in die Haut einer anderen Person zu schlüpfen und mich gerade lang genug in ihrem Leben einzunisten, um eine gute Geschichte über sie zu erzählen. Niemand kann mich sehen oder sich daran erinnern, wer mein Vater ist. Ich bin die unsichtbare Hand, die Seiten füllt, nicht der Name auf dem Buchdeckel.

»Also, die Bezahlung stimmt jedenfalls«, fährt Nicole fort. »Er lebt in Ojai, daher ist es auch keine große Fahrerei für dich.«

»Hast du noch was anderes?«, sage ich mit plötzlicher Verzweiflung.

Ich habe diese Frage schon unzählige Male gestellt. In Briefen, Mails und Telefonaten. Im Grunde zielt meine Frage jedoch auf etwas anderes ab: Wie kann es sein, dass ich nach so vielen erfolgreichen Jahren eine derartige Bruchlandung hingelegt habe? Alles, was ich an jenem besagten Tag tat, war, das laut auszusprechen, was alle über den Mann in der Mitte der Bühne dachten. John Calder, der sein neuestes Buch über einen Politiker-der-zum-Sexhändler-wird vorstellte, war beleidigend und frauenfeindlich. »Geht es Ihnen nur ums Geld, John, oder gibt es auch eine Grenze, die Sie nicht überschreiten würden? Gibt es eine Person, deren Loblied Sie nicht singen würden, und sei der Vorschuss auch noch so hoch?«, fragte ich ihn, als ich an der Reihe war.

Ich erinnere mich nicht mehr genau an die Ausgangsfrage des Moderators, ein bekannter Kritiker der *New York Times*. Ich höre jedoch noch, wie die Zuschauer den Atem anhielten, weiß noch, wie sich alle Köpfe in meine Richtung am Rand der Bühne wandten, erinnere mich an meinen Stuhl, dessen blaue Farbe sich leicht von den anderen Bezügen unterschied, als sei meine Anwesenheit hier ein nachträglicher Einfall gewesen. In diesem Augenblick wusste ich, dass ich einen Fehler begangen hatte. Der Moderator räusperte sich und sagte: »Besten Dank für Ihren Beitrag, Miss Dumont, das war wirklich sehr anschaulich.« Das Publikum lachte, und das Gespräch ging weiter, aber mir war in diesem Moment klar, welch fatale Auswirkung meine Worte haben würden. Öffentlich einen Mann wie John Calder herauszufordern, mit seiner langen Liste von Bestsellern und Beziehungen, die bis in einflussreiche Kreise der Politik und der Unterhaltungsindustrie hineinreichten, ungeachtet der widerlichen Themen, die er in den öffentlichen Diskurs einbrachte, war ein Fehler, den Nicole nicht ausmerzen konnte.

Der Verleger des Buches, das ich beworben hatte, forderte mich auf, eine Entschuldigung zu veröffentlichen. Stattdessen schimpfte ich in den sozialen Medien darüber, dass die Frauenfeindlichkeit innerhalb der Verlagsbranche es Männern wie John Calder ermöglichte, Profit aus moralischer Verkommenheit zu schlagen. Sie erhielten doppelt so hohe Honorare wie ähnlich bekannte Frauen und wurden mit großem Werbeaufwand vermarktet, der wiederum die Verkaufszahlen steigerte, was zu noch höheren Vorschüssen für diese Männer führte. Ich hingegen war erschöpft von dem Arbeitsaufwand, den ich betreiben musste, um mich an zweiter Stelle zu halten. Und außerdem war ich wütend, weil Talent für die Leute an der Spitze offenbar kaum zählte. Mit den letzten vier Posts auf diesem Thread besiegelte ich schließlich mein Schicksal:

(7/10) Während wir anderen mit der harten Arbeit beschäftigt sind, auch marginalen Stimmen Gehör zu verschaffen und Geschichten zu erzählen, die der Gemeinschaft nutzen, hat John Calder beschlossen, einen anderen Weg einzuschlagen.

(8/10) Vielleicht gesellt sich Gleich und Gleich eben tatsächlich gern. Der Umgang färbt ab, und John Calder pflegt Umgang mit einigen der niederträchtigsten und korruptesten Individuen unserer Gesellschaft.

(9/10) Ich rede hier vom pädophilen Politiker. Dem CEO, der zugleich Rassist ist. Dem Richter, der einen Vergewaltiger freispricht, um die »Zukunft des jungen Mannes nicht zu ruinieren«.

(10/10) Ich bin sprachlos, dass Verleger bereit sind, solche Leute zu unterstützen. Verleger, die die Ansicht vertreten, John Calder sei ein so großes Talent, dass sie ihm Geld und eine Bühne geben.

Wegen dieser Posts startete John Calder eine landesweite Medienkampagne gegen mich und warf mir vor, ich würde versuchen, ihn zu canceln. Anschließend zog er vor Gericht. Er behauptete, er habe meinetwegen zwei Buchverträge verloren, weil die Gegenseite sich für einen weniger umstrittenen Autor entschieden hätte. Der Prozess fand in demselben Bundesstaat statt, der auch die Literaturveranstaltung organisiert hatte, und ich sah mich einem Richter gegenüber, dem es sichtlich in den Fingern juckte, einer Frau mit vorlautem Mundwerk eine Lektion zu erteilen. Er verhängte ein Bußgeld von fünfhunderttausend US-Dollar und riet mir, in Zukunft vorsichtiger mit meinen Worten umzugehen. Nicht mehr so emotional zu sein. Mich zu *beruhigen.*

Obwohl viele Leute insgeheim meiner Meinung waren, gingen sie nicht so weit, mir Ghostwriter-Aufträge zu geben. Ich konnte ja nicht einfach meinen Namen ändern und unter einem anderen schreiben. In diesem Geschäft kommt man ohne den Nachweis erfolgreicher Projekte nicht weiter, und meine Bilanz hatte zu den besten gehört. Bis das schließlich nicht mehr so war.

»Du weißt, ich habe alle möglichen Leute angerufen«, sagt Nicole jetzt. »Ich habe jeden gefragt, bei dem ich was guthatte. Wir müssen die Sache einfach aussitzen.«

Ehrlich gesagt ist es ein Wunder, dass Nicole mich nicht längst fallen gelassen hat.

Eigentlich möchte ich dieses Projekt ablehnen. Eigentlich *muss* ich es ablehnen – nicht nur, weil ich alles darangesetzt habe, mich vollständig von meiner Familie und dem Trauma, das mit ihr verbunden ist, zu lösen, sondern auch, weil ich meinem Vater keine Möglichkeit geben will, mich zu manipulieren. Denn hier geht es ganz sicher nicht um einen Job.

»Ich dachte, Vincent Taylor hätte sich vor ein paar Jahren aus dem Geschäft zurückgezogen«, sage ich.

»Männer wie er haben eine Schwäche dafür, ihr Comeback zu inszenieren«, sagt Nicole. »Nach den Gesprächen mit seinem Team habe ich aber irgendwie das Gefühl, dass es bei ihm nicht rundläuft. Sie hatten einige Rückschläge, und wenn sie dieses Buch mit unserer Hilfe termingerecht und ohne weitere Probleme liefern können, denke ich, dass sie uns auch für andere Projekte anfragen werden.« Sie legt eine kurze, bedeutungsvolle Pause ein. »Vielleicht öffnet dir das eine Tür.«

Ich gehe zum Rand der Terrasse hinüber, wo ein handgeschnitztes Geländer meinen Grund und Boden von den Wäldern des Staatsforsts weiter unten im Canyon abgrenzt, und blicke in die wolkenverhangene Ferne. »Welche Rückschläge gab es denn?«, frage ich. »Wo lag das Problem?«

»Über Einzelheiten wollten sie nicht sprechen. Du musst erst zusagen, dann gibt es umfassende Informationen.«

Über mir kreist ein Falke, und plötzlich werde ich vorsichtig, fühle mich mit dem unsichtbaren Geschöpf verbunden, das dieser Raubvogel jagt. »Und wie viel zahlen sie?«, frage ich schließlich.

»Sie haben zweihundertfünfzigtausend Dollar geboten. Vielleicht kann ich noch mehr raushandeln, weil er speziell dich angefragt hat. Es gibt auch eine Beteiligung an den Tantiemen, und wenn das Buch gut läuft – was ziemlich wahrscheinlich ist –, könnte es eine solide Einnahmequelle für dich sein.« Sie schweigt einen Augenblick lang. »Vielleicht musst du dann dein Haus nicht verkaufen.«

Der Falke schießt jetzt steil nach unten, und ich wende mich wieder dem Haus zu. Mir fällt das Ehepaar ein, das vor einigen Tagen hier war und in einem geräuschlosen Tesla die Auffahrt herauffuhr. Die nackten Füße des Ehemanns steckten in teuren italienischen Halbschuhen, seine Frau hielt ihre Birkin-Tasche an die Brust gepresst, während sie den verschlungenen, unbefestigten Weg bis an die Stufen der Haustür zurücklegten. Ich lächelte sie an, als ich, wie immer bei Besichtigungsterminen, davonfuhr, denn ich will nicht hören, was potenzielle Käufer über mein Haus sagen, aber die Stimme der Frau drang bis zu mir ins Auto mit den heruntergelassenen Scheiben. »Diese Bruchbude kann man gleich abreißen«, sagte sie voller Geringschätzung.

Als meine Maklerin später am Abend anrief und mir mitteilte, die beiden würden kein Angebot abgeben, schlug sie mir vor, mit dem Preis herunterzugehen. Schon wieder.

»Gut«, sage ich jetzt zu Nicole und weiß bereits im Voraus, dass ich es bereuen werde. Ich weiß schon jetzt, dass ich für diesen Auftrag auf Arten und Weisen bezahlen werde, die ich mir noch nicht mal vorstellen kann.

»Okay, ich sage ihnen Bescheid und melde mich dann wieder bei dir.«

»Wann will er denn mit dem Projekt anfangen?«, frage ich.

»Sie haben es eilig, ich denke, die Sache kommt schnell in die Gänge. Plane schon mal ein, dass du Ende der Woche dorthin fahren musst.«

Wir beenden das Gespräch, und ich blicke wieder zurück zum Canyon. Von dem Falken und seiner Beute ist nichts zu sehen. Ich versuche, diesen Auftrag nicht als eine Gelegenheit, sondern als eine Notwendigkeit zu sehen. Mein Vater sagte früher immer: *Keine Reue. Niemals zurückblicken.* Ich verspreche mir selbst, dass ich mich in den Plan, den er für mich ersonnen hat, nicht verstricken lassen werde. Ganz gleich, wie er aussehen mag. Hinter diesem Auftrag steckt mit Sicherheit irgendein Schwindel; seit Jahrzehnten produziert mein Vater wie am Fließband Romane, und es kann einfach nicht sein, dass er meine Hilfe nötig hat. Ich werde das Projekt als notwendiges Übel betrachten, um diese Phase meines Lebens zu beenden – und die fast täglich eingehenden Mitteilungen über mein überzogenes Konto. Um John Calder und meinem Anwalt endlich zahlen zu können, was ich ihnen schulde. Und vielleicht auch, um mit dem Mann, der mein Leben lang praktisch ein Unbekannter für mich war, zu einer Art Abschluss zu kommen.

Wie dem auch sei, im Alter von vierundvierzig Jahren und nach einer beinahe drei Jahrzehnte langen Abwesenheit kehre ich nun zum ersten Mal wieder in mein einstiges Zuhause zurück.

KAPITEL 2

Am Freitag steht Tom zusammen mit mir auf, um mich zu verabschieden. Es ist noch so früh am Morgen, dass das Licht nur die Kronen der Bäume rings um mein Haus streift. Ich trinke auf der Terrasse einen Kaffee, blicke über den Canyon und verspüre eine interessante Mischung aus Angst und Anspannung. Als der Vertrag am Mittwoch in meinem Posteingang lag, rief ich Nicole an und ging die Einzelheiten mit ihr durch.

»Sie wollen nicht offenlegen, dass er mit einem Ghostwriter arbeitet, also müssen wir die Sache diskret abwickeln«, sagte sie. »Sie haben eine Vertraulichkeitsvereinbarung vorgeschlagen, aber ich konnte sie überzeugen, dass du ein Profi bist und Erfahrung mit solchen Projekten hast.«

»In Ordnung«, erwiderte ich. Nichts lag mir ferner, als irgendjemandem mitzuteilen, dass ich als Ghostwriterin an einem Horrorroman arbeite, dessen Autor beinahe so verhasst ist wie John Calder.

»›Der AUTOR wird seine Mitarbeit an diesem PROJEKT nicht in Unterhaltungen, Interviews, Medien offenlegen‹, bla, bla, bla«, las Nicole aus dem Vertrag vor. »Natürlich nicht. Da es sich um Vincent Taylor handelt, will er bestimmt, dass seine Fans glauben, er hätte den Roman selbst geschrieben. Aber der Verleger weiß Bescheid, und das ist alles, was für uns zählt.«

»Verstanden«, antwortete ich und verschwieg ihr wohlweislich, dass ich dieses Geheimnis mit Freuden mit ins Grab nehmen werde – wenn ich dadurch nur wieder Arbeit bekomme. Ich versuchte nicht darüber nachzudenken, was es über mich selbst aussagt, dass ich diesen Job annehme. Wie rasch ich mich auf Calders Ebene hinabbegeben habe, indem ich ein Projekt wegen der Höhe des Vorschusses annehme, und ohne mich darum zu kümmern, mit wem ich zusammenarbeite.

Tom tritt neben mich, und gemeinsam blicken wir in die Ferne. Die seidig rosafarbene Tönung des Himmels erinnert mich an den Anblick der Berghänge um Ojai bei Sonnenuntergang. Aber das sage ich natürlich nicht.

Als ich Tom von dem Auftrag erzählt habe, hat er eine Menge Fragen gestellt – wer, wo, wie lange. Ich bin ihnen ausgewichen, indem ich ihm erklärte, ich hätte eine Vertraulichkeitsvereinbarung unterschrieben und dürfe nichts darüber erzählen. Obwohl das rein technisch gelogen war – man hatte mich nicht aufgefordert, etwas zu unterschreiben –, redete ich es mir selbst schön, indem ich mir vor Augen hielt, dass ich schon an vielen Büchern mitgearbeitet hatte, bei denen nicht bekannt werden durfte, dass ich als Ghostwriterin mitwirkte. Und dass es bei diesem Projekt genauso sein würde. Natürlich wusste ich, dass Tom wütend geworden wäre, wenn ich ihm die Wahrheit erzählt hätte. Toms Kindheit war von Lügen geprägt – seine Eltern waren Narzissten, die betrogen, manipulierten und logen –, und als wir anfingen, uns zu treffen, sagte er von Anfang an, Lügen seien für ihn ein Trennungsgrund.

Von dieser ausgeprägten Abneigung hatte ich jedoch noch nichts gewusst, als ich ihm dieselbe Geschichte über meine Vergangenheit auftischte wie allen anderen auch, seit ich in die Vereinigten Staaten zurückgekehrt war. Dass ich von zwei liebevollen Eltern erzogen worden war und mein Vater plötzlich an einem Herzanfall gestorben sei, als ich während der Schulzeit im Ausland war, und dass meine Mutter an Gebärmutterkrebs starb, als ich studierte. Damals, zu Beginn unserer Beziehung, erzählten wir einander noch viel über die einschneidenden Ereignisse in unseren Leben, aber ich zog nie in Betracht, ihm die wahre Geschichte mitzuteilen. Seit Jahren hatte ich niemandem erzählt, mit wem ich verwandt oder was in meiner Familie geschehen war. Deswegen kam es mir auch nie so vor, als würde ich Tom belügen. Die Wahrheit ist weit weg, irgendwo in einem fernen Winkel meiner Vergangenheit, und ich hatte nicht die Absicht, je dorthin zurückzukehren. Ich musste mir auch keine Sorgen machen, dass mein Geheimnis entdeckt wird. Denn es war ausgeschlossen, dass es jemals einen Grund für mich geben könnte, Kontakt zu einem meiner Eltern aufzunehmen. Dieses Geheimnis hat nichts damit zu tun, wer ich als Partnerin für Tom bin. Es spielt einfach keine Rolle.

»Hast du alles eingepackt?«, fragt er mich jetzt.

»Ja, ich bin so weit fertig«, sage ich.

Er nimmt mich fest in den Arm, und ein leises Schuldgefühl flackert in mir auf, weil dieses sorgfältig verborgene Geheimnis mir plötzlich wieder so nahegerückt ist. Wie ein schlagendes Herz, das darauf wartet, dass ich es zur Kenntnis nehme.

Er geht mit mir zum Auto, trägt meine Tasche und beugt sich herab, um mir einen Abschiedskuss durchs offene Fenster zu geben. »Ruf mich an, wenn du heute Abend alles geregelt hast, okay?«

Wir sehen uns an, und in diesem Augenblick bereue ich es, den Job angenommen zu haben. Was ich hier tue, ist falsch – ich sollte ihn nicht belügen, nicht nur in Bezug auf die Vertragsbedingungen, sondern auch was den Ort betrifft, an den ich zurückkehre und den ich vor langer Zeit aus eigenem Entschluss verlassen habe. Aber der Vertrag ist unterzeichnet, der Vorschuss wahrscheinlich bereits auf meinem Konto, und ich kann jetzt nur noch hoffen, dass ich die Sache ohne Zwischenfall hinter mich bringe.

Ich fahre die Küstenstraße nach Norden und dann nach Osten, Richtung Ojai in Ventura County. Unterwegs lasse ich meine Gedanken in meine Kindheit zurückwandern, zu jener Zeit, als ich noch nichts von den Morden oder dem Schatten des Verdachts wusste, der meinem Vater überallhin folgte. Ich denke an die Zeit zurück, als wir in einem winzigen Apartment in unmittelbarer

Nähe der Ojai Avenue wohnten. Jeden Sonntag aßen wir in Nina's Diner zu Mittag, wo ich gierig einen Burger mit dem berühmten roten Relish verschlang und mein Vater mithilfe von reichlich Kaffee versuchte, seinen jeweiligen Kater unter Kontrolle zu bekommen. Er unterhielt mich mit Geschichten über Lionel Foolhardy – ein ungeschickter, zu Unfällen neigender Junge, dessen gute Absichten unweigerlich zu Chaos führten. Etwa die Geschichte von den Meerschweinchen, die sich zufällig befreien konnten und im Klassenzimmer herumliefen, als Lionel an der Reihe war, den Käfig zu reinigen. Oder wie bei einem misslungenen Experiment mal ein kleines Feuer ausgebrochen war.

Das war noch vor dem Zeitpunkt, als die Schriftstellerkarriere meines Vaters Fahrt aufnahm. Bevor sein Alkoholkonsum schlimmer wurde und er außerdem zu Kokain griff. Erst als Erwachsene ist mir klar geworden, was er da tat – er versuchte, sich durch Selbstmedikation von dem Trauma zu heilen, das er mit sich herumschleppte. Drogen, Alkohol, Frauen – die Zeitungen berichteten so ausführlich über seine Eskapaden, dass irgendwann sogar das Medieninteresse erlahmte.

Ich habe mich meinem Vater nicht entfremdet, weil ich glaube, er hätte Danny und Poppy getötet. Trotz seiner vielen Fehler halte ich den Mann, den ich einmal angebetet habe, nicht für einen Mörder. Aber Ruhm und Trauma verwandelten ihn, der zuvor ein liebevoller Vater gewesen war, in jemanden, den ich kaum wiedererkannte. Gewohnheiten wurden zu Abhängigkeiten, der Vater von früher verschwand, und an seine Stelle trat ein Mann, der mich ständig enttäuschte. Der beschloss, mich ebenfalls zu verlassen, nachdem meine Mutter mich verlassen hatte. Als ich vierzehn war, schickte er mich in ein Internat im Ausland, wo ich meist auch die Schulferien verbrachte und mich auf dem leeren Schulgelände oder mit Freunden herumtrieb. Wenn er es irgendwie schaffte, gemeinsame Ferien zu organisieren, verbrachte ich den größten Teil der Zeit allein, weil mein Vater, ganz gleich, wohin er reiste, häufig in letzter Minute noch ein paar Vortragstermine einplante und die restliche Zeit an der Hotelbar durchbrachte. Es ist schwer zu sagen, wer mich mehr verletzte – meine Mutter, weil sie mich verließ und sich nie mehr um mich kümmerte, oder mein Vater, der vor meinen Augen verschwand. Sich stückweise auflöste wie ein Zauberkünstler, bis unsere Familie schließlich auf ein einziges Mitglied zusammengeschrumpft war: mich selbst.

Als ich die Außenbezirke von Ojai erreiche, bemerke ich die Veränderungen in der Stadt. Neue Geldströme haben das alte Ojai weggeschwemmt. Ich fahre durch die Innenstadt. Auf der Ojai Avenue ist jede Menge los, Touristen überqueren die zweispurige Straße, Fahrradfahrer auf Leihrädern aus dem Ferienpark sausen an mir vorbei, und in mir steigen Erinnerungen auf. Wie ich auf den Schultern meines Vaters sitzend ein Eis esse. Wie ich an der Hand meiner Mutter über die Straße gehe, wobei ich mich deutlicher an ihren flatternden Rock erinnern kann als an ihr Gesicht. Erinnerungen an das Licht in Ojai, jenen magischen, bei Sonnenuntergang langsam in Rosa übergehenden Goldton. Den Duft von Eukalyptus und Rosmarin auf den kilometerlangen Wanderwegen rund um die Stadt.

Und ich denke an Jack Randall, den Sohn von Dannys bestem Freund Mark. Jack wurde ebenfalls von jemandem erzogen, den jener Tag im Jahr 1975 traumatisiert hatte. Wir beide haben früh gelernt, mit niemals ausgesprochenen Erinnerungen zu leben. Gemeinsam machten wir uns heimlich auf die Suche nach Antworten, tauschten hinter meiner geschlossenen Schlafzimmertür oder beim Mittagessen in der Schulkantine flüsternd unsere Theorien aus.

Wir betrachteten nicht nur grübelnd die Fotoalben meines Vaters, sondern gingen auch in die Bücherei und erzählten der Bibliothekarin, wir müssten für die Schule einen Aufsatz über die Geschichte Ojais schreiben. In Wahrheit verbrachten wir unsere Zeit jedoch damit, die auf Mikrofiche gespeicherten Zeitungsartikel vom

Juni und Juli 1975 durchzusehen und nach Informationen über die Morde zu suchen. Die Artikel lieferten kaum mehr als Einzelteile des Puzzles. *Der ungelöste Fall wird mit allem Nachdruck untersucht.* Die Retrospektive zehn Jahre später in der Lokalzeitung von Ojai war wesentlich detaillierter, wahrscheinlich weil mein Vater inzwischen volljährig war und die Leute sich trauten, Namen zu nennen.

Zu Beginn der Ermittlungen war die Polizei davon ausgegangen, dass es sich bei dem Mörder um einen Ortsfremden handelte, der sich nur kurz in der Stadt aufgehalten hatte. Berichten zufolge war Poppy am vorhergehenden Wochenende per Anhalter nach Ventura und wieder zurück gefahren, und die Polizei war auf der Suche nach jemandem, der gesehen hatte, wie Poppy aus dem Auto stieg. Sie hofften, ein Zeuge könne dabei helfen, Automarke und Modell genauer festzustellen. Ihnen Anhaltspunkte liefern, um jenen Unbekannten zu verfolgen, der das junge und attraktive Mädchen gesehen hatte und am folgenden Wochenende zurückgekehrt war, weil er eine günstige Gelegenheit witterte, sich ihr zu nähern. Danny war lediglich ein Kollateralschaden gewesen. Unter den Ansässigen kursierten jedoch Gerüchte. Das leise Grummeln einer anderen Geschichte, die allmählich an der Oberfläche auftauchte. Die später zwischen meinen Mitschülern ausgetauscht wurde wie dieser Zeitungsartikel. Geschichten über Streitereien zwischen meinem Vater und Danny. Dass man kurz vor den beiden Morden meinen Vater und Poppy bei einer heftigen Meinungsverschiedenheit gesehen hatte. Dass mein Vater sie körperlich angegriffen hätte.

Es muss so vieles zurechtgerückt werden, was nicht nur durch die unterschiedlichen Blickwinkel, sondern auch durch die vergangene Zeit durcheinandergeraten ist. Inzwischen sind seit den Morden fast fünfzig Jahre vergangen. Die Erinnerungen sind verblasst. Anspielungen und Verdächtigungen haben sich zu etwas Konkretem verfestigt. Jeder hat eine Theorie und niemand eine Antwort. Und mein Vater befindet sich mittendrin und weigert sich, irgendetwas davon zur Kenntnis zu nehmen.

Ein Argument, das er immer vorbringt, wenn jemand es wagt, das Thema anzuschneiden, ist, dass er ein Alibi hatte. Er war damals mit meiner Mutter Lydia zusammen, was der ebenfalls anwesende Lehrer bestätigte, der zwischen meinen Eltern vermittelte. *Der Polizei hat es gereicht. Es ist mir scheißegal, wie die anderen darüber denken.*

Bald lässt der Verkehr nach, und ich stelle fest, dass sämtliche vertraute Orientierungspunkte meiner Kindheit verschwunden sind – der Eisladen mit den kreisförmig angeordneten Lichtern in Regenbogenfarben, die altmodische Apotheke, wo Jack einmal einen Bazooka-Kaugummi für fünf Cent geklaut hat, einfach um zu zeigen, dass er sich traut. Aber wenn ich die Straße nur scharf genug fixiere, habe ich das Gefühl, ich könnte jeden Moment Jack auf seinem BMX-Rad sehen, der sich zwischen den Fußgängern hindurchfädelt. Und mich selbst, wie ich heftig in die Pedale meines alten Schwinn-Modells trete, um nicht zurückzubleiben. Ich weiß, dass er nach wie vor hier wohnt und das Weingut der Familie führt. Ich frage mich, ob er mich erkennen würde. Oder ob sein Blick nur kurz über mich hinweggleiten würde, als sei ich eine Touristin auf der Durchfahrt.

KAPITEL 3

Die Straße, in der mein Vater wohnt, liegt am östlichen Ende der Stadt und sieht weitgehend unverändert aus. Als ich in die lange Auffahrt einbiege, kommt es mir so vor, als wäre die Zeit stehen geblieben. Ich werfe einen Blick auf den kleinen Post-it-Zettel an meinem Armaturenbrett, tippe den Code ein, den mir der Anwalt meines Vaters geschickt hat, und das elektronische Tor schwingt auf. Meine Reifen knirschen über den Kiesbelag, zu beiden Seiten des Weges wachsen üppige, tiefgrüne Büsche. Ich biege in den offenen Carport ein und parke neben einem Springbrunnen, aus dem früher Wasser sprudelte und der jetzt trocken und rissig aussieht.

Das Haus, eine zweistöckige Hacienda im spanischen Stil, hat mein Vater erworben, nachdem sein erstes Buch sich eine Million Mal verkauft hatte. Auf den ersten Blick sieht es genauso aus wie früher, aber bei genauerer Betrachtung hat die Zeit hier doch Spuren hinterlassen. Die Dachziegel sind beschädigt, der Putz um die Fenster blättert ab. Die Gärtner haben jedoch ganze Arbeit geleistet. Das Gelände ist vollkommen frei von Unkraut, und anstelle der Rosen, an die ich mich erinnere, haben sie dürreresistente Büsche gepflanzt und Steinflächen angelegt. Die Stufen zur Eingangstür aus Eichenholz sind gefegt, die handgemalten Fliesen leuchten immer noch bunt.

Als ich die Hand hebe und klopfen will, öffnet sich die Tür, als habe drinnen jemand auf meine Ankunft gewartet.

Es ist jedoch nicht mein Vater. Eine kleine Frau im blauen Jogginganzug steht vor mir, das graue Haar zu einem Nackenknoten verschlungen. Ich werfe einen Blick in den Flur und erwarte, dass mein Vater auftaucht, aber hinter ihr bleibt alles leer.

Sie hebt eine Augenbraue, als warte sie auf eine Erklärung von mir. Ich sehe über meine Schulter zur Auffahrt zurück und sage dann: »Ich bin Olivia Dumont.«

»*Dumont.*« Sie verdreht die Augen. »Ich weiß, wer Sie sind.« Schließlich tritt sie beiseite und gibt den Weg in das große Wohnzimmer frei. Die Einrichtung ist unverändert, die abgewetzten Ledersessel und Sofas sind so platziert wie eh und je. Der Terrakottaflur verleiht dem weiß verputzten Raum eine gewisse Behaglichkeit. An den dunklen Deckenbalken hoch oben sind weder Staub noch Spinnweben zu sehen.

Etwas unsicher bleibe ich abwartend stehen. Ich habe vom Anwalt meines Vaters sehr konkrete Anweisungen erhalten: Ich sollte direkt zum Haus fahren und spätestens um neun Uhr morgens ankommen. Ich dürfte niemandem in Ojai erzählen, wer ich war oder aus welchem Grund ich mich hier aufhielt. Ich würde im Gästehaus übernachten und nur morgens mit Mr. Taylor zusammenarbeiten.

»Ich heiße Alma«, sagt sie, verrät mir aber nicht, in welcher Beziehung sie zu meinem Vater steht. Ist sie seine Partnerin? Oder eine Art Haushälterin? »Möchten Sie eine Tasse Tee? Ich bin dabei, einen für Mr. Taylor aufzusetzen.«

»Etwas Stärkeres wäre mir lieber, falls Sie was dahaben. Vielleicht einen Gin Tonic?« Ich lache angespannt. »Ich weiß, es ist noch etwas früh, aber ...« Es überrascht mich selbst, wie nervös ich bin. Offenbar bleibe ich bis in alle Ewigkeit eine Halbwüchsige, die vor einer schwierigen Unterhaltung mit ihrem Vater beinahe die Nerven verliert.

Sie murmelt etwas über Väter und Töchter vor sich hin und deutet dann nach hinten auf die Treppe. »Er ist in seinem Büro. Ich nehme an, Sie finden selbst dorthin.«

Damit entlässt sie mich, und ich nehme den Weg über die Hintertreppe, einen engen Tunnel, der mich direkt vor die Tür zu meinem früheren Zimmer führt. Ich öffne sie und spähe vorsichtig hinein. Alles sieht völlig unverändert aus. Mein Bett steht in der Ecke unter dem Fenster, von dort aus habe ich im Liegen immer die Sterne betrachtet, die hinter den Bäumen funkelten. Und davon geträumt, die Stadt eines Tages zu verlassen. Ich habe bekommen, was ich wollte, auch wenn ich damals nicht erwartet hatte, dass es so schnell gehen würde. Ich hatte nicht damit gerechnet, wie einfach es für meinen Vater sein würde, seine vierzehnjährige Tochter in die Schweiz zu schicken und anschließend sein früheres Leben wieder aufzunehmen, als sei ich lediglich eine kurze Episode gewesen. *Vaterschaft? Hab ich auch mal versucht. Eine Zeit lang war es ganz lustig.*

Ich gehe weiter, vorbei am geschlossenen Schlafzimmer meines Vaters am Ende des Flurs und dann drei Stufen hinunter zu seinem Arbeitszimmer, einem über der Garage liegenden Eckzimmer. Ich zögere. Am Abend meiner Abschlussfeier habe ich das letzte Mal mit meinem Vater gesprochen. Ungefähr acht Jahre später habe ich ihn noch einmal auf einer Literaturtagung in New York gesehen. Ich hatte es mir zur Gewohnheit gemacht, zuerst die Liste der Diskussionsteilnehmer und Hauptredner durchzugehen, bevor ich an solchen Veranstaltungen teilnahm. Wenn mein Vater anwesend war, ging ich nicht hin. Bei dieser Tagung war er jedoch erst verspätet in die Liste aufgenommen worden, und deswegen hatte ich nichts von seiner Teilnahme geahnt. Ich stand mit einer Gruppe von Freunden in der Hotellobby am Times Square, als wir aufmerksam wurden, weil sich in einiger Entfernung in der Menge eine gewisse Aufregung breitmachte. Und dann tauchte mein Vater auf, umringt von Bewunderern sowie den Organisatoren der Veranstaltung. Er sah in unsere Richtung, sein Blick blieb einen Augenblick lang an mir hängen und wanderte dann weiter, bis er durch die Drehtür auf die Straße hinaus verschwand.

»Unfassbar, dass der hier noch mitmischen darf«, sagte einer meiner Freunde.

Ich weiß nicht mehr, was ich darauf geantwortet habe, in Gedanken war ich immer noch bei dem Blick meines Vaters. Er hatte mich nicht wiedererkannt, und ich verspürte eine komplexe Mischung aus Traurigkeit und Bedauern. Ich verließ die Konferenz bereits am Nachmittag und schob einen häuslichen Notfall vor.

Ich klopfe leise an die Tür zu seinem Arbeitszimmer.

»Herein.«

Er sitzt an seinem Riesenschreibtisch gegenüber dem Fenster, das von einer Wand zur anderen reicht. Das Zimmer wird vollständig von den hohen Bücherregalen beherrscht, in denen sämtliche Exemplare seiner eigenen Werke stehen, die schätzungsweise in mehr als vierzig Sprachen übersetzt wurden. Sein Haar ist mittlerweile völlig weiß und sieht etwas zerrauft aus, als wäre er gerade mit den Händen hindurchgefahren, während er versucht hat, ein verzwicktes Problem mit dem Plot zu lösen.

Der Bildschirm vor ihm ist jedoch dunkel. Die Papierstapel und Bücher, die sich auf dem Schreibtisch türmen, wirken arrangiert und nicht wie das kreative Chaos eines arbeitenden Schriftstellers. Er dreht sich in seinem Stuhl um und sieht mich an.

Ich stehe da und weiß nicht recht, was ich sagen soll. *Hi, Dad,* klingt irgendwie zu harmlos, weil es so vieles gibt, das ich ihn fragen möchte. *Was ist los? Warum bin ich hier?* Er kann doch sicher nicht wollen, dass ich ein Buch für ihn schreibe.

»Willkommen zu Hause«, sagt er. Offenbar hat er meinen Gesichtsausdruck bemerkt, denn er fügt hinzu: »Du siehst aus, als hättest du einige Fragen.«

»Was zum Teufel ist hier eigentlich los?«, frage ich schließlich.

Er wirft mir einen wachsamen Blick zu und sagt: »Ich habe dich für einen Job angefordert, Olivia.«

Erinnerungen an früher steigen in mir auf. Der Kommandoton meines Vaters versetzt mich wieder in meine Kindheit zurück, ich presse die Lippen aufeinander und sage mir selbst, dass ich erwachsen bin und jederzeit gehen kann.

»Lass es mich anders formulieren«, sage ich. »Warum hast du mich hergeholt? Was willst du wirklich von mir?«

»Ich dachte, die Vertragsbedingungen wären eindeutig.«

»Ich schreibe keine Romane«, erkläre ich. »Und ich will ganz sicher keine Romane für Leute wie dich schreiben.«

»Und doch bist du hier.« In einer stummen Pattsituation taxieren wir einander. Schließlich sagt er: »Du hast ja richtigen Bockmist gebaut bei dieser Sache mit John Calder.«

Natürlich hat er von meinem massiven Fehltritt gehört. Die Verlagsbranche ist übersichtlich, und die Leute tratschen gern.

»Nicht mal mich hat man derart gecancelt«, fährt er fort. »Und dabei dachten alle, ich wäre ungestraft mit einem Mord davongekommen.«

»Die meisten denken das immer noch«, sage ich, weil ich einfach nicht anders kann.

Er übergeht die Spitze. »Ich hatte mir überlegt, dass dir im Moment ein Job – selbst wenn es nur ein Brotjob ist – eigentlich gelegen kommen müsste.«

»Ich brauche deine Hilfe nicht.« Es ist eine beleidigende Vorstellung, dass mein Vater nach all den Jahren und den unzähligen Malen, in denen er mich als Elternteil – und als Mensch – enttäuscht hat, allen Ernstes zu glauben scheint, er könne jetzt mir nichts, dir nichts auf der Bildfläche erscheinen, mir einen Gefallen erweisen, und damit sei alles entschuldigt.

»Setz dich, Olivia. Ich kriege Nackenschmerzen, wenn ich die ganze Zeit hochsehen muss.«

Der Holzstuhl knarrt unter meinem Gewicht, und das Geräusch ist mir vertraut, obwohl ich es schon seit Jahrzehnten nicht mehr gehört habe. Der Stuhl mit dem Quilt-Bezug, auf dem ich früher meine Hausaufgaben erledigt habe, steht immer noch in der gewohnten Ecke.

Ich nehme mir einen Augenblick lang Zeit, ihn richtig anzusehen. Als Erstes fällt mir auf, dass seine schmal gewordenen Schultern das Hemd nicht mehr ausfüllen. Die Beine in den üblichen dunklen Jeans sind zaundürr, unter dem Hosensaum lugen knochige Fußknöchel in nicht zusammenpassenden Socken hervor. Er gleicht dem misslungenen Porträt eines Mannes, den ich früher einmal gekannt habe. Alle vertrauten Eigenheiten sind noch vorhanden – die Art, wie er das Kinn vorstreckt, seine etwas groß geratenen Ohren, die unter dem unordentlichen Haarschopf hervorragen. Seine Nase ist am Ansatz nach wie vor leicht schief. Aber er ist magerer und schwächer geworden. Dieser Mann konnte mit seiner Ausstrahlungskraft mühelos Hunderte von Zuschauern fesseln. Jetzt kommt es mir so vor, als habe er sich wieder zu dem verdrossenen Teenager von einst zurückentwickelt, als habe sich die Zeit im Kreis gedreht und sei wieder am Ausgangspunkt angelangt.

Bevor ich antworten kann, tritt Alma ein und bringt meinem Vater und mir Tee.

»Ich dachte …«, beginne ich, halte aber inne, als ich ihren bösen Blick bemerke.

»In diesem Haus gibt es keinen Alkohol«, sagt sie und sieht meinen Vater an. »Haben Sie es ihr schon gesagt?«

»Sie ist erst seit zwei Minuten hier.« Er klingt verärgert, aber seine Anspannung zeigt sich deutlich an seinen zitternden Händen und dem Blick, der unruhig zwischen Tee, Fensterscheibe und Bücherregalen hin und her wandert.

Alma mustert ihn abwartend. Offenbar führen die beiden eine stumme Diskussion, bis mein Vater schließlich nachgibt und ihre Frage beantwortet. »Nein.«

Alma dreht sich zu mir um. »Ihr Vater ist krank.«

Ich sehe ihn an und frage mich, was es sein könnte. Hat er Krebs? Oder ist es sein Herz?

Alma spricht an seiner Stelle. »Er leidet an Lewy-Körperchen-Demenz.« Als sie meinen verwirrten Gesichtsausdruck bemerkt, erklärt sie: »Eine Mischung aus Alzheimer und Parkinson-Erkrankung. Sie ist fortschreitend, aber es gibt viele Möglichkeiten, den Verlauf zu verlangsamen.« Sie mustert meinen Vater durchdringend. »Es ist allerdings sicher nicht hilfreich, wenn man versucht, mit der Tochter, zu der seit vielen Jahren kein Kontakt mehr besteht, ein gemeinsames Buchprojekt in Angriff zu nehmen.«

Ich nicke, unfähig etwas zu sagen, denn mein Gehirn ist vollauf damit beschäftigt, diese Informationen zu verarbeiten.

Alma fährt fort: »Die Krankheit Ihres Vaters ist bereits so weit fortgeschritten, dass seine Schreibfähigkeit beeinträchtigt ist.«

»Tut mir leid, dass ich Sie unterbrechen muss, ich möchte bestimmt nicht unhöflich sein«, sage ich jetzt. »Aber worin genau besteht Ihre Rolle hier?«

»Ich bin die Krankenpflegerin Ihres Vaters. Kurz nachdem er die Diagnose bekam, hat er mich auf den Rat seines Arztes eingestellt. Ich sorge dafür, dass er isst und regelmäßig seine Medikamente einnimmt. Ich halte Aufregungen von ihm fern.« Ihre Lippen formen sich zu einem schmalen Strich und verraten mir, dass meine Gegenwart ihr nicht passt. Oder vielleicht verurteilt sie mich auch dafür, dass sie sich um ihn kümmert und nicht ich.

Mein Vater schaltet sich ein. »Den ersten Entwurf des Buches habe ich schon geschrieben. Ich bin vertraglich verpflichtet, ein fertiges Manuskript zu liefern, aber das kann ich nicht.« Er blickt einen Augenblick stumm zu Boden und sieht dann wieder auf. Alma steht wie ein stummer Wächter neben ihm und lässt ihm Zeit, fortzufahren. »In einer solchen Situation blickt man auf sein Leben zurück. Man bereut vieles.«

Ich warte, ob er sich noch ausführlicher dazu äußert, auf welche seiner Reuegefühle er sich hier genau bezieht.

»Ich weiß nicht, ob ich diese Aufgabe für dich übernehmen kann«, sage ich schließlich. »Mir ist klar, dass ich einen Vertrag unterzeichnet habe, aber …« Ich sehe an ihm vorbei durchs Fenster zu den Bergen in der Ferne. Mein Vater hat den perfekten Blick auf den berühmten pinkfarbenen Moment von Ojai, wenn der Sonnenuntergang die Berghänge in einem wunderbar satten Rosa erstrahlen lässt.

»Ich weiß, ich habe dich in vieler Hinsicht enttäuscht«, antwortet er. »Aber ich brauche das hier, und ich glaube, dir geht es auch so.« Als ich nichts erwidere, sagt er: »Versuchen wir es doch einfach. Wenn sich nach einer Woche herausstellt, dass es nicht funktioniert, kannst du gehen.«

Ich denke wieder an das Geld, das ich John Calder schulde. An die fünfhunderttausend Dollar, von denen ich bisher so gut wie nichts bezahlt habe. An die Abzahlung meiner Hypothek und die Rate, die ich im vergangenen Monat wieder zu spät überwiesen habe, und an den Anruf aus der Rechnungsabteilung meines Anwaltes, in dem ich aufgefordert wurde, meine Rechnung zu begleichen, die auf zweihunderttausend Dollar angestiegen ist. Ich denke daran, dass ich mein Haus mit Sicherheit verlieren werde, wenn ich nicht dafür sorge, dass dieser Auftrag hier klappt. Ich nehme einen Schluck Tee, wünsche mir sehnlichst, es wäre ein Gin Tonic, und sage dann: »Okay. Versuchen wir es eine Woche lang.«

Mein Vater schlägt begeistert die Hände auf die Knie. »Ausgezeichnet.« Zu Alma sagt er: »Wir haben noch ein paar Dinge zu besprechen. Könnten Sie Olivias Sachen zum Gästehaus bringen lassen?«

»Das ist nicht nötig«, werfe ich ein. »Darum kann ich mich selbst kümmern.«

»Das Bett ist frisch bezogen, und ich habe Handtücher für Sie hingelegt«, sagt Alma. »Was die Kisten betrifft, konnte ich leider nichts machen, hoffentlich sind sie Ihnen nicht allzu sehr im Wege.« Sie geht hinaus und zieht leise die Tür hinter sich zu.

»Sind da irgendwelche toten Hamster drin?«, witzle ich.

Als ich klein war, dachte sich mein Vater mit Vorliebe Schatzsuchen für mich aus. Auf der Ablage im Badezimmer hinterließ er Zettel mit Anweisungen, die mich zu seiner Sockenkommode dirigierten, wo ein glänzender Dollar wartete. Oder sie klebten an einer

Milchpackung und schickten mich zum Besenschrank, wo ich eine Tüte meiner Lieblingslakritzstangen entdeckte. Doch als ich acht Jahre alt war, kam ich eines Tages von der Schule nach Hause und sah eine Kiste vor der Wohnungstür stehen. Bei dieser speziellen Schatzsuche waren alle möglichen, allmählich größer werdenden Kisten im Spiel, bis ich die letzte Kiste unter dem Waschbecken im Badezimmer fand.

»Das war ein Fehler«, erwidert mein Vater barsch und holt mich in die Gegenwart zurück. »Das hätte jedem passieren können.«

»Bestimmt niemandem, der grundlegende Biologiekenntnisse hat«, gebe ich zurück. »Jeder weiß, dass man mehr als zwei Löcher in den Deckel bohren muss.«

Ich nehme noch einen Schluck Tee und warte, bis die Abwehrbereitschaft meines Vaters nachlässt. Nach einer Weile sagt er: »Ich habe seit sieben Jahren keinen Alkohol mehr getrunken, verstehst du?«

»Glückwunsch«, gebe ich zurück und frage mich, ob er vielleicht das Bedürfnis hat, sich irgendwie mit mir zu versöhnen.

»Er hat mich beinahe umgebracht, also habe ich damit aufgehört. Es liegt natürlich eine gewisse Ironie darin, dass ich jetzt trotzdem sterbe.«

Ich schüttle das in mir aufsteigende, komplizierte Gemisch aus Reue und Angst ab, ich könnte einen Menschen verlieren, von dem ich mir jahrelang eingeredet habe, dass ich ihn nicht brauche. »Erzähl mir von dem Buch.«

Mein Vater dreht sich in seinem Stuhl, öffnet die obere Schreibtischschublade und zieht einen Packen linierter Notizblöcke daraus hervor, zusammengehalten von einem Gummiband – es müssen zwanzig oder dreißig Blöcke sein. Entsetzt stelle ich fest, dass er die gesamte Rohfassung mit der Hand geschrieben hat. »Ein paar Sachen solltest du vorher wissen.« Er zögert, als wisse er nicht recht weiter. »Zuerst mal ist das hier kein Roman, sondern meine Memoiren.«

»Das verstehe ich nicht«, sage ich. »Bei der Unterzeichnung hieß es, es würde sich um deinen nächsten Horrorroman handeln. Wozu die Lüge?«

»Wir wollten verhindern, dass jemand erfährt, um was für ein Projekt es in Wirklichkeit geht, falls du abgelehnt hättest.«

Natürlich. Mein Vater möchte, dass ich als Ghostwriterin die Memoiren seiner glorreichen Karriere schreibe und mich über sein Talent, seine vielen Auszeichnungen und Erfolge verbreite. Ich weiß nicht, ob ich das auf objektive Weise fertigbringe, aber ich habe versprochen, es zu versuchen.

»Es ist jedenfalls eine Menge Material, mit dem man arbeiten kann«, sage ich. »Ich brauche Zugang zu deinen Lektoren, Verlegern und natürlich zu deinem Agenten. Und nur damit du's weißt, ich werde deine Sucht und dein Verhalten nicht einfach beschönigen. Das wäre bestimmt auch nicht in deinem Sinne. Skandale verkaufen sich bekanntlich besonders gut, und in deinem Leben gibt es davon ja reichlich.«

»Du hast mich nicht richtig verstanden«, sagt er. »In diesem Buch geht es nicht um meine Karriere. Es geht ausschließlich um meine Kindheit. Genauer gesagt um meine Familie und die Monate vor dem Mord an Danny und Poppy.«

Ich sinke zurück an die Stuhllehne und starre ihn an. Die Lüge über den Roman ergibt plötzlich einen Sinn. Wenn bekannt geworden wäre, dass mein Vater die Absicht hat, ein Enthüllungsbuch über die Morde zu schreiben, wären die Leute ausgerastet. Meine Gedanken wandern zu den Personen, mit denen ich sprechen muss – die Freunde von Danny und Poppy, alle, die 1975 an diesem Fall gearbeitet haben. Leute, die meinen Vater kannten.

Zum Beispiel meine Mutter.

Ich frage mich, ob ich bereit bin, das Projekt in Angriff zu nehmen, und habe zugleich das Gefühl, ich hätte mein ganzes Leben lang darauf gewartet, dieses Buch zu schreiben.

»Erst mal muss ich lesen, was du bisher geschrieben hast«, sage ich nach einer Weile. »Und ich brauche auch deine Erlaubnis, mit den Leuten von damals zu sprechen. Hast du da schon was vorbereitet? Den Betreffenden gesagt, dass du planst, ein Buch darüber zu schreiben?«, frage ich und habe ein leicht beklommenes Gefühl bei der Vorstellung, dass ich eventuell auf nichtsahnende Personen zugehen muss. Normalerweise informieren Autoren, die Memoiren schreiben wollen, vorab alle Freunde und Nahestehende, dass ich auf sie zukommen werde und es in Ordnung ist, mit mir zu reden.

Mein Vater schüttelt den Kopf. »Ich glaube, das wird nicht nötig sein. Du hast diesen Auftrag nicht bekommen, weil du ein Buch schreiben sollst. Deine Aufgabe besteht darin, ein bereits fertig geschriebenes Buch druckreif zu überarbeiten.«

»Und wenn ich etwas umschreiben muss?«

»Ich weiß, wie man ein Buch schreibt, Olivia.«

»Du weißt, wie man einen Roman schreibt«, korrigiere ich. »Das hier ist was völlig anderes. Bei Memoiren geht es um Fakten und nicht um Fiktion.«

»Dieser Punkt ist nicht verhandelbar. Niemand weiß, was ich weiß, daher kann dir sowieso niemand helfen. Und ich möchte dich außerdem darauf hinweisen, dass ein Vertragsbruch wahrscheinlich nicht zu den Problemen gehört, mit denen du dich gern genauer auseinandersetzen möchtest.« Sein Blick ist unnachgiebig, als er mich fixiert und darauf wartet, dass ich kapituliere.

Ich möchte aufstehen und weggehen. Ihm sagen, dass dies nicht die üblichen Arbeitsbedingungen für mich sind. Oder ich könnte ihm anbieten, dass ich gern zu Vertraulichkeitsvereinbarungen mit den jeweiligen Personen bereit bin, falls er sich damit wohler fühlt. Andererseits ist mir die Vorstellung, mich diesen Personen zu nähern – Poppys bester Freundin Margot, Dannys bestem Freund Mark, meiner Mutter – und ihnen auseinanderzusetzen, dass mein Vater ein Buch über ihr gemeinsames Trauma verfasst, äußerst unangenehm.

Er überreicht mir den Packen Notizblöcke. »Tut mir leid, dass es handschriftliche Aufzeichnungen sind.« Er macht eine unbestimmte Armbewegung in Richtung des unordentlichen Papierstoßes, der jetzt in meinem Schoß liegt. Einige Stoßkanten sind feucht, andere fleckig. »Alles, was du brauchst, steht da drin«, sagt er. »Du musst es nur transkribieren und redigieren. Erst wollte ich das selbst erledigen, aber meine Krankheit hat mir einen Strich durch die Rechnung gemacht.« Er wirkt niedergeschlagen. »Es sollte leicht verdientes Geld für dich sein. Ich schätze, du brauchst höchstens einen Monat dafür. Dann kannst du was anderes in Angriff nehmen.«

Mein Unbehagen bei der Vorstellung, mich nach beinahe vierzig Jahren zum ersten Mal mit meiner Mutter zu beschäftigen, verschwindet, als ich auf den unordentlichen Papierstoß blicke. Ich muss zugeben, ich bin wirklich neugierig, was mein Vater über die damalige Zeit zu sagen hat. Über die damaligen Ereignisse.

»Warum schreibst du dieses Buch?«, frage ich. »Was willst du damit erreichen?«

Seufzend blickt mein Vater aus dem Fenster. »Ich brauche das Geld«, gibt er schließlich zu. Seine Stimme klingt ruhiger, als er fortfährt: »Mein Lebensstil ist eben teuer.«

Ich denke daran, wie viele Bestseller mein Vater im Laufe seiner Karriere geschrieben hat. Wie hoch seine Vorschüsse, seine Optionsverträge auf Filme gewesen sein müssen – sieben seiner Bücher wurden verfilmt. »Soll das heißen, du bist pleite?«

Er sieht mich wieder an: »Ich will damit nur sagen, dass nicht mehr viel übrig ist. Jedenfalls nicht genug, um meine Pflegekosten zu bezahlen, die höher werden, je mehr sich mein Zustand verschlechtert.«

»Und was ist mit dem Haus?«, frage ich. »Es muss doch ein paar Millionen wert sein.«

Er schüttelt den Kopf. »Das Dach muss neu gedeckt werden. Die sanitären Anlagen und die Elektrik sind sanierungsbedürftig. Abgesehen davon habe ich den größten Teil des Eigenkapitals rausgenommen und ausgegeben.«

»Und deine anderen Geldanlagen? Immobilienbesitz?«

»Ich konnte mich nie zum Kaufen durchringen.«

Ich bin wie vor den Kopf geschlagen. Ich habe mir häufig vorgestellt, wie ich vom Tod meines Vaters erfahren würde. Ein Nachruf in der *New York Times*, der in meinem Mail-Eingang landet. Ein Post in den sozialen Medien in meinem Feed. Ich habe nie damit gerechnet, etwas zu erben, und bin davon ausgegangen, dass er sein Geld an Wohltätigkeitsorganisationen vermacht. Ehrlich gesagt überrascht es mich im Grunde nicht besonders, dass nichts mehr übrig ist.

O Gott, wir geben wirklich ein tolles Paar ab.

»Das hier muss einfach funktionieren, Olivia. Neben dem Geld geht es auch um jahrzehntelange Verdächtigungen. Um Gerüchte und Anspielungen. Mir ist klar, dass ich selbst daran nicht ganz unschuldig bin, weil ich nie darüber sprechen wollte.« Er sieht mich forschend an. »Niemand hat Danny und Poppy so gekannt wie ich. Ihre Freunde nicht und nicht einmal unsere Eltern. Wenn ich sterbe, dann sterben sie mit mir, ohne je richtig gelebt zu haben. Diese Memoiren zu schreiben, ist das Mindeste, was ich für sie tun kann.«

Ich schweige, weiß aber, hier geht es nicht um meine Tante und meinen Onkel. Hier geht es um Geld und darum, mich ein letztes Mal zu manipulieren.

KAPITEL 4

Sobald ich mich im Gästehaus eingerichtet habe, google ich *Lewy-Körperchen-Demenz* und gehe die Seiten durch, bis ich eine vertrauenswürdige Quelle finde.

> LKD ist eine fortschreitende Erkrankung, verbunden mit einer Abnahme geistiger Fähigkeiten. Die Betroffenen können unter visuellen Halluzinationen, Wachsamkeitsstörungen oder Einschränkungen der Konzentrationsfähigkeit leiden. Im Vorfeld kommt es häufig zu einem gestörten Traumschlaf (REM-Schlaf). Körperliche Symptome sind unter anderem der Verlust des Geruchssinnes, Schwindel, Muskelsteifigkeit und/oder Zittern, verlangsamte Bewegungen und Schwierigkeiten beim Gehen. Die durchschnittliche Krankheitsdauer nach der Diagnose beträgt sieben bis acht Jahre, kann jedoch auch erheblich kürzer sein. LKD unterscheidet sich insofern von der Alzheimer-Krankheit, als der Verlauf nicht in Phasen verläuft, was die Behandlung und Begleitung der LKD-Patienten deutlich erschwert.

Ich starre auf den Bildschirm und versuche damit klarzukommen, dass meinem lebhaften, energischen Vater bald ein derart eingeschränktes Leben bevorsteht. Im Gespräch hat er unverändert gewirkt. Er schien geistig rege und war sich seiner Umgebung bewusst. Dennoch hat er mich hergerufen, damit ich etwas tue, was er früher selbst hätte erledigen können.

Ich sehe mich im Gästehaus um. Falls dieses Zimmer ein Fingerzeig ist, geht es mit meinem Vater schon eine ganze Weile bergab. Nach unserem Gespräch habe ich meine Tasche mit gefühlt zehn Kilo Notizblöcken über den Hof hierhergeschleppt, bin die steile Treppe hochgeklettert und habe nach dem Lichtschalter getastet. Als ich das Licht anknipste, beleuchtete eine einzige, trübe Deckenlampe den mit mindestens fünfzig Ablagekisten zugestellten Raum. Sie wirken irgendwie erdrückend, wie sie sich jetzt, in Stapeln von fünf oder sechs Kisten übereinander, an den Wänden des kleinen Gästehauses türmen. Das Haus ist höchstens siebzig Quadratmeter groß, inklusive der altmodischen Küchenecke, die keinen besonders sicheren Eindruck macht. An manchen Stellen sind die Kisten doppelt oder dreifach hintereinander gestapelt, und wieder fällt mir die furchtbare Schatzsuche aus meiner Kindheit ein.

Ich erinnere mich noch genau, wie meine Schritte langsamer wurden, als ich die Schachtel an den Treppenstufen vor unserer Eingangstür sah. Auf dem Deckel stand in unbekannter Schrift mein Name. Ich dachte sofort an meine Mutter, die mich in den verschwiegenen Winkeln meiner Träume immer noch verfolgte, die Frau, von der ich immer noch erwartete, dass sie eines Tages zu mir zurückkehren würde. Ich starrte auf die Schachtel, stellte mir vor, wie meine Mutter heimlich aus ihrem Versteck gekommen war, sich in die Stadt geschlichen hatte, während ich in der Schule war, und etwas für mich zurückgelassen hatte. Mein Herz schlug heftig und unregelmäßig, als ich im Geiste zahllose Möglichkeiten erwog …

Vielleicht lag ein silberner Armreif in der Schachtel, der mich jedes Mal an sie erinnern würde, wenn er unter meinem Ärmel hervorblitzte.

Oder ein Buch, das sie als Kind geliebt hatte und es mir jetzt mit einer Widmung versehen schenkte.

Ein Schal, den sie selbst gestrickt hatte.

Tickets für ein Madonna-Konzert.

Doch als ich die Schachtel öffnete und den ersten Hinweis in der Schrift meines Vaters entdeckte, war es mir peinlich, zu welchen wilden Fantasien ich mich hatte verleiten lassen. Ich schloss die Tür auf und trat in den dunklen Flur; zum Schutz vor der nachmittäglichen Wärme in Ojai waren alle Jalousien heruntergezogen. Ich ließ Rucksack und Schachtel neben der Tür fallen und las noch einmal den Hinweis.

Ein Ort, der immer eine Zuflucht für uns ist. Die Regale im Wohnzimmer, in denen der nächste Zettel in der nächsten Schachtel lag.

Hier gibt's kuschelige Umarmungen. Die obere Ablage im Schrank meines Vaters, wo er seine Pullover aufbewahrte.

Vollkommen auf die Jagd konzentriert, hüpfte ich von Zimmer zu Zimmer, meine Mutter hatte ich längst vergessen. Ich wusste nie, ob ich am Ende ein ganz besonderes oder ein eher banales Geschenk finden würde. Aber das war mir im Grunde auch gleichgültig. Mein Vater hatte ein Talent dafür, Spaß in mein Leben zu bringen, in dem Geld und Freunde knapp waren. Niemand durfte zu mir zum Spielen kommen, weil nie ein Erwachsener zu Hause war. Die Mitschüler in meiner dritten Grundschulklasse waren offenbar so beschäftigt, dass sie bei ihren vielen Freizeitaktivitäten nach der Schule keine Zeit für mich hatten. Mit Ausnahme von Jack.

Die letzte Schachtel fand ich unter dem Waschbecken im Badezimmer, ein dunkler, feuchter Platz. Jemand hatte ein paar Löcher in den Deckel gebohrt, und ich hielt den Atem an, als ich ihn vorsichtig hob.

Als sich meine Augen an das Halbdunkel gewöhnt hatten, entdeckte ich in einer Ecke der Schachtel etwas Braunes, Flauschiges: Der Hamster, um den ich meinen Vater seit Monaten angebettelt hatte, lag halb versteckt unter Sägespänen. »Hallo, kleiner Mann«, sagte ich. Meine Stimme hallte von den Badezimmerfliesen wider und dröhnte in meinen Ohren. So behutsam, dass ich die Berührung kaum spürte, streichelte ich den Rücken des Hamsters.

Der Hamster rührte sich nicht, und als ich den Finger unter seinen kleinen Körper schob, fiel mir auf, dass er sich nicht so warm anfühlte wie Nibbles, der Hamster in unserer Klasse. Und während ich Nibbles' winziges Herz schlagen spürte, wenn ich ihn hochhob, blieb bei diesem Hamster alles still.

In aufsteigender Panik stupste ich ihn mit dem Finger an und sah im Spiegel über dem Waschbecken mein entsetztes Gesicht.

Ich weiß nicht mehr, was anschließend geschah. Habe ich die Schachtel weggeworfen? Bin ich zu den Nachbarn gelaufen, um dort zu warten, bis mein Vater nach Hause kam? Die Erinnerung scheint mit der Entdeckung des toten Hamsters in der Schachtel jäh abzubrechen.

Ich reiße mich zusammen, kehre wieder ins Hier und Jetzt zurück, und nehme das Handy, um Nicole anzurufen.

»Bist du gut angekommen?«, fragt sie, als sie sich meldet. »Wie ist er denn so?«

Ich mustere den Stapel Notizblöcke auf dem Schreibtisch vor mir, drehe mit dem Finger an dem großen Gummiband, das sie zusammenhält. »Ehrlich gesagt ist er völlig anders als erwartet.«

»Inwiefern?«, fragt sie.

Ich überlege, wie ich darauf antworten soll. Was ich ihr sagen kann, ohne meine wahre Beziehung zu ihm preiszugeben. »Ich hatte einen dynamischen Mann erwartet, so wie man ihn aus der Öffentlichkeit kennt. Aber hier ist er deutlich zurückhaltender. Er wirkt irgendwie geschrumpft.«

»Wahrscheinlich liegt es an seinem Alter.«

»Er ist krank«, teile ich ihr mit gesenkter Stimme mit, obwohl uns hier niemand zuhören kann.

»O wow«, sagt sie. »Was hat er?«

»Lewy-Körperchen-Demenz.«

Sie pfeift leise vor sich hin. »Hat das nicht auch Robin Williams gehabt? Kein Wunder, dass sie dich angefragt haben.«

Ich ziehe den Finger aus dem Gummiband und lasse es auf das Papier schnalzen. »Es gibt da noch was. Er schreibt keinen Roman«, sage ich. »Es sind Memoiren über die Mordfälle.«

»Du meine Güte.«

»Er hat alles von Hand geschrieben«, sage ich und blättere durch die obersten Seiten. »Es sind ungefähr dreißig Notizblöcke. Alles mit schwarzer Tinte geschrieben, es sieht aus wie das Manifest eines Massenmörders.«

Nicole klingt plötzlich ernst. »Soll ich anfragen, ob sie dir ein Hotelzimmer bezahlen? Oder ein Airbnb?«

»Nein, ist in Ordnung. Er ist in Ordnung«, sage ich. »Sie haben mich im Gästehaus untergebracht. Es liegt getrennt vom Haupthaus auf dem Gelände und hat eine abschließbare Tür. Hast du die Mail von Neil gelesen?«

Neil ist der Lektor des Buches und berüchtigt für seinen rücksichtslosen Gebrauch des Rotstifts. Er hat mir gestern Abend geschrieben und mich gebeten, dass ich in engem Kontakt mit ihm bleibe, und erneut auf den Abgabetermin im Juni hingewiesen.

»Ja, habe ich. Soll ich mich einschalten? Vielleicht können wir den Termin noch ein bisschen nach hinten schieben.«

»Haben wir denn irgendetwas in der Hand?«, frage ich.

»Ich weiß es nicht genau«, sagt sie. »Aber ich kann ja mal die Lage sondieren, wenn du möchtest.«

Ich wäge ab, wie wichtig es ist, dass der Verleger nicht nur Vertrauen in meine Fähigkeit hat, mit meinem Vater zusammenzuarbeiten, sondern auch davon überzeugt ist, dass ich den Abgabetermin einhalte. Dieser Job muss unbedingt ein Erfolg werden, damit ich wieder all den Stimmen Gehör verschaffen kann, denen ich Gehör verschaffen möchte. »Nein«, antworte ich. »Warten wir erst mal ab, wie es läuft.«

»Such dir einfach eine Stelle aus und leg los«, rät sie mir. »Setz mich bei jeder Mail in cc. Ich bin sicher, du kannst von zu Hause aus redigieren, wenn sie mit dem ersten Entwurf zufrieden sind.«

Ich stelle mir vor, wie ich nach Topanga und zu den finanziellen Schwierigkeiten, die mich dort erwarten, zurückkehre. Wie ich von hier wegfahre, während der körperliche Verfall meines Vaters voranschreitet, und es Alma überlasse, das Haus auszuräumen und zu verkaufen. Einen Platz im Pflegeheim für ihn zu finden, wenn er nicht mehr zu Hause versorgt werden kann, und die Finanzierung dieser Heimversorgung zu organisieren. Selbst wenn nichts davon zu meinen Aufgaben gehört, verspüre ich dennoch Gewissensbisse, dass ich meine Rolle als Tochter einfach so an eine andere Person abgebe. In all den Jahren habe ich meine Entscheidung, ihn aus meinem Leben zu verbannen, als gerecht empfunden. Jetzt hingegen verspüre ich hauptsächlich Zweifel.

»Es gibt auch gute Neuigkeiten«, sagt Nicole und reißt mich aus meinen Gedanken. »Die erste Vorschussrate ist eingegangen, und wir überweisen sie in ein paar Tagen auf dein Konto.« Vertrag und Zahlung wurden in aller Eile abgewickelt. Obwohl Nicole versuchte, im Umgang mit den Modalitäten des Vorschusses kreativ zu sein und darum kämpfte, möglichst viel für mich herauszuschlagen, ließ der Verlag nicht mit sich reden. Hunderttausend Dollar bei Unterschrift des Vertrages, weitere Hunderttausend bei Lieferung des fertigen Manuskriptes und die restlichen Fünfzigtausend jeweils aufgeteilt bei Veröffentlichung des Hardcovers und des Taschenbuches.

Angesichts der Höhe meiner Schulden bei John Calder und meinen Anwälten, wird der erste Teil der Zahlung höchstwahrscheinlich keine achtundvierzig Stunden lang auf meinem Konto bleiben.

»Ich habe jetzt ein Meeting«, sagt Nicole. »Ruf mich an, wenn du was brauchst.«

»Mach ich«, sage ich und lege auf.

Ich schiebe das Gummiband vorsichtig von dem Papierstapel, damit die Seiten in der richtigen Ordnung bleiben, und fange an zu lesen.

Die kantige, gezackte Handschrift meines Vaters versetzt mich in die Zeiten im Internat zurück, als er mir gelegentlich eine Postkarte von seinem jeweiligen Aufenthaltsort irgendwo in der Welt schickte, und von erfolgreichen Gesprächen oder einem renommierten Preis schrieb; die Fs und Gs bohren sich wie auf und abwärts gerichtete Stacheln durch den Text. Es wäre ein gefundenes Fressen für einen Grafologen.

Nach ungefähr zwanzig Minuten beginnt mein Kopf direkt hinter den Augen zu schmerzen. Was ich bisher gelesen habe, ist nicht die Rohfassung eines Buches, sondern die Stimme eines Mannes, der ziellos über seine Kindheit schwadroniert. Was er mochte und was nicht. Wie furchtbar er es fand, sich ein Zimmer mit seinem älteren Bruder zu teilen, während seine Schwester ihr eigenes Zimmer hatte. Die Art von Einfällen, die mir in der Anfangsphase eines Projektes manchmal durch den Kopf gehen, ohne dass ich mir die Mühe mache, sie aufzuschreiben.

Ich stehe auf, dehne mich, gehe zu den Kisten hinüber und hebe den Deckel der obersten an, in der sich ein Wust verschiedener Papiere befindet. Ich nehme eine Handvoll heraus und blättere sie durch. Bezahlte, einige Jahre alte Rechnungen für Kabelfernsehen, Versorgung, Wasser, Strom. Leere Blöcke, Werbungen von Immobilienmaklern. Ich stopfe alles wieder in die Kiste zurück und öffne den nächsten Deckel. Vorabdrucke seiner Romane, die er absegnen musste, so dicht aneinander gepackt, dass ich den Finger nicht dazwischenschieben und einen herausnehmen kann. Manche Titel erkenne ich, andere sind mir unbekannt, das Datum der Veröffentlichung auf den Buchrücken liegt schon lange zurück.

Das Bett befindet sich in der gegenüberliegenden Zimmerecke, unter einem Fenster, dessen durchscheinender Vorhang glücklicherweise frisch gewaschen aussieht. Ich lasse mich darauf nieder, stelle fest, dass auf der Leuchtuhr des altmodischen Radioweckers die falsche Zeit blinkt, und gestatte mir endlich, die Tatsache zur Kenntnis zu nehmen, dass ich nach so vielen Jahren wieder zu Hause bin. Die Schatten meines jüngeren Selbst tanzen in den Ecken wie Quälgeister, zwingen mich, an längst vergangene Dinge zu denken. Wie ich früher Himmel und Hölle auf dem Hof gespielt habe und mein Vater mit mir zusammen herumhüpfte, wenn er eine Pause einlegte; welch ein lächerliches Paar wir abgaben, während wir uns idiotische Reime ausdachten und auf einem Fuß herumhopsten. Oder wie wir im Wohnzimmer vor dem Fernseher saßen – ich mit einem Becher heißer Schokolade und er mit einem immer vollen Glas Whisky. Ich denke an die kunstvollen Schatzsuchen zurück, die er sich für mich ausdachte – wie er mich durchs ganze Haus und die nähere Umgebung schickte, wobei ich niemals wusste, ob der Schatz etwas Großartiges sein würde wie etwa ein neues Fahrrad oder nur eine Kleinigkeit, zum Beispiel ein Mäppchen in Form eines Hundes. Mir fällt auch wieder der tote Hamster ein, erstickt in der Schachtel unter dem Waschbecken im Badezimmer. Ich fand diese Schatzsuchen immer aufregend, war aber zugleich auf der Hut, was ich finden würde.

Ich habe Jahre damit verbracht, meinem Vater zu folgen, und immer gehofft, dass der Mann, den ich dann fand, jeweils genau der Vaterversion entsprach, die ich gerade brauchte. Hin und wieder kam das auch durchaus vor. Dann erteilte er mir in einem Ferngespräch über den Atlantik hinweg einen klugen Rat. Oder eine Karte von ihm mit einer witzigen Zeichnung landete am Groundhog Day in meinem Posteingang. Als ich siebzehn Jahre alt war, hatte ich ihn schon seit Jahren nicht mehr gesehen. Er existierte nicht mehr für mich. Ich absolvierte ein Studium im Ausland, und als ich den Abschluss machte, wusste ich, dass ich ihn aus meinem Leben verbannen musste.

»Ich verstehe nicht, warum du nach Paris ziehst«, sagte er beim Abendessen zu meinem Abschluss nach dem vierten Whisky. »Du solltest wieder nach Hause kommen.«

Die Eltern meiner Mitbewohnerin rückten unbehaglich auf ihren Stühlen hin und her, zweifellos überrascht davon, dass der berühmte Vincent Taylor sich als eine solche Enttäuschung entpuppte.

»Ich gehe weg, weil du eine Katastrophe bist«, erwiderte ich. »Obwohl du überall leben könntest, bist du niemals umgezogen. Du stellst dich als Opfer übler Nachrede dar, aber im Grunde bist du kein Opfer, sondern du findest es toll.«

Er sah mich durchdringend an, als wolle er mich herausfordern, weiterzureden und das auszusprechen, was ich verschwiegen hatte. Ich folgte der Aufforderung nur zu gern. »Es gefällt dir, dass man dich für den möglichen Mörder hält, der in seiner Heimatstadt herumschleicht und den Leuten ein unbehagliches Gefühl bereitet. Du kultivierst es regelrecht.« Mit erhobenen Händen redete ich weiter und konnte einfach nicht aufhören. »Das alles gehört zu deiner Rolle, und die würdest du bei einem Umzug aufgeben müssen.« Als ich bemerkte, dass die anderen Gäste an den Nebentischen bereits zu uns herübersahen, senkte ich die Stimme. »Ich will kein Teil dieses Lebens sein, Dad.«

Das war unser letztes Gespräch. Ich zog nach Paris, heiratete und ließ mich scheiden. Als ich schließlich mit fünfundzwanzig in die Vereinigten Staaten zurückkehrte und eine Journalistenschule in Chicago besuchte, war ich ein neuer Mensch, mit neuem Namen, geschmiedet in den Flammen der dysfunktionalen Persönlichkeit meines Vaters.

Ich sitze wieder am Schreibtisch und bin entschlossen, mich vollständig durch den ersten Notizblock hindurchzukämpfen. Ich suche verzweifelt nach etwas, das sich zu einem Anfangskapitel umbauen lässt. Einen Augenblick lang halte ich bei der Widmung inne:

Für Danny und Poppy – das hier ist nicht eure Geschichte,
sondern meine eigene. Indem ich sie erzähle, hoffe ich,
dass ich euch damit wieder zum Leuchten bringe,
und sei es auch nur für einen kurzen Augenblick.

Ich mache an der Stelle weiter, wo ich aufgehört habe, verliere aber schon bald wieder den Faden. Danny und Poppy lassen Drachen steigen, mein Vater sitzt auf einer Decke und sieht ihnen dabei zu. Dann gehen die Zeitstränge kreuz und quer durcheinander. Einige Seiten drehen sich um meine Mutter, Lydia, sie war in den Monaten vor den Morden die Freundin meines Vaters. Auf anderen wird der Vandalismus an der Highschool geschildert. Dann geht es plötzlich um die entlaufene Nachbarskatze. Ich fange an, den Text querzulesen, um mir einen Überblick zu verschaffen. Mit einem Mal sind wir wieder im März, beim Grillen im Garten. Wandern anschließend mit Poppy und ihrer Super-8-Kamera umher. Es ist, als würde man den Bericht eines verschlungenen Traumes lesen, mit abrupten Übergängen und Perspektivwechseln. Ich mache mir ein paar Notizen:

Einen steilen Hügel hinunterfahren/Herbst
Familienmahlzeiten – Mutter furchtbar schlechte Köchin
Poppys Geburtstag – sie bekommt eine Kamera geschenkt

Ich versuche, die letzte Idee auszuarbeiten, und denke, das könnte vielleicht ein interessanter Anfang sein. Ich blättere zurück bis zu der kurzen Szene, in der ein Tag Anfang März beschrieben wird – eine Rollerskate-Party, die man Danny erspart hatte und an der mein Vater gezwungenermaßen teilnehmen musste. Eine zweite Feier, diesmal im Familienkreis, ein Essen im Garten mit Lagerfeuer und Musik. Ich versuche mir vorzustellen, welche Musik sie gehört haben. Welche Insiderwitze sie sich erzählt haben. Was es zu essen gab. Der Abend ist kühl und frisch, sie müssen Sweatshirts anziehen, wärmen sich am Feuer. Lachen. Gesänge. Geschenkpapier und Kuchen. Als sich vor meinem geistigen Auge allmählich eine Szene entwickelt, klappe ich den Computer auf und arbeite alles so um, wie mein Vater es meiner Ansicht nach ursprünglich darstellen wollte. Darin besteht die Aufgabe eines Ghostwriters, und daran halte ich mich. Es ist sein Buch, es sind seine Regeln, und niemand wird je erfahren, dass ich alles überarbeitet habe.

Es ist ein kurzes Kapitel mit nur sechs Seiten, aber als ich mit der Arbeit fertig bin, habe ich das Gefühl, Zeit und Ort eingefangen und dem Leser ein Gefühl für das Ojai der Siebzigerjahre und die Familiendynamik vermittelt zu haben. Bevor ich zu tief in die Arbeit eintauche, muss ich wissen, ob ich auf der richtigen Spur bin, und sende eine Mail an Neil, wobei ich Nicole in cc setze, und lese erneut durch, was ich geschrieben habe.

Kaum zu glauben, dass das alles nur fünf Jahre vor meiner Geburt passiert ist. Wenn ich an meinen Vater und seine Geschwister denke, kommt mir das Jahr 1975 wie eine andere Ära vor. Aber tatsächlich wäre Poppy bei meiner Geburt erst neunzehn Jahre alt gewesen. Eine junge Tante, mit der man Spaß haben könnte, die mir beigebracht hätte, Rollerskate zu laufen. Die mir Zöpfe geflochten hätte. Mich zum Shopping nach Santa Barbara oder Ventura mitgenommen und meinen Eltern einen freien Abend verschafft hätte.

Was wäre wohl aus ihr geworden, wenn ihr Leben nicht mit vierzehn Jahren geendet hätte? Ich klappe den Laptop zu und starre auf die Wände, die an manchen Stellen fast bis an die Decke reichenden Kistentürme, und spüre den Verlust einer Person, die ich niemals kennenlernen und lieben durfte.

Ich nehme mir erneut das Manuskript vor, durchblättere es und versuche, Themen aufzulisten, über die ich morgen bei der Besprechung mit meinem Vater reden möchte.

Doch als ich weiterlese, wird die Handschrift meines Vaters zusehends unleserlicher, gerät über die Zeilen hinaus oder schräg nach unten. Von banalen Kindheitserinnerungen springt er jäh zu bruchstückhaften Einfällen. Sätze fangen an und werden nicht beendet. Auf einer Seite steht nur der Satz: *Sie hätte nicht weggehen sollen.* Wieder und wieder, von oben bis unten derselbe Satz: *Sie hätte nicht weggehen sollen.*

Von bösen Vorahnungen erfüllt blättere ich weiter, und allmählich wird mir klar, dass ich nur sehr wenig von dem Geschriebenen verwerten kann. Es gibt keine Geschichte. Hier und da kurze Randnotizen in einer anderen Tintenfarbe, als hätte mein Vater sie später hinzugefügt. Wie es Autoren manchmal zu tun pflegen, wenn sie ihre Texte überarbeiten und eine Idee festhalten wollen. Aber diese Einfälle hier haben keinen Bezug zu dem, was auf der Seite steht.

Ich musste Ricky Ricardo schnell begraben.
Die dunkelsten Verstecke: Vorratsschuppen, Poppys Schrank, Dachboden, Garage.
DIESER VERDAMMTE FILM

Und dann, rasch ganz unten auf die Seite hingekritzelt, beinahe am Ende des ersten Notizblockes steht ein Satz, bei dem es mich kalt überläuft.

Am liebsten hätte ich Danny umgebracht.

VINCENT

13. JUNI 1975
19:30 UHR

Ich sehe in die lodernden Flammen und achte darauf, dass sie nicht zu hoch steigen. Ich habe nicht viel Zeit und muss die Sache hier unbedingt erledigen. Lydia wartet auf mich, und ich will nicht, dass sie sich Sorgen macht. Oder dass sie kommt, um nach mir zu sehen und mich fragt, warum es so lange dauert, ihr ein Sweatshirt zu bringen.

Ich hatte ein Loch gegraben, genauso wie Danny es mir vor vielen Jahren beigebracht hatte, und das blutige T-Shirt hineingeworfen. Anschließend bedeckte ich es mit dem Abfall, den ich aus der Highschool mitgenommen hatte, unbemerkt von den Aufsehern, die am letzten Schultag etwas weniger aufmerksam waren als sonst. Ich hatte ein neues Hemd aus meinem Schulschließfach angezogen, das zwar leicht muffig roch, aber immerhin sauber war. Ein Sweatshirt für Lydia hatte ich auch schnell mitgenommen, denn glücklicherweise hatte ich aus Faulheit mein Schließfach nicht geräumt, obwohl Mr. Wallens darum gebeten hatte.

Die Hitze und der Rauch des Feuers bringen meine Augen zum Tränen, aber ich zwinge mich, sie offen zu halten. Ich hoffe, dass ich, wenn ich sie später schließe, nur noch die Schatten und Umrisse der Flammen sehe und nichts anderes.

Die Plastiktasse krümmt sich und schmilzt in der Hitze, stechender, durchdringend riechender Rauch steigt auf, als ich das Feuer allmählich ausgehen lasse. Ich will nicht, dass der Abfall vollständig verbrennt. Die anderen sollen erkennen, was da gebrannt hat, damit sie nicht genauer hinsehen und das T-Shirt tief unter der Asche bemerken.

Als die Flammen beinahe erloschen sind, schaufle ich Erde darüber und trete sie fest, bis ich ganz sicher bin, dass Feuer und Glut erstickt sind. Ich scharre über die Oberfläche, bis die aufgegrabene Erde nicht mehr auffällt – auch das hat Danny mir gezeigt –, und mache mich dann auf den Weg zurück durch das Eichenwäldchen zu Lydia. Unterwegs denke ich mir eine Erklärung aus, warum ich nach Rauch rieche, falls mich jemand danach fragen sollte.

KAPITEL 5

Ich lege das Manuskript auf den Tisch und gehe zu meinem Auto. Ich brauche unbedingt einen klaren Kopf. Zuerst fahre ich ziellos herum, gelange durch die verschlungenen Straßen im Viertel meines Vaters allmählich in die Innenstadt von Ojai und beruhige mich langsam. Mein Vater ist krank, und in den Informationen, die ich über die Lewy-Körperchen-Demenz gelesen habe, war auch von Halluzinationen und Fehlerinnerungen die Rede. Es hieß, Leute beharrten manchmal auf Dingen, die nachweislich nicht stattgefunden hätten. Ich kann nicht mit Sicherheit sagen, ob die Krakeleien meines Vaters vielleicht Wahnvorstellungen sind. Ricky Ricardo begraben? Eine Halluzination. Der Mann verliert den Verstand. Und der letzte Satz – *Am liebsten hätte ich Danny umgebracht* – könnte durchaus eine Übertreibung sein. So was sagen die Leute ständig. Was mich am meisten irritiert, ist die Seite, auf der nur ein einziger, sich ständig wiederholender Satz steht: *Sie hätte nicht weggehen sollen.* Dysfunktionales Grübeln? Aber worüber?

Mein Magen knurrt, und ich stelle das Auto auf einem Parkplatz in der Nähe der Ojai Avenue ab, als eine Textnachricht meiner Maklerin Renee eingeht. Sie ist ausgesprochen schlau, kann manchmal recht schroff sein und kommt grundsätzlich sofort zur Sache.

Gestern mit jemandem das Haus besichtigt. Sah zuerst vielversprechend aus, haben aber kein Angebot gemacht. Wir sollten uns ernsthaft über den Preis unterhalten. Rufen Sie mich an.

Ich sitze im Auto, das sich in der Mittagshitze zunehmend erwärmt, und meine Gedanken springen zwischen zwei schrecklichen Wahrheiten hin und her: Ich werde mein Haus verkaufen müssen und John Calder trotzdem noch Geld schulden.

Ich schiebe das Smartphone in die Tasche zurück, als könnte mich das vor Renees schonungsloser Analyse schützen, und gehe in die Richtung von Nina's Diner. Mit einem Mal verspüre ich heftiges Verlangen nach den Burgern dort. Aber genau wie alle anderen Läden von früher ist auch Nina's verschwunden und durch einen Gourmet-Grill und ein hippes Café ersetzt worden. Mein Magen knurrt erneut und zwingt mich hineinzugehen. Drinnen ist es hell und freundlich, ganz anders als der Straßenverkauf von Nina, wo wir an einem Fenster unsere Bestellung abgaben und uns an sonnigen Tagen zum Essen draußen hinsetzten.

Ich bestelle einen Burger und Pommes frites und nehme anschließend das neue Lokal in Augenschein. An den Tischen sitzen Touristen beim Mittagessen, mit den hellen Holzdielen wirkt der Raum freundlicher, und an der erhöhten Decke sind Töpfe mit Hängepflanzen angebracht.

Ich lächle der Bedienung zu, die mir jetzt eine braune Papiertüte mit meinem Essen überreicht, und gehe wieder nach draußen. Ich habe erst ein paar Schritte zurückgelegt, als ich ihn auf der anderen Straßenseite sehe. Oder zumindest glaube ich, dass er es ist. Er ist größer geworden, seine Schultern sind breiter, aber ich erkenne ihn an seinen Bewegungen, so wie man sich plötzlich an ein Lied erinnert, das man vor langer Zeit oft gehört hat.

Ich sollte mich umdrehen. In einen Laden abtauchen, bis er verschwunden ist. Doch stattdessen rufe ich: »Jack!«

Als er seinen Namen hört, dreht er sich um, sucht vergebens nach einem bekannten Gesicht, bis ich ihm kurz zuwinke. »Ich bin's, Olivia.«

Er kneift die Augen zusammen, überquert die Straße und grinst mich breit an. »O mein Gott«, sagt er. Als er vor mir steht, nimmt er mich nach kurzem Zögern fest in den Arm, bevor er mich wieder loslässt und mustert. Sein Blick macht mich verlegen.

Ich bedeute ihm, mir zu folgen, um das Gebäude herum, weg vom Bürgersteig. Wir überqueren den Radweg, der quer durch das Stadtzentrum führt und sich hier zwischen einigen Bäumen hindurchschlängelt. Wir setzen uns auf einen Baumstamm und sehen einander an. »Was ist denn mit Nina's passiert?«, frage ich.

Jack zuckt die Schultern und sagt: »Hat dichtgemacht. Ich glaube, es war 2006? Sie haben es mit einem zweiten Laden in der Nähe der Highschool versucht, aber den gibt es auch nicht mehr.«

Ich nehme einen Bissen von meinem Burger, der nicht halb so gut schmeckt wie die von Nina's. »Alles ist verschwunden.«

»Das ist eben der Fortschritt«, erwidert er und zieht mich am Haar. »Du bist ja inzwischen blond.«

Beim Klang seiner Stimme macht mein Herz einen kleinen Sprung. Sie hört sich vertraut und zugleich anders als früher an. Tiefer, gereifter, die Jahre haben ihr ein gewisses Gewicht verliehen. Jack trägt ein Flanellhemd und Bluejeans, die Spitzen der Arbeitsstiefel schauen unten am Saum hervor. Seit ich acht Jahre alt wurde, war Jack mein bester Freund. Er war der Einzige, der mich nicht wie ein seltsames Exemplar aus dem Zoo behandelte, das man besser aus sicherer Entfernung betrachtete – und er geriet deswegen häufig mit seinem Vater aneinander, Dannys bestem Freund. Nachdem ich die Schule wechselte und ein Internat in der Schweiz besuchte, schrieben wir uns Briefe – Hunderte davon. Ich berichtete ihm, wie sehr ich meine neue Schule und meine Mitschüler hasste. Er vertraute mir an, dass der Alkoholkonsum seines Vaters, der immer schon häufig zur Flasche gegriffen hatte, mittlerweile völlig außer Kontrolle geraten und er zum Alkoholiker geworden war. Und er hielt mich über die Untaten meines Vaters, von denen die amerikanischen Medien berichteten, auf dem Laufenden.

»Ich habe hin und wieder Ausschau nach dir gehalten«, sagt er jetzt und zuckt leicht mit den Schultern. »Nichts Stalkermäßiges, ich habe nur gelegentlich in den sozialen Medien nach dir gesucht. Aber ich konnte dich nie finden.«

Mit der Zeit wurden die Briefe zwischen uns seltener. Als ich die Schule beendete, hatten wir uns schon seit Monaten nicht mehr geschrieben, und ich hatte das Gefühl, es sei der richtige Zeitpunkt, um alle Verbindungen zu meinem früheren Leben in Ojai zu kappen, eingeschlossen die zu Jack.

»Ich habe in Frankreich studiert«, sage ich. »Anschließend bin ich nach Paris gezogen und habe einen professionellen Skifahrer geheiratet. Das hat aber nicht funktioniert«, schließe ich etwas verlegen.

»Tut mir leid.«

Ich winke ab. »Nicht nötig. Wir waren jung und nicht reif genug für die Ehe. Aber seinen Nachnamen habe ich behalten.«

»Und wie heißt du jetzt?«

»Dumont«, antworte ich und warte, ob er den Namen erkennt. Nicht aufgrund meiner Bücher, sondern wegen des Skandals, der inzwischen als Erstes auftaucht, wenn man mich googelt.

Aber er sagt ihm anscheinend nichts. »Und wo wohnst du?«, will er wissen. »Womit verdienst du dein Geld?«

»Ich wohne in Los Angeles«, gebe ich zurück und denke einen Augenblick lang an mein Leben dort. An mein Haus, das mir so viel bedeutet und das ich wahrscheinlich bald verliere. Den Bankrott, der mir bevorsteht, wenn ich es nicht schaffe, dieses Buch termingerecht abzuliefern. »Ich bin Ghostwriterin – bekannte Leute beauftragen mich, ihre Lebensgeschichte zu schreiben, und dann erscheint das Buch unter ihrem Namen.«

Jetzt wird er neugierig. »Wer denn, zum Beispiel?«

»Viele verschiedene Leute«, sage ich. »Vor einigen Jahren habe ich mit Rena Salazar zusammengearbeitet, sie ist professionelle Surferin. Sie hat eine Stiftung für Alphabetisierung in Afrika gegründet.« Ich biete ihm von meinen Pommes frites an und beschließe, nichts über meinen letzten Auftrag und meine abrupt beendete Mitarbeit zu erzählen.

Wie ich erwartet hatte, greift er zu. Was ich erzählt habe, scheint ihn zu beeindrucken. »Das klingt ja aufregend. Aber wieso bist du hier in Ojai?«, fragt er. »Doch bestimmt nicht, um deinen Dad zu besuchen?«

Kauend denke ich darüber nach, wie ich darauf antworten soll, und frage mich, ob ich nicht besser einfach weitergelaufen wäre, statt Jack auf mich aufmerksam zu machen. »Tatsächlich bin ich genau deswegen hier.«

»Es ist völlig in Ordnung, wenn du nicht darüber reden möchtest«, antwortet er und klingt leicht beleidigt.

»Mein Vater ist krank«, sage ich. »Er leidet an Lewy-Körperchen-Demenz.«

»Ich glaube, davon habe ich schon mal was gehört. Obwohl hier in Ojai viel getratscht wird, ohne dass sich jemand groß um Fakten kümmert.«

»Wie immer.«

»Ist es schlimm?«, fragt er.

»Ich glaube schon«, gebe ich zurück und lege die Tüte mit den Pommes frites zwischen uns auf den Baumstamm. Ein paar Minuten lang essen wir in einträchtigem Schweigen, und ich genieße seine Gegenwart. Es fühlt sich so gut an, mit jemandem zusammen zu sein, der mich wirklich kennt. Der über meine Familiengeschichte Bescheid weiß und darüber, woher ich komme.

»Was meinst du, wie lange bleibst du ungefähr hier?«

Ich schüttle den Kopf. »Das weiß ich noch nicht genau.« Im Allgemeinen ist es mir unangenehm, wenn ich meine Mitarbeit an einem Projekt geheim halten muss. Ich führe Leute nicht gern hinters Licht und verpasse dadurch außerdem häufig die Gelegenheit zu spontanen Interviews. Mir ist es wesentlich lieber, wenn alle wissen, weshalb ich da bin. Diesmal ist es mir jedoch ganz recht, dass ich mich hinter familiären Pflichten verstecken kann. »Wo wir schon von dysfunktionalen Eltern sprechen: Wie geht es deinem Vater?«

»Offiziell ist er inzwischen in Rente, aber das hindert ihn nicht daran, ständig auf dem Weingut aufzutauchen, Ratschläge zu erteilen und jede Entscheidung, die ich treffe, infrage zu stellen. Aber er ist seit zwanzig Jahren trocken.«

»Das ist ja großartig«, sage ich. Mark Randall hatte seit jeher viel getrunken, aber im Lauf der Jahre war es für Jack wirklich übel geworden.

Eine kühle Brise kommt auf und sorgt für Gänsehaut an meinen Armen. Die Kronen der Eukalyptusbäume über uns werfen lange Schatten. Jack streckt die Beine aus und lehnt sich auf die Ellbogen gestützt zurück.

»Erzähl mir was von dir«, sage ich.

Jack hält die Linke hoch und zeigt den Ring an seinem Finger. »Ich bin seit fünf Jahren verheiratet.«

»Wie heißt er?«, frage ich.

»Matt«, antwortet er. »Stell dir vor, wir haben uns sogar auf dem Weingut kennengelernt. Er hat sich bei uns für einen Job als Sommelier beworben. Den hat er zwar nicht gekriegt, dafür aber, wie ich gern sage, was deutlich Besseres.«

Lächelnd knülle ich das Papier, in das der Burger eingepackt war, zusammen und schiebe es in die leere Tüte. Wenn jemand Glück verdient hat, dann ist es Jack.

»Dann hast du also dein Coming-out gehabt.« Ich blicke auf meine Hände. »Tut mir leid, dass ich nicht für dich da war.«

Er macht eine lässige Handbewegung. »Das geht schon klar. Wie sich herausstellte, hatte meine Mutter bereits länger den Verdacht gehabt und mir ziemlich viele Steine aus dem Weg geräumt, was meinen Vater betrifft. Sie sind beide begeistert von Matt.« Er wirft mir einen Seitenblick zu. »Und wie sieht's bei dir aus? Gibt es da jemand Bestimmten?«

Ich sehe zwei Fahrradfahrern zu, die an uns vorbeiradeln, folge dem Paar mit den Augen und bemerke, wie sie in völliger Harmonie langsam die Pedale treten. Ich stelle mir vor, die beiden wären ich und Tom in einem Paralleluniversum, in dem ich niemals über meine Vergangenheit lügen müsste. »Ja«, sage ich und blicke wieder zu Jack zurück. »Er heißt Tom und ist Architekt.«

»Ist er mit dir zusammen hier? Ich würde ihn gern mal kennenlernen.«

Ich sehe wieder zum Fahrradweg, das Paar ist bereits verschwunden. »Er konnte leider nicht mitkommen, er hat viel zu tun«, antworte ich und stelle mir vor, wie es wäre, wenn Tom und Jack einander kennenlernten und ihre Geschichten über mich austauschten. Obwohl ich mir wünschte, es wäre die Wirklichkeit, weiß ich, dass es nicht so kommen wird. Diese beiden Welten werden niemals zusammentreffen.

Wir schweigen einen Augenblick lang, und ich genieße unser Zusammentreffen, seine Gegenwart, die Vertrautheit zwischen uns. »Bist du glücklich, Livy?«, fragt er.

Ich sehe hoch in die Baumkronen. »Ich denke schon«, erwidere ich.

Er schaut auf seine Uhr, steht auf und fegt Schmutz von seiner Hose. »Ich mache mich mal wieder auf den Weg. Am Freitagabend ist der Verkehr immer schlimm.«

Er beugt sich zu mir, zieht mich hoch und schlingt die Arme um mich. Er riecht noch genau wie früher, nach Minze und Kiefer, und ich atme tief ein. »Wir müssen bald ein richtiges Treffen nachholen«, sagt er. »Kannst du dich am Sonntag für ein Abendessen loseisen?«

»Das müsste gehen, aber ich möchte nicht, dass sich meine Rückkehr hier herumspricht«, sage ich und denke an das Buch und die Bedingung im Vertrag, dass niemand von meiner Mitarbeit erfahren soll. Nach der Veröffentlichung würden die Leute bestimmt Fragen stellen, wenn sie wüssten, dass ich für längere Zeit hier gewesen bin. »Es ist lange her, seit ich ein Exponat im Taylor-Familienzoo war.«

Jack holt seine Visitenkarte aus der Gesäßtasche. »Unter der Nummer hier kannst du mir eine Nachricht schicken. Das ist mein Privathandy.«

Er drückt mir zum Abschied die Hand, seine Finger sind warm und schwielig. Ich erwidere den Händedruck, und zum ersten Mal, seit ich hier bin, überkommt mich ein Gefühl der Ruhe, ein fester Glaube daran, dass alles schon irgendwie gut gehen wird.

Gegen Abend rufe ich Tom an.

»Hey du«, meldet er sich. »Wie war dein Tag?«

»Lang«, gebe ich zurück und stelle mir vor, wie er ausgestreckt auf der Couch in seinem Apartment in Brentwood liegt und auf dem stumm geschalteten Fernseher auf einem Sportkanal irgendein Ballspiel läuft.

»Lass mich raten: Du steckst im Gästehaus von Oprah Winfrey, weil ihr Privatkoch dich beauftragt hat, ein Enthüllungsbuch über sie zu schreiben.«

Ich muss lachen und sehe mich in meiner vollgestopften Unterkunft um, die Oprahs Gästehaus wahrscheinlich nicht im Entferntesten das Wasser reichen kann. »Nein, also in Montecito bin ich definitiv nicht«, erwidere ich.

»Verstehe. Dann steckst du in San Diego und arbeitest an einem Buch über das *Famous Chicken* Ted Giannoulas, der sich immer benachteiligt fühlte, weil er nie das offizielle Maskottchen der Padres sein durfte.«

»Nein, auch verkehrt, obwohl sich das nach einer Wahnsinnsidee für ein neues Projekt anhört. Wenn ich hier fertig bin, werde ich auf jeden Fall mit Nicole darüber reden.« Ich lehne mich zurück, und der Stress des Tages lässt langsam nach, als ich Toms leiser Stimme lausche. »Wieso kommst du überhaupt darauf, dass ich noch in Kalifornien bin?«, frage ich.

»Reine Mathematik«, sagt er. »Du bist mit dem Wagen gefahren, es kann also nicht allzu weit weg sein.«

»Vielleicht bin ich zum Flughafen in L.A. gefahren und von da aus irgendwo hingeflogen.«

»Ausgeschlossen«, kontert er. »Selbst wenn du keinen Prozess am Hals hättest, wärst du einfach zu knauserig, um die Flughafenparkgebühr zu bezahlen.«

Lachend stelle ich mir vor, wie es wäre, wenn ich Tom erzählen könnte, dass ich in Ojai bei meinem kranken Vater bin und sich alles kompliziert und beängstigend anfühlt. Dass ich, vielleicht zum ersten Mal in meiner Karriere, Angst habe, einer Aufgabe nicht gewachsen zu sein.

»Kannst du schon einschätzen, wie umfangreich das Projekt ist?«, fragt er. »Wie lange du dortbleiben musst?«

»Noch nicht so richtig.« Ich werfe einen Blick auf die Notizblöcke und frage mich, was ich darin entdecken werde, wenn ich richtig in die Arbeit eintauche. »Angeblich kann ich das Projekt in einem Monat bewältigen, aber ich glaube, es könnte länger dauern.« Mein Vater und ich sind übereingekommen, es eine Woche lang miteinander zu versuchen, aber mir ist schon jetzt klar, dass ich mit Sicherheit nicht aus der Sache aussteigen werde.

Wir plaudern noch ein bisschen über den Tag, dann fängt Tom an zu gähnen. »Reden wir morgen wieder?«

»Unbedingt«, sage ich.

»Ich liebe dich.«

Ich denke daran, was dieser Satz für mich bedeutet, an die Sicherheit, die ich in Toms Gegenwart verspüre, und hoffe, dass in einigen Wochen alles hinter mir liegt. Dann wird das Buch fertig sein, und ich kann wieder nach Hause zurück. Und möglicherweise wird die Lüge, die ich allen erzählt habe, zumindest was meinen Vater betrifft, sich dann als die Wahrheit herausstellen.

»Ich liebe dich auch«, sage ich.

Später am Abend scrolle ich zwanghaft durch Instagram, stelle fest, welche meiner Kollegen neue Bücher herausgebracht haben, frage mich, welche ihrer Autoren auch mit mir zusammengearbeitet haben würden, wenn die Verleger es denn erlaubt hätten, als ich plötzlich ein wildes Schreien aus dem Haus vernehme. Es ist die Stimme meines Vaters, und er stößt brüllend Worte hervor, die ich nicht verstehen kann. Ich sehe auf die Uhr meines Telefons. Es ist kurz nach Mitternacht. Ich springe aus dem Bett, reiße die Tür auf, haste die Stufen des Gästehauses hinunter und quer über den Hof. Als ich näher komme, schwillt die Stimme meines Vaters zusehends an. Das Fenster in seinem Zimmer ist geöffnet, und sein Kopf ist zu sehen, während er an der Fensterbank herumreißt.

Mit klopfendem Herzen laufe ich die Treppe hinauf und in sein Schlafzimmer, wo ich ihn im T-Shirt und fadenscheinigen Pyjamahosen vorfinde. Alma steht neben ihm und versucht, ihn zu beruhigen, eine Hand auf seinen Arm gelegt.

»Was ist los?«, frage ich. »Was hat er?«

Mein Vater hat mich bemerkt und reißt die Augen auf, als würde er einen Geist erblicken. »Oh, Lydia«, sagt er. »Ich glaube, ich drehe durch.«

Ich kriege mit einem Mal keine Luft mehr. Mein befehlsgewohnter Vater ist spurlos verschwunden, und an seine Stelle ist ein alter Mann getreten, den ich kaum wiedererkenne. Ich will ihn gerade darauf hinweisen, wer ich bin, als ich Almas Miene bemerke, die mir wortlos zu verstehen gibt, dass ich jetzt besser nicht mit ihm herumdiskutieren soll. »Ist schon okay«, sage ich stattdessen.

Alma tritt einen Schritt vor. »Wir bringen Sie jetzt wieder in Ihr Bett zurück, Vince. Ich habe Ihre Tabletten schon zurechtgelegt.« Sie nimmt ein leeres Wasserglas von seinem Nachttisch und geht ins Bad, um es zu füllen.

Mein Vater sieht wieder zum Fenster. »Ich versteh einfach nicht, warum es nicht funktioniert.«

»Stimmt irgendwas mit dem Fenster nicht?«, frage ich.

»Poppys Geheimversteck. Die Fensterbank lässt sich doch anheben«, sagt er, die Stimme zu einem Flüstern gesenkt. »Aber jetzt …

kann ich die Öffnung nicht mehr finden. Sie ist einfach verschwunden.«

Alma kommt mit dem Wasserglas zurück. Noch bevor sie ihn erreicht hat, wendet sich mein Vater abermals dem Fenster zu und streicht mit der Hand unten an der Fensterbank entlang, als suche er etwas. »Wo ist sie bloß?«, fragt er Alma.

»Morgen, wenn es hell ist, schauen wir noch mal gründlich nach«, sagt sie beruhigend und führt ihn vom Fenster weg. Das Nachthemd ist ihr zu weit und so lang, dass es ihr bis an die Füße reicht, wobei mir auffällt, dass ihre Fußnägel dunkelrot lackiert sind. Mein Vater stützt sich schwer auf ihren Arm, sein Haar ist völlig wirr. Das Bett ist zerwühlt, das Bettzeug liegt in einem Haufen auf dem Boden, als habe er alles in Panik heruntergezerrt.

»Hier«, sagt Alma und reicht ihm in der gehöhlten Hand eine Pille.

»Was ist das?«, fragt er.

»Ihre Tablette«, sagt sie. »Dann geht's Ihnen besser, und Sie können schlafen. Dieses Gefühl, das Sie jetzt haben, die überwältigende Angst und Panik? Die Tablette sorgt dafür, dass es allmählich verschwindet, erinnern Sie sich? Und jetzt atmen Sie zusammen mit mir aus und ein.« Sie macht es ihm vor, und mein Vater folgt ihrem Beispiel. »Und noch mal«, sagt sie. Er gehorcht. »Jetzt die Tablette.«

Er ist nervös und zittert, als er die Pille aus ihrer Hand nimmt und in seinen Mund befördert. Sie hilft ihm, das Glas festzuhalten und die Medizin hinunterzuschlucken. Der Anblick der beiden, wie sie gemeinsam im Lichtkreis der Lampe vor der dunklen Fensterscheibe stehen, einander in die Augen sehen und darauf warten, dass die Tablette zu wirken beginnt, wirkt auf mich wie ein lebendes Gemälde. Meine Beine fühlen sich an wie Gummi, Adrenalin schießt durch meine Venen, und dennoch, trotz meiner Betroffenheit, komme ich mir vor wie ein Eindringling. Ich gehöre nicht hierher. Ich weiß nicht, wie ich mit dieser Situation umgehen soll.

»Ich wollte nur mal nachsehen«, sagt mein Vater jetzt mit ruhigerer Stimme zu mir. »Mich davon überzeugen, dass es noch dort ist.«

Endlich finde ich die Sprache wieder. »Was wolltest du überprüfen?«, frage ich. »Was hast du dort versteckt?«

Er wirft mir einen dieser vernichtenden Blicke zu, die ich so gut kenne. Als könne er nicht glauben, dass er es tatsächlich laut aussprechen muss. »Das Messer, Lydia.«

KAPITEL 6

Irgendwie gelange ich ins Gästehaus zurück. Ich verschließe die Tür, knipse das Licht aus und starre aus dem Fenster zurück zum Haus. Nach einer Weile geht auch das Licht im Zimmer meines Vaters aus, und dann ist dort ebenfalls alles dunkel.

Das Messer, Lydia.

Das Messer.

Das Messer.

Die Worte wirbeln durch meinen Geist, meine Gefühle kämpfen mit meinem Verstand. Ich habe Alma angesehen, nachdem er diese Worte ausgesprochen hatte, und einen schockierten Ausdruck auf ihrem Gesicht erwartet. Angst. Aber ihre Miene wirkte vollkommen ruhig und gefasst, als habe sie ihn entweder nicht gehört oder es sei ihr gleichgültig.

Offenbar hat Tom angerufen, während ich drüben war, denn er hat eine Sprachnachricht hinterlassen. *Ruf mich an, wenn du noch wach bist. Ich konnte nicht einschlafen und wollte bloß noch mal deine Stimme hören.* Aber ich kann ihn jetzt nicht zurückrufen, das ist einfach ausgeschlossen; er würde an meiner Stimme hören, wie erschüttert ich bin, und wissen wollen, was passiert ist. Ich schalte das Handy auf Ruhemodus, lege es mit dem Bildschirm nach unten auf den Nachttisch und rutsche tief unter die Bettdecke. Aber meine Lider wollen sich nicht schließen. Aus Angst vor meinen Träumen. Davor, welche Geschichten mein Unterbewusstes mir vielleicht erzählen möchte. Keine vierundzwanzig Stunden nach meiner Ankunft hier bin ich nicht mehr davon überzeugt, dass ich meinen Vater kenne, sondern denke vielmehr, dass ich vielleicht überhaupt nicht weiß, wer er ist.

Irgendwann bin ich wohl doch eingeschlafen, denn am nächsten Morgen schrecke ich mit einem Ruck hoch. Meine Augen fühlen sich sandig an, und mein Nacken ist steif. In meinem Posteingang liegt eine Mail von Neil, dem Lektor. Sie ist ausgesprochen kurz.

> Wir können das nicht verwenden. Da passiert ja überhaupt nichts.

Ich starre auf die Nachricht und brauche einen Augenblick, bis ich verstehe, wovon die Rede ist. Er meint das Kapitel, das ich gestern geschickt habe.

Ich schreibe Nicole, obwohl heute Samstag ist.

> Neil gefällt das Kapitel nicht. Ich habe mein Bestes gegeben, um eine einigermaßen zusammenhängende Szene herauszuarbeiten. Den Rest des Manuskripts habe ich mir noch nicht angesehen, glaube aber kaum, dass er wesentlich besser sein wird.

Sie antwortet mir fast umgehend.

> Ich bin im Fitnessstudio, aber meine Assistentin hat für Montagmorgen 7 Uhr deiner Zeit einen Zoom-Termin mit dem Verlagsteam vereinbart. Wir müssen herausfinden, wie das Buch ihren Vorstellungen nach werden soll, damit du so gute Arbeit leisten kannst wie immer.

Ich schreibe nicht zurück. Ich weiß nicht, wie ich ihr sagen soll, dass etwas Größeres ans Licht gekommen ist, vielleicht eine Erinnerung, die mein Vater seit fünfzig Jahren verdrängt hat. Eine Erinnerung, die auch mich quält und mich dazu zwingt, alles infrage zu stellen.

Ich gehe ins Haus hinüber, sorgfältig darauf bedacht, meinen Vater, der am Frühstückstisch sitzt, nicht aufzuschrecken. »Wie geht's dir?«, frage ich. Alma ist in der Küche hinter uns und blättert in einem Katalog.

Er sieht mich an, seine Miene ist ausdruckslos. »Gut.«

Ich setze mich auf den Stuhl neben ihm, und Alma bringt mir eine Tasse Kaffee. Ich nehme einen Schluck, genieße die Wärme und das belebende Koffein. »Ich würde gern über gestern Abend reden.«

Er fixiert die dreieckige Toastscheibe in seiner Hand, als sei er sich nicht ganz sicher, was er damit anfangen soll. Er beißt zögernd hinein und erwidert: »Ich habe schlecht geträumt. Das kommt gelegentlich vor.«

»Das war kein Traum. Du warst wach.«

»Halluzinationen sind nichts Ungewöhnliches«, lässt sich Alma hinter uns vernehmen. »Sie kommen gerade zu Beginn der Krankheit häufiger vor und zeigen meist ein Voranschreiten der Erkrankung an. Das Beste ist, sie ernst zu nehmen und ihn währenddessen zu unterstützen.«

»Vielen Dank, Frau Doktor«, bemerkt mein Vater sarkastisch.

»Das war aber keine Wahnvorstellung, in der du dich für einen Broadway-Star hältst oder irgendwelche Insekten siehst, die gar nicht da sind. Das war eine ganz spezifische Erinnerung an etwas, das tatsächlich geschehen ist.«

»Ich bin mir nicht sicher, ob es da viel zu diskutieren gibt.«

»Das soll ein Witz sein, richtig?« Trotz seines Schweigens bohre ich weiter. »Im Wesentlichen hast du gesagt, das Messer wäre nicht mehr da, wo du es hingelegt hast. Du warst in Panik. Als würde etwas Schlimmes passieren, wenn du es nicht mehr findest.« Ich senke die Stimme und bin mir vollauf der Tatsache bewusst, dass Alma hinter uns steht. »Hast du von der Mordwaffe gesprochen?«

Er schiebt den Teller von sich und legt die Serviette auf die Reste seines Frühstücks. »Mein Arzt hat mir gesagt, dass mein Verstand mir einen Streich spielen könnte. Dass ich völlig unsinnige Dinge glauben könnte.«

»Ich weiß nicht, Dad. Mir kam es so vor, als würde da noch mehr dahinterstecken.«

»Olivia«, schaltet sich Alma jetzt mit warnendem Unterton ein.

Mein Vater schüttelt den Kopf, als wolle er die Stimmen darin vertreiben. Dann nimmt er die benutzte Serviette von seinem nahezu leeren Teller, streicht sie glatt, breitet sie auf seinem Schoß aus, zieht den Teller wieder zu sich heran und stochert mit der Gabel in seinem Essen herum. Er nimmt einen Bissen und sagt: »Die Eier sind kalt.«

»Du bist schon fertig mit dem Essen«, sage ich. Leise Angst überkommt mich, er wirkt so fragil. Bei meiner Ankunft gestern schien er wie früher zu sein, und ich frage mich, wie schwer es ihm gefallen sein muss, seinen wahren Zustand vor mir zu verbergen. Und inwieweit meine Anwesenheit hier sein ohnehin prekäres Gleichgewicht gefährdet.

Sein Blick wandert zwischen mir und Alma hin und her, aber bevor er etwas sagen kann, schaltet sich Alma ein. »Das reicht jetzt. Es war eine Halluzination. Nichts Reales. Ihre Anwesenheit ruft Erinnerungen hervor, die schmerzlich für ihn sind. Ich habe ja gesagt, es war ein Fehler, Sie herzubitten. Es überfordert Ihren Vater, dass Sie hier sind.«

Aber er sträubt sich. »Erzählen Sie mir nicht, womit ich zurechtkomme und womit nicht.«

Almas Blick wandert zwischen uns hin und her und gleicht einer stummen Herausforderung an mich. »Wir müssen um Punkt zwölf Uhr hier los.«

Ich sehe meinen Vater an. »Wohin geht ihr denn an einem Samstag?«

Er sieht mich niedergeschlagen an. »Das Leben ist einfacher, wenn man keine Fragen stellt.«

»Bist du dir sicher, dass du das schaffst?«, frage ich ihn, bevor wir anfangen. Wir haben unsere alten Plätze von früher eingenommen – er sitzt an seinem Schreibtisch, den Stuhl vom Fenster abgewandt, ich auf meinem Stuhl neben der Tür.

Er schüttelt kurz den Kopf. »Abends ist es besonders schlimm, da werde ich immer unruhig«, erklärt er. »Eine Art Sonnenuntergangssyndrom, ich verliere das Gefühl für Zeit und Ort. Das bedeutet aber im Allgemeinen gar nichts. Alma weiß schon, was man dann machen muss.«

»Mir kam das gestern ziemlich bedeutungsvoll vor.«

»Glaub mir, da täuschst du dich.«

Eine meiner Kolleginnen hat einmal an einem Buch über einen Serienmörder gearbeitet. Sie hat davon berichtet, wie es war, diesen Mann im Gefängnis zu interviewen. »Wir alle sind unzuverlässige Erzähler«, sagte sie. »Aber jemand, der einen anderen Menschen umgebracht hat? Niemand führt uns derart hinters Licht wie solche Personen. Nach und nach beginnt man an allem zu zweifeln – sogar an Dingen, die ganz offensichtlich der Wahrheit entsprechen.«

Ist es vorstellbar, dass mein Vater ein Mörder ist? Insgeheim, fast unbewusst, habe ich diese Möglichkeit niemals ausgeschlossen. Kurz nachdem ich erfahren hatte, was mit Danny und Poppy geschehen war, fragte ich ihn geradeheraus: »Hast du es getan?«

Er sah mich auf seine typische, herablassende Art an, als sei er über eine derart lächerliche und kindische Frage völlig erhaben. »Also dafür habe ich jetzt wirklich keine Zeit, Olivia.«

Er war gerade dabei, seine Sachen für eine Reise zu packen, und seine Assistentin Melinda bereitete in der Küche einen Hotdog und eine Tomatensuppe für mich zu, ihre Übernachtungstasche stand im Flur. Ich sah meinem Vater zu, der Pullover und Hosen zusammenlegte und sie sorgfältig in seinem Koffer verstaute. Und ich versuchte mir vorzustellen, wie er mit einem Messer auf seinen Bruder und seine Schwester einstach. Welche Wut ihn zu dieser Gewalttat angetrieben haben musste. Ich probierte es mit einer anderen Methode. »Ich sag's auch niemandem«, versprach ich. »Du kannst mir vertrauen.«

Er lachte auf, schloss den Koffer und hob ihn am Griff hoch. »Das werde ich mir merken«, sagte er und ging an mir vorbei die Treppe hinunter.

Entschlossen schiebe ich die Erinnerung an dieses Gespräch beiseite. »Ich habe angefangen, dein Manuskript zu lesen«, sage ich. Er sieht mich an, als suche er in meinem Gesichtsausdruck nach einem Anhaltspunkt dafür, was ich davon halte, aber es gelingt mir, eine vollkommen undurchdringliche Miene aufzusetzen. »Es steht nicht viel drin, womit ich arbeiten kann.«

Ich habe erwartet, dass er wütend wird oder sich in die Defensive gedrängt fühlt. Stattdessen scheint er in sich zusammenzufallen. »Das habe ich befürchtet«, sagt er. »Das liegt an der Krankheit. Sie verführt dich dazu, dass du glaubst, du könntest die Realität und vergangene Ereignisse vollständig erfassen. Du bist absolut überzeugt davon und glaubst alles, was sie dir weismachen will.« Er seufzt. »Und dann findest du eines Tages schließlich heraus, dass nichts von dem, was du geglaubt hast, wahr ist. Nichts hat sich so abgespielt, wie du gedacht hast.« Er beugt sich vor und sieht mich durchdringend an. »Du musst mir dabei helfen, mich an alle guten Dinge zu erinnern. Wie diese Schatzsuchen, die ich mir früher für dich ausgedacht habe. Wie sich alles am Ende zusammengefügt hat, Hinweise und Belohnungen. Und der Spaß dabei.«

Dass er so unvermittelt auf etwas anderes zu sprechen kommt, finde ich verwirrend und beunruhigend. Ich frage mich, ob sich alle unsere Gespräche künftig in dieser Art abspielen werden: Nachdem wir ein Thema kurz angerissen haben, driftet er in eine andere Richtung ab und kommt auf Erinnerungen zu sprechen, die überhaupt nichts mit seinen Memoiren zu tun haben. »Dad, konzentrieren wir uns lieber auf das Buch. Ich habe versucht, deinem Wunsch entsprechend vorzugehen – ich habe ein Kapitel überarbeitet und es an deinen Lektor geschickt. Er meinte, das würde so nicht funktionieren.« Ich warte ab, ob er mir jetzt einen Vorschlag macht, wie es weitergehen soll. Als er jedoch stumm bleibt, sage ich: »Deswegen ist es notwendig, dass ich mit anderen Leuten spreche. Ich muss die Möglichkeit haben, dem, was du erzählst, irgendeinen Sinn zu geben.«

Er lehnt sich resigniert zurück. »Ich glaube, das wird nicht nötig sein«, sagt er. »Morgens kann ich am besten arbeiten, und ich habe den Faden noch nicht so weit verloren, dass ich dir nicht erzählen könnte, was du wissen musst. Dem, was ich da geschrieben habe, einen Sinn zu verleihen.«

»So läuft das nicht«, sage ich. »Memoiren sind die Nacherzählung des eigenen Lebens und werden überzeugender, wenn andere Beteiligte auch zu Wort kommen.«

Durch die geschlossene Tür höre ich gedämpft Alma in der Küche mit Töpfen und Pfannen hantieren.

»Das geht nicht«, gibt er zurück. »Vor der Veröffentlichung darf niemand von diesem Buch erfahren.«

»Warum nicht?«, will ich wissen. »Es ist doch nur hilfreich für den Verkauf, wenn es vorher ein bisschen Wirbel gibt.«

Er heftet den Blick aus seinen blauen Augen auf mich. »Weil im Manuskript Dinge stehen, die ich der Polizei niemals mitgeteilt habe. Wir müssen sehr vorsichtig sein mit allem, was wir sagen, wie wir es sagen und insbesondere, wann wir es sagen. Was das betrifft, musst du mir einfach völlig vertrauen, Olivia.«

Ich mustere ihn und denke an den vergangenen Abend. *Das Messer, Lydia.* An die hingekritzelten Notizen im Manuskript.

Sie hätte nicht gehen sollen.
Am liebsten hätte ich Danny umgebracht.

Schließlich sage ich: »Na gut, fangen wir doch einfach mit den gestrigen Ereignissen an. Hast du die Mordwaffe unter Poppys Fensterbank versteckt?«

Er sieht mich an, als hätte ich ihm eine Ohrfeige versetzt. »Ist das deine übliche Arbeitsweise mit Auftraggebern? Setzt du die auch unter Druck und beschuldigst sie, Mörder zu sein?«

»Du hast gerade gesagt …«

»Das hier ist wirklich nicht einfach für mich. Ich habe fünfzig Jahre lang geschwiegen – auf eigene Gefahr. Es geht nicht darum, was gesagt werden muss, sondern wie wir die Geschichte erzählen.«

Ich unterdrücke meine Ungeduld, ermahne mich, dass ich bei einem anderen Projekt meine Frage niemals so formuliert hätte. Gerade am Anfang kommt es darauf an, im Gespräch mit dem Betreffenden zugleich Vertrauen aufzubauen und nach interessanten Einblicken zu forschen. Dafür gibt es keine Regeln, man muss seiner Intuition folgen. »Du hast recht. Tut mir leid. Warum erzählst du mir nicht erst mal ein bisschen was über Poppy und Danny? Was auch immer dir als Erstes in den Sinn kommt.«

Er atmet durch die Nase ein, schließt die Augen und erinnert mich an einen Musiker kurz vor dem Auftritt. Als er die Augen wieder aufschlägt, sagt er: »Danny war für sein Leben gern draußen, in der freien Natur. Als er noch jünger war, hat er mal an einem Survival-Kurs teilgenommen und seine Schwäche für die Natur entdeckt. Für die Einsamkeit in der Natur.« Er hält inne und überlegt kurz. »Aber manchmal konnte er einem auch Angst machen. Dann kam dieser erschreckende Ausdruck in seine Augen. Als müsste er sich sehr beherrschen, um einem nicht wehzutun.«

»War er schon immer so?«, frage ich.

Mein Vater lächelt schwach. »Nein, nicht als er jünger war, da ging eine ungeheure, vibrierende Energie von ihm aus.«

»Das klingt interessant. Wie meinst du das?«

»Na ja, genau so, wie ich es sage. In der Grundschule fühlten sich alle von ihm angezogen, von seiner Energie. Man hatte das Gefühl, er würde in einer anderen Galaxie leben als der Rest von uns. Die anderen Schüler taten alles, um in seiner Nähe zu sein. Schon damals hat er diese Survival-Bücher gelesen. Du weißt schon … wie man in der freien Natur überlebt und sich nur von Pflanzen und Insekten ernährt.«

»Habt ihr als Familie denn viel gezeltet?«

»Ich kann es nicht fassen, dass wir darüber noch nie geredet haben«, sagt er. »Ich dachte immer, wir würden irgendwann mehr Zeit füreinander haben, aber …« Er zuckt die Achseln. »Um deine Frage zu beantworten, nein. Meine Familie hat niemals gezeltet. Mein Vater war nicht gern draußen. Nach der Arbeit kam er nach Hause, sah sich die Nachrichten an und trank dazu einen Cocktail. Und meine Mutter wäre ohne ihre beheizten Lockenwickler und ihr Telefon gestorben. Aber Danny liebte es, in dem kleinen Wäldchen in der Nähe unseres Hauses zu übernachten. Er nahm das Zelt, das er zum Geburtstag bekommen hatte, und einen Schlafsack und schlug dort sein Lager auf. Manchmal blieb er das ganze Wochenende über weg.«

»Und deine Eltern haben erlaubt, dass er dort allein im Zelt übernachtet hat?«

Mein Vater lacht. »Es waren die Siebzigerjahre. Was er tat, kümmerte sie nicht, solange er nicht ihr wöchentliches Bridge-Spiel oder die Nachrichten mit Walter Cronkite störte.«

»Wie alt war Danny damals?«

Mein Vater überlegt kurz. »Als er zum ersten Mal allein draußen übernachtete, muss er um die zwölf Jahre alt gewesen sein«, antwortet er. »Anfangs zeltete er zwischen den Bäumen auf dem Feld hinter unserem Haus, wenn das Wetter schön war. Später wagte er sich dann in das Eichenwäldchen hinüber.« Dieses Wäldchen liegt nicht weit entfernt vom früheren Zuhause meines Vaters. »Das hat er gemacht, bis er starb. Einmal habe ich ihn gefragt, ob er sich vorstellen könnte, immer so zu leben, und er hat geantwortet, dass er ständig darüber nachdenkt. Dass unser Familienleben ihn einengen würde. Damals bewarb er sich gerade an einem winzigen College oben in Oregon, und ich glaube, verlockend daran war für ihn nicht nur die Entfernung zu Ojai, sondern auch, dass es dort jede Menge freier Natur für ihn gab.«

Mir ist, als befänden mein Vater und ich uns in einer Blase. Seine Stimme ist tief und melodisch, und ich hänge regelrecht an seinen Lippen. Noch nie zuvor hat er so offen über seine Geschwister gesprochen, und es fühlt sich an, als würde endlich ein Wunsch in Erfüllung gehen, den ich schon seit Langem verspürt habe. Ich will mich in seinen Worten verlieren, so wie damals, als ich noch klein war und ihm zuhörte, wenn er sich Geschichten von Lionel Foolhardy ausdachte. Ich will alles und jeden ausblenden und nur noch meinem Vater lauschen, der mir wunderbare Geschichten erzählt.

»Dann war Danny also unglücklich?«, frage ich und ermahne mich selbst, dass ich hier nicht die Zuhörerin, sondern die Autorin bin.

»Ich glaube, das waren wir alle«, gibt mein Vater zu. »Auf unsere eigene Weise. Ich lebte es aus, während Danny sich in sein Inneres zurückzog und unerreichbar für uns wurde. Unser Familienleben war schwierig, das sollte dir unbedingt klar sein. Unser Vater war emotional für uns Kinder nicht zugänglich, und unsere Mutter beklagte sich bei anderen ständig über uns, häufig wenn wir direkt danebenstanden. Na ja, über Danny klagte sie vielleicht etwas weniger. Aber was mich betrifft? Mein Gott, sie meckerte jedem vor, der es hören wollte, was es für ein schweres Los war, meine Mutter zu sein. Die Anrufe von der Schule, die Klagen anderer Eltern, meine miesen Noten, meine Kleidung. Über Poppy, die in meinen Augen nahezu perfekt war, zog sie genauso her. Sie jammerte darüber, dass Poppy die verkehrte Haarfarbe oder Frisur hatte, oder dass sie bei den Jungen keine Chance hätte, wenn sie keine Kleider und Röcke trug.« Er hält einen Augenblick lang inne. »Es war wirklich eine sonderbare Zeit. Wir hatten viele Freiheiten, aber es gab auch viele Regeln. An die wir uns natürlich nicht gehalten haben.«

»Welche denn, zum Beispiel?«

»Wir mussten um elf Uhr abends zu Hause sein. Da wurde nicht verhandelt. Um Punkt 23 Uhr wurden die Türen abgeschlossen, und wenn man sich keinen Ärger einhandeln wollte, sah man zu, dass man rechtzeitig da war.« Er lächelt mich etwas gequält an. »Es war zwar ein Kinderspiel, durch unsere Schlafzimmerfenster hinauszuklettern, aber fast unmöglich, auf diesem Weg wieder hineinzukommen. Aus diesem Grund hatte Danny das Schloss am Fenster der Hintertür manipuliert. Es sah aus, als würde der Riegel vorliegen, aber tatsächlich ließ er sich mühelos anheben, sodass wir hineingreifen und mit der Hand die Tür von innen öffnen konnten.«

»Hattet ihr denn keine eigenen Schlüssel?«

Mein Vater schüttelt den Kopf. »Das war nicht nötig. Damals hat niemand tagsüber die Türen abgeschlossen.«

Wir tauschen einen Blick, als uns beiden klar wird, was das bedeutet und wie die Ereignisse an jenem Tag einen ganz anderen Verlauf hätten nehmen können.

»Du hast gesagt, dass etwas Beängstigendes von Danny ausging. Erzähl mir ein bisschen mehr darüber.«

Die Stimme meines Vaters wird leiser, und beim Sprechen starrt er auf seine Hände. »Ich bin ihm einmal im Eichenwäldchen begegnet.« Er schweigt, als müsste er seinen Mut zusammennehmen, um weiterzusprechen. »Das war kurz bevor er starb. Ich war unterwegs, um meine Mutter zu treffen, und dann hörte ich es plötzlich. Dumpfe Schläge – *klatsch, klatsch, klatsch* – und ein ersticktes Geräusch, als bekäme jemand nicht genug Luft.«

Mein Vater war schon immer ein begnadeter Geschichtenerzähler. Er weiß instinktiv, wie er seine Stimme modulieren und wann er den Erzählfluss verlangsamen muss, um optimal Spannung aufzubauen, und ich spüre, wie sich mein Körper anspannt, während ich darauf warte, dass er weiterredet. »Es war am späten Nachmittag«, fährt er fort. »Ich erinnere mich noch an den leicht modrigen Geruch des Laubes und der feuchten Erde. Ich glaube, ich spürte intuitiv, dass ich keinen Mucks von mir geben durfte. Was auch immer Danny dort tat … ich sollte es jedenfalls nicht sehen.«

Er schweigt eine Weile, und ich lasse ihm Zeit, sich zu sammeln, bevor er weitererzählt. Ich werfe einen raschen Blick auf mein Handy, um mich zu vergewissern, dass es nach wie vor aufnimmt. »Als ich mich schließlich näher heranschlich, war Danny dabei, ein Loch zu graben. Sein Rücken zitterte vor Anspannung, sein Gesicht war rot vor Wut. Er stieß die Schaufel so heftig in den Boden, als wäre er sein persönlicher Feind. Neben ihm lag ein in ein T-Shirt gewickeltes Bündel. Ich konnte Blutflecken darauf erkennen, aber von meinem Standpunkt aus, verborgen hinter einem Baumstamm, konnte ich sehen, dass es nicht von Danny kam. Ich starrte auf das Bündel, bis meine Augen tränten. Ich wollte wissen, was sich darin befand.«

Er wischt sich die Augen, als würden sie brennen, und mir fällt auf, wie heftig seine Hand zittert. Wie intensiv er diesen Moment durchlebt. Das ist keine Halluzination und keine Panikattacke, sondern eine Erinnerung, von der er sich endlich befreien muss. »Es war die vermisste Nachbarskatze. Poppy hatte den Suchtrupp organisiert, alle Kinder dazu aufgefordert, überall Zettel aufzuhängen und in sämtlichen Garagen der Gegend nachzuschauen.« Er schüttelt den Kopf. »Als das Loch tief genug war, warf er die Schaufel beiseite und beförderte die Katze mit einem Tritt hinein.«

»Hast du was zu ihm gesagt? Ihn gefragt, was mit der Katze passiert war?«

Er sieht mich an, als wäre ich verrückt. »Nein. Ich habe mich so schnell wie möglich verdrückt.«

»Vielleicht war die Katze schon tot, als er sie gefunden hat«, gebe ich zu bedenken. »Vielleicht hat ein Kojote sie auf dem Gewissen gehabt, und Danny wollte Poppy und den anderen den traurigen Anblick ersparen.«

Mein Vater schüttelt wieder und sehr entschieden den Kopf. »Danny hat die Katze getötet.«

Ich bleibe skeptisch. »Soll das heißen, du hältst Danny für eine Art Soziopathen?«, frage ich. »Niemand hat je etwas Derartiges über ihn gesagt.«

Der Blick meines Vaters ist ruhig, und seine Hände zittern nicht mehr, als habe er sich durch diese Erzählung von der Erinnerung befreit. »Ich weiß, was ich gesehen habe. Ich galt immer als der Unberechenbare, aber mit Danny war es etwas anderes. Etwas viel Gefährlicheres.«

Ich stelle mir einen Augenblick lang die Szene vor. Die Gerüche, die Schatten im Wäldchen. Was mein Vater empfunden haben muss, die Angst, die nach all den Jahren in seiner Stimme mitschwang. Will er mir damit sagen, dass Danny Poppy umgebracht hat? Um ein Haar stelle ich diese Frage laut, bevor ich noch rechtzeitig an mich halte, weil mir einfällt, wie böse er wurde, als ich mich nach dem Messer erkundigt habe. Instinktiv weiß ich, dass es für eine solche Frage noch zu früh ist.

Und dann besinne ich mich. Was er da beschrieben hat, ist verstörend, aber ich kann nicht wissen, ob es auch der Wahrheit entspricht.

Zu Beginn eines Buches versuche ich, meine Figuren nicht allzu linear sprechen zu lassen. Ich lasse sie lieber im Geschehen vor- und zurückspringen und deute auf diese Weise die entscheidenden Augenblicke an, um die herum sich die Geschichte entwickeln wird. Ich beschließe daher, direkte Fragen zunächst einmal zurückzustellen. »Erzähl mir, was nach den Morden passiert ist«, sage ich. »Du warst mit Mom und deinem Lehrer im Eichenwäldchen, und als ihr von dort zurückgekehrt seid, habt ihr eine neue Wirklichkeit vorgefunden. Ich würde gern mehr über diesen Abend erfahren.«

»Ehrlich gesagt kann ich mich an kaum etwas erinnern. Wir mussten im Motel übernachten, weil das Haus ein Tatort war. Vermutlich stand ich unter Schock.« Seine Miene wirkt distanziert, als er versucht, an die Ereignisse zurückzudenken. »Manches vergisst man besser.«

»Ich möchte dich trotzdem bitten, dich zu erinnern«, sage ich.

Er nickt und denkt nach. »Wir durften nicht mal ins Haus, um uns ein paar Sachen zu holen«, sagt er. »Wir haben in unseren Kleidern geschlafen. Ich weiß noch, wie der Manager des Motels uns angesehen hat, als wir eincheckten. Mit einer Mischung aus Mitleid und Erleichterung – als wäre er froh, dass wir und nicht er auf dieser Seite der Empfangstheke stehen. Als mein Vater zahlen wollte, winkte er ab. ›Geht aufs Haus‹, sagte er.«

»Warum seid ihr in ein Motel gegangen?«, frage ich. »Warum habt ihr nicht bei Freunden übernachtet?«

Seine Ehrlichkeit überrascht mich. »Abgesehen von deiner Mutter hatte ich keine Freunde. Und die Freunde meiner Mutter mochten mich nicht besonders. Unter demselben Dach zu schlafen wie ich, war das Letzte, was sie wollten.« Er kichert. »Offen gestanden kann ich es ihnen nicht mal übel nehmen. Ich war ein seltsamer Kauz, und es wurde schon damals sofort getuschelt, dass ich möglicherweise der Mörder sein könnte.«

»Habt ihr zu dritt in einem Zimmer übernachtet?« Ich kann mir die drei gut vorstellen, zusammen in einem kleinen Motelzimmer, seine Eltern in einem Bett – mein Vater in dem daneben –, unfähig, ihr letztes und nunmehr einziges Kind auch nur einen Moment lang aus den Augen zu lassen, während sie an das denken, was gerade geschehen ist.

Aber er schüttelt den Kopf. »Nein, ich habe im Zimmer nebenan übernachtet. Die Wände waren sehr dünn – sie hätten jeden Rülpser von mir hören können.« Er seufzt. »Das Weinen meiner Mutter hat alles andere übertönt.« Er schweigt, erinnert sich. »Es klang, als würde sie nie mehr aufhören zu weinen.«

»Und du? Hast du geweint?«

»Geschwister sind in diesem Alter entscheidende Personen. Ich war immer das mittlere Kind und hatte mich mein ganzes bisheriges Leben lang an Danny und Poppy gemessen. Jetzt waren sie mit einem Mal nicht mehr da, und da war nur noch eine gewaltige Leere. Und Stille. Bis auf das Weinen meiner Mutter.«

Erst später, als ich die Unterhaltung transkribiere, fällt mir auf, dass er meine Frage nicht beantwortet hat.

VINCENT

FREITAG, 13. JUNI 1975
23.30 UHR

Ich liege auf dem Bett im Motel und spüre den kratzigen Bettüberwurf durch den Stoff meines T-Shirts. Es ist nicht das Shirt, das ich heute Morgen angezogen habe, in der Schule und später auf dem Sommerfestival trug, das T-Shirt, das trotz der vielen Blutflecken nach Waschmittel gerochen hat, als ich es ausgezogen habe. Das T-Shirt, das jetzt zu Asche verbrannt unter einem Haufen Abfall liegt.

Durch die dünnen Wände höre ich meine Mutter nebenan schluchzen und meinen Vater, der sie zu trösten versucht und dessen Stimme vor Kummer bedrückt und tief klingt. Ihr Schluchzen fühlt sich an, als würde jemand mit scharfen Fingernägeln über meine Haut fahren, und ich kann mich nur mühsam beherrschen. Wenn sie doch bloß eine einzige Minute lang still wäre.

Könnt ihr Kinder mal eine einzige Minute lang still sein?

Das wird in Zukunft jedenfalls kein Problem mehr sein.

Mit trockenen Augen starre ich an die fleckige Zimmerdecke, an der sich ein schmaler Lichtstreifen von der Straßenlaterne draußen abzeichnet. Das Adrenalin des Abends rauscht noch durch mich, mein Herz schlägt wie verrückt, obwohl inzwischen schon Stunden vergangen sind. Ich spüre jeden einzelnen Herzschlag an der Stelle, wo Danny meinen Kopf gegen die Wand geschmettert hat und wo eine Beule entstanden ist, direkt am Haaransatz.

Ich stelle mir die Polizisten vor, die immer noch durch unser Haus schwärmen, die Leichen meiner Geschwister sind inzwischen in einem Rettungswagen abtransportiert – ein Wagen ohne Blaulicht und Sirene, der langsam die Einbahnstraße hinunterfährt. Zur Eile besteht kein Grund mehr. Ich sehe die riesigen Blutlachen vor mir, die zurückgeblieben sind, die von Danny im Flur, die von Poppy in ihrem Zimmer. Flecken, die wahrscheinlich niemals verschwinden. Aber ich hoffe sowieso, dass wir nie wieder dort wohnen werden.

Die Polizei sucht mit Sicherheit nach Beweisen. Die Beamten versuchen rauszukriegen, wer dieses entsetzliche Verbrechen begangen hat – ein brutaler Mord an zwei Jugendlichen –, noch dazu mit einer Stichwaffe, was viel persönlicher ist als eine Schusswaffe. Und viel barbarischer als Gift. Sie werden Hinweise entdecken, aber niemals die Wahrheit herausfinden.

Heute Morgen bin ich als das seltsame mittlere Kind aufgewacht, das unberechenbare und launische, vor dem alle immer ein bisschen Angst haben. Und keine vierundzwanzig Stunden später bin ich ein Einzelkind. Ein Kind, dessen Anblick meine Eltern jetzt schon kaum ertragen, weil ich sie daran erinnere, wer verschwunden ist.

Allmählich wird das Weinen meiner Mutter im anderen Zimmer leiser, und das Atmen fällt mir etwas leichter. Ich hoffe, dass sie bald aufhört. Doch dann setzt das Weinen mit einem Mal wieder ein, ein lautes Heulen, das allen Gästen des Motels verraten muss, dass wir hier sind. Die über uns und das, was geschehen ist, nachdenken werden.

Ich drehe mich auf die Seite. Ich kann nicht an Poppy denken, daran, was sie wohl in ihren letzten Augenblicken gedacht hat. An Danny zu denken, sich vorzustellen, wie heftig er gekämpft hat, fällt mir leichter. Wie ich selbst um ein Haar derjenige hätte sein können, der im Flur gestorben wäre.

Die Wahrheit, die ich niemals aussprechen darf, ist, dass ich wegen Danny nicht traurig bin. Ich bin froh, dass er tot ist.

KAPITEL 7

Nachdem mein Vater sich zu seiner Verabredung auf den Weg gemacht hat, steige ich spontan in mein Auto und beschließe, vor Ort ein bisschen nachzuforschen.

Zuerst fahre ich zu dem Hotel, wo sie damals drei Tage lang bleiben mussten, als das Haus ein Tatort war. Im Gespräch hat mein Vater den Namen erwähnt, und ich kann mich noch aus meiner Kindheit daran erinnern. Das Starlight Motel am Highway 150 war früher ein leuchtend gelb verputztes, mit blauen Streifen dekoriertes Haus und schon von Weitem an der blinkenden Neonreklame zu erkennen. Doch als ich jetzt darauf zufahre, sagt mir die Aufschrift *Radisson*, dass es inzwischen zu einer Hotelkette gehört. Vom Parkplatz aus betrachte ich das beigefarbene Gebäude und versuche mir vorzustellen, wo damals ihre Zimmer gelegen haben mögen.

Mein nächstes Ziel ist das frühere Zuhause meines Vaters in der Van Buren Street. Je weiter ich Richtung Westen fahre, desto kleiner werden die Häuser, die nun aussehen wie die armen Verwandten der großen Anwesen im Osten der Stadt. Ungepflegte Vorgärten und Fensterrahmen aus Aluminium, auf den Auffahrten stehen ältere Fahrzeugmodelle: Hier wohnt die Arbeiterschicht von Ojai. Hier gibt es keine Airbnbs. Und keine wohlhabenden Städter, die ihren Ruhestand in einer malerischen Kleinstadt verbringen, mit erstklassigen Restaurants und trendigen Boutiquen, ganz auf die Touristen zugeschnitten, deren Geld Ojai am Laufen hält. Wer in diesem Teil der Stadt lebt, arbeitet in der Ferienanlage, unterrichtet an der Schule oder bedient die Kunden in den Edelrestaurants und Boutiquen.

Ich biege erst nach rechts, dann nach links ab und fahre eine ruhige Straße entlang. In vielen Auffahrten steht an diesem schönen Samstagnachmittag kein Auto. Und dann taucht es auf, jenes Haus, das in meinen Erinnerungen noch immer eine so wichtige Rolle spielt.

Ich parke und betrachte das vertraute Äußere. Die überdachte Veranda mit den vier Pfeilern, die sich über die gesamte Front erstreckt. Zwei Stufen aus Beton führen zur Eingangstür hinauf. An den Fenstern links und rechts davon sind keine Vorhänge zu sehen, und ich denke wieder an die Panikattacke meines Vaters gestern Nacht. Seine absolute Gewissheit, dass das Messer sich nicht mehr dort befand, wo er es zurückgelassen hatte, in Poppys Geheimversteck. Bei dem Gedanken, ob es mir wohl gelingt, die jetzigen Bewohner davon zu überzeugen, dass sie mich ins Haus lassen, damit ich selbst nachsehen kann, erfasst mich leichte Nervosität.

Ich steige aus dem Auto und gehe Richtung Tür, als ein älterer Mann mit einem Korb voller Gartengeräte aus dem Nachbarhaus tritt. »Falls Sie zu Frieda wollen, ihr Neffe hat sie vor ein paar Monaten in ein Seniorenheim gebracht«, ruft er mir zu.

»Ach, das ist aber schade«, improvisiere ich. »Ist sie krank?«

Er schüttelt den Kopf und mustert mich. »Nein, sie ist einfach nur alt.«

»Wissen Sie zufällig, was die Familie jetzt mit dem Haus vorhat?«, frage ich.

Sein Lächeln erlischt, und er stellt den Korb mit den Geräten ab. »Sind Sie Journalistin?«

Ich täusche Erstaunen vor und erwidere: »Nein. Warum? Wem gehört das Haus denn?«

Ich mache ein paar Schritte auf den Mann zu und schaue ihn mir genauer an. Er muss ungefähr so alt sein wie mein Vater, sieht jedoch erheblich gesünder aus, gebräunt und mit durchtrainierten Beinen. »Eine Immobilienfirma kümmert sich um das Haus«, sagt er. »Markham and Sons. Vielleicht fragen Sie am besten dort nach.«

In seinem Haus klingelt ein Telefon. Er wirft einen Blick auf seine offen stehende Haustür und sagt: »Ich gehe besser mal ran.« Er blickt etwas unschlüssig zu mir zurück und fragt sich offenbar, ob er mich unbeobachtet hier zurücklassen darf.

Schließlich geht er hinein, zieht die Tür hinter sich ins Schloss und lässt die Gartengeräte auf den Stufen zurück. Ich will gerade wieder auf das frühere Zuhause meines Vaters zugehen, als sich der Vorhang im Nebengebäude hebt und ich den Nachbarn erkenne, der mich nicht aus den Augen lässt. Ich winke ihm freundlich zu, steige wieder in mein Auto, steuere langsam aus der Einbahnstraße heraus um die Ecke und parke dort. Ich google den Namen der Immobilienfirma, den er mir genannt hat.

Eine Frauenstimme nimmt den Anruf entgegen. »Markham and Sons Immobilien, was kann ich für Sie tun?«

»Ich interessiere mich für das Haus in der Van Buren Street 554.«

Ihr Ton wird merklich kühler. »Tut mir leid, da können wir Ihnen nicht weiterhelfen.«

»Ich dachte, Ihr Unternehmen kümmert sich um die Liegenschaft?«

»Das ist richtig, aber das Haus ist nicht auf dem Markt.«

»Aber es steht leer«, gebe ich zurück.

»Das mag sein. Der Eigentümer ist aber zurzeit nicht an einer Vermietung interessiert. Wir haben andere Objekte im Angebot, falls Sie möchten.«

»Wer ist der Eigentümer?«, frage ich.

Ihre Stimme klingt nun noch abweisender. »Wie gesagt, die Liegenschaft ist derzeit nicht auf dem Markt. Bitte sagen Sie uns Bescheid, falls Sie sich etwas anderes ansehen wollen.«

Dann legt sie auf. Ich sitze da und starre auf mein Handy. Eine Frau geht mit ihrem Hund vorbei, wirft mir einen prüfenden Blick zu und spaziert weiter.

Als Journalistin hatte ich früher Zugang zu allen denkbaren Datenbanken und Quellen, die ich anrufen konnte. Doch mittlerweile habe ich kaum noch professionelle Kontakte aus dieser Zeit. Ich kann nun also den ganzen Tag lang darüber nachdenken, wie ich auf andere Weise an den Namen des Eigentümers komme, oder ich mache mich auf die Suche nach einer neuen Quelle.

Ich nehme das Handy, um meiner Maklerin Renee eine Nachricht zu schicken. Bei der Gelegenheit stelle ich fest, dass ich es versäumt habe, ihre Nachricht zu beantworten, in der sie mich bat, den Preis des Hauses zu senken.

Tut mir leid, dass ich auf Ihre letzte Nachricht noch nicht geantwortet habe. Ich bin in Ojai, und es wäre wunderbar, wenn Sie mir bei einer Sache weiterhelfen könnten. Ich interessiere mich für ein Haus hier, weiß aber nicht, wer der Eigentümer ist. Es ist nicht auf dem Markt, steht aber leer. Könnten Sie das irgendwie für mich herausfinden? Außerdem werde ich ernsthaft in Betracht ziehen, den Preis des Hauses zu senken. Versprochen.

Ich schicke ihr eine zweite Nachricht mit der Adresse und starre dann auf mein Handy, in der Hoffnung, jene drei Punkte zu sehen, die mir anzeigen, dass sie antwortet. Nach fünfminütiger Stille lege ich das Handy wieder aufs Armaturenbrett und fahre zum Haus meines Vaters zurück.

Ich beschließe, nicht den direkten Weg zu nehmen, und überlasse mich beim Fahren meinen Erinnerungen – nicht nur an die Zeit, in der ich hier in Ojai gewohnt habe, sondern auch an mein erstes Jahr im Ausland. Ich weiß noch genau, wie abgeschnitten von allem ich mich damals fühlte, wie einsam, weil mir die vertrauten Gewohnheiten von zu Hause fehlten, die Geräusche meines Vaters in seinem Arbeitszimmer, oder seine Stimme, wenn er mich anrief. Ich vermisste alles – sogar das, was ich nach eigener Behauptung immer so sehr gehasst hatte. Den Alkoholkonsum meines Vaters. Die vielen Abende, an denen er nicht zu Hause war. Seine häufigen Reisen. Erst als Tausende von Kilometern zwischen uns lagen, wurde mir bewusst, wie sehr mir seine Gegenwart fehlte. Oder zumindest die Möglichkeit, dass er auftauchte. Während die anderen Eltern gelegentlich ihre Kinder besuchten, ließ sich mein Vater im Laufe meiner gesamten Schulzeit im Ausland nur ein einziges Mal an einem Familienwochenende blicken.

Im November meines ersten Schuljahres im Internat hatte ich ihn gebeten zu kommen. In unseren Telefongesprächen hatte mein Vater ausgeglichener als sonst gewirkt. Er arbeitete an einem neuen Buch und war ganz begeistert von dem Projekt. Er war konzentriert, ging auf meine Fragen ein und hatte sogar einige Fragen an mich. Es gab keine langen Gesprächspausen mehr, in denen ich mich fragte, ob der Anruf unterbrochen worden oder mein Vater eingeschlafen war. Anscheinend freute er sich darauf, mich wiederzusehen. Ich malte mir aus, wie es sein würde, wenn er zu Besuch kam – wieder ganz der Alte, jemand, der sich darauf verstand, tolle Geschichten zu erzählen. Der jedem, mit dem er sprach, das Gefühl gab, etwas Besonderes zu sein.

Er traf spät am Freitagabend ein, und wir hatten verabredet, uns am nächsten Morgen zum Kaffee-Empfang im Büro der Schulleiterin zu treffen. Ich stand am Eingang des Alumni-Gebäudes und wartete auf ihn. Alle anderen Eltern waren bereits da. Ich fragte mich, welche Version meines Vaters wohl auftauchen würde. Ob er überhaupt kommen würde.

Als er endlich erschien, hatte er es eilig. »Los, bringen wir's hinter uns«, sagte er.

Ich folgte ihm. »Wie meinst du das?«

»Ich habe ein Treffen mit einem meiner ausländischen Verleger hier vereinbart. Wir wollen nur rasch ein paar Worte wechseln.«

Ich blieb stehen. »Am Besuchswochenende für Eltern?«

Er drehte sich um und sah mich an. »Das Internat zahlt sich ja nicht von selbst. Irgendwoher muss das Schulgeld schließlich kommen.«

»Es war nicht meine Idee, ins Internat zu gehen.« Ich hörte mich schrecklich bockig an und wusste genau, dass er diesen Ton nicht ausstehen konnte.

Er seufzte gereizt. »Nicht schon wieder, Olivia.«

Ich folgte ihm in den Empfangsraum und sah zu, wie er sich eine Tasse Kaffee von dem gedeckten Tisch an der Wand nahm. Wir standen stumm nebeneinander, dabei fiel mir auf, dass seine Hand zitterte und die Tasse ständig klirrend an die Untertasse stieß. Mein Vater hatte es offenbar auch bemerkt, denn er stellte die Untertasse auf einem Tisch ab.

Eine meiner Lehrerinnen kam auf uns zu. »Mr. Taylor, wie schön, Sie kennenzulernen. Ich heiße Francesca Williamson und bin Olivias Englischlehrerin und Betreuerin. Sie haben eine außergewöhnliche Tochter.«

»Danke sehr. Es freut mich, dass sie sich hier allmählich eingewöhnt.«

Mr. Williamson trat einen Schritt näher heran. »Sie tut weit mehr, als sich nur einzugewöhnen. Olivia ist Gründungsmitglied einer neuen Gruppe hier, des Women's Empowerment Clubs. Bisher haben wir rund zwanzig Mitglieder.«

Mein Vater verdrehte die Augen. »Um Gottes willen.«

Mrs. Williamson sah verblüfft aus. »Entschuldigen Sie?«

»Ich habe Olivia hergeschickt, damit sie die bestmögliche Ausbildung bekommt, die für Geld zu haben ist. Nicht damit sie irgendeinen feministischen Club ins Leben ruft, der nichts zustande bringt, außer viel Lärm und eine Menge Ärger zu verursachen.«

»Da bin ich anderer Meinung«, entgegnete Mrs. Williamson. »Der Club hat bereits vielen jungen Frauen die Möglichkeit gegeben, über Themen zu sprechen, die ihnen wichtig sind. Zum Beispiel Chancengleichheit in der Behandlung der Studenten. Oder dass auch weibliche Autoren auf den Lehrplänen stehen.«

»Herrje«, murmelte mein Vater, stellte auch die Kaffeetasse ab und sah Richtung Ausgang. Seine Stimme wurde lauter, sodass nun einige Personen in unserer Umgebung verstummten und uns ansahen.

»Wenn die Geschichte sich wiederholt, steht nur der Narr tatenlos da und sieht zu.«

»Bitte tu das nicht«, flüsterte ich.

»Was soll ich nicht tun?«, fragte er. »Du sollst dich einzig und allein auf deine Ausbildung konzentrieren, für die ich Zehntausende Dollar zahle, und nicht zur nächsten Gloria Steinem werden.« In diesem Augenblick fiel mir auf, dass Schweißtropfen auf seiner Stirn standen. Er war in Panik geraten – wie ein wildes Tier in einem Käfig.

Inzwischen waren noch mehr Leute auf uns aufmerksam geworden, und ich spürte, wie mein Gesicht heiß wurde. Mrs. Williamson, von der ich mir verzweifelt gewünscht hätte, dass ihr der Anblick meines langsam außer Kontrolle geratenen Vaters erspart geblieben wäre, fällte ihr stummes Urteil. »Warum kannst du dich nicht einmal normal benehmen?«, warf er mir jetzt vor. »Das tun, was von dir erwartet wird – einfach zur Schule gehen. Deine Hausaufgaben machen. Darauf hören, was Erwachsene dir sagen. Warum musst du immer für irgendwas eintreten? Immer irgendwelchen Wirbel verursachen. Lärm machen.«

Was er sagte, ergab keinen Sinn, auch wenn das für mich nichts Neues war. »Ich wollte bloß mehr zeitgenössische Autorinnen auf meiner Leseliste haben, mehr nicht«, gab ich mit leiser, kaum hörbarer Stimme zurück.

»Ich muss jetzt los, aber wir können beim Abendessen ausführlicher darüber sprechen. Ich habe im Hotel einen Tisch reserviert. Ich nehme an, du findest allein dorthin.«

»Nein«, sagte ich. »Du musst mich abholen.«

Aber er hatte sich bereits von uns abgewandt.

»Schülerinnen dürfen das Gelände nur verlassen, wenn sie von einem Erwachsenen abgemeldet werden. Oder bei Schulausflügen in die Stadt«, erklärte Mrs. Williamson.

»Ruf Melinda an. Sie wird die Sache regeln.«

»In Kalifornien?«, rief ich ihm hinterher. Melinda war durchaus in der Lage, einiges möglich zu machen. Aber ich bezweifelte doch stark, dass es ihr gelingen würde, mich aus einer Entfernung von Tausenden Kilometern schriftlich für diesen Abend aus diesem Internat abzumelden.

Er öffnete die Tür und verschwand. Die Gespräche ringsum setzten wieder ein, und mir fiel mit einem Mal auf, wie sich andere Eltern ihren Kindern gegenüber verhielten. Eine Mutter rückte einen Kragen zurecht. Strich Haare aus der Stirn. Eine väterliche Hand lag auf einer Schulter.

»Ich glaube, ich gehe zurück auf mein Zimmer«, sagte ich zu Mrs. Williamson.

Glücklicherweise gestattete sie es mir.

Spätabends trifft eine Nachricht von Renee ein.

> Tut mir leid, ich musste wegen eines
> Familiennotfalls die Stadt verlassen.
> Ich habe einem anderen Makler meine
> Kunden übergeben, obwohl ich ehrlich
> gesagt nicht glaube, dass Ihr Angebot
> auf viel Interesse stoßen wird, bevor Sie
> mit dem Preis heruntergehen.

Mein Daumen wandert zögernd über die Tastatur meines Handys, und ich überlege, ob ich sie feuern oder sie mit mehr Nachdruck um das bitten soll, was ich dringend benötige. Sie hat sich nicht mal die Mühe gemacht, mir den Namen des Maklers zu nennen, der sie vertritt. Dann kommt mir plötzlich eine neue Idee. Meine Freundin Allison arbeitet in einem Treuhandunternehmen. Bestimmt kann sie relativ einfach die Liegenschaft überprüfen und mir die nötige Information beschaffen.

Rasch tippe ich eine Nachricht an sie.

Ich recherchiere im Rahmen
eines eventuellen neuen Projektes
und muss den Eigentümer
eines Hauses in Ojai herausfinden.

Ich füge die Adresse ein, drücke auf Senden und hoffe auf eine schnelle Antwort, damit ich in dieses Haus hineinkomme und mich selbst auf die Suche nach Poppys Versteck machen kann.

KAPITEL 8

Am Sonntagabend lasse ich das Licht im Gästehaus brennen und begebe mich dann unauffällig an der Garage entlang zu meinem Auto, denn ich will keine Fragen beantworten, wo ich hingehe oder wen ich treffe. Erst auf dem Highway lockere ich meinen Griff ums Lenkrad. Ich halte mir vor Augen, dass ich mittlerweile vierundvierzig und nicht mehr vierzehn Jahre alt bin, und mache mich auf den Weg zu Jack und Matt.

Als ich ankomme, schaut Jack aus dem Fenster und steht kurz darauf in der offenen Tür des kleinen Hauses. Es schmiegt sich zwischen einen Hang und das weitläufige, dahinter liegende Weingut.

»Ich hätte ja eine Flasche Wein mitgebracht, aber …«, sage ich und deute auf die Weinstöcke.

Er bittet mich hinein und sagt: »Ich bin so froh, dass du kommen konntest. Ich hatte schon Angst, du würdest absagen.«

Ich täusche Entrüstung vor, bin jedoch insgeheim beschämt. Denn ich habe heute Nachmittag viel Zeit damit verbracht, mir auszudenken, wie ich genau das bewerkstelligen könnte. Allison hatte auf meine Nachricht geantwortet:

> Bin gerade auf einer Fidschi-Insel und
> habe kaum Netz. Ist es okay, wenn ich
> mich in zwei Wochen darum kümmere?

Ich sendete ihr ein *Daumen hoch* und schluckte meine Enttäuschung herunter. Versuchte mir zu überlegen, wie ich schneller an die nötige Information kommen könnte. Aber es gab keine Alternative.

Das Innere des gemütlichen Häuschens ist mit der farbenfrohen Kunst an den Wänden und der Vintage-Einrichtung in dieser ansonsten recht staubigen Umgebung eine Überraschung. In einer Duftwolke aus Knoblauch und Butter taucht Matt aus der Küche auf, ein Küchenhandtuch unter den Gürtel gesteckt.

Er hat ungefähr meine Größe, ist sehnig wie ein Jogger, und sein hellbraunes Haar wellt sich auf die lässige Art, die bestimmt einen Haufen Geld kostet. Nachdem Jack uns miteinander bekannt gemacht hat, zögere ich und frage mich, was Jack ihm von mir und meiner Familie erzählt hat. Welche Gründe er dafür genannt hat, dass seine verschollene Freundin nach so vielen Jahren plötzlich wieder in der Stadt aufgetaucht ist. Doch Matts strahlendes Lächeln lässt meine Bedenken schwinden. »Olivia, du siehst genauso aus, wie ich mir dich vorgestellt hatte«, sagt er und gibt mir mit diesen wenigen Worten zu verstehen, dass keine Erklärungen nötig sind.

Wir essen krosses Weißbrot und Parmesanhühnchen von riesigen Tellern. Jack und Matt beziehen mich in ihr witziges Geplänkel ein, und tief in meinem Inneren breitet sich ein warmes Gefühl aus. Der Kontakt zu anderen Menschen ist noch wohltuender als das Essen. Nach der Mahlzeit stützt Jack das Kinn auf die Faust und sagt: »Jetzt erzähl doch mal von deiner Ehe.«

Ich lache. »Craig. Der berühmt-berüchtigte französische Skifahrer.«

»Wie hast du ihn kennengelernt?«, will Matt wissen.

»Es ist keine besonders aufregende Geschichte«, schicke ich voraus. »Meine Mitbewohnerin in Paris war die beste Freundin von Craigs Schwester. Er sah gut aus, war draufgängerisch und genau der Typ, in den sich jede Zweiundzwanzigjährige verlieben würde.«

»Und dann?«, fragt Jack.

Ich trinke einen Schluck von dem edlen Rotwein, den Matt aus dem Weingut stibitzt hat. »Wir waren eben jung«, antworte ich.

»Nein, tut mir leid«, sagt Jack und lehnt sich zurück. »Mit der jugendfreien Elternversion lassen wir uns jetzt nicht abspeisen. Wir wollen die wahre Geschichte hören.« Matt nickt zustimmend.

»Aber da gibt es nicht viel zu erzählen«, sage ich. »Er war ständig auf Reisen. Ständig auf Partys. Und er hat mich ständig betrogen.« Jack stöhnt leise auf, und ich schiebe eilig eine Erklärung hinterher. »Ehrlich gesagt haben wir nur auf dem Papier eine Ehe geführt. Sie dauerte gerade lange genug, bis ich die französische Staatsbürgerschaft bekam, und dann sind wir unserer getrennten Wege gegangen.«

»Also eine Art Zweckehe«, sagt Matt.

Ich nicke und sehe, wie sich auf Jacks Miene Verständnis abzeichnet. Dass er nachfühlen kann, was es für mich bedeutet haben muss, meinen früheren Namen aufzugeben. Meine alte Identität. Als eine neue Person in die Vereinigten Staaten zurückzukehren.

»Und was führt dich jetzt zurück nach Ojai?«, will Matt wissen.

»Ich bin hier, weil mein Vater krank geworden ist«, sage ich. »Er leidet an Lewy-Körperchen-Demenz.«

Matt berührt meine Hand. »Oh, das ist ja furchtbar. Bestimmt ist er froh, dass du hier bist.«

Jack verschluckt sich beinahe an seinem Wein, aber Matt achtet nicht auf ihn. »Wie lange wirst du hierbleiben?«

»Das weiß ich noch nicht genau.«

»Jack meinte, du hättest einen Partner in Los Angeles.«

Kühle Luft strömt durchs Fenster herein, irgendwo aus dem Lautsprecher erklingt leise Musik, mein voller Magen und der Alkohol haben mich in eine entspannte Stimmung versetzt. »Er heißt Tom. Wir haben uns kennengelernt, als er mein Arbeitsstudio entworfen hat.« Matt und Jack hören schweigend zu, es tut mir gut, von Tom zu reden. Ihn auf diese Weise hierherzubringen, zu mir, in dieses Haus. »Wir sind seit ein paar Jahren zusammen, und bei uns hat es einfach von Anfang an gestimmt. Meine chaotischen Arbeitszeiten beim Schreiben stören ihn nicht, und ich habe keine Probleme damit, wenn ihn ein neues Projekt völlig in Anspruch nimmt.

Wir wissen immer, wo sich der andere gerade befindet. Nicht nur räumlich, sondern auch geistig. In unseren Herzen.« Während ich rede, spüre ich die zunehmende Distanz zwischen uns. Wie viel Angst und Schmerz ich hier durchlebe, während Tom glaubt, ich würde einfach an einem neuen Buch arbeiten.

Ich bemerke den raschen Blick, den Jack und Matt wechseln, und erkenne darin eine vertraute Geste, die es auch zwischen mir und Tom gibt. Ein schneller, wortloser Austausch. Eine Bestätigung, dass wir dasselbe denken. Um mich von wehmütigen Gedanken abzulenken, wende ich mich einem der Bilder an der Wand zu und sage: »Ist das ein Original? Das gefällt mir supergut.«

Die beiden tauschen erneut einen Blick, und ich tue so, als würde ich den Geist des Mannes, den ich liebe, nicht vermissen, diesen Schatten neben mir, der soeben meinen besten Freund aus Kindertagen und dabei auch mich besser kennenlernt.

Beim Abschied sagt Matt: »Warum kommt Tom nicht mal am Wochenende zu Besuch? Wir würden ihn gern kennenlernen.«

Angestrengt suche ich in meiner Handtasche nach dem Autoschlüssel, um sie nicht ansehen zu müssen, als ich lüge: »Das wäre schön, aber im Augenblick arbeitet er gerade an einem großen Projekt.«

Wir verabschieden uns, und Jack begleitet mich zu meinem Wagen. »Tom weiß nichts von der Sache mit deinem Vater, stimmt's?«

Seufzend blicke ich in den nächtlichen Himmel, in das wilde Sternengewimmel, das ich auch von meiner Veranda zu Hause sehen kann, und frage mich, wo Tom wohl gerade steckt. Welche Vermutungen er über das Buchprojekt, an dem ich arbeite, anstellt, ohne der Wahrheit auch nur nahezukommen. »Ich möchte im Grunde nicht hier sein und mich damit beschäftigen. Und ich will Tom ganz sicher nicht in die Geschichte mit reinziehen.«

»Du kannst ihm doch nicht verheimlichen, wer du wirklich bist.«

»Bisher hat es ganz gut geklappt«, sage ich.

Jack sieht zu mir herab und wirkt skeptisch. »Hat es das?«

Später am Abend, als ich im Bett liege und das Licht gelöscht habe, suche ich auf meinem Handy nach Aufnahmen von Tom und mir. Auf den Bildern verfolge ich die Entwicklung unserer Beziehung – die frühen Fotos, die mein Arbeitsstudio im Entstehen zeigen, Tom steht im weißen Hemd lächelnd neben dem Rohbau, zusammengerollte Bauzeichnungen unter den Arm geklemmt. Damals kam er immer gegen Ende des Arbeitstages vorbei, und nach einer Weile wartete ich bereits darauf, dass sein weißer Transporter am Nachmittag die lange Auffahrt zu meinem Haus hinaufgerumpelt kam. Ich kochte dann Kaffee, und wir plauderten über unsere jeweilige Arbeit – er war damals gerade mit einer Renovierung in Malibu beschäftigt, und ich sprach über das Buch, an dem ich arbeitete –, und zwischen uns bestand auf Anhieb eine starke Verbindung.

Ich scrolle zu einem anderen Bild, eine Nahaufnahme seines Gesichts, als er über etwas lacht, was ich gesagt habe. Ich habe mich zuerst in seine Augen verliebt, samtige braune Augen, deren Blick mich festzuhalten schien. Er hörte mir so aufmerksam zu, als würde die Welt stillstehen und es gebe nur noch mich.

Eine Aufnahme zeigt uns, wie wir in einem Strandrestaurant etwas trinken, während der Wind sein braunes Haar zerzaust und mich daran erinnert, wie er frühmorgens aussieht, wenn er noch verschlafen ist.

Ich sollte Tom anrufen – beim Abendessen hat er mir eine kurze Nachricht geschickt, um sich nur mal rasch zu melden –, aber ich weiß im Voraus, was er fragen wird. *Wie geht's dir? Hast du interessante Leute kennengelernt?* Viele Fragen, die zu Dingen führen, über die ich nicht sprechen will.

Schließlich überwiegt die Sehnsucht, seine Stimme zu hören.

»Hier läuft es nicht besonders gut«, sage ich, als er sich meldet. »Dieses Projekt ist viel komplizierter, als ich gedacht habe.«

»Inwiefern?«, fragt er.

Ich rutsche tief unter die Decken und drehe mich auf die Seite, denke darüber nach, wie ich ihm die Probleme hier erklären kann, ohne ihm etwas Entscheidendes mitzuteilen. »Mein Auftraggeber ist … unzuverlässig«, sage ich.

»Kannst du denn nicht genau das aufschreiben, was sie wollen, und fertig?«

»So einfach ist es nicht«, erkläre ich. »Ich kann nicht ohne Weiteres irgendwelche Lügenmärchen wiedergeben. Dann würden mich alle niedermachen, und ich kann es mir nicht leisten, dass mein Ruf noch mehr Schaden nimmt. Das Problem besteht darin, dass ich nicht sagen kann, was wahr ist und was nicht. Morgen früh habe ich einen Zoom-Termin mit dem Verlag, um ihnen ungefähr dasselbe zu erzählen wie dir jetzt.«

Tom atmet hörbar aus. »Sag mir, wie ich dir helfen kann. Brauchst du Lösungen? Oder etwas Ablenkung?«

Ich schließe die Augen und sage: »Definitiv Ablenkung.«

Er setzt zu einer Beschreibung seiner neuesten Kundin an – eine Frau mit zu viel Geld und zu viel Zeit. Ich versuche, an den richtigen Stellen zu lachen, aber offenbar spürt er, dass ich nicht ganz bei der Sache bin, und sagt: »Ich glaube, ich lasse dich jetzt lieber schlafen.«

Nachdem wir einander Gute Nacht gesagt haben, schalte ich mein Handy auf Ruhemodus, drehe mich zum Fenster und betrachte den Mond. Ich habe Tom nicht einmal die Chance gegeben hierherzukommen. Es wäre ihm egal, wer mein Vater ist oder was er angeblich getan hat. Ich könnte ihm alles sagen, und er würde mich trotzdem lieben. Jacks Worte von vorhin kommen mir wieder in den Sinn: *Du kannst ihm nicht verheimlichen, wer du wirklich bist.*

Aber die Vergangenheit abzustreifen, fühlte sich an, als würde ich meine alte Gefängniskleidung ablegen und eine Freiheit genießen, von der ich immer geträumt hatte. Und ehrlich gesagt würde es Tom an dieser Stelle eher verletzen, wenn er die Wahrheit erfährt. Nach Abschluss des Buches habe ich sicher nicht die Absicht, mit meinem Vater irgendeine Form von Beziehung aufrechtzuerhalten. Ich werde versuchen, das zu schreiben, was mein Vater will, denn sein Name steht auf dem Buchdeckel. Anschließend kann ich Tom und den Rest der Welt in dem Glauben lassen, dass meine Eltern genau die Personen waren, die ich beschrieben habe.

KAPITEL 9

Montagmorgen, Punkt sieben Uhr, erscheint der Zoom-Link von Nicoles Assistentin auf meinem Bildschirm. Ich habe die Szene ausgearbeitet, in der mein Vater mir beschrieben hat, wie er Danny dabei beobachtete, als er ein Loch für die tote Katze grub. Es ist nicht schwer, seine Autorenstimme zu treffen: Ich weiß genau, wie mein Vater seine Geschichten erzählt – er nimmt sich Zeit und breitet die überraschenden Wendungen nach und nach mit vielen genießerischen Kniffen vor dem Leser aus.

In einem zweiten Dokument habe ich noch eine andere Szene angelegt. Sie beschreibt detailliert die nächtliche Panikattacke meines Vaters. Von dem Augenblick an, als ich ihn schreien hörte, bis zu dem Moment, als mir Almas lackierte Fußnägel aufgefallen sind. Ich habe zwar nicht die Absicht, diese Szene irgendjemandem zu zeigen, musste sie aber unbedingt aufschreiben. Musste mich davon überzeugen, dass sie stattgefunden hat, denn ich weiß immer noch nicht, ob ich nun ein Buch *mit* meinem Vater schreibe oder eines *über* ihn.

Das liegt nicht nur daran, dass mein Vater anscheinend ständig zwischen Realität und Fantasie hin und her driftet, als würde er durch einen Schleier treten. Gestern Nacht bin ich aufgewacht und sah ihn am Fenster stehen. Er starrte über den Hof auf das Fenster in der Tür zum Gästehaus. Im Unterschied zu jener ersten Nacht stand er vollkommen reglos und still da. Beinahe so, als wäre nur sein Körper dort und sein Geist befände sich irgendwo anders. Ich habe vor, heute Abend ein altes Bettlaken aus dem Wäscheschrank vor das Fenster zu hängen, damit ich nicht mitbekomme, falls er es wieder tut.

Auf dem Bildschirm taucht jetzt Nicoles Gesicht auf, die mich als ersten Gast zu dem Meeting einlädt. »Das wird kein Spaziergang«, eröffnet sie mir. »Sie sollen keinesfalls denken, du wärst der Aufgabe nicht gewachsen. Wir benötigen einfach noch zusätzliche Informationen darüber, was genau sie sich vorstellen.«

»Ich muss einige Leute befragen können, was aus ihrer Sicht damals passiert ist«, sage ich. »Wenn das nicht möglich ist, habe ich praktisch kein Material für ein Buch.«

»Verstehe«, sagt sie.

Ein neues Fenster öffnet sich, und zu meiner Überraschung sehe ich einen Konferenzraum voller Menschen. Ein älterer Mann am Kopf des Tisches wird offenbar das Gespräch leiten. Er hat grau meliertes Haar und trägt eine Lesebrille. Als er zu sprechen anfängt, dauert es einen Augenblick, bis er begreift, dass er noch auf stumm geschaltet ist.

Er drückt den Knopf einer Fernbedienung und sagt: »Tut mir leid, kleine Panne. Schön, Sie einmal kennenzulernen, Olivia. Ich bin Neil Grayson, Vincents Lektor.« Er deutet auf die anderen am Tisch verteilten Teilnehmer – drei Frauen und ein Mann. »Sie sind jetzt auf dem großen Bildschirm in unserem Besprechungsraum zu sehen. Ich habe das Verkaufs- und Marketing-Team zu unserem Termin dazugebeten.« Er zählt rasch ihre Namen auf, und sie winken jeweils. »Außerdem ist auch noch Sloane Valerian, der Verleger von Monarch, per Telefon dazugeschaltet.« Eine körperlose Stimme sagt: »Hallo, Olivia und Nicole. Schön, dass wir alle zusammenkommen und uns neu sortieren können. Ich muss mich entschuldigen, dass ich nur per Telefon teilnehme, aber ich bin unterwegs zum Flughafen.«

Ich schicke Nicole rasch eine Textnachricht:

Du liebe Zeit.

Sie schreibt zurück:

Ist ein gutes Zeichen.

Ein weiteres Gesicht taucht auf dem Bildschirm auf – ein junger Mann mit einem nachlässig zerknitterten Look, der wahrscheinlich stundenlange Vorbereitung erfordert hat. Er hebt die Stummschaltung auf und sagt: »Tut mir leid, ich bin etwas zu spät. Ich heiße Lance Cameron und bin Mr. Taylors Literaturagent.«

Lance Cameron ist der Sohn von Arthur, der früher Agent meines Vaters war. Er ist vor einigen Jahren verstorben und hat seine gleichnamige Agentur in die Hände seines Sohnes übergeben. Seitdem machten immer wieder Gerüchte über Gerichtsverfahren aufgrund von finanziellen Unregelmäßigkeiten die Runde, und etliche angesehene Autoren wechselten zu anderen Agenturen, aber leider gehört mein Vater nicht zu ihnen.

Nicole ergreift jetzt das Wort. »Ihnen allen vielen Dank, dass Sie in Ihren gut gefüllten Terminkalendern Zeit für dieses Treffen heute Morgen frei gemacht haben. Das Ziel das Gespräches besteht darin, dass uns Olivia auf den neuesten Stand des Projektes von Mr. Taylor bringt und uns einige der Hürden beschreibt, denen sie sich gegenübersieht. Wir dachten, das ließe sich im Gespräch vielleicht schneller und besser erledigen als in E-Mails. Ich übergebe jetzt an Olivia, die uns erzählen wird, wo sie steht und wie ihre nächsten Schritte idealerweise aussehen könnten.«

»Danke, Nicole«, sage ich. »Schön, Sie alle zu sehen. Wie Nicole bereits gesagt hat, bringt dieses Projekt einige besondere Herausforderungen mit sich. In den letzten Tagen habe ich hauptsächlich Mr. Taylors Rohentwurf durchgearbeitet und erste Gespräche mit ihm geführt. Sie wissen ja sicherlich, dass bei ihm vor Kurzem Lewy-Körperchen-Demenz diagnostiziert wurde.« Neil nickt. Lance sieht von dem, was er da anschauen mag – wahrscheinlich sein Smartphone – nicht auf. »Aufgrund seines angeschlagenen Zustandes«, fahre ich fort, »können wir pro Tag höchstens zwei oder drei Stunden lang an dem Buch arbeiten, wenn er bei klarem Verstand ist. In der restlichen Zeit habe ich versucht, das, was er bisher geschrieben hat, zu entwirren.«

Neil schaltet sich ein. »Ich weiß, Sie sind auf diesem Feld ein Profi, Olivia. Ich bewundere Ihr Buch über Magdalena Ruiz. Sie haben ihre Stimme perfekt eingefangen.«

Ich lächle höflich. »Vielen Dank.« Magdalena Ruiz, Senatorin aus Arizona und Hoffnungsträgerin der Demokraten. Während ihrer Kampagne zur Wiederwahl habe ich sie vier Monate lang begleitet und alles erfahren, was es über sie zu wissen gibt. Ich habe Interviews mit ihren Eltern geführt, mit ihrem Wahlkampfmanager und ihren engsten Freunden aus der Highschool. Ich war bei Bürgerveranstaltungen und Spendenevents dabei und hielt mich unauffällig im Hintergrund. Saß spätabends noch mit ihr zusammen, aß Pizza und trank Bier. Magdalena strahlte eine geradezu magnetische Energie aus. Es war nicht schwer, ihre Persönlichkeit auf Papier einzufangen. »Vincent Taylor ist eine völlig andere Sache«, fahre ich fort. »Er soll sich jetzt an Ereignisse erinnern, die vor fünfzig Jahren stattgefunden haben. Auch ohne erschwerte Bedingungen kann einem das Gedächtnis da schon mal einen Streich spielen.«

Nicole schaltet sich ein. »Olivias Auftrag besteht darin, ein bereits vorhandenes Manuskript zu bearbeiten. Aus unserer Sicht ist es notwendig, diese Zielsetzung noch einmal zu überdenken.«

»Das Kapitel, das Sie von mir bekommen haben, ist eine direkte Überarbeitung einiger seiner Manuskriptseiten«, sage ich. »Ich habe die Originalseiten eingescannt und würde sie Ihnen gern schicken. Dann können Sie sich selbst ein Bild machen.«

Ich klicke auf meine Mailbox mit dem vorbereiteten PDF-Anhang. »Tut mir leid, Sloane. Ich sehe, dass ich Ihre Mail-Adresse nicht habe, aber bestimmt kann jemand aus dem Team es an Sie weiterleiten.«

»Danke«, sagt Sloane.

Ich höre, wie die eintreffende Mail auf Neils Handy plingt. »Geben Sie uns einen Moment, dann schauen wir uns das mal kurz an«, sagt er.

Neil öffnet die Mail auf seinem iPad, und die anderen Teilnehmer gruppieren sich zum Lesen um ihn. Ich hoffe, sie werden jetzt verstehen, in welchem Zustand mein Vater ist, und erkennen, dass ich mehr Zeit benötige, um das Buch neu zu strukturieren und noch einmal anzufangen. Ich will mich gerade mit diesem Vorschlag zu Wort melden, als eine Frau neben Neil, der nicht klar ist, dass die Stummschaltung aufgehoben ist, das Wort ergreift.

»Ich habe dir ja gesagt, dass es ein Fehler ist. Das ist die reine Selbstbeweihräucherung. Außerdem interessiert das doch ehrlich gesagt keinen mehr.«

»Wir hätten Calder nehmen sollen«, sagt ihr Kollege. Ich zucke zusammen, als ich diesen Namen höre, versuche aber, mir nichts anmerken zu lassen. »Vielleicht schicken wir ihm ein paar Seiten und sehen, was er draus macht.«

Ich erinnere mich an den Namen des Sprechers, den Neil bei der Vorstellungsrunde genannt hat. Tyler Blakewood.

Neil sieht die beiden an. »Vincent hat auf Olivia bestanden, mir sind die Hände gebunden«, gibt er zurück.

»Es ist deine Entscheidung, Neil«, sagt die körperlose Stimme des Verlegers. »Wenn du den Stecker ziehen willst, stehe ich jedenfalls hinter dir.«

»Tut mir leid, Leute, aber ihr seid nicht auf stumm geschaltet«, sagt Nicole endlich.

Während alle wieder zurück zu ihren Plätzen gehen, bemüht sich Neil hastig um Schadensbegrenzung. »Wie ihr hören konntet, gibt es einige Bedenken. Ich wäre aber bereit, Olivia noch etwas Zeit für dieses Projekt einzuräumen. Was braucht ihr?«

Ich schiebe die Hände unter meine Beine, damit sie aufhören zu zittern. Nicole sieht mich aufmunternd an und gibt mir wortlos zu verstehen, dass ich die Sache durchziehen soll. In der Verlagsbranche geht es darum, ein Buch herauszubringen und so viel Geld wie möglich damit zu verdienen. Falls sie ein Projekt abbrechen, weil sie kein Potenzial darin sehen, sollte ich nicht beleidigt sein.

»Er hat seine Erinnerungen aufgeschrieben, aber wie Sie gesehen haben, muss ich seine Vorlage stark abändern. Es ist also kein Projekt, bei dem ich lediglich etwas überarbeite, sondern ich muss ein komplett neues Buch schreiben. Dafür benötige ich Zeit, und es ist außerdem erforderlich, dass ich mit Personen sprechen darf, die sich an Mr. Taylor als Kind erinnern. Die einige der Leerstellen füllen, die er nicht mit mir teilen möchte, sei es, weil er nicht kann oder weil er nicht will.«

»Etwas mehr Zeit könnten wir Ihnen geben«, sagt Neil. »Für die anderen Fragen ist Lance zuständig.«

Lance sieht auf. »Mr. Taylor hat unmissverständlich klargemacht, dass niemand vorab von diesem Buch erfahren soll. Er ist der Meinung, man würde ihn nicht fair beurteilen und ein Gespräch mit früheren Beteiligten und Bekannten könnte mehr Schaden anrichten als Gutes bewirken.«

»Ich hätte eine Frage«, sage ich und versuche, mein inneres Gleichgewicht zu finden. »Ich verstehe immer noch nicht ganz, welches Ziel er mit diesen Memoiren verfolgt. Gab es einen Pitch? Ein Exposé? Irgendetwas, womit er Sie von dem Projekt überzeugt hat? Wenn ich das wüsste, dann würde ich besser verstehen, was ihm vorschwebt.«

»Ich habe die Idee zu diesem Buch stellvertretend für Mr. Taylor präsentiert«, sagt Lance. »Der fünfzigste Jahrestag der Morde rückt näher, und sein Gesundheitszustand wird immer schlechter. Mr. Taylor wollte ein düsteres und stimmungsvolles Buch schreiben, das die Morde an Danny und Poppy erklärt. Ein Buch, in dem er sein fünfzig Jahre langes Schweigen bricht und endlich die Wahrheit sagt.«

Neil lächelt. »Wie hätten wir so ein Projekt ablehnen können?«

Düster und stimmungsvoll ist kein Problem für mich. Ich sage zur Gruppe: »Das hilft mir weiter. Gestern hat er mir erzählt, wie er Danny einmal im Wald traf, als er gerade die Nachbarskatze begrub.« Ich schildere die Szene mit ebenso viel Dramatik wie mein Vater. »Es hörte sich an, als wäre jedes kleine Detail in seine Erinnerung eingebrannt«, sage ich. »Die Angst und das Grauen, das er so deutlich empfand, als er entdeckte, dass sein Bruder etwas derart Verstörendes getan hatte.«

»Genau so was wollen wir«, sagt Neil. »Schicken Sie mir die Rohfassung, dann reden wir noch mal.«

Auf meinem Handy trifft eine Nachricht von Nicole ein:

Bleib nach dem Zoom noch da,
wenn alle weg sind.

Nicole sagt jetzt an alle gewandt: »Um es zusammenzufassen, Olivia fängt noch einmal von vorn an, und Sie werden ihr mehr Zeit geben. Können wir uns auf September statt Juni einigen?«

Neil wirft seinen Kollegen einen Seitenblick zu, und einen Augenblick lang bin ich davon überzeugt, dass er auf dem ursprünglichen Juni-Termin beharren wird. Dass ich mit einer unmöglich einzuhaltenden Zeitvorgabe ein ganzes Buch schreiben muss. »Der späteste mögliche Termin für uns ist der Juli«, sagt er. »Außerdem muss ich jedes Kapitel direkt nach der Fertigstellung gegenlesen, einfach um sicherzugehen, dass wir uns in die richtige Richtung bewegen.«

Eine unerwartete Forderung, die er vielleicht an einen jüngeren und weniger erfahrenen Kollegen richten könnte, aber nicht an einen Profi wie mich, der schon viele solcher Projekte mit großem Erfolg gestemmt hat.

Es ist das, was passiert, wenn man als Frau für sich einsteht. Man verpasst uns die Etiketten *hysterisch*, *emotional*, *unzuverlässig* und schließlich *inkompetent*. Ich bin für einen Moment versucht, den gesamten Auftrag abzulehnen und ihm mitzuteilen, dass ich nicht auf diese Art arbeite. Aber viel Verhandlungsspielraum habe ich nicht. Die Gegenseite ist ebenso geneigt wie ich, das Projekt abzubrechen. Es war ein Fehler, ihnen das überarbeitete Kapitel zu schicken. Andererseits hätte ich sonst wochenlang an einem Buch gearbeitet, das sie am Ende ablehnen. »Kein Problem«, sage ich und weiß genau, dass ich es bereuen werde.

»Lassen wir Olivia wieder zu ihrer Arbeit zurückkehren«, wirft Nicole ein. »Wir könnten in ein paar Wochen noch einmal ein Treffen ansetzen. Meine Assistentin schickt rechtzeitig ein paar Terminvorschläge raus.«

»Vielen Dank an alle«, sagt Neil.

Dann sind sie verschwunden, und nur noch ich und Nicole bleiben zurück. »Alles in Ordnung?«, fragt sie.

Ich lache etwas zittrig auf. »Ich denke schon. Vor allem bin ich erleichtert, dass sie so positiv auf das neue Kapitel reagiert haben. Es ist eine fesselnde Szene«, sage ich und denke an das andere Kapitel, an meinen Vater, der wegen des verschwundenen Messers in Panik geraten ist. Der mich für meine Mutter gehalten hat. Ich frage mich kurz, was Nicole und das Team bei Monarch wohl davon halten würden, verwerfe den Gedanken jedoch. »Ich würde gern dahinterkommen, ob es sich tatsächlich so abgespielt hat oder ob es nur ein Produkt seines nachlassenden Gedächtnisses ist«, fahre ich fort. »Was würde deiner Meinung nach passieren, wenn ich Kontakt zu den Personen im Hintergrund aufnehmen würde?«

Sie sieht verständnisvoll aus. »Als deine Agentin muss ich dir dringend davon abraten. Du kennst die Vereinbarungen genauso gut wie ich.«

»Muss ich den Vorschuss zurückzahlen, wenn sie das Projekt am Ende noch streichen?«

Diese Frage ist Nicole sichtlich unangenehm. »Kommt drauf an«, sagt sie. »Wenn ein Vertragsbruch vorliegt oder deine Arbeit nicht ihren Standards entspricht, müsstest du zahlen. Aber wenn sie von sich aus das Buch streichen, wäre das nicht der Fall. Versuch erst mal, nicht dran zu denken, und leg einfach los. Mach das, worin du so gut bist. Wir haben ein bisschen mehr Zeit für dich rausgeschlagen, hoffentlich kannst du deine besonderen Zauberkräfte wirken lassen.« Sie wirft einen Blick auf ihre Uhr. »Ich muss ins nächste Meeting, aber ruf mich doch später an, wenn du noch reden willst.«

KAPITEL 10

»Worüber wollen wir heute sprechen?«, fragt mein Vater, als wir uns später an diesem Morgen zu unserer Besprechung zusammensetzen. Er wirkt dynamisch, bereit zur Arbeit.

»Ich arbeite an der Szene mit Danny und der Katze«, sage ich. »Vorhin habe ich mit dem Team von Monarch darüber gesprochen, und sie möchten mehr solcher Kapitel.«

Er nickt. »Einmal hat Danny Poppy in der Garage eingesperrt. Mir Schläge angedroht, wenn ich sie rauslasse. Es hat mich wütend gemacht, dass alle – sogar deine Mutter – ihn immer für so einen tollen Kerl hielten.«

In seiner Stimme schwingt leise Bitterkeit mit, Erinnerungen eines jüngeren Bruders, der vergeblich versucht hat, mit dem älteren mitzuhalten. Aber ich bin auf der Hut, damit seine Memoiren nicht in kleinliches Gemecker und Geschwisterrivalitäten ausarten. Ich möchte zum Kern der Familie vordringen. Herausfinden, wie jeder von ihnen tatsächlich war – als Einzelperson, aber auch als Familienmitglied.

»Normalerweise würde ich so vorgehen, dass ich mit deinen engsten Freunden spreche und sie über dich und die damalige Zeit befrage. Anschließend diskutiere ich mit dir über dieselben Themen, und dann entwickle ich eine Erzählung aus den Erinnerungen, die alle teilen. Aus diesen stimmigen Inhalten entsteht dann das Buch, und wir gehen die strittigen Punkte durch, bis wir uns alle weitgehend darin einig sind, was wahrscheinlich passiert ist. Aber in diesem Fall darf ich bekanntlich nicht so arbeiten.« Falls mein Vater bemerkt hat, dass ich deswegen verärgert bin, lässt er sich nichts anmerken. »Stattdessen muss ich mich bei diesem Projekt ausschließlich auf deine Erinnerungen verlassen und darauf hoffen, dass es mir gelingt, zwischen dem zu unterscheiden, was wahr und was Teil deiner Krankheit ist.«

»Ich verstehe ja, dass du enttäuscht bist«, sagt er. »Aber gerade deshalb ist es so wichtig, dieses Buch jetzt zu schreiben, solange ich mich noch an die wichtigsten Augenblicke erinnere.« Lebhaft beugt er sich vor. »Ich gebe dir mal einen Rat, den ich allen jungen Autoren erteile, die ich als Mentor betreue. *Du kannst deine Figuren nicht beschützen.*«

Ich sehe auf. »Wir schreiben hier deine Memoiren, Dad, und du bist nicht mein Mentor«, erinnere ich ihn. »Und außerdem bin ich keine Romanschriftstellerin.«

»Natürlich bist du das. Das warst du schon immer.«

»Was meinst du damit?«

»Hast du das vergessen?«, fragt er. »Die Geschichten, die du früher geschrieben hast? Für dein Alter damals waren sie ziemlich gut.«

»Ich habe nie Geschichten geschrieben. Ist das vielleicht eine deiner fehlerhaften Erinnerungen?«

Gereizt fegt er meine Worte beiseite. Dann steht er auf und verlässt das Zimmer. Ich warte ab und frage mich, ob ich ihm hinterhergehen soll.

Nach einer Weile kommt er mit einer großen Schachtel zurück. Die Art Schachtel, in die man große Geschenke legt und die man mit einem breiten roten Band schmückt. Er hebt den Deckel, kramt darin herum und zieht schließlich einige mit einer schmetterlingsförmigen Klemme zusammengehaltene Seiten hervor. Er überreicht sie mir. Die linierten Blätter aus der Grundschule sind mit schräger Schreibschrift übersät.

Er deutet auf die Schachtel. »Am besten gefällt mir die Geschichte, in der Lionel Foolhardy ins Sommerlager geht. Ist ja unglaublich, dass du dich nicht daran erinnerst.«

»Du hast dir Lionel Foolhardy ausgedacht, nicht ich.«

Er schüttelt den Kopf. »Lionel war mit hundertprozentiger Sicherheit deine Erfindung.«

Ich blättere durch die Seiten, die Erinnerungen kehren zurück. Wie ich mit meinem eigenen Schreibblock hier im Arbeitszimmer meines Vaters saß und mir alle möglichen Geschichten ausdachte, während er arbeitete. Lionel geht ins Ferienlager. Lionel arbeitet im Tierheim der Stadt. Wie wir um drei Uhr mittags eine Pause einlegten und etwas tranken – er seinen ersten Whisky, ich einen Shirley Temple, ein Mixgetränk aus Ginger Ale und Granatapfelsirup mit einer Maraschino-Kirsche. Wir besprachen unsere jeweiligen Probleme, was Plot und Figurenentwicklung betraf.

»Das hatte ich vergessen«, sage ich.

Aber ich bin verunsichert. Als Ghostwriterin weiß ich nur zu gut, wie einfach es ist, sich selbst so lange eine Geschichte einzureden, bis man zu guter Letzt an sie glaubt. Auch wenn noch so viele Beweise dagegensprechen. Ich war mein gesamtes erwachsenes Leben lang felsenfest davon überzeugt, dass mein Vater sich Lionel Foolhardy zu meiner Unterhaltung ausgedacht hat. Dennoch existierte da offensichtlich ein Paralleluniversum mit mir als Erfinderin dieser Figur. Ich selbst habe mir diese Geschichten ausgedacht und Lionel zu einem Fixpunkt meiner Kindheit gemacht. Wenn ich mich nicht einmal an etwas derart Grundlegendes in meinem eigenen Leben erinnern kann, wie soll es mir dann gelingen, die bruchstückhaften Gedächtnisspuren meines Vaters zu entwirren?

»Was ist denn sonst noch in der Schachtel?«, frage ich.

Er reicht sie mir, ich stelle sie auf meine Knie und spähe hinein. Auf den ersten Blick wirkt es wie wahllos hineingestopfter Plunder, wie bei den zahllosen Kisten im Gästehaus. Doch allmählich entdecke ich Dinge aus meiner Kindheit – ein Armband, das ich als Siebenjährige im Ferienlager für meinen Vater gewebt habe und dessen leuchtende Farben mittlerweile verblichen sind. Ich schüttle eine kleine Schachtel, und es hört sich an, als wären Perlen drin.

Als ich sie öffne, enthält sie meine sämtlichen Milchzähne. Außerdem gibt es Zeugnisse aus der Schule, Zeichnungen und ein paar Zettel, auf denen in ungelenker Kinderhandschrift steht: *Ich liebe dich, Daddy.*

»Ich kann nicht glauben, dass du das ganze Zeug aufgehoben hast.«

Er sieht gekränkt aus. »Und ich kann nicht glauben, dass du gedacht hast, ich hätte alles weggeworfen.« Als er weiterspricht, klingt seine Stimme ruhiger. »Ich habe dich gesehen, weißt du.«

Verwirrt schaue ich ihn an.

»Auf der Tagung damals in New York«, erklärt er. »Ich habe dich in der Lobby gesehen. Später habe ich nach dir gesucht, aber man hat mir gesagt, du wärst schon vorzeitig gegangen.«

»Ein Notfall zu Hause«, sage ich.

»Na klar«, entgegnet er, und ich weiß, dass er mir nicht glaubt.

Ich schließe die Schachtel wieder, lege sie auf den Boden und stelle mir vor, wie er sie ab und zu aus dem Regal nimmt und die Andenken darin betrachtet, zu denen keine weiteren mehr hinzukamen, als ich vierzehn Jahre alt wurde, ins Internat ging und nie mehr zurückkehrte. Vielleicht hatte er die Schachtel noch mit anderen Erinnerungsstücken füllen wollen, die es dann nicht mehr gab. Vielleicht war er ja überzeugt, dass ich wieder nach Hause kommen, zum Essen vorbeischauen oder die Ferien mit ihm verbringen würde. Wie schmerzlich muss es für ihn gewesen sein, als ich das nicht tat.

Ich war immer davon ausgegangen, dass mein Vater mit seinen vielen Frauengeschichten, den Drogen und dem Alkohol sein Kindheitstrauma kompensierte. Jetzt wird mir klar, dass es vielleicht auch darum ging, zu vergessen, dass er als Vater plötzlich allein in der Welt war. Dass sein Kind ihn verlassen hatte.

Ich schlucke schwer und bemühe mich, meine Gefühle zu kaschieren. »Du hast wirklich eine Schwäche dafür, Kisten mit Müll zu füllen.«

Er sieht verlegen aus. »Ich will schon seit Jahren mal ausmisten, aber ...« Er verstummt, weil er vielleicht nicht offen zugeben möchte, dass er nicht mehr unterscheiden kann, was Müll ist und was nicht. »Ich weiß, du bist nur gekommen, um dieses Buch zu schreiben«, fährt er fort. »Und sag mir bitte, wenn ich übergriffig werde. Aber Alma hat alle Hände voll damit zu tun, sich um meine Termine, Medikamente und das Haus zu kümmern. Außerdem sind in diesen Kisten vielleicht ja auch ein paar wertvolle Sachen – Briefwechsel mit anderen Schriftstellern, alte Manuskripte mit Anmerkungen, die wir vielleicht auf einer Auktion verkaufen könnten. Alma würde den Wert nicht erkennen, du hingegen schon. Vielleicht könntest du die Kisten mal durchsehen, wenn du eine Pause von der Arbeit brauchst?« Er schenkt mir ein sarkastisches Lächeln. »Keine toten Hamster, das verspreche ich dir.«

Ich lache. »Bis heute zögere ich jedes Mal, bevor ich irgendeine Kiste öffne.«

»Wie gesagt«, fährt er fort, »du kannst jederzeit ablehnen. Deine einzige Verpflichtung besteht darin, dieses Buch zu schreiben. Immer davon ausgehend, dass du dich entschieden hast zu bleiben.«

Ich denke an unser erstes Gespräch zurück und weiß, es stand von Anfang an fest, dass ich diesen Auftrag übernehme. »Schwierige Projekte sind für mich kein Grund aufzugeben«, sage ich, ohne meine prekäre finanzielle Situation zu erwähnen. »Vielleicht kann es nicht schaden, wenn ich mir die Kisten im Gästehaus mal ansehe. Nicht zuletzt deswegen, weil ich keine Interviews mit anderen führen darf.« Ich warte kurz, wie er darauf reagiert, aber er nickt nur. »Der Verlag hat den Abgabetermin auf Juli verschoben«, sage ich dann. »Trotzdem sind es nur noch vier Monate, wir haben also wenig Zeit. Ich sehe meine Hauptaufgabe darin, bei den Lesern Mitgefühl für dich herzustellen. Sie sollen ja das Bedürfnis haben, mehr als dreihundert Seiten gemeinsam mit dir zu verbringen – entweder weil sie dich sympathisch finden oder weil du ihnen etwas erzählst, was sie wissen möchten.«

»Die Option Sympathie können wir wohl ausschließen.«

Ich pflichte mit einem Nicken bei. »Sie müssen davon überzeugt sein, dass wir ihnen neue Informationen liefern. Aber sie sollen auch spüren, wie verletzlich du bist, während du ihnen diese Geschichte erzählst.«

Er nickt, und ich überprüfe, ob meine Aufnahmefunktion eingeschaltet ist, bevor ich den Notizblock nehme und die Seite aufschlage, über die ich sprechen will. »Hier ist eine ganze Seite, auf der nur ein einziger Satz steht. *Sie hätte nicht gehen sollen. Sie hätte nicht gehen sollen.*« Zuerst will ich ihm die Seite zeigen, doch dann fällt mir ein, dass er sowieso nicht lesen kann, und ich lege sie auf den Tisch neben mir.

»Nein, lass mich mal sehen«, sagt er.

Ich reiche sie ihm, und er starrt darauf, folgt mit dem Finger den Worten und nickt langsam vor sich hin. »›Sie hätte nicht gehen sollen‹?«, wiederholt er. »Dieser Satz steht da?«

»Ja.«

Er sieht aus dem Fenster, Licht fällt auf sein Profil. »Ich bin ein Esel«, bemerkt er fast wie im Selbstgespräch. »Ich habe gedacht, du kommst hierher, wir unterhalten uns ein paar Wochen lang, und dann würdest du alles, was ich geschrieben habe, einfach noch mal überarbeiten.«

»Memoiren zu schreiben, ist auch unter normalen Bedingungen eine anspruchsvolle Aufgabe. Man muss sich unangenehmen Erinnerungen stellen, Dingen, die man manchmal schon seit Jahren tief in sich vergraben hat. Man muss bereit sein, die Wahrheit zu sagen, auch wenn es schmerzhaft ist.« Ich deute auf den Block. »Erzähl mir von dieser Seite. Auf wen beziehst du dich da?«

Ich erwarte, dass es um Poppy ging, die allein per Anhalter nach Ventura fuhr. Dass sie den Mörder nach Ojai gelockt hat und es ihre Schuld war, dass die Familie meines Vaters zerstört wurde. Oder vielleicht sagt er mir auch, dass sie an jenem Abend des Sommerfestivals nicht zurück ins Haus hätte gehen dürfen.

Aber seine Antwort überrascht mich. »Ich bin mir ziemlich sicher, dass es dabei um deine Mutter geht.«

»Das verstehe ich nicht.«

»Es gab eine Party. Ein großes Lagerfeuer. Alle waren dort, bis auf mich. Ich hatte Hausarrest. Mit meinen sechzehn Jahren war ich ziemlich unsicher, wenn es um meine erste Freundin ging. Ich wünschte mir, dass sie bei mir blieb, aber wie alle Jungen in diesem Alter wusste ich einfach nicht, wie ich ihr das sagen sollte. Sie um das bitten sollte, was ich wollte.« Er lacht leise auf. »Also überließ ich ihr die Entscheidung, und sie nahm mich beim Wort. Sie ging mit Danny und Poppy auf die Party.«

Ich deute auf die Seite mit dem einen Satz. »Bist du dir sicher, dass es darum geht? Irgendwie kommt mir das hier …«, ich suche nach dem richtigen Wort. »Verstörter vor. Rätselhafter.«

»Ich habe keine Ahnung, warum ich den Satz so oft wiederholt habe. Aber ich bin mir so gut wie sicher, dass es um dieses Lagerfeuer ging. Um einen Jungen, der beim Schwänzen erwischt wurde, Hausarrest bekam und der wollte, dass seine Freundin bei ihm blieb, statt auf eine Party zu gehen.«

Ich seufze. »Okay.« Langsam gerate ich in Panik. Ich habe mich in eine unmögliche Position hineinmanövriert. Ich habe nur ein brauchbares Kapitel über Danny und ein weiteres, das ich niemandem zeigen möchte. Ich hatte gehofft, diese Seite würde mir neues Material liefern. Stattdessen geht es hier nur um die Ängste eines Jugendlichen. Mir ist, als säße ich als Beifahrer in einem Auto, dessen Fahrer die Kontrolle über den Wagen verloren hat. Und ich kann nichts anderes tun, als darauf zu warten, dass wir einen Unfall bauen.

VINCENT

8. MÄRZ 1975

Ich sitze an meinem Schreibtisch, die Hitze der Schreibtischlampe brennt auf meiner Haut. Eigentlich soll ich Hausaufgaben machen. Meine Zeit *gut nutzen*, wie mein Vater meinte, als er mich mit Hausarrest bestraft hat. Tatsächlich sollte ich aber bei diesem Lagerfeuer sein, zusammen mit Danny und Poppy.

Und Lydia.

Mein Magen macht einen komischen Satz, wie immer, wenn ich an sie denke. Sie ist so schön. So witzig und anmutig. Es ist erst drei Wochen her, und ich kann es immer noch nicht fassen, dass sie mich gewählt hat. Tief in meinem Inneren höre ich Dannys spöttische Stimme. *Sie hat dich bloß genommen, weil ich sie nicht haben wollte.*

Im Wohnzimmer läuft im Fernsehen die *Lawrence Welk Show*, und die Musik ist im ganzen Haus zu hören. Ich stehe auf, gehe in die Küche, öffne den Kühlschrank und starre hinein. In Gedanken bin ich mit dem beschäftigt, was vor einer Stunde passiert ist. Ich denke an Lydias enttäuschtes Gesicht, als ich ihr gesagt habe, dass ich nicht zum Lagerfeuer mitkommen kann. Und wie sich ihr Gesichtsausdruck veränderte, als Danny – der das Lagerfeuer erst als dämliche Zeitverschwendung bezeichnet hatte – plötzlich seine Meinung änderte und beschloss, trotzdem hinzugehen und Lydia einlud, mit ihm und Poppy im Auto hinzufahren.

»Du brauchst ja nicht hier rumsitzen, bloß weil mein Bruder blöd genug war, sich beim Schwänzen erwischen zu lassen.«

Mir war sofort klar, was Danny vorhatte. Aber Poppy war völlig begeistert von seinem plötzlichen Sinneswandel, sprang herum und machte einen Riesenlärm. »Könnt ihr Kinder mal eine einzige Minute lang still sein?«, rief meine Mutter aus der Küche.

Ich hatte gehofft, Lydia würde Nein sagen. Mir anbieten, bei mir zu bleiben. Wir hätten den Abend über so tun können, als würden wir Hausaufgaben machen, bis meine Eltern schließlich schlafen gegangen wären, und dann hätten wir uns das Samstagabendprogramm im Fernsehen angesehen und auf der Couch rumgeknutscht.

Eine Sekunde lang dachte ich, dass mein Wunsch in Erfüllung gehen würde. *Nein danke, ich bleibe lieber bei Vince.* Stattdessen fragte sie mich: »Macht's dir was aus?«

Alle sahen mich an. Lydia wartete auf die erhoffte Antwort: *Überhaupt nicht, kein Problem.* Aber dann bemerkte ich, wie Poppys Hände erstarrten und sie den Blick von ihrer neuen Super-8-Kamera hob, die sie erst seit einer Woche hatte und praktisch immer mit sich herumschleppte. Und dass Danny feixte, weil er offenbar mit einem meiner berühmten Wutausbrüche rechnete, entging mir ebenfalls nicht.

Die Stimme meines Vaters reißt mich aus meinen Gedanken. »Mach den Kühlschrank zu. Glaubst du, ich bin Krösus?«

Ich drehe mich um und sehe ihn an der Küchentür, eine leere Bierdose in der Hand. »Und hör endlich auf, mit dieser Leidensmiene rumzulaufen.« Er wirft die Dose in den Mülleimer und geht hinaus.

Ich lasse den Griff des Kühlschranks los, und die Tür schließt sich leise. Hinter dem Fenster über dem Spülbecken ist es dunkel, und ich stelle mir das helle, flackernde Lagerfeuer vor, um das sich die anderen jetzt sammeln. Sie haben ihre Wagen am Straßenrand geparkt und kommen langsam näher, ein paar haben Bier dabei, andere haben sich heimlich ein paar Joints in die Taschen gesteckt. Dass diese Party bei Mr. Stewarts Haus stattfindet, beunruhigt mich noch zusätzlich.

Lydia ist wie besessen vom Laufen und redet unaufhörlich über ihre privaten – unentgeltlichen – Trainingsstunden bei Mr. Stewart. *Mr. Stewart meint, ich brauche am Wochenende noch ein paar zusätzliche Trainingseinheiten. Mr. Stewart sagt, ich habe meine Zwischenzeit um eine Achtelsekunde verbessert.* Was auch immer eine Zwischenzeit sein soll.

Die anderen sind genauso hingerissen von ihm; jeder möchte Unterricht bei diesem coolen jungen Sportlehrer haben. Einer, mit dem sie sich identifizieren können. Mit dem man reden kann. Sie traben hinter ihm her, wenn er in Shorts und T-Shirt auf dem Schulgelände unterwegs ist. Ich schaffe es grade noch, bei seinem Anblick nicht loszukotzen.

Sogar Danny war Mr. Stewarts Zauber für eine Weile erlegen. Als Zwölfjähriger hat er an einem Outdoor-Survival-Training teilgenommen, das Mr. Stewart damals organisierte. Sie verbrachten ein Wochenende im Wald, lernten, wie man ein Loch zum Scheißen gräbt oder eine Ratte häutet und sie anschließend über offenem Feuer brät. »Du solltest auch mal so ein Überlebenstraining bei diesem Mr. Stewart machen«, schlug mir Vater zu Beginn des Jahres vor, nachdem es wieder mal Ärger in der Schule gab. »Deine Energie im Freien loswerden.«

»Da kau ich lieber Glasscherben«, gab ich zurück.

»Nur zu«, sagte Danny.

Ich wollte mich auf ihn stürzen, aber er brachte sich mit einem Sprung rechtzeitig in Sicherheit, vergewisserte sich mit einem Blick, dass unsere Mutter uns den Rücken zuwandte, und zeigte mir den Stinkefinger, bevor er durch die Hintertür verschwand.

»Vincent, wenn du Trübsal in der Küche bläst, bringt dich das auch nicht weiter«, ruft meine Mutter jetzt aus dem Wohnzimmer. »Tu doch mal was. Vielleicht einen kleinen Aufsatz über ein Buch schreiben, das du gelesen hast.«

Ich sehe aus dem Fenster hinüber zum Nachbarsgarten. Der Garten, der bald Mr. Stewart gehören wird. Mit dem Lagerfeuer heute feiert er den Abschied von seinem jetzigen Zuhause, das außerhalb an der Route 33 liegt. Dann wird er in die Stadt ziehen, in das Haus nebenan. Poppy ist hin und weg, aber das Letzte, was ich brauche, ist ein Lehrer als Nachbar. Von denen hab ich schon an der Schule mehr als genug.

Ich öffne wieder den Kühlschrank, nehme mir eine Coca-Cola und gehe zurück in mein Zimmer. Ich stelle die ungeöffnete Dose auf meinen Schreibtisch und sehe Dannys Schallplatten durch. Pink Floyd. The Grateful Dead. Led Zeppelin. Schließlich nehme ich Dannys Lieblingsalbum von Jimi Hendrix, lasse die LP aus der Hülle gleiten und lege sie auf den Plattenspieler. Ich lasse die Nadel bei »Foxy Lady« nieder und drehe die Lautstärke voll auf. Ich will nicht mehr dran denken, wie die drei ins Auto gestiegen und weggefahren sind.

»Behalt Lydia im Auge«, habe ich zu Poppy gesagt.

Sie drehte sich um und frotzelte: »Ich soll ihr hinterherspionieren?« Sie hielt die Kamera hoch. »Sie hat sicher nichts dagegen, wenn ich ihr ständig folge. *Lächle mal in die Kamera, Lydia! Vincent möchte sichergehen, dass du dich benimmst.*«

»Das meine ich nicht«, protestierte ich, aber tatsächlich wollte ich genau das von ihr. Einen Beweis, dass Lydia zu mir gehörte. Und alle auf der Party darüber Bescheid wussten.

Danny saß am Steuer, Lydia folgte ihm zum Auto und schlüpfte auf den Beifahrersitz. Poppy war auf den Rücksitz geklettert und richtete die Kamera auf mich, als ich in der Haustür stand. Aber noch ehe sie Dokumentationsmaterial über den Loser sammeln konnte, der daheim bleiben musste, drehte ich mich um und ging ins Haus zurück. Ich wollte nicht, dass die Kamera den Ausdruck in meinem Gesicht festhielt. Den Ausdruck, der immer noch da ist, als Hendrix jetzt über eine Frau singt, die nur ihm gehören soll.

Es ist Eifersucht. Wut. Zorn.

Such dir was aus.

KAPITEL 11

Vor mir auf dem Esstisch liegen die alten Fotoalben meines Vaters – in denen Jack und ich so oft geblättert und versucht haben, uns Poppy und Danny vorzustellen –, als er auf der Suche nach mir die Treppe herunterkommt. Ich habe das Kapitel über Danny und die tote Katze beendet und gestern an Neil geschickt. Seitdem checke ich wie besessen meine Mails nach einer Nachricht, dass ich auf dem richtigen Weg bin.

»Arbeiten wir heute nicht?«, fragt mein Vater. Er wirkt beunruhigt. »Welcher Tag ist heute?«

»Dienstag. Ich dachte, wir hätten hier unten mehr Platz.«

Er zögert, als er die Fotoalben sieht.

Die meisten Menschen besitzen eine ganz bestimmte Reihe von Geschichten – bewährte Anekdoten, zu denen sie immer wieder zurückkehren. Bestimmte Momente in ihrem Leben – große oder kleine, glückliche oder traurige –, die aus irgendeinem Grund fest in ihnen verwurzelt sind. Bei meiner Arbeit hat es sich meist ausgezahlt, wenn ich meine Gesprächspartner erst einmal ausreden und sie ihre Geschichten erzählen lasse, bevor ich den Blickwinkel nach links oder rechts verschiebe. Zu den Bereichen rings um diese Orientierungspunkte.

Er lässt sich auf seinem üblichen Stuhl nieder. Ich schiebe meinen etwas näher heran, nehme ein Album und schlage die erste Seite auf.

Eine Fotografie von Danny vor einem grünen Zelt. Er muss ungefähr zwölf Jahre alt sein und hält grinsend ein Jagdmesser in der Hand.

Mein Vater beugt sich vor und betrachtet die Aufnahme genauer. »Ich habe vergessen, wie breit sein Lächeln war. Wie viel Energie er hatte.«

Er blättert weiter, und wir sehen Poppy auf ihrem Bett sitzend, an der Wand hinter ihr hängen Poster von Olivia Newton-John und Donny Osmond. »Man könnte meinen, Poppy habe genau dieselben Vorlieben gehabt wie alle anderen Mädchen in den Siebzigerjahren.«

Er lacht und entspannt sich ein wenig. »Aber die Poster hat unsere Mutter ihr gekauft. Poppy hat sie gehasst und bei der ersten Gelegenheit wieder abgerissen. Danach durften nur noch Betty Friedan, Shirley Chisholm und Gloria Steinem an ihre Wand. Das waren ihre Heldinnen.« Er sieht mich leicht verschmitzt an. »Sie hatte sogar ein *Roe vs. Wade*-Poster aufgehängt, aber das gab Ärger mit unserer Mutter. Die meinte, das sei unmoralisch, also musste Poppy es wieder abnehmen. Anfangs dachte ich, Poppy würde die Poster nur aufhängen, um unsere Mutter zu ärgern, aber sie war tatsächlich die geborene Aktivistin.«

»Sie hat früh angefangen.«

»Poppy war hochintelligent und hat die zweite Klasse übersprungen. Meine Mutter fand es schrecklich, dass sie schon mit dreizehn Jahren auf die Highschool ging, aber Poppy war nicht zu bremsen. Auf der Mittelschule startete sie eine Petition, damit die Mädchen Werkunterricht erhielten.« Er grinst bei dem Gedanken. »Damit hatte sie Erfolg. Mit ihrer zweiten Petition kam sie aber nicht durch. Sie argumentierte, wenn es ein Muss für Mädchen sei, in Hauswirtschaft unterrichtet zu werden, sollten auch die Jungen dazu verpflichtet werden. Ihrer Meinung nach sollten Jungs ebenfalls Bescheid wissen, wie man kocht, putzt und Wäsche wäscht. Aber der Schuldirektor, Mr. Leahy, war dagegen. Woraufhin sie einen Brief an den Bildungsausschuss schrieb und anfragte, warum Schulleiter in Bezirksschulen hauptsächlich männlich seien.«

Er betrachtet die junge Poppy zwischen den Teenie-Idolen, aus denen sie sich nichts machte. Als Jack und ich uns damals das Album ansahen, stellten wir uns vor, wie sie auf dem Bett lag und von Donny Osmond träumte. Doch jetzt zeigt sich, dass es in ihren Träumen um Gleichberechtigung und gerechte Verteilung der Aufgaben im Haushalt ging.

Mein Vater sieht mich an. »Du erinnerst mich sehr an Poppy.«

»Du kennst mich eigentlich nicht wirklich.« Die Bemerkung ist mir einfach herausgerutscht und erinnert uns beide an die Last der Vergangenheit.

Er lässt sich jedoch nicht beeindrucken. »Ich kenne deine Arbeit«, sagt er. »Andere Leser hören in deinen Büchern vielleicht nur die Stimme deiner Figuren, aber ich höre deine eigene heraus. Poppy hätte deine Bücher geliebt. Sie hätte es bewundert, wie leidenschaftlich du dich dafür einsetzt, dass weibliche und marginalisierte Stimmen gehört werden.«

Ich denke daran, welche Niederlagen ich in dieser Hinsicht einstecken musste. Ich war so überzeugt von meiner Position, so sicher, genau wie meine männlichen Kollegen alles sagen zu können, was ich dachte, ohne Konsequenzen fürchten zu müssen. Aber tatsächlich war meine Stimme gelöscht worden, als ich die Wahrheit gesagt hatte. Und jetzt bleibt mir nichts anderes übrig, als mich auf Calders Ebene hinabzubegeben und mich an den Meistbietenden zu verkaufen. »Mir kommt es nicht so vor, als hätte meine Stimme heute noch ein besonderes Gewicht«, gebe ich zurück.

»Lass dich nicht unterkriegen«, sagt er. »Denk immer dran, keine Reue, niemals zurückblicken.«

Ich verdrehe die Augen, als ich den altbekannten Spruch höre. Damit kam er früher jedes Mal, wenn ich traurig war oder jemand in der Schule etwas Gemeines zu mir gesagt hatte. *Keine Reue. Niemals zurückblicken, Olivia.* Er funktioniert heute ebenso wenig wie damals. Mein Vater ist unfähig, eine Welt zu verstehen, die sich nicht seinem Willen beugt.

Ich schlage eine neue Seite im Fotoalbum auf, ein Bild von Danny mit seinem besten Freund Mark ist zu sehen. Jacks Vater. Sie albern mit ihren Skateboards herum. »Wenn Poppy Feministin war, wie steht es dann mit Danny?«

»Als er jünger war, hatte er viel Energie. Viel Witz.«

»Und später?«

»Später hat er sich verändert.«

»Gib mir doch mal ein Beispiel«, sage ich. »Was kommt dir da in den Sinn?«

Mein Vater überlegt kurz. »Irgendwann hatte er den Einfall, einen Anhänger für sein Fahrrad zu bauen. Wir hatten Holz und Poppys altes Dreirad, und sein Plan bestand darin, uns mit einem Seil hinter sich herzuziehen.«

»Wie alt warst du damals?«

Er atmet tief aus. »Vielleicht zwölf? Oder dreizehn? Jedenfalls waren Poppy und ich begeistert bei der Sache und verbrachten das ganze Wochenende damit, den Anhänger zu bauen. Die Kiste hatte ein Vorderrad und zwei Rückräder und war mit einem alten Kissen ausgepolstert.«

Er schiebt das Album beiseite und presst die Handflächen auf den Tisch. »Als der Anhänger fertig war, gingen wir damit zum Parkplatz an der Schule, für eine Probefahrt. Poppy bettelte darum, als Erste fahren zu dürfen, aber Danny meinte, ich wäre dran.« Er lacht ungläubig auf. »In dem Moment hätte ich schon stutzig werden müssen. Aber ich hüpfte wie ein Dummkopf hinein, und Danny trat in die Pedale. Der Plan war, auf dem Parkplatz herumzufahren und zu sehen, ob unsere Konstruktion hielt. Anschließend sollte Poppy an die Reihe kommen.«

»Aber es kam anders?«, frage ich.

Mein Vater nickt. »Danny drehte eine langsame Runde, und ich dachte, er würde anhalten. Aber er fuhr weiter. Stellte sich aufrecht in die Pedale, um noch schneller zu fahren. Mir war ziemlich schnell klar, dass ich diese Kiste weder steuern noch aus ihr herauskommen konnte. Ich brüllte Danny an, befahl ihm, langsamer zu fahren, und die Räder ließen meine Zähne buchstäblich klappern.

Ich hörte, wie Poppy ebenfalls schrie, aber Danny steuerte auf eine Rampe zu, die zu dem tiefer gelegenen Parkplatz führte. Sie wirkte nicht besonders steil, wenn man zu Fuß hinunterging, aber manche fuhren mit den Skateboards dort hinunter. Ich hatte panische Angst.« Er schweigt, erinnert sich. »Später hat Danny behauptet, er hätte mich nicht gehört. Und dann meinte er, er hätte gedacht, dass ich brülle, weil es mir so viel Spaß macht.«

»Und was geschah dann?«

»Ungefähr auf der Hälfte der Rampe kippte das ganze Ding um. Ich wurde rausgeschleudert und schlug mir das Kinn auf dem Betonboden auf.« Er neigt den Kopf und deutet auf eine schmale Narbe. »Die Wunde musste genäht werden, und unsere Mutter war außer sich vor Wut.«

»Hat Danny Ärger bekommen?«

»Nein. Poppy und ich wussten beide, dass Danny etwas noch Schlimmeres machen würde, wenn wir ihn verrieten. Also haben wir gesagt, es sei ein Unfall gewesen.«

»Hat er das oft gemacht? Euch bedroht?«

Er zuckt die Achseln. »Ständig. Aber er kriegte es immer so hin, dass es sich anhörte, als wäre es nicht ganz ernst gemeint, und zog dann darüber her, dass wir keinen Spaß verstehen würden. Zuerst lockte er uns mit seinem Lächeln und versprach uns Spaß, und dann«, mein Vater schnippt mit den Fingern, »war er plötzlich wie ausgewechselt. Ohne Vorwarnung.«

Ich denke einen Augenblick nach, stelle mir verschiedene Szenarios vor, in denen Danny der Täter ist und nicht mein Vater, wie ich immer dachte. Ich mustere Dannys breit grinsendes Gesicht auf dem Foto und frage mich, ob mein Vater die Wahrheit sagt. Wieder fällt mir die Geschichte von Danny und der toten Katze ein und die Frage, die ich mir verkniffen habe, damit mein Vater nicht in Wut gerät. Die Idee, Danny wäre irgendwie an dem Mord an Poppy beteiligt gewesen und nicht der tragische Held, den alle in ihm sehen. Doch der Blick meines Vaters wirkt abwesend, wie gefesselt von etwas, das unsichtbar für mich ist, und ich verschiebe ein Gespräch über diese Möglichkeit auf später, bis ich mehr Material habe, um sie zu untermauern. Mehr Substanz, um Fragen zu stellen. Ein paar Anekdoten reichen nicht aus.

Ich schlage die letzte Seite des Albums auf. Nach dem April 1975 gibt es kein einziges Familienfoto mehr. Ich deute auf ein einzelnes Bild unter einer halb abgelösten Plastikfolie. Eine Aufnahme von meinem Vater und Danny in ihrem Zimmer. Mein Vater kehrt der Kamera den Rücken zu, während er auf einem Stuhl steht und ein *Wish You Were Here*-Poster von Pink Floyd an die Wand hängt. Er reckt sich, um die vierte Ecke zu befestigen, unter seinem Hemd spannen sich die Muskeln, seine dünnen Arme ragen aus den kurzen Ärmeln. Danny sitzt auf dem Bett, ein Chemie-Lehrbuch auf den Knien, und blickt direkt in die Kamera. Er lächelt nicht und macht den Eindruck, dass der Fotograf ihn stört und er nur darauf wartet, bis er das Zimmer wieder verlässt.

»Diese Aufnahme hat mich immer beschäftigt«, sage ich zu meinem Vater. »Wahrscheinlich ist es das letzte Foto von Danny. Er sieht in die Kamera, als würde er beinahe ahnen, dass er nur noch Wochen zu leben hat.«

Schweigend betrachtet mein Vater das Bild. »Das Konzert hatte ich total vergessen«, sagt er schließlich. »Deine Mutter und ich sind zusammen hin, ganz am Anfang unserer Beziehung.«

Ich brauche einen Moment, bis ich verstehe, dass er von dem Pink-Floyd-Poster spricht. »Das war bestimmt toll«, sage ich leicht frustriert, weil wir über Mutter und nicht über Danny sprechen.

Er lächelt. »O ja. Wir sind per Anhalter hin. Erst sind wir ein Stück weit mit den Rädern gefahren und haben sie dann im Gebüsch versteckt.«

»Sind Jugendliche denn damals viel getrampt?«, frage ich und denke an Poppy. Für mich war es immer ein Zeichen besonderer Tapferkeit, dass sie per Anhalter unterwegs war, aber vielleicht war es seinerzeit nichts Ungewöhnliches.

»Anders kamen wir nicht nach Ventura, wo sich unserer Meinung nach das wahre Leben abspielte.«

»Wer hat dich und Mom mitgenommen? Ein Bekannter?«

Sein Blick wandert zur Seite, und er antwortet so betont lässig, dass bei mir sämtliche Alarmglocken schrillen. »Ich kann mich nicht mehr erinnern, wie wir hin und zurück gekommen sind. Aber das Gefühl von Freiheit habe ich nicht vergessen. Auf einem großen Konzert zu sein, deine Mutter an der Hand zu halten. Das Gefühl zu haben, es sei der Anfang von etwas Gutem.«

Ich warte darauf, dass er einräumt, im Rückblick sei ihm jetzt klar, dass es in Wahrheit der Anfang vom Ende gewesen sei. Aber das sagt er nicht.

VINCENT

26. APRIL 1975

Anscheinend ist jeder aus unserer Highschool hier in Ventura, um Pink Floyd zu sehen. Ich stehe auf einem Grashügel und warte darauf, dass Lydia von der Toilette zurückkommt. Der Auftritt der Vorgruppe wird bald zu Ende sein, und sie soll nichts verpassen.

Bisher ist der Abend nicht so verlaufen, wie ich gehofft hatte. Es fing schon damit an, dass Mr. Stewart uns hergefahren hat. Als ich seinen schicken Ford Mustang herandonnern sah, bin ich ein paar Schritte vom Straßenrand zurückgetreten, damit er uns nicht entdeckt. Aber Lydia wusste offenbar mehr als ich.

»Er ist Lehrer«, sagte ich und zog sie von der Straße weg.

Lydia schüttelte mich ab. »Er ist cool.«

»Woher weißt du das?«

Sie lächelte bloß, trat vor und hielt den Daumen hoch.

Die Fahrt war noch peinlicher als befürchtet, weil Mr. Stewarts Freundin Amelia ständig Kommentare abgab, wie toll es doch sei, dass Mr. Stewart das Haus neben unserem gekauft hatte. Dass wir jetzt Nachbarn waren. Ich zuckte die Schultern und fragte mich, was alle eigentlich so toll an der Vorstellung fanden, neben einem Lehrer zu wohnen.

Dann ließ sich Mr. Stewart über Lydias Laufen aus. Wie talentiert sie sei. Dass sie vielleicht ein Stipendium fürs College bekommen könne, wenn sie hart genug trainierte. Plötzlich wurde mir eng um die Brust, und meine Anspannung wuchs bei der Vorstellung, Lydia könnte einfach diese kleine Welt, die wir uns gemeinsam aufbauten, verlassen und in etwas Größeres eintauchen, als ich ihr je bieten konnte.

Um mich herum fangen die Ersten an zu klatschen und zu singen, damit Pink Floyd auf die Bühne kommen. Ich schiebe die Hände in die Taschen und beschließe, zu den Toilettenhäuschen hinüberzugehen. Falls Lydia den Beginn des Konzertes verpasst, dann verpassen wir ihn gemeinsam.

Ich betrete das Gelände in der Nähe des Parkplatzes, wo der Geruch nach Marihuana, Räucherstäbchen und Patschuli allmählich in den Ammoniak-Gestank der Toiletten übergeht. Dann sehe ich, wie sie plötzlich aus einem der kleinen Häuschen gerast kommt, als wäre sie auf der Flucht vor irgendwas da drinnen. Sie sprintet um das Häuschen herum und verschwindet aus meinem Blickfeld.

Ich überlege, ob ich ihr folgen soll oder ob sie das verärgern könnte. Mir fehlt dieses intuitive Verständnis für Mädchen, wie Danny es hat. Noch vor einigen Monaten war ich zum Beispiel fest davon überzeugt, dass Lydia nur mit mir zusammen war, weil sie auf diese Weise Danny näher sein konnte.

Aber sie hat sich für mich entschieden. Jetzt kommt sie an den Samstagabenden zu mir, und wir sitzen auf dem Sofa im Wohnzimmer; manchmal legt sie den Kopf in meinen Schoß, und ich spiele mit ihrem Haar, während wir Mary Tyler Moore im Fernsehen anschauen. Bob Newhart. Carol Burnett.

Ich will gerade zu den Toiletten hinübergehen und mich durch die endlosen Schlangen hindurchzwängen, als Lydia wieder auftaucht, diesmal in Begleitung von Mr. Stewart, der ihr eine Hand auf den Rücken legt. Ich bleibe stehen, mache mich in der Menge unsichtbar. Die beiden sollen nicht sehen, dass ich ihnen hinterherspioniere.

Mr. Stewart wendet sich Lydia zu, und ich wünschte, ich könnte Lippen lesen. Um zu wissen, worüber sie sprechen. Die Leute schieben sich um sie herum, die meisten sind in Richtung Bühne unterwegs, wo Musik vom Band zu hören ist, während Pink Floyd ihren

Auftritt vorbereiten. Das Konzert fängt gleich an, aber Lydia ist völlig vertieft in das Gespräch mit Mr. Stewart und kriegt nichts davon mit.

Sie gehört zu mir, will ich rufen und frage mich, ob ich je so etwas wie innere Ruhe finden werde. Ob ich irgendwann jemand sein werde, der nicht mehr unentwegt fürchtet, er könne alles innerhalb der nächsten Sekunden wieder verlieren.

Wut steigt in mir auf, mir wird plötzlich heiß, und ich spüre das Blut in meinen Adern pulsieren. Wenn ich was sage, mache ich alles kaputt. Also drehe ich mich um und gehe wieder zurück auf den Rasen, dorthin, wo sie mich vor Kurzem verlassen hat, versprochen hat, gleich wieder zurück zu sein, nur ein kurzer Gang auf die Toilette, damit sie das Konzert nicht verpasst. Ich umrunde Gruppen von lachenden und rauchenden Leuten, steige über Abfall und leere Bierdosen hinweg und versuche abzuschätzen, wo wir ungefähr gestanden haben. Sie soll nicht wissen, dass ich ihr gefolgt bin.

Mir fällt das Lagerfeuer im vergangenen Monat ein. Die nagenden Angstgefühle, die mich die ganze Nacht lang gequält haben, während ich mir vorgestellt habe, wie sie dort auf diesem Fest ist, wie sie lacht und ohne mich feiert. Oft verstehe ich Lydia nicht. Sie ist ganz anders als Poppy, die einem genau sagt, was sie denkt, auch wenn man es lieber nicht wissen möchte. Lydia ist manchmal wie ein unlösbares Rätsel. Eines, von dem ich nicht sicher bin, ob ich es überhaupt lösen soll. Es fällt mir schwer, mich nicht ständig zu fragen, warum sie mit mir zusammen ist. Es fällt mir schwer, über die neugierigen Blicke an der Schule, das Kichern und Tuscheln hinwegzusehen. Das Schweigen, das mir überallhin folgt.

Kurz darauf taucht Lydia neben mir auf, ihre Augen sind ein bisschen feucht, und ihre Hand zittert leicht, als sie meine ergreift. Sie fühlt sich kalt und verschwitzt an, und ich überlege, ob ich sie fragen soll, ob alles in Ordnung mit ihr ist oder lieber so tue, als wäre nichts.

Sie lächelt mich schüchtern an. »Hey«, sagt sie.

Ihr Atem riecht leicht nach Erbrochenem. Das ist schon das zweite Mal heute, dass sie sich übergeben hat. Vielleicht ist sie krank. Ich mache mir Sorgen. War es falsch, heute so weit weg zu fahren?

»Alles okay?«, frage ich.

»Der Gestank auf dem Klo war … furchtbar. Ich hab mich hinter dem Toilettenhäuschen übergeben.«

Sie wendet den Blick ab, sieht mich nicht an.

Ich drücke erleichtert ihre Hand. Und verstehe plötzlich, warum Mr. Stewart so besorgt wirkte. Ich bin froh, dass ich mich nicht von voreiligen Annahmen und meiner Wut habe hinreißen lassen. »Los«, sage ich. »Lass uns versuchen, noch dichter an die Bühne zu kommen.«

KAPITEL 12

»Ich weiß schon, du darfst mir nichts von deinem Auftrag erzählen, aber was machst du, wenn du nicht arbeitest?«, fragt Tom.

Mein Vater hat jeden Donnerstag um 11 Uhr morgens einen festen Termin beim Physiotherapeuten. Also haben wir heute früher mit der Arbeit aufgehört, und ich bin unterwegs und recherchiere. Ich war auf dem Friedhof, wo Danny, Poppy und meine Großeltern liegen. Auf ihren schlichten Grabsteinen, die sich alle nebeneinander befinden, stand:

Edmund Frederick Taylor
Geliebter Vater und Ehemann
19. Januar 1937–15. November 1978

Patricia Sampson Taylor
Liebevolle Mutter und Ehefrau
27. Juli 1941–4. Dezember 1980

Patricia »Poppy« Marie Taylor
Immer in unseren Herzen
3. März 1961–13. Juni 1975

Daniel Edmund Taylor
Unvergessen
26. Februar 1958–13. Juni 1975

Ich habe mir vorgestellt, wie mein Vater die Gräber besucht, und mich gefragt, wie es sich angefühlt haben muss, als Einziger übrig geblieben zu sein. Und wie sich das irgendwann für mich anfühlen wird.

Auf dem Rückweg habe ich Tom angerufen und sage jetzt zu ihm: »Ich arbeite eigentlich ständig.« Dabei halte ich Ausschau, ob der Wagen meines Vaters schon in der Auffahrt steht. Ich will sicher sein, dass er und Alma noch nicht zurückgekommen sind. Dann nehme ich das Handy in die Hand, steige aus und gehe zum Gästehaus.

Tom seufzt.

»Was ist?«, frage ich, werfe die Schlüssel auf den Nachttisch und lasse mich am Schreibtisch nieder.

»Ich weiß nicht«, erwidert er. »In letzter Zeit sind unsere Gespräche irgendwie merkwürdig.«

»Inwiefern?« Im Geist gehe ich die Woche seit meiner Ankunft durch. Wir haben jeden Tag telefoniert, meist kurz vor dem Einschlafen, und mir kam alles ganz normal vor.

»Ich weiß, dass dieser Job schwierig ist«, sagt er. »Ich spüre, wie du kämpfst. Aber ich habe auch das Gefühl, dass du mir etwas verheimlichst.«

Ich lache. »Ich verheimliche dir jede Menge.«

»Nein«, sagt er. »Ich meine nicht deinen Auftrag. Du weichst mir aus. Bist distanziert.« Er schweigt einen Augenblick lang und sagt schließlich: »Ich weiß einfach nicht. Wahrscheinlich bilde ich mir alles nur ein.«

»Mir geht's gut. Uns geht's gut«, erkläre ich und hoffe, dass er vor allem die Gewissheit in meiner Stimme hört und nicht die Schuldgefühle, weil ich so vieles vor ihm verberge.

Doch als wir das Gespräch beendet haben, bin ich ebenfalls beunruhigt. Er spürt intuitiv, wie gestresst ich bin, und fragt sich, ob mir nicht nur die Arbeit zusetzt, sondern noch etwas anderes. Tom hat mir mal gesagt, dass sein Radarsystem auf Signale anspringt, die viele Menschen übersehen. Ich fand es immer wunderbar, dass er mich so gut versteht. Doch inzwischen ist daraus ein Risikofaktor geworden, und ich muss in unseren Gesprächen besonders vorsichtig sein. Ihm meine volle Aufmerksamkeit widmen, damit er keine Fragen stellt, auf die ich nicht antworten will.

Später am Abend teilt mir Alma mit, dass mein Vater meine Hilfe benötigt.

Als ich zu ihm gehe, sitzt er am Schreibtisch und starrt aus dem Fenster. »Was soll ich machen?«

Er dreht sich zu mir um. »Ich habe gehofft, du könntest mal meine Mails durchgehen und dich vergewissern, dass ich nichts Wichtiges übersehen habe.«

»Ah. Klar.« Er steht auf, überlässt mir seinen Platz, und der lederne Drehstuhl schwingt unter meinem Gewicht hin und her.

Ich klicke auf sein E-Mail-Programm und frage: »Passwort?«

»Das Programm sollte geöffnet sein«, sagt er.

Ich deute auf den Bildschirm. »Es fragt mich nach dem Passwort.« Als er zögert, sage ich: »Du brauchst es mir nicht zu sagen, aber ohne Passwort kann ich den Posteingang nicht sehen.«

»Rebecca«, sagt er leise. Als wäre es ihm peinlich, das Wort laut auszusprechen.

Ich sehe ihn an. »Moms zweiter Vorname ist dein Passwort?«

»Warst du schon mal verliebt?«, fragt er, und ich denke wieder an Tom. Wie sehr wir miteinander im Einklang sind. Ich verspüre eine leise Wehmut.

»Warum hängst du an einer Frau, die dich verlassen hat? Das liegt Jahrzehnte zurück«, frage ich zurück, um von meinem eigenen Liebesleben abzulenken.

»Die Vergangenheit lässt sich nicht auslöschen, indem man nicht mehr an sie denkt.« Sein kurzes Lachen klingt freudlos. »Glaub mir, ich habe es versucht. Deine Mutter war das Beste, was mir in meinem Leben passiert ist. Besser als alle meine Bücher und Auszeichnungen.«

Schnaubend blicke ich wieder auf den Bildschirm. »Sie hat dich einfach verlassen, und du musstest deine Tochter allein großziehen.«

»Meine Tochter hat mich auch verlassen«, erinnert er mich leise.

Ich gebe den zweiten Vornamen meiner Mutter ein und finde Hunderte von Nachrichten in seinem Posteingang. »Was soll ich damit machen?«, frage ich.

»Aufräumen«, erwidert er. »Feststellen, ob nicht irgendwelche wichtigen Mails dabei sind, die ich beantworten muss.«

Ich scrolle durch die Mails der *New York Times* und *Washington Post*. Anschreiben von Politikern aus der Gegend, die um Spenden bitten. Tonnenweise Spam-Mails. »The Gap?«, frage ich.

Er zuckt die Achseln. »Ich mag ihre T-Shirts.«

Dann finde ich eine E-Mail, auf die er vielleicht reagieren sollte. »Sie wollen dich als Hauptredner auf der SouthwestLit haben.« Eine bedeutende Literaturveranstaltung, die jeden Herbst in New Mexico stattfindet.

»Schreib ihnen, dass ich nicht zur Verfügung stehe.«

Ich zögere. »Soll ich mit meinem Namen unterschreiben?«

»Natürlich nicht. Tu einfach so, als würde ich selbst antworten.«

»Wie wär's mit: *Vielen Dank für Ihre Einladung, die mich sehr ehrt. Leider stehe ich aufgrund anderweitiger Verpflichtungen nicht zur Verfügung.*«

Er nickt zustimmend, ich tippe und drücke auf Senden.

»Da sind noch ein paar Seiten, aber das meiste davon ist Reklame. Soll ich sie löschen oder als gelesen markieren?«

»Das ist mir scheißegal, Olivia«, seufzt er. Ich wende mich wieder dem Bildschirm zu und sage: »Okay, dann will ich mal …« Der Rest des Satzes bleibt mir im Hals stecken. Vor mir auf dem Bildschirm, etwas unterhalb der Mitte, steht ein Name, bei dem mir ganz flau wird.

John Calder.

Nach Mitternacht logge ich mich auf meinem eigenen Computer in den Mail-Account meines Vaters ein. Den ganzen Abend lang habe ich mich gefragt, ob ich die Mail lesen soll oder die Sache einfach auf sich beruhen lasse. Aber die Vorstellung, dass die beiden miteinander in Kontakt stehen, ist mir einfach zu unangenehm. Dass sie konspirieren. Mein Vater hat nie erwähnt, dass er Calder kennt, aber die Mail in seinem Posteingang sagt etwas anderes.

In der Betreff-Zeile steht einfach:

Frage.

Die Mail ist kurz.

Haben Sie meine Nachricht bekommen?

Offensichtlich bezieht sich John auf eine vorherige Mail, also scrolle ich weiter nach unten.

Ein Freund bei Monarch hat mir gesagt, dass Sie Ihre Memoiren schreiben. Ich würde mich gern für das Projekt bewerben, falls Sie einverstanden sind. Bitte geben Sie mir Bescheid.

Ich werfe einen Blick auf das Datum – die Mail ist vom 12. März. Der Tag nach dem ersten katastrophalen Zoom mit dem Team von Monarch, als jemand bemerkte, sie hätten Calder den Auftrag anbieten sollen. Ich krame in meinem Gedächtnis herum, bis ich den Namen des Betreffenden finde. Tyler Blakewood.

Bevor ich mich anders entscheide, klicke ich auf Antworten.

Sagen Sie mir, was Sie im Sinn haben.

Und drücke auf Senden.

Anschließend wälze ich mich schlaflos herum, starre zur Decke hoch, denke darüber nach, wie ich Tom von diesem Problem erzählen kann, ohne etwas preiszugeben. Er war immer derjenige, an den ich mich gewandt habe. Er hat mich zu dem Calder-Prozess begleitet, hat während der Urteilsverkündung hinter mir gesessen und sich anschließend mit mir betrunken. Er war mein Ratgeber, tröstete mich, hörte mir zu, und selbst wenn er mit meinen Entscheidungen nicht einverstanden war – er hat mir dringend von meinen Tiraden in den sozialen Medien abgeraten –, hielt er immer zu mir.

Ich setze mich auf, und meine Finger gleiten zögernd über die Tastatur des Handys, unschlüssig, was ich schreiben soll. Wie ich möglichst vage bleibe und nicht Gefahr laufe, dass die vielen Lügen, die ich ihm erzählt habe, offensichtlich werden.

Schließlich klappe ich stattdessen den Laptop auf und transkribiere ein Gespräch, das ich heute mit meinem Vater geführt habe. Meine besondere Aufmerksamkeit gilt einer Passage, die ich noch einmal überarbeiten wollte. Es geht darin um meine Eltern, und sie passt zu dem, was andere immer über meinen Vater gesagt haben – nämlich, dass er eifersüchtig war. Und unberechenbar.

Ich setze die AirPods ein und gehe an den Anfang der Passage zurück. Ich versuche, nicht darüber nachzudenken, warum John Calder sich für ein Buch beworben hat, für das es bereits einen Vertrag gibt. Ob Monarch mich zuerst scheitern lassen und mir dann das Projekt entziehen will. Womit ich gezwungen wäre, den Vorschuss zurückzuzahlen.

Meine eigene Stimme ist zu hören, und ich schiebe die Sorgen weit von mir, konzentriere mich auf eine Arbeit, von der ich weiß, dass ich sie besser erledigen kann als John Calder.

VINCENT:

Ich saß oft auf der Veranda deiner Mutter und wartete, bis sie vom Lauftraining zurückkehrte. Ich redete mir ein, ich wolle sie einfach bloß sehen, aber in Wahrheit war ich vor allem unsicher. Ich wollte genau wissen, ob sie wirklich dort gewesen war, wo sie behauptet hatte.

OLIVIA:
Hast du das oft gemacht?

VINCENT:
Ziemlich oft.

OLIVIA:
Und dann? Hat sie dich belogen, oder war sie wirklich dort, wo sie behauptet hatte?

VT:
Meine Mutter hatte immer einen bestimmten Spruch, wenn Poppy zu neugierig wurde: Wer allzu eifrig sucht, läuft Gefahr, dass er dabei auch Unerfreuliches findet.

O:
Das ist keine Antwort auf meine Frage.

VT:
Manchmal hat deine Mutter mich angelogen. Sie wollte wohl hauptsächlich vermeiden, dass ich wegen unwichtiger Dinge schlechte Laune bekam oder eifersüchtig wurde. Das galt insbesondere für ihr intensives Training mit Mr. Stewart, das anscheinend ihre gesamte Freizeit und Energie beanspruchte.

O:
Habt ihr euch häufig gestritten?

VT:

Nicht mehr und nicht weniger als andere frisch verliebte Pärchen in diesem Alter.

O:

Hatte deine Mutter recht? Hast du was Unerfreuliches bei deiner Suche gefunden?

VT:

<Schweigt. Denkt nach.> Wahrscheinlich. Ich kann mich nicht erinnern.

O:

Versuch es bitte. Die Memoiren müssen deine Schwachstellen offen zeigen, damit andere verstehen, wie verletzlich du bist. Nur so lassen sich die Leser überzeugen, dass du die Wahrheit sagst.

VT:

Du bist die Lügnerin, Lydia, nicht ich.

Hier endet die Aufzeichnung, aber ich erinnere mich noch gut an den Schock, als er plötzlich in Wut geriet. An den Schmerz, den ich verspürt habe, als er mich aus heiterem Himmel mit ihrem Namen ansprach.

Das Bild meines Vaters, der heimlich seiner Freundin nachspioniert, lässt mich nicht los. Der ihr nicht vertraut. Der ihr heimlich folgt. Der sich ständig fragt, ob sie tatsächlich dort ist, wo sie angeblich gewesen sein will, und überprüft, ob sie auch die Wahrheit gesagt hat.

VINCENT

2. MAI 1975

Es ist schon lange dunkel, als Mr. Stewart vor dem Haus parkt. Von der Veranda aus sehe ich Lydia auf dem Beifahrersitz, die Lichter des Armaturenbretts beleuchten ihr Gesicht. Ich mache mich möglichst klein und versuche, mich nicht zu rühren. Ich will nicht mit Mr. Stewart sprechen, sondern nur mit Lydia.

Er fährt erst los, als sie die Veranda beinahe erreicht hat, und in der Ferne verklingt das röhrende Motorengeräusch seines Wagens. Lydia sucht in der Tasche nach dem Schlüssel, als ich aus meinem Versteck trete.

»Wo warst du?« Meine Stimme klingt furchtbar wütend. Und verletzt.

Ich habe das Gefühl, sie zu verlieren. Sie zieht sich von mir zurück, und in meiner Panik fällt mir nichts Besseres ein, als mich noch fester an sie zu klammern.

Beim Geräusch meiner Stimme zuckt Lydia zusammen. »Du hast mich erschreckt. Seit wann bist du schon hier?«

»Wo warst du?«, wiederhole ich.

Sie wirft einen Blick über die Schulter, als könne Mr. Stewart ihr sagen, was sie mir antworten soll.

»Beim Training«, sagt sie.

Ich deute auf ihre Bluejeans und das enge Oberteil. »Und das hattest du beim Training an?«

»Meine Sachen sind in der Sporttasche. Ich hab sie wohl im Auto vergessen.«

Sie lügt. Das sehe ich ihr an. Ich gehe auf sie zu und bemühe mich um einen möglichst beiläufigen Ton. »Ich kann sie für dich holen. Ich muss ja nur schnell nach Hause und eine Tür weiter gehen und ihn darum bitten.«

Lydia schließt die Augen. »Vince«, sagt sie. »Können wir erst mal reingehen? Ich bin erledigt, und hier draußen ist es kalt.«

Ich trete beiseite, und sie schließt die Tür auf. Wir gehen ins dunkle Wohnzimmer mit der abgenutzten braunen Couch, dem Schwarz-Weiß-Fernseher, dem Couchtisch mit den verstreuten Zeitschriften. Das Parfüm ihrer Mutter hängt noch in der Luft. Unter einem staubigen Kronleuchter in der Ecke steht der Esstisch. Als Lydia das Licht anknipst, fällt Licht auf die Tischplatte, wo sich ein paar leere Weingläser und ungeöffnete Briefe befinden. Und eine Nachricht, die Lydia mir reicht, nachdem sie sie gelesen hat. *Hoffe, das Training mit Mr. Stewart war heute gut. Im Kühlschrank steht noch etwas Thunfischauflauf für dich. Du brauchst nicht auf mich zu warten. Alles Liebe, Mom.*

»Sie hat auch geglaubt, dass du mit Dawn zusammen lernst, als du mit mir in Ventura auf dem Pink-Floyd-Konzert warst. Deine Mutter ist nicht unbedingt ein Lügendetektor.«

»Im Gegensatz zu dir?«, fragt sie.

»Jedenfalls kriege ich mit, wenn irgendwas nicht zusammenpasst. Ich habe auf dem Sportplatz nach dir gesucht und weiß, dass du nicht dort warst.«

Lydia verdreht die Augen. »Wir haben beim City College trainiert, da gibt es eine richtige Rennstrecke und nicht bloß eine staubige Laufbahn wie an der Highschool.«

Ich habe Lydia schon oft nach einer harten Trainingseinheit gesehen. Sie hat dann immer ein rotes, erhitztes Gesicht und ist voller Energie. Jetzt sieht sie schlaff und hohlwangig aus, als hätte sie Bauchschmerzen. Bleich. Krank. »Warum sagst du mir nicht, was los ist?«, frage ich. »Hat Mr. Stewart dir irgendwas getan?«

»O Gott, nein!«, ruft sie. »Er ist der einzige Erwachsene, der sich je für mich interessiert hat. Er ist der Einzige hier, der glaubt, später könnte mal irgendwas Besseres aus mir werden als eine Nutte wie meine Mutter.«

»Ich glaube an dich«, sage ich. Es verletzt mich, dass ich das überhaupt laut sagen muss.

»Du möchtest, dass ich nach der Schule hier in diesem Kaff bleibe. Dich heirate. Kinder kriege.« Sie würgt das Wort beinahe hervor, so zuwider ist ihr diese Vorstellung offenbar. »Ich will von hier weg. Jemand sein. Und Mr. Stewart hilft mir dabei.«

»Dann muss ich mal nachdenken, wie ich Mr. Stewart dafür danken kann«, sage ich, mache kehrt und gehe durch die immer noch offen stehende Tür hinaus, ohne sie hinter mir zu schließen.

Mit drei langen Schritten gehe ich die Stufen hinunter, mit vier Schritten überquere ich das Rasenstück. Ich bin froh, dass es dunkel ist, damit niemand sieht, dass ich kurz davor bin loszuheulen. Damit niemand meine geballten Fäuste sieht, Nägel, die sich so tief in meine Handfläche bohren, dass die winzigen Halbmonde noch am nächsten Morgen zu sehen sein werden.

Ich widerstehe dem Drang, mich umzudrehen und zu sehen, ob sie mir folgt. Oder wenigstens in der Tür stehen bleibt und mir hinterhersieht. Ich fange an, schneller zu laufen, und will nur nach Hause, bis mir einfällt, wer seit Neuestem nebenan wohnt.

Ich verliere sie an Mr. Stewart. Verdammte Scheiße.

Aber zumindest ist es nicht Danny.

KAPITEL 13

Seit ich vom Account meines Vaters die Mail an Calder geschrieben habe, ist beinahe eine Woche vergangen. Jetzt, da ich den Dialog mit ihm aufgenommen habe, bringe ich es nicht fertig, die Sache auf sich beruhen zu lassen. Wie oft bietet sich einem schon die Gelegenheit, unter Vorspiegelung einer falschen Identität mit jemandem zu sprechen, den man zutiefst verabscheut?

Am darauffolgenden Morgen hatte ich diese Antwort von ihm im Posteingang gefunden.

> Ich kann für Sie dasselbe tun wie für Mac Murray.

Mich interessierte jedoch nur eines: Wieso hatte sich Calder um ein Buch beworben, von dem angeblich niemand wusste?

> Wie haben Sie von diesem Projekt erfahren?,

hatte ich ihn gefragt.

Innerhalb von zwei Minuten traf die Antwort ein.

> Ich habe Quellen an allen wichtigen Stellen. Ich bin gut positioniert, um das Buch nicht nur zu schreiben, sondern auch, um es zu vermarkten. Mein Name ist genau wie der Ihre gleichbedeutend mit Bestseller. Wir wären ein großartiges Team.

Ich schrieb zurück.

Warum bewerben Sie sich für ein Buch, für das bereits ein Vertrag abgeschlossen wurde?

Ich stellte mir vor, was er antworten und über mich und meine Fähigkeiten als Ghostwriterin sagen würde. Dass er sich vielleicht auf meinen schlechten Ruf und meine rechtlichen Probleme beziehen würde.

Doch er antwortete nicht, und in den vergangenen Tagen habe ich unseren Schriftwechsel wieder und wieder gelesen und mich jedes Mal gefragt, was ich eigentlich von ihm will. Ich habe meine eigenen Motive hinterfragt und überlegt, ob ich mir diese Ablenkung von meinem Job überhaupt leisten kann.

Durch das offene Fenster sind jetzt Stimmen zu hören, als Alma und mein Vater von irgendeinem seiner Termine zurückkehren. Ich gehe die Treppe hinunter und zum Haus hinüber. Alma ist in der Küche und holt gerade die Zutaten für das Abendessen aus dem Kühlschrank.

»Ist er oben?«, frage ich.

»Ja, aber an Ihrer Stelle würde ich ihn im Moment in Ruhe lassen. Diese Therapiestunden sind sehr anstrengend für ihn.«

»Ich habe nur eine kurze Frage.«

Den ganzen Nachmittag lang habe ich über einer Szene im handschriftlichen Manuskript meines Vaters gerätselt. Darin schildert er einen Streit, den Danny mit Poppy hatte, weil sie ihm nachspionierte. Sie folgte ihm mit ihrer Kamera. In den letzten Tagen drehten sich unsere Gespräche vor allem um die Konflikte zwischen Danny und meinem Vater. In dieser Szene ist zum ersten Mal die Rede von einem Streit zwischen Danny und Poppy.

Alma kommt auf mich zu und sagt: »Ich muss Sie bitten, mit dieser Frage bis morgen zu warten.«

Die Vorstellung, so lange tatenlos im Gästehaus herumzusitzen, ist mir unerträglich. Ohne weiter auf Alma zu achten, laufe ich die Treppe hinauf.

Er sitzt in seinem Arbeitszimmer und starrt aus dem Fenster. Als er mich eintreten hört, sieht er sich überrascht um. »Wann bist du angekommen?«, fragt er.

Ich zögere. »Vor einigen Wochen«, erwidere ich. »Erinnerst du dich nicht?«

»Aber warum? Du hast gesagt, du würdest nie mehr zurückkommen.«

»Du hast mich beauftragt, deine Memoiren zu schreiben.«

Er schüttelt den Kopf. »Du hast doch keine Ahnung, wie man ein Buch schreibt, Lydia. Du musst weg von hier«, zischt er. »Du kannst hier nicht bleiben.« Er dreht sich zur Tür um. »Alma«, brüllt er mit panisch klingender Stimme.

Alma tritt ein und trocknet sich die Hände mit einem Geschirrtuch.

»Er hält mich für meine Mutter«, erkläre ich ihr.

»Gehen Sie nach unten. Ich kümmere mich um ihn.«

Beim Hinausgehen höre ich ihn sagen: »Wussten Sie, dass sie kommt? Sie weiß sogar von dem Buch. Haben Sie es ihr gesagt?«

Alma erwidert: »Ganz ruhig, Vincent. Das ist Olivia, Ihre Tochter. Sie hilft Ihnen bei dem Buch, nicht Lydia. Lydia wohnt in Bakersfield, wissen Sie noch?«

Zehn Minuten später kommt Alma nach unten.

»Sie dürfen ihn nicht so mit Ihren Anliegen überfallen. Gerade am Nachmittag kommt er schnell durcheinander. Manchmal fühlt er sich verfolgt. Er vergisst vieles. Das beängstigt ihn, und er überdeckt es mit Wutausbrüchen.«

»Das kenne ich schon von früher«, gebe ich zurück und denke daran, wie oft ich meinen Vater am Telefon irgendjemanden anbrüllen hörte – Agenten, Verleger, Journalisten.

Alma schüttelt den Kopf. »Das lässt sich nicht vergleichen.«

»Das Manuskript ist reichlich wirr«, sage ich. »Wenn ich Fragen habe, kann ich nicht jedes Mal auf einen Gesprächstermin warten.«

Almas Gesichtsausdruck ist eisig. »Dann werde ich wohl einige Grenzen vorgeben müssen.«

»Ich muss hier einen Job erledigen …«, setze ich an, aber sie fällt mir ins Wort.

»Und ich auch«, erwidert sie mit erhobener Stimme. »Sie müssen begreifen, was mit ihm vorgeht. Die Lewy-Körperchen-Demenz beeinträchtigt sein Gehirn immer mehr. Im Augenblick weiß er noch, dass seine Halluzinationen genau das sind. Wir halten sie mit Medikamenten unter Kontrolle, aber wie Sie gesehen haben, wird das nicht mehr lange funktionieren.« Sie sieht zur Treppe hinüber, und ich stelle mir vor, wie mein Vater oben in seinem Zimmer darauf wartet, dass sich seine Verwirrung legt. Dass sein Gehirn wieder normal arbeitet. Alma fährt fort: »Wenn Sie ihn zu sehr bedrängen und ihn nach Dingen fragen, an die er sich nicht erinnern kann, besteht die Gefahr, dass er gewalttätig wird und sich selbst verletzt. Oder Sie. Und wenn dieser Fall eintritt, wird es überhaupt kein Buch mehr geben.«

»Haben Sie Angst vor ihm?«, frage ich.

Sie fegt meine Worte beiseite. »Nicht auf diese Art. Aber Sie müssen wirklich auf das hören, was ich Ihnen sage. Sie müssen mein Nein respektieren, zu seiner Sicherheit, aber auch zu Ihrer eigenen.«

Sie erwidert meinen Blick, erwartet Widerspruch. Aber ich schweige. Obwohl mein Vater denkt, er hätte alles unter Kontrolle, täuscht er sich. Alma hält die Fäden in der Hand.

Ich kehre ins Gästehaus zurück und weiß nicht recht, was ich machen soll. Wenn ich nicht schreiben kann, dann muss ich wenigstens irgendetwas anderes tun. Als ich zur Tür blicke, kommt mir eine Idee – da sind ja noch diese Kisten, die ich durchsehen soll, wie mein Vater es sich gewünscht hat. Vielleicht enthält eine davon etwas Nützliches.

Ich hebe den Deckel der nächstbesten Kiste ab. Darin befindet sich ein Durcheinander alter Speisekarten aus Schnellrestaurants und einige Packungen Strohhalme. Ich sortiere die Kiste als Abfall aus und nehme mir die nächste vor.

Ich arbeite mich durch zehn Kisten, jede davon befüllt von einem Mann, der es nicht fertigbringt, etwas wegzuwerfen, bis ich endlich in einer davon ganz unten im Stapel neben dem Badezimmer fündig werde. Ich entdecke vielversprechend aussehende Sammelmappen aus den Siebzigerjahren sowie einen rostigen Button mit der Aufschrift *ERA* (Equal Rights Amendment), damals weitverbreitet bei Kämpfern für Gleichberechtigung. Als ich eine der Mappen öffne, findet sich darin ein maschinengeschriebener Aufsatz über Shirley Chisholm aus dem Jahr 1974. Poppys Name steht oben in der rechten Ecke. In dem Aufsatz wimmelt es nur so von Tippfehlern, und während ich ihn lese, wird mir klar, dass Poppy nicht zur Sekretärin berufen war. Ich lege den Aufsatz wieder zurück und denke über das Mädchen nach, das ihn verfasst hat. Wahrscheinlich hat sie in der Bibliothek recherchiert, Zeitungsartikel über die erste Schwarze Frau gelesen, die 1972 als Präsidentin kandidierte. Ich muss unwillkürlich lächeln und empfinde Bewunderung für meine engagierte Tante. Ich frage mich, was ihr Lehrer wohl zu ihrer Themenwahl gesagt hat.

An der Außenseite der Kiste suche ich vergeblich nach einer Aufschrift. Wer auch immer diese Kiste eingepackt haben mag, hat offenbar nicht darüber nachgedacht, wie man sie wiederfinden kann. Als ich den Behälter anhebe, rutscht etwas unten am Boden herum. Ich räume die restlichen Mappen heraus und entdecke ganz unten eine runde Filmdose. Das Metall ist an den Rändern leicht rostig, und bei der Vorstellung, meine Tante und meinen Onkel auf der Leinwand zu sehen, schießt Adrenalin durch meine Venen. Ihre Stimmen ein erstes Mal zu hören.

Ich versuche vergeblich, die verrostete Dose mit den Fingernägeln zu öffnen. Also hole ich ein altes Buttermesser aus der Küchenecke, kratze den Rost ab und rüttele am Deckel, bis er sich schließlich lockern und abnehmen lässt.

Sie enthält jedoch nicht die erwartete Filmrolle, sondern ein Tagebuch. Ein altmodisches, mit einem kleinen Schloss, dessen Schlüssel vermutlich schon lange verloren ist. Ich streiche über den Rand des Einbandes, rote Herzchen auf marmoriertem Rosa. Mein Puls schlägt schneller, als mir klar wird, was ich da gefunden habe. Es ist genau das, was ich brauche – Poppys eigene Worte. Poppys Geheimnisse. Mithilfe einer Büroklammer öffne ich das kleine Buch vorsichtig.

Die erste Seite ist herausgeschnitten worden, der übrig gebliebene gezackte Rand des Papiers ist noch zu sehen. Die nächste Seite ist leer, aber als ich die darauffolgende aufschlage, schnürt sich meine Kehle zusammen.

6. Mai 1975
Heute habe ich ein Gerücht gehört. Dass Lydia schwanger war und es jetzt … nicht mehr ist.

POPPY

6. MAI 1975

Ich wühle in meinem Schrank, werfe Schuhe und Schmutzwäsche hinaus und suche das Tagebuch, das mir meine Mutter vor ein paar Jahren zum Geburtstag geschenkt hat. Damit ich alle Geheimnisse darin notiere, die sie dann in aller Ruhe lesen kann, solange ich in der Schule bin. Als ob ich so blöd wäre.

Stattdessen habe ich etwas Erfundenes hineingeschrieben.

Heute haben Margot und ich ein bisschen Dope von Tommy Snyder gekauft und im Eichenwäldchen geraucht. Es gefällt mir immer besser, wie glücklich und sorglos mich das macht. Und außerdem kriege ich das schreckliche Zeug, das meine Mutter für uns kocht, dann einfacher runter.

Zwei Tage später stellte meine Mutter mich zur Rede, ihr Gesicht war vom Weinen geschwollen. »Nimmst du Drogen?«

»Wie kommst du denn da drauf?«, fragte ich. »Hast du das aus meinem Tagebuch? Ich dachte, das wäre nur für mich bestimmt.« Ich wartete, bis es ihr dämmerte. Bis sie ihren Fehler begriff und kapierte, wie ich sie reingelegt hatte, und sie jetzt zugeben musste, dass sie heimlich in meinen Sachen herumspionierte. Dann sagte ich: »Hör auf, in meinem Leben herumzuschnüffeln, Mom.« Und dann ließ ich sie einfach stehen.

Inzwischen sind ein paar Jahre vergangen, und meine Mutter hat das Tagebuch vermutlich vergessen.

Endlich entdecke ich es, eingeklemmt neben einer alten Malibu-Barbie, die meine Mutter mir vor einigen Jahren zu Weihnachten geschenkt hat – und schlage es auf der ersten Seite mit diesem Eintrag auf. Ich schneide die Seite hastig und nicht besonders sorgfältig heraus. Dann schreibe ich einen neuen Eintrag und denke an die Unterhaltung mit Margot, die ich gerade eben geführt habe.

»Ich habe gehört, dass Lydia eine Abtreibung hatte.«

Margot flüsterte das Wort, und ich sprang vom Bett und überzeugte mich, dass meine Mutter uns nicht belauschte. Sie ging immer in die Luft, sobald jemand »Abtreibung« sagte, und schwor bei allem, was ihr hoch und heilig war, sie würde jedes ihrer Kinder, das so etwas tat, verstoßen. Womit sie mich meinte.

Ich schloss die Tür und hastete zum Bett zurück. »Was?!«, fragte ich. »Woher weißt du das?«

»Ein paar Mädchen haben in der Schultoilette drüber gesprochen. Sie wussten nicht, dass ich mitgehört habe.«

»Das ist unmöglich«, sagte ich. Aber ehrlich gesagt war ich mir nicht so ganz sicher, wie das mit dem Kinderkriegen überhaupt funktionierte. Als ich meine Tage bekam, hatte meine Mutter eine Packung mit Binden auf mein Bett gelegt und gesagt: *Werd bloß nicht schwanger. Sonst ruinierst du dir dein ganzes Leben.* Nicht sehr aufschlussreich also.

»Meine Mutter meint, ein einziges Mal genügt«, sagte Margot und blickte mich warnend an, als sollte ich mir den weisen Rat zu Herzen nehmen. Als müsste gerade ich besonders vorsichtig sein. »Aber was wissen wir schon wirklich über Lydia?«, fuhr sie fort und kratzte dabei an einem abgesplitterten Stück ihres rosafarbenen Nagellacks herum. Sie pulte den Rest ab und warf alles in den kleinen weißen Abfallbehälter neben meinem Tisch. Die aufgeklebten bunten Gänseblümchen sahen kindisch aus, wenn man bedachte, worüber wir redeten.

»Ich weiß, dass Lydia im letzten Herbst ungefähr eine Sekunde lang mit Dave Gunderson zusammen war. Und irgendwann in den Ferien mit Peter Mayhew. Und dann mit Vince«, sagte ich. Ich fand, das waren eine ganze Menge Jungs, aber ich war im März erst vierzehn Jahre alt geworden. Was wusste ich schon von Freunden?

»Ich meinte ihre Familie«, sagte Margot und sah mich bedeutungsvoll an. »Ihre Mutter ist komisch. Irgendwie nicht normal.«

Mein Blick wanderte unruhig im Zimmer umher, von meiner hastig in den Schrank gestopften Kleidung hinüber zu den dünnen Vorhängen, die das Licht dämpften und die pinkfarbenen Wände etwas weniger grell leuchten ließen. Eigentlich hatte ich fest vorgehabt, sie in diesem Sommer in einer etwas erwachseneren Farbe zu streichen. Ich versuchte, nicht an meine eigene Mutter zu denken und daran, wie wenig *normal* sie sich verhielt, wenn niemand von uns hier war. Dass sie zu viel trank und dann in ihrem Zimmer weinte. An manchen Tagen stand sie nicht mal auf. Aber wenn wir Besuch hatten, legte sie immer Lippenstift und ein breites Lächeln auf, als könnte sie damit die Risse übertünchen, die doch jeder wahrnehmen musste.

»Ich mag Lydias Mutter«, sagte ich. Dabei hatte ich erst einmal mit ihr gesprochen, als sie vorbeigekommen war, um Lydia abzuholen. Sie hatte mich mit ihrem hübschen Lächeln angesehen und gesagt: *Was bist du doch für ein süßes kleines Ding!* Normalerweise hätte ich mich über so was geärgert, aber als sie es sagte, klang es wie ein nur für mich bestimmtes Geschenk.

»Meine Mutter meint, sie schläft sich quer durch alle Betten«, bemerkte Margot und sah aus wie das Ebenbild ihrer Mutter, als sie tadelnd den Kopf schüttelte. »Sie hat gesagt, sie würde ›die Männer verschlingen‹.«

Der Ausdruck brachte uns beide zum Kichern. »Vielleicht stimmt es gar nicht«, wandte ich ein und wollte damit sagen, dass jemand wie Lydia wahrscheinlich wusste, wie man Schwangerschaften verhinderte. Und trotzdem.

Margot zögerte, als wolle sie mir den nächsten Teil lieber nicht erzählen. »Und angeblich war es nicht von Vince.«

Mir wurde plötzlich eiskalt, und ich hatte Mühe, mit ruhiger Stimme zu sprechen. Ich wollte Margot auf keinen Fall zeigen, wie sehr mich dieser Teil beunruhigte. »Haben sie denn gesagt, von wem es ist?«, fragte ich und wollte es im Grunde nicht wissen. Aber ich musste es einfach verstehen.

»Nein.«

»Auf wen würdest du tippen?«, drängte ich. Ich warf einen Blick zur geschlossenen Tür hinüber, horchte nach Geräuschen, ob meine Mutter lauschte. So tat, als würde sie Staub wischen, in der Hoffnung, sie könnte auf diese Art mitkriegen, in wen ich verknallt war oder mit welchen Freundinnen ich Ärger hatte.

»Vielleicht war sie wieder mit Pete oder David zusammen«, schlug Margot vor.

Ich schüttelte den Kopf. »Pete geht jetzt mit Ginnie aus dem Cheerleader-Team, und die lässt ihn nicht aus den Augen. Sie wartet sogar vor der Jungentoilette, wenn er mal pinkeln muss.« Margot prustete los, und ich sagte: »Lydia ist entweder hier, läuft Runden auf dem Sportplatz, oder sie ist in der Schule.« Ich sah sie an. »Moment mal. Wer ist noch mal ihr Laborpartner in Bio?«

Margot krauste angewidert die Nase. »Charlie Carson, und der bohrt in der Nase. Keine Chance.«

Wir schwiegen und gingen in Gedanken alle Möglichkeiten durch. Aber uns fiel nichts ein.

»Meinst du, Vince weiß was davon?«, fragte Margot.

Ich schüttelte den Kopf. Es war auch so schon alles schlimm genug, aber wenn er das herausfand, würde es eine Katastrophe geben. »Sie streiten herum, aber ich glaube, ich wüsste, wenn es um ein Baby und eine Abtreibung geht.«

Jetzt bin ich in meinem Zimmer, höre die üblichen Familiengeräusche – meine Mutter bereitet in der Küche das Abendessen zu, aus

Dannys Zimmer dröhnt Musik – und lese noch mal die Sätze, die ich dazu geschrieben habe: *Heute habe ich ein Gerücht gehört. Das Lydia schwanger war und es jetzt … nicht mehr ist.* Ich versuche mir vorzustellen, was sich daraus entwickeln wird. Wie Vince darauf reagieren wird. Er wirkt sowieso schon total gereizt.

KAPITEL 14

Ich sitze auf dem Boden neben der leeren Kiste und denke fieberhaft nach. Ich rechne vom Tag des Eintrags – der 6. Mai – zurück und überschlage kurz. Vermutlich ist es möglich, dass meine Mutter schwanger war, bevor sie anfing, sich mit meinem Vater im Februar dieses Jahres zu treffen, aber es wäre zeitlich eher knapp. In diesem Fall hätte sie eine gefährlich lange Zeit auf die Abtreibung warten müssen, und das ist unwahrscheinlich.

Es gibt so vieles im Leben meiner Eltern, was ich nicht verstehe, nicht weiß und vielleicht auch nie erfahren werde. Was meine Mutter wohl an meinem Vater gefunden haben mag. Warum sie bei ihm geblieben ist, als alle anderen davon überzeugt waren, dass er Danny und Poppy umgebracht hatte. Ich gehe weiter zum nächsten Eintrag vom 8. Mai.

> Auf diesem Film muss irgendwas sein, von dem Vince nicht will, dass ich es sehe. März Nr. 1, Ausschnitt Nr. 3

In der Hoffnung, einen längeren Eintrag zu finden, blättere ich um. Aber offenbar hat Poppy beschlossen, dass es nicht sicher ist, etwas in diesem Tagebuch aufzuschreiben. Rasch lese ich ihre restlichen Einträge durch.

> 10. Mai: Ich weiß nicht mal mehr, wer Vince überhaupt ist. Mai Nr. 1, Ausschnitt Nr. 7

Bei einem Eintrag handelt es sich lediglich um einen Dialog.

14. Mai: Anscheinend machst du dir nichts mehr aus mir.
Dann wäre ich ja überhaupt nicht hier. Warum bist du dauernd so wütend auf mich?
Plötzlich habe ich das Gefühl, du ziehst dich von mir zurück.
Ich bin jeden Tag nach der Schule bei dir zu Hause! Wieso ziehe ich mich da zurück?
Poppy hat mir gesagt, dass du jedes Mal, wenn du herkommst und ich nicht da bin, fragst, ob Danny zu Hause ist.

Darunter hat Poppy in Großbuchstaben angemerkt:

STIMMT NICHT.

Ich blättere weiter.

20. Mai: Ich glaube, Margot und ich haben recht, was den Vater von L.s Baby betrifft.

30. Mai: Vince/Danny Streit. Hat er die Wahrheit erfahren??? Alles fühlt sich jetzt anders an. Mai Nr. 4, Ausschnitt Nr. 9

Ich blättere schneller, finde aber nur noch drei Einträge.

4. Juni: Die beiden werden sich noch gegenseitig umbringen.

7. Juni: Wahnsinnstag für den Kampf um Gleichberechtigung. Kann's kaum erwarten, bis der Film entwickelt ist. Kann's kaum erwarten, endlich für immer von hier abzuhauen.

Und dann der letzte Eintrag, bei dem es mich kalt überläuft.

10. Juni: O mein Gott, o mein Gott, o mein Gott. Mir ist schlecht. Niemand wird mir je glauben, und jetzt habe ich den Beweis verloren.

Ich muss es unbedingt jemandem erzählen, aber Danny bringt mich um, wenn ich es jemandem sage.

Ich lese den letzten Satz noch einmal: *Danny bringt mich um, wenn ich es jemandem sage.*

Sollten die Geschichten, die mein Vater mir über Danny erzählt hat, tatsächlich stimmen? Ich gehe wieder zum Anfang des Tagebuchs zurück und lese alles ein zweites Mal durch, notiere mir die Verweise auf die Filme, die sie gemacht hat. Ausschnitte, die sie erwähnt. Bezüge zu diesen Eintragungen, die mir zeigen können, was sie mitteilen wollte. Ich rappele mich hoch und mache mich daran, die restlichen Kisten zu durchsuchen. Ich muss unbedingt diese Filmrollen finden.

Zwei Stunden später habe ich sämtliche Kisten durchkämmt, jeden einzelnen Gegenstand in der Hand gehabt – alte Kassenzettel, Briefe berühmter Autoren, Korrekturabzüge und alte Manuskripte. Nur Filmrollen waren keine in dem Durcheinander. Tom hat mich während meiner Suche angerufen, und ich habe seinen Anruf auf Voicemail gehen lassen, weil ich das Gefühl hatte, ich könnte jeden Moment etwas Wichtiges entdecken und dürfte mich nicht ablenken lassen. Ich gehe wieder nach unten und hinüber ins Haus, wo ich meinen Vater vor dem Fernseher antreffe. »Hey, Dad«, sage ich. Hoffentlich ist er inzwischen etwas klarer im Kopf, obwohl ich mich frage, was er noch preisgeben wird, wenn er mich weiterhin für meine Mutter hält. Mit welchen Fragen ich ihn dazu bringen könnte, mir noch mehr zu erzählen.

Ich mache es mir auf der Couch neben ihm bequem, und wir betrachten gemeinsam einen Naturfilm über Pinguine in der Antarktis. »Seit wann siehst du dir denn so was an?«, frage ich. »Was ist mit deinen Lieblingskrimiserien? *Law & Order* oder *48 Hours*?«

»Alma meint, solche Sachen wären nicht gut für mich. Sie verwirren mich, und ich träume schlecht.«

Ich sehe mich vergeblich nach ihr um, sie muss im oberen Stockwerk sein. »Was ist eigentlich mit Poppys Filmen passiert?«

»Keine Ahnung«, antwortet er. »Sie hat sie entwickeln lassen, aber ich habe keinen einzigen davon gesehen.«

»Hat die Polizei sie beschlagnahmt?«

»Sie haben danach gesucht, aber nicht gefunden, soweit ich weiß.«

»Vielleicht hat sie Margot die Filme gegeben?« In mir erwacht ein Funken Hoffnung. Das wäre die perfekte Gelegenheit, Kontakt zu Poppys bester Freundin aufzunehmen.

»Margot meinte, sie hätte sie nicht«, erwidert mein Vater. »Die Polizei hat eine Weile nach den Filmrollen gesucht, aber mir kam das Ganze etwas halbherzig vor.«

»Sie können doch nicht einfach verschwunden sein. Irgendwo müssen sie sein.«

Mein Vater sieht mich an. »Ich denke, Poppy hat sie alle weggeworfen.«

»Aus welchem Grund?«

»Ein paar Tage vor ihrem Tod hatte sie einen Riesenstreit mit Danny. Ich glaube, sie hat was gefilmt, was sie nicht hätte sehen sollen, und deswegen wollte sie die Filme loswerden.«

Danny bringt mich um, wenn ich es jemandem sage.

»Weswegen haben sie sich gestritten?«

»Weiß ich nicht«, gibt er zurück. »Das wollte sie mir nicht sagen.«

»Und dann hat sie ihre sämtlichen Filme weggeworfen?«, frage ich zweifelnd. »Sie hat vier Monate lang daran gearbeitet.«

»Das ist jedenfalls meine Theorie.«

Ich denke an seine nächtliche Panik, an das Versteck, nach dem er suchte. Seine Angst, dass Messer, das er versteckt hatte, könnte irgendwie verschwunden sein.

»Hat jemand das Versteck in ihrer Fensterbank überprüft?«

Mein Vater sieht mich schockiert an. »Wieso weißt du davon?«

»Du hast es mir gesagt.«

Er schüttelt den Kopf, als wolle er die Erinnerung abschütteln. »Es war ein kleines Versteck. Zu klein für ihre ganzen Filmrollen.«

Wir widmen unsere Aufmerksamkeit wieder dem Dokumentarfilm. Die Pinguinväter kümmern sich um den Nachwuchs, während die Mütter auf Futtersuche gehen. Wir Menschen leben wirklich in einer verkehrten Welt. Die Vorstellung, Poppy hätte ihre Filme weggeworfen, leuchtet mir nicht ein. Sie passt überhaupt nicht zu ihren sorgfältigen Tagebucheintragungen, wo sie genau vermerkt hat, welche Filmausschnitte wichtig waren. Es ist offensichtlich, dass sie etwas damit sagen wollte.

Es gibt so viele Stränge, aus denen ich noch nicht schlau werde – die Abtreibung meiner Mutter. Dannys Wut. Poppys letzter Tagebucheintrag, ihre unverkennbare Angst beim Schreiben. Ich komme einfach nicht dahinter, wie alles zusammenhängt. Und doch … Wenn Poppy tatsächlich ein Geheimnis hütete, vielleicht hat sie ja wirklich versucht, ihre Filmrollen loszuwerden? Ich stelle mir vor, wie die Rollen allmählich in irgendeiner Müllhalde zerfallen. Nachdem sie fünfzig Jahre lang Wind und Wetter ausgesetzt waren, wird nicht mehr viel von ihnen übrig sein.

In diesem Moment kommt Alma die Treppe herunter. Sie trägt einen Pullover und sucht in ihrer Tasche herum. »Ah, gut, dass Sie da sind, Olivia«, sagt sie und bleibt zwischen uns und dem Fernseher stehen. »Meine Schwester hat gerade angerufen. Ich muss sie und meinen Neffen in die Notaufnahme fahren.«

»Ist alles in Ordnung?«, frage ich.

»Er ist gestürzt und hat sich den Arm gebrochen«, sagt sie. »Sie müssen für mich einspringen und Ihrem Vater zu essen geben und dafür sorgen, dass er alles Nötige hat.«

Sie bedeutet mir, ihr zu folgen, und wir gehen in die Küche, während mein Vater allein mit den Pinguinen zurückbleibt.

Alma hat alles auf der Theke aufgereiht: einen mit Plastikfolie umwickelten Teller Lasagne, ein leeres Glas, das Fläschchen mit seinem Proteindrink und die in Fächer unterteilte Tablettenbox mit allen Tagen und Zeiten der Woche auf den verschiedenen Schiebedeckeln. »Die Lasagne muss zwei Minuten lang zugedeckt in die Mikrowelle«, erklärt sie mir. »Den Proteindrink nimmt er aus einem Glas ohne Strohhalm. Diese drei Tabletten muss er *vor* dem Essen nehmen und diese beiden *danach*. Aber sorgen Sie dafür, dass er vorher seinen Proteindrink austrinkt. Ich bin spätestens in einer Stunde zurück, denke ich. Mein Schwager kann die beiden im Krankenhaus abholen, falls es länger dauert.«

Gemeinsam gehen wir zurück ins Wohnzimmer. »Vincent, Olivia wird das Abendessen vorbereiten und Ihnen die Tabletten für den Abend geben. Ich bin zurück, bevor es Zeit für Sie ist, ins Bett zu gehen. Essen Sie alles schön auf, sonst kriegen Sie Probleme mit dem Magen.«

Mein Vater starrt sie an, als könne er nicht fassen, was aus seinem Leben geworden ist. »Wenn ich das Gemüse esse und verspreche, nachher meine Hausaufgaben zu machen, dürfen Olivia und ich dann nach dem Abendessen noch ein bisschen basteln?«

Ich unterdrücke ein Kichern, aber Alma geht nicht auf ihn ein. »Ich bin bald wieder da«, sagt sie.

Nach Almas genauen Anweisungen mache ich ihm das Essen warm und gebe ihm seine ersten drei Pillen. Ich nehme ihm gegenüber Platz und beobachte, wie er isst, wie langsam die Gabel vom Teller zu seinem Mund wandert. Wie er in regelmäßigen Schlucken den Proteindrink leert. Die zwei anderen Tabletten, die er nach dem Essen nehmen muss, liegen bereits vor mir.

Er legt die Gabel auf den Teller und wischt sich mit der Serviette den Mund. »Kannst du dich noch an die Schatzsuche erinnern, die ich mir für dich mit dem Buch ausgedacht habe?«

Im Lauf der Jahre hat er sich viele Schatzsuchen ausgedacht, und die meisten – von dem armen toten Hamster abgesehen – endeten damit, dass ich etwas Lustiges fand. Die heiß ersehnte Jeansjacke. Einmal sogar ein neues Fahrrad, das am Feigenbaum in einer hinteren Ecke des Gartens lehnte. Manchmal waren es auch kleinere Dinge, Haarspangen beispielsweise. Spieluhren. Oder ein glitzernder Zauberstab.

Ich schüttle den Kopf und deute auf den Teller. »Alma bringt mich um, wenn du nicht alles isst. Und ich habe keine Ahnung, wovon du redest.«

»Von diesem Buch, in das du so vernarrt warst. Ich glaube, du hast es mindestens dreimal gelesen.« Er kramt in seinem Gedächtnis und ist frustriert, als ihm der Titel nicht einfällt. »Mit den Kindern und diesem Spiel. Ich habe dir darin Hinweise hinterlassen.«

Schlagartig weiß ich, was er meint. Ich war in der fünften Klasse, saß allein auf einer Bank im Schulhof, das aufgeschlagene Buch auf den Knien, und blickte hinüber zum Bolzplatz, wo Jack mit ein paar anderen Jungen aus der Klasse kickte. Zwei Mädchen gingen Arm in Arm an mir vorbei, ohne mich eines Blickes zu würdigen, während sie auf die Toilette zusteuerten, wo eine bestimmte Mädchentruppe immer ihre Treffen abhielt. Sie experimentierten mit Lipgloss und redeten über Klamotten, zum Beispiel über Pullover von Benetton, LA-Gear-Turnschuhe, Guess-Jeans, zupften sich die Scrunchies im Haar zurecht oder zogen sie sich über das Handgelenk. Ein weiterer Grund, warum ich meist während der Unterrichtsstunden auf die Toilette ging.

Manchmal erlaubte die Lehrerin mir, in den Mittagspausen im Klassenraum zu lesen, aber an jenem Tag hatte sie eine Besprechung, und ich war auf dieser schattigen Bank gelandet und spürte deutlich, wie sehr ich mich von den anderen Kindern unterschied. Ich öffnete das Buch – *Das Ägyptische Spiel* – und fing an zu lesen.

Ich war schon wieder im Bann der Geschichte und registrierte kaum noch, wo ich war, als ich umblätterte und auf der nächsten Seite eine Anmerkung mit Bleistift unten neben der Seitenzahl bemerkte. *Der erste Hinweis ist dein Geburtsdatum.* Ich starrte auf den

Satz und überlegte, ob das der Auftakt zu einer neuen Schatzsuche sein könnte. Seit der letzten war einige Zeit vergangen; sein aktuelles Buch hatte meinen Vater völlig in Anspruch genommen, und außerdem waren wir in ein riesiges neues Haus im Osten der Stadt umgezogen. Es war im spanischen Stil gebaut, und die ringsum verlaufende Mauer schnitt uns vom Rest der Welt ab.

Ich blätterte zum Anfang zurück und entdeckte auf Seite acht das eingekreiste Wort *treffen*. Am Seitenrand fand sich ein weiterer Hinweis. *Die beiden letzten Ziffern unserer Telefonnummer.*

Auf Seite 29 war das Wort *um* markiert und daneben las ich: *Mein Geburtstag.*

Der Schulhof war nur noch ein fernes Hintergrundgeräusch, während ich weiterforschte, seine Botschaften dechiffrierte, vor und zurück blätterte, bis ich schließlich die gesamte Nachricht entschlüsselt hatte und auswendig kannte.

Treffen um drei vor der Schule.

»Das war *Das Ägyptische Spiel*«, sage ich jetzt. »Damals war ich elf.«

Er nickt, wird lebhafter und greift wieder zur Gabel. »Ich war gerade von einer Reise zurückgekommen und wollte dich mit etwas Besonderem überraschen. Ich weiß noch, wie mir die Idee auf dem Rückflug kam. Du warst immer so traurig, wenn ich verreisen musste, und ich wollte dir etwas Aufregendes bieten.« Kauend sieht er mich an, wartet darauf, dass ich ihm den Ball zurückspiele. Mit ihm darin übereinstimme, was für ein Riesenspaß diese Schatzsuche doch war.

Ich starre ihn an, frage mich, wie er auf den Gedanken kommt, das sei eine schöne Erinnerung für mich. Ich weiß noch, wie ich mich den ganzen Tag lang an die Hinweise im Buch klammerte. Wie sehr ich hoffte, mein Vater würde meine Einsamkeit spüren und hätte eines seiner großen Abenteuer für uns beide geplant.

Aber was meinen Vater betraf, war es immer ratsam, Erwartungen nicht zu hoch zu schrauben. Der Erfolg hatte ihn verändert. Er hatte mit seinem vielen Geld nicht nur ein neues Haus für uns gekauft, sondern auch einen schicken neuen Mercedes für sich selbst angeschafft. Er hatte Melinda angestellt, die in ihrem kleinen Büro unter der Treppe den Terminkalender meines Vaters organisierte und mir häufig mitteilte, er sei zu beschäftigt, um gemeinsam mit mir zu Abend zu essen. Die mir einen Hamburger, noch in der Tüte, auf den Tisch legte und mir erlaubte, ihn auf der Couch zu essen, während ich im Fernsehen *90210* sah. Dass ich dann rasch auf *Twin Peaks* umschaltete, bemerkte sie nicht mal.

»Treffen um drei vor der Schule«, murmle ich leise und mechanisch.

Mein Vater nimmt den Tonfall nicht wahr. »Ja! Das war der Hinweis!« Er hat alles aufgegessen, schiebt den Teller beiseite und freut sich, weil er sich an irgendetwas erinnert.

Es macht jedoch den Eindruck, als würde er sich an eine Geschichte erinnern, die er sich so oft erzählt hat, dass daraus ein reales Ereignis geworden ist. Alles, was vorher und nachher geschah, hat er gelöscht.

»Ich weiß noch, wie ungeduldig ich auf das Ende des Unterrichts gewartet habe«, sage ich. »Ich habe mir den ganzen Nachmittag lang vorgestellt, wie du dich in mein Zimmer geschlichen hast, als ich eingeschlafen war, und diese Hinweise an den Seitenrand des Buches geschrieben hast und wusstest, dass ich sie am nächsten Tag entdecken würde. Wie du dir einen schönen Nachmittag für uns beide ausgedacht hast.« Ich warte ab, ob ihm alles wieder einfällt oder ob ich ihm die Geschichte noch mal erzählen muss. Ihn daran erinnern muss, auf wie viele Arten ihn sein Gedächtnis im Stich lässt und mich zwingt, eine weitere enttäuschende Episode zu schildern. »Trink dein Glas aus, nimm die Tablette, und dann schauen wir den Naturfilm zu Ende«, schlage ich vor.

Er sieht mich an und kann sich sichtlich nicht mehr erinnern. Schließlich sagt er: »Erzähl mir den Rest.«

Ich schüttle den Kopf, nehme Teller und Gabel und lege die zerknüllte Serviette darauf. »Es spielt keine Rolle mehr, Dad. Es ist schon lange her.«

»Sag's mir, Olivia.« Seine Stimme klingt herrisch. Ich erstarre unwillkürlich – alte Gewohnheiten lassen sich nur schwer ablegen – und sinke wieder zurück auf den Stuhl.

»Als die Schulglocke läutete, habe ich die Nerven verloren«, sage ich. »Ich hatte mir den ganzen Nachmittag über ausgemalt, was wir machen würden. Wo wir hingehen würden. Eis essen und vielleicht ins Autokino. Oder einen Kurztrip nach Santa Barbara unternehmen und dort in einem schicken Restaurant essen gehen. Aber als die anderen Kinder um mich herum eilig ihre Sachen zusammenpackten, konnte ich mir einfach nicht vorstellen, dass du draußen vor der Schule sein würdest, in dem Pulk wartender Eltern.«

»Aber ich war doch da«, sagt er, nicht mehr ganz so überzeugt. Als könne nicht mal er selbst sich darauf verlassen, dass sein früheres Ich das Richtige tat.

»Auf der Straße parkte dein Auto, der silberne Mercedes, den du gekauft hattest, weißt du noch?« Er nickt, und ich fahre fort: »Ich weiß noch, wie aufgeregt ich war. Hoffnungsvoll. Begeistert, dass du tatsächlich gekommen warst, um mich abzuholen. Ich stellte mir dein lachendes Gesicht vor, wie du dich freuen würdest, dass ich das Rätsel geknackt, alle deine Hinweise in dem Buch entschlüsselt hatte.« Ich schweige, erinnere mich an diesen Moment, in dem mich eine helle, beschwingte Freude den Bürgersteig hinunterschweben ließ, und daran, wie das Sonnenlicht auf der Windschutzscheibe des Mercedes glitzerte. »Es war ein toller Nachmittag«, schließe ich und erhebe mich wieder. Ich räume sein Geschirr in die Küche und stelle alles ins Spülbecken. Fülle ein Glas mit Wasser und bringe es ihm. Er hat sich nicht vom Tisch weggerührt und starrt mich an.

Ich deute auf die Pillen, schiebe das Glas zu ihm hinüber, aber er achtet nicht darauf. »Du lügst«, sagt er.

»Nein, das ist die Wahrheit«, beharre ich und sehe an ihm vorbei Richtung Wohnzimmer, wo der Pinguinfilm auf Pause gesetzt ist.

»Warum willst du es mir nicht sagen?«, fragt er.

»Weil es keine Rolle mehr spielt«, gebe ich mit leicht erhobener Stimme zurück. »Es ist nur eines von vielen Beispielen dafür, wie oft du mich im Stich gelassen hast.«

»Aber ich bin doch gekommen«, sagt er wieder. »Ich war da, das hast du doch gerade gesagt.«

Ich schüttle den Kopf, kann es einfach nicht fassen, dass er sich an ein so winziges Detail klammert – die Tatsache, dass ich an diesem Tag abgeholt wurde – und daraus eine Geschichte macht, in der er als liebevoller Vater dasteht. »Nein, Dad. Du warst nicht da. Als ich die Wagentür geöffnet habe, hast nicht du hinter dem Steuer gesessen, sondern Melinda. Du hast sie geschickt, damit sie mit mir shoppen geht.«

Ich kann genau den Moment erkennen, in dem ihm alles wieder einfällt, und frage mich, was in seinem Geist vorgeht. Vielleicht gab es in letzter Minute ein unvorhergesehenes Gespräch mit seinem Lektor, das wichtiger war als ich. Oder sein erster Drink am Nachmittag hatte sich auf zwei oder drei weitere ausgedehnt, und das Abholen von der Schule war damit vom Tisch. »War das denn so schlimm?«, fragt er. »Melinda war doch viel besser zum Shoppen geeignet als ich.«

Nicht mal jetzt kann er es zugeben. Er kapiert einfach nicht, wie herzzerreißend dieser Moment für mich war, als ich die Tür öffnete und dort die Person sah, deren Aufgabe im Wesentlichen darin bestand, sich um mich zu kümmern, damit er es nicht tun musste. »Klar, Dad. Wahrscheinlich hast du recht«, sage ich. Ich weiß, dass Erklärungsversuche sinnlos sind. Er wird niemals wirklich verstehen, was ich von ihm gebraucht hätte.

In diesem Augenblick kommt Alma zurück und stellt die Tasche auf den Boden. »Ein gebrochenes Handgelenk und ein roter Gipsverband«, verkündet sie. Wir drehen uns beide zu ihr um, aus dem

Gespräch gerissen und wieder ins Hier und Jetzt zurückbefördert. »Hat er alles gegessen?«

»Der Teller steht im Spülbecken«, sage ich. »Proteinshake ist getrunken, Tabletten sind verabreicht.« Ich nehme das Handy vom Tisch und gehe zur Tür. Während ich sie hinter mir schließe, sagt mein Vater: »Ich bin froh, dass du dich erinnerst.«

POPPY

8. MAI 1975

Jedes Jahr an meinem Geburtstag spricht Vater einen Toast auf mich aus. »Bei ihrer Geburt verkörperte Poppy Schönheit, Anmut und Licht. Und sie tut es weiterhin, all ihre wunderschönen Tage.«

Doch mein Vater sieht nicht, wer ich wirklich bin. Ich bin für ihn sein Baby, sein kleines Mädchen. Lächeln, Lachen und *Licht.* Aber Licht wirft Schatten. Und mich interessieren vor allem die Schatten. Die Vorstellung, was sich alles in ihnen verbirgt und dass es in ihrem Dunkel Geheimnisse gibt, die ich verstehen will. Sie erforschen möchte. In die dunkelsten Abgründe anderer Menschen spähen und die Wahrheit zum Vorschein bringen will.

Zu meinem vierzehnten Geburtstag hatte ich mir eine Super-8-Kamera gewünscht. Um alle Familienerinnerungen zu filmen, hatte ich meinen Eltern gesagt – Geburtstage, Ferien, besondere Ereignisse. Meine Mutter war skeptisch. Mein Vater fand es lustig.

Filme belügen uns nicht so wie unser Gedächtnis. Ich will Dinge festhalten, die geschehen, damit niemand meine Gefühle abtun und behaupten kann, ich würde überreagieren oder etwas nicht verstehen.

Ich will den Streit zwischen meinen Brüdern dokumentieren. *Jungen müssen eben immer raufen.*

Dass meine Mutter trinkt. *Abends trinkt doch jeder gern mal ein Glas Wein.*

Ich weiß, dass das nicht stimmt. Es ist nicht normal. Wenn ich es filme, werden die anderen verstehen, was ich sehe, und mir glauben.

Jetzt sitze ich mit dem alten Vorführgerät meines Vaters und einem zur Leinwand umfunktionierten Laken vor einer Wand voller Kisten in der Garage, einem der wenigen dunklen Orte im Haus. Ich habe die erste Filmspule eingelegt und das Licht ausgeschaltet. Das Laken ist nicht besonders glatt, und die Bilder sind leicht verzerrt. Meine Geburtstagsparty Anfang März, kurz bevor ich mich mit der Kamera einmal um mich selbst drehe und meine Eltern draußen am Picknicktisch filme, Vince auf den Stufen zum Garten und Danny am Feuer.

Schade, dass es keine Tonspur gibt, aber das kann ich mir nicht leisten.

Ned, der Besitzer des Kamerageschäftes, hat meine Enttäuschung bemerkt und versuchte, mich aufzumuntern. »Keine Sorge«, meinte er. »Du bekommst mehr für dein Geld, wenn du ohne Ton filmst.« Dann zwinkerte er mir zu. »Und du bist viel konzentrierter, wenn das Gerede der anderen dich nicht ablenkt. Die Wahrheit zeigt sich in den Handlungen der Menschen, in dem, was sie tun, wenn sie sich unbeobachtet glauben, und nicht in den Lügen, die sie erzählen.«

Wie sich herausstellte, sollte Ned recht behalten.

Jeder kann sehen, wie meine Mutter, deren Weinglas beinahe leer ist, sich leicht schwankend erhebt, um mit meinem Vater zu tanzen. Den wehmütigen Ausdruck, der sich auf Vinces Gesicht ausbreitet, sobald er sich unbeobachtet glaubt. Als Danny unbeschwert lacht, fällt mir ein, wie lange ich ihn nicht mehr so entspannt erlebt habe. Und so glücklich.

Dann ein Schnitt, und ich wandere im Haus umher. Vincent und Lydia sind nebeneinander auf der Couch im Wohnzimmer zu sehen. Ich beuge mich vor, damit ich genauer betrachten kann, wie er ihren Arm streichelt. Wie sie sich an ihn schmiegt und seine Aufmerksamkeit genießt.

Hinter mir betritt jemand die Garage. Ich blicke über die Schulter und sehe Vince, der eine Limonade trinkt. »Mein erster Film«, sage ich.

Er nähert sich. »Cool.«

Wir sehen gemeinsam zu, wie die Szene erneut wechselt. Das Lagerfeuer bei Mr. Stewarts früherem Haus. Die Flammen lodern hoch in die Nacht, der Film fängt die Funken ein, Lichtpünktchen verschmelzen mit der Dunkelheit. Dann ein Kameraschwenk auf eine Gruppe tanzender Jugendlicher, ein paar andere sitzen auf Gartenstühlen und auf dem Rasen, hinter ihnen ragen die Schatten der Bäume auf. Ich höre immer noch die Musik. Grateful Dead. Eric Clapton. The Who. Ein Schüler, den ich nicht kenne, nimmt ein lachendes Mädchen um die Taille und zieht sie an sich.

Hinter mir tritt Vince noch näher heran. »Mach das aus«, sagt er mit leiser, drohender Stimme. Er geht noch dichter an das Bettlaken heran und starrt auf die Szene.

»Was?«, frage ich. »Wieso denn?«

Er dreht sich zu mir um, sein Gesicht ist rot vor Wut. »Ich habe gesagt: MACH DAS AUS.« Er packt das Laken und reißt es herunter, die Bilder verschwimmen auf den braunen Kisten dahinter.

Ich schalte den Projektor ab. »Das war doch bloß eine Party, Vince. Davon wird's noch viele geben.«

Vince wirft das Laken zu Boden, und ich will es rasch aufheben, bevor es schmutzig wird. Aber er hindert mich daran, drängt mich an die Wand und versucht dann, die Filmspule aus dem Projektor zu nehmen.

»Was machst du da?«, rufe ich und halte das Gerät fest, damit es nicht umfällt. Er stößt mir seinen spitzen Ellenbogen in die Brust und will mich wegschieben. »Vince, wo ist dein Problem?« Mein Blick wandert zu dem Film, und ich frage mich, welche Szene ihn so wütend gemacht hat.

Mutter öffnet die Garagentür. »Was ist denn hier los?«

Wir springen auseinander, aber ich lasse die Hand schützend auf dem Projektor liegen.

Vince drängt sich an mir und unserer Mutter vorbei und verschwindet.

Meine Mutter sieht mich eine Sekunde lang durchdringend an und deutet dann auf das Laken am Boden. »Sieh zu, dass da kein einziger Fleck drauf ist.« Kurz darauf ist auch sie verschwunden.

Ich nehme die Spule langsam aus dem Vorführgerät und lege sie wieder in die Dose zurück, die ich sorgfältig mit *März Nr. 1* beschriftet habe. Meine Hände zittern, und ich habe Schmerzen an der Stelle, wo Vince mir den Ellenbogen in die Brust gerammt hat. Ich bin mit einem Mal beunruhigt. Mir ist klar, dass er den Film zerstört hätte, wenn meine Mutter nicht aufgetaucht wäre. Mir fallen die Streitereien zwischen ihm und Lydia ein. Die geflüsterten, von denen sie glauben, dass niemand sie hört, und die lautstarken, wenn sie denken, sie wären allein. Ich weiß etwas über Lydia, wovon Vince keine Ahnung hat. Ich denke an die Aufnahmen von meiner Familie, an unbeobachtete Momente, die ich auf Film festgehalten habe, um sie später in aller Ruhe eingehend zu studieren. Ich frage mich, welche Entdeckungen ich machen werde, wenn ich sie mir noch einmal genau anschaue.

KAPITEL 15

Am nächsten Morgen sitzt mein Vater im Innenhof, trinkt Kaffee und streckt das Gesicht der Sonne entgegen. »Guten Morgen«, sagt er. »Hast du gut geschlafen?«

»Ganz ordentlich«, antworte ich. »Und du?«

Schulterzuckend sieht er mich an. »Zurzeit ist jede Nacht ein Abenteuer. Man weiß nie, was einen erwartet.«

Ich streiche mir das Haar aus der Stirn. »Ich wollte heute Morgen in die Bücherei fahren und recherchieren, was die Zeitungen damals über die Morde berichtet haben. Da du mir ja verboten hast, mit anderen zu reden, helfen mir diese Artikel vielleicht, besser zu verstehen, was damals passiert ist.«

Ein Kolibri schwebt neben einem Zitronenbaum, und wir beobachten beide, wie er blitzschnell zwischen den Ästen hin und her schwirrt, bevor er aufsteigt und über die Gartenmauer davonfliegt.

Mein Vater geht ins Haus, ruft Alma etwas zu, und anschließend gehen die beiden die Treppe hinauf ins Obergeschoss. Im Innenhof ist alles still, nicht mal der Verkehrslärm ist zu hören, und die chaotische Außenwelt scheint hier ebenso weit entfernt zu sein wie bei mir zu Hause in Topanga. Mich überkommt Heimweh. Ich sehne mich nach Tom, nach meinen eigenen privaten Räumen und nach meinem Leben in Los Angeles, das ich möglicherweise verlieren werde. Sehne mich nach einer Zeit, als ich John Calder noch keine halbe Million Dollar schuldete und meinem Anwalt weitere zweihunderttausend Dollar. Einer Zeit, in der mein Vater noch nicht beschlossen hatte, der Öffentlichkeit seine Geheimnisse in einem Buch mitzuteilen, und die Fragen meiner

Kindheit mit einem Mal aus der Vergangenheit in die Gegenwart zurückholte.

Er kommt jetzt mit einem Aktenordner zurück, und Alma macht sich wieder ans Kochen. »Ich weiß nicht genau, was hier drin ist«, sagt er und reicht ihn mir. »Es ist lange her, seit ich zum letzten Mal reingeschaut habe.« Er sieht kurz zum Haus hinüber. »Alma macht Frühstück, es ist in einer halben Stunde fertig, wenn du interessiert bist.«

»Nein danke. Ich habe noch etwas Gemüse. Ich mach mir schnell eine Kleinigkeit und sehe mir das hier mal an. Einverstanden, wenn wir unsere Morgensitzung heute ausfallen lassen?« Ich halte den Ordner hoch. »Hier stehen bestimmt wichtige Hintergrundinformationen drin.«

Er mustert mich prüfend, und ich warte ab, ob er protestiert. Aber er nickt nur, dreht sich um und schließt die gläserne Schiebetür hinter sich.

Ich bin im Begriff, den Ordner durchzugehen, als ich sehe, dass eine neue Mail von John Calder auf dem Account meines Vaters eingegangen ist. Endlich reagiert er auf mein letztes Schreiben.

Ich lege den Ordner beiseite und lese seine Antwort.

> Einige im Team sind nicht zufrieden mit
> der Wahl von Olivia Dumont. Ehrlich
> gesagt war ich ebenfalls überrascht,
> als ich erfahren habe, dass sie den
> Zuschlag für das Buch ohne vorherige
> Ausschreibung erhalten hat. Ich bin
> nicht ganz davon überzeugt, dass sie die
> Richtige für das ist, was Sie benötigen.

Ich denke wieder an das erste Zoom-Gespräch mit Monarch zurück. *Wir hätten Calder nehmen sollen.* Mir wird ganz heiß in der

Brust bei dem Gedanken, dass ein Mann, der mühelos meinen Ruf und mein Leben zerstört hat, meinen Namen einfach so in den Mund nimmt. Ich bin versucht, Nicole zu schreiben und ihr mitzuteilen, dass es im Verlag eine undichte Stelle gibt und Calder versucht, mir den Job wegzunehmen. Dann fällt mir jedoch ein, dass ich in diesem Fall gezwungen wäre, ihr zu erklären, woher ich das weiß, und preisgeben müsste, was ich getan habe.

Was genau benötige ich denn Ihrer Ansicht nach?

tippe ich. Hier sollte ich eigentlich aufhören, aber den nächsten Satz muss ich einfach noch schreiben.

Warum glauben Sie, Mrs. Dumont sei diesem Job nicht gewachsen?

Nachdem ich fünf Minuten lang vergeblich auf seine Antwort gewartet habe, klappe ich den Laptop zu, und meine Gedanken drehen sich im Kreis. Wenn ich es zulasse, dass er mich von dieser Aufgabe ablenkt, fehlt mir der nötige Fokus, und Calder behält am Ende noch recht.

Ich stoße mich vom Schreibtisch ab und gehe die Treppe hinunter, dann durch den Innenhof zum Obstgarten hinüber. Die Luft ist noch kühl und frisch. Geräuschlos laufe ich in raschem Tempo auf dem weichen Boden zwischen den Bäumen hindurch, um einen klaren Kopf zu bekommen. Calder ist unwichtig. Er kann mir diesen Job nur dann wegnehmen, wenn ich es zulasse.

Eine Stunde später sitze ich wieder am Schreibtisch. Mein Laptop ist geschlossen, ich gehe den Ordner durch, den mein Vater mir gegeben hat. Er enthält einige alte, verblasste Zeitungsausschnitte. Der erste stammt vom 14. Juni 1975, und die Schlagzeile lautet: *Tra-*

gödie auf dem Sommerfestival in Ojai. Er ist recht kurz, zeigt aber eine Aufnahme vom Haus und dem Absperrband der Polizei rund um das Grundstück.

Am Freitagabend bei ihrer Rückkehr nach Hause erwartete Mr. und Mrs. Edmund Taylor eine herzzerreißende Tragödie: Sie fanden die Leichen von zwei ihrer drei Kinder, brutal ermordet von einem unbekannten Angreifer. Beide Kinder wurden noch am Tatort von den Sicherheitskräften, die eintrafen, nachdem um 21:17 Uhr ein Notruf eingegangen war, für tot erklärt. Den Polizeibeamten zufolge wurde ein Kind, 17 Jahre alt, tot im Eingangsbereich aufgefunden. Das zweite, 14 Jahre alt, wurde tot im Schlafzimmer entdeckt. Da beide Opfer minderjährig sind, werden ihre Namen der Öffentlichkeit nicht bekannt gegeben. Die Polizei wollte sich nicht dazu äußern, ob es Anzeichen von Streit gab, und verwies auf die laufenden Ermittlungen. Das dritte Kind der Familie Taylor, 16 Jahre alt, war zur Tatzeit nicht zu Hause und ist nun das einzige überlebende Kind des Ehepaars.

Ich stelle mir vor, wie meine Großeltern am Morgen diesen Artikel gelesen haben. Jemand, vielleicht meine Großmutter, hat sich die Zeit genommen, ihn auszuschneiden und ihn irgendwo außer Sichtweite aufzubewahren.

Der zweite Artikel beschreibt die Beerdigung. *Im Beisein der gesamten Gemeinde bettet Familie Taylor ihre Kinder zur letzten Ruhe.* Der Artikel besteht hauptsächlich aus Zitaten von Freunden, Lehrern und Nachbarn der beiden Opfer. Von der Familie gibt es keine Kommentare. Eine Fotografie zeigt sie beim Verlassen der Kirche. Meine Großeltern gehen eng aneinandergeklammert die Stufen hinunter, mein Vater, dünn und bleich, folgt ihnen im schwarzen Anzug, meine Mutter geht wie ein Schatten neben ihm her. Ich starre auf das Foto, staune, wie jung sie damals aussahen, wie vollständig das Kleid meiner Mutter sie zu umhüllen schien.

Der folgende Artikel zeigt Schulfotos von Danny und Poppy vom 14. Juli 1975.

Mehr Fragen als Antworten rund um die Mordfälle beim Ojai-Sommerfestival.

Er ist ausführlicher und gibt auch den gerichtsmedizinisch genauen Todeszeitpunkt an: Irgendwann zwischen 19 Uhr und 20 Uhr. Laut Zeugenaussagen hat Danny das Festival eine Stunde vorher verlassen, es bleibt jedoch unklar, ob er während des Angriffs eintraf oder kurz danach.

Die Polizei konzentriert sich darauf, nach Zeugen zu suchen, die gesehen haben, wie Poppy am vorhergehenden Wochenende aus einem unbekannten Auto ausstieg, als sie nach eigenen Angaben per Anhalter nach Ventura hin- und wieder zurückgefahren ist. »Wir bitten alle, die Angaben zu Farbe und Modell des betreffenden Wagens machen können, sich zu melden.« Laut dem Leiter der Ermittlungen stehen die Personen, die Poppy mitnahmen, nicht unter Verdacht. »Wir möchten nur mit den Betreffenden sprechen, damit wir sie von weiteren Ermittlungen ausschließen und uns auf andere Vorgänge konzentrieren können.«
Nahe Freunde der Verstorbenen erzählen jedoch eine andere Geschichte. Dass Vincent Taylor, sechzehn und einziges überlebendes Kind der Taylors, mehr weiß, als er sagt. Sie vermuten, Danny und nicht Poppy sei das eigentliche Ziel gewesen, und verweisen auf ständige Konflikte zwischen den Brüdern. Ohne

dies weiter zu kommentieren, beschränkt sich die Polizei auf die Mitteilung, dass sämtliche Mitglieder der Familie Taylor befragt wurden und jeder von ihnen ein Alibi für die Tatzeit hat.

Der letzte Artikel vom September des Jahres 1975 ist nur wenige Abschnitte lang, neuere Nachrichten haben die Morde auf die hinteren Seiten verdrängt. Die Schlagzeile lautet: *Erster Schultag mit Gedenkfeier für Danny und Poppy Taylor.* Im Wesentlichen fasst der Artikel noch einmal alle bisherigen Untersuchungsergebnisse zusammen. Es gibt keinen Tatverdächtigen. Erschütterte Familie und Freunde suchen nach Antworten. Nur eine Beobachtung ist bemerkenswert: *Vincent Taylor, inzwischen Schüler der Mittelstufe, war bei der Trauerfeier nicht anwesend, obwohl viele behaupteten, er habe an diesem Tag die Schule besucht.*

Ich frage mich, wo die anderen Artikel von damals geblieben sind. Zum Beispiel jener, der auf dem Spielplatz zirkulierte, als ich zehn Jahre alt war. Ich nehme Schlüssel und Tasche und mache mich auf den Weg, ohne noch einmal ins Haus hinüberzugehen. Ich sehe meinen Vater allein am Tisch sitzen. Falls er mich gehört hat, lässt er sich jedenfalls nichts anmerken.

Ich bitte die Bibliothekarin um die Ausgaben der Lokalzeitung in Ojai von Juni 1985 und Juni 1995 und starte meine Suche mit dem naheliegendsten Datum, dem 13. Juni 1985. Ich sehe mir sämtliche Seiten der Zeitung an, suche nach irgendeinem Bezug zum zehnten Jahrestag der Morde, aber in dieser Ausgabe steht nichts darüber. Ich rufe den 12. Juni auf. Gleich auf der ersten Seite, knapp unter dem Falz, sehe ich: *Zehn Jahre später und noch immer keine Antworten.*

In diesem Artikel stehen nicht die Morde, sondern Danny und Poppy im Vordergrund. Die Spekulationen, dass mein Vater etwas damit zu tun hatte, haben sich verdichtet, und als Hauptanklägerin tritt Margot auf, Poppys beste Freundin.

Fünfundzwanzig Jahre alt und erst vor Kurzem nach ihrem Studienabschluss an der UCLA nach Ojai zurückgekehrt, ist Miss Gibson offensichtlich bewegt, als sie die damaligen Ereignisse schildert. Miss Gibson sagt: »Für mich besteht da kein Zweifel.«

Der heute sechsundzwanzig Jahre alte Vincent Taylor ist inzwischen mit seiner damaligen Freundin Lydia Greene verheiratet. Die beiden haben eine fünfjährige Tochter. Nach dem Besuch der Fachhochschule in Ventura arbeitet Mr. Taylor zurzeit in einem der hiesigen Supermärkte, wo er Regale auffüllt, während er eine Karriere als Schriftsteller anstrebt. Er hat es abgelehnt, sich für diesen Artikel selbst zu äußern, wir konnten jedoch kurz mit seiner Frau Lydia sprechen. Sie sagte: »Wir waren damals zusammen mit unserem Lehrer Mr. Stewart im Eichenwäldchen. Die Polizei hat Vince 1975 als Verdächtigen ausgeschlossen.«

Ich erinnere mich wieder, wie ich seinerzeit diesen Artikel gemeinsam mit Jack gelesen habe. Das meiste davon hatte ich vergessen, aber eine Aussage meiner Mutter, die ich jetzt wieder lese, hatte sich mir eingeprägt: *»Ich würde niemals zulassen, dass meine Tochter mit jemandem zusammenlebt, der eine so entsetzliche Tat begangen hat. Das sollte Ihnen eigentlich alles sagen.«*

Ich halte inne und versuche mir vergebens vorzustellen, wie meine Mutter diese Sätze äußert. Aber ich kann mich ja nicht mal mehr daran erinnern, wie sie aussah, geschweige denn, dass sie etwas Derartiges über mich gesagt hatte.

Nach wie vor gibt es mehr Fragen als Antworten in dieser zehn Jahre alten Tragödie. Doch was die Menschen am meisten überrascht, ist Mr. Taylors offenkundiges Desinteresse daran, den Fall weiterzuverfolgen. Den Angaben der Polizei nach laufen die Ermittlungen noch. Nach dem Tod seiner Eltern vor einigen Jahren hat Mr. Taylor jedoch nichts unternommen, damit dieser Fall im Bewusstsein der Öffentlichkeit bleibt, sondern im Gegenteil keine Mühe gescheut, jegliche diesbezüglichen Kommentare zu vermeiden. Mag sein, dass er ein Alibi hat, aber dennoch gibt es eine Menge Fragen, die er beantworten muss.

Als der Artikel zum zwanzigsten Jahrestag 1995 veröffentlicht wurde, lebte ich im Ausland, aber er unterscheidet sich kaum von den anderen. Auch hier ist wieder die Rede von den Untaten meines Vaters und seiner Weigerung, Interviews zu geben. Neu ist hingegen die Mitteilung von Margot und Mark, dass sie im Jahr 1993 von einer Grand Jury befragt wurden. Mein Vater schien dabei die Zielperson der Untersuchungen zu sein. Grund für die Neuaufnahme ist offenbar ein Fehlverhalten des Gerichtsmediziners, der den Fall damals bearbeitete.

Dr. Nelson, zum Zeitpunkt der Ermordung der Geschwister seit zehn Jahren der für den Bezirk zuständige Gerichtsmediziner, wurde 1990 von seinem Posten abberufen, nachdem ein Informant enthüllt hatte, dass er bei Autopsien häufig unter Alkoholeinfluss stand. Mehrere Verurteilungen, die auf seine Testate zurückgehen, werden seither überprüft. Damit steht der Todeszeitpunkt infrage, den er seinerzeit für Danny und Poppy ermittelte, was Vincent Taylors vermeintlich wasserdichtes Alibi erschüttern könnte.

Ich starre auf den Bildschirm, denke an die Geschichten, die mein Vater mir erzählt hat und in denen er andeutete, Danny sei gefährlich gewesen. An Poppys Tagebuch in meiner Reisetasche, mit ihren Verweisen auf längst verschwundene Filme. Ich frage mich, ob die Information, die mein Vater nach eigener Behauptung niemals der Polizei mitgeteilt hat, in irgendeinem Zusammenhang mit diesem Alibi steht.

Ich drucke den Artikel aus und packe meine Sachen zusammen, um wieder zurückzufahren.

Im Auto rufe ich sofort Tom an und frage ihn: »Ab wann ist es zulässig, sich aus einer getroffenen Vereinbarung zurückzuziehen?«

»Niemals«, entgegnet er schlicht.

Seine Antwort überrascht mich nicht, aber ich hätte lieber etwas anderes gehört. »Aber was ist, wenn man in der Sackgasse steckt?«, frage ich. »Wenn man der einen Vereinbarung nicht nachkommen kann, ohne die andere zu brechen?«

»Dann muss man irgendeinen Weg finden, beiden Verpflichtungen gerecht zu werden, so gut es eben möglich ist.« Er zögert nicht mal eine Sekunde, bevor er mir diese Antwort gibt. Grauzonen existieren für Tom nicht. Für ihn gibt es nur Ehre, Wahrheit und Offenheit. »Das ist sicher nicht ideal, aber manchmal ist es das Beste, was du tun kannst.«

Ich wünschte, ich würde in einer Welt leben, die Ähnlichkeit mit seiner hat. Einer Welt ohne Geheimnisse. Ohne fiktive Hintergrundgeschichten. Ohne komplizierte Traumata, die dafür sorgen, dass Menschen sich auf unerwartete Weise verhalten.

Als ich im Haus meines Vaters ankomme, packt Alma Sachen zusammen und bereitet alles für den Termin beim Physiotherapeuten vor. Mein Vater wartet auf der Couch und hat die Hände ineinandergelegt wie ein gehorsames Kind.

»Wusstest du, dass 1993 eine Grand Jury einberufen wurde? Dass der Gerichtsmediziner, der die Autopsie von Poppy und Danny durchführte, unter Alkoholeinfluss stand?«, frage ich ihn.

Er sieht zu mir auf, und zu meiner Erleichterung wirkt sein Blick klar. »Mein Anwalt hatte gehört, dass da irgendwas rumorte. Aber sie haben schnell entschieden, dass die Beweislage nicht ausreichte, um die Sache weiterzuverfolgen.«

Ich warte darauf, dass er weiterredet, aber er schweigt. Offenbar hat er nicht mehr dazu zu sagen, dass er um ein Haar angeklagt worden wäre.

»Warum hast du nicht darauf gedrängt, dass die Ermittlungen nach dem Tod deiner Eltern wieder aufgenommen werden?«

Er hebt eine Schulter, zuckt halb mit der Achsel. »Ich wollte das alles einfach nur vergessen. Deine Mutter und ich … wir waren beide traumatisiert. Meiner Überzeugung nach war das auch die Ursache ihrer ganzen späteren Probleme. Oder meiner. Wahrscheinlich hätten wir niemals heiraten dürfen. Ich glaube, inzwischen gibt es dafür sogar schon einen Fachbegriff. Man bezeichnet das als Traumabindung.« Er seufzt. »Damals habe ich vor allem gedacht, dass nichts Poppy und Danny zurückbringen wird, egal, was wir machen. Meine Eltern waren fest überzeugt, dass der Mann, der Poppy am Wochenende vorher nach Hause gefahren hatte, der Schuldige war. Sie glaubten, er wäre für das Sommerfestival zurückgekommen, sei ihr bis zu uns nach Hause hinterhergeschlichen und dann wäre Danny ihm in den Weg gekommen. Und dass diese Person nicht mehr aufzufinden und seit Langem verschwunden wäre.«

Ich blicke rasch zu Alma hinüber und senke die Stimme. »Eine Frage beschäftigt mich die ganze Zeit«, sage ich, und ich versuche es so zu formulieren, dass er sich nicht angegriffen fühlt. »In allen Artikeln, die ich gelesen habe, hat buchstäblich niemand Danny als instabil oder unberechenbar bezeichnet. Du bist der Einzige, von dem ich das je gehört habe.«

»Weil niemand außerhalb der Familie etwas davon mitbekommen hat«, sagt er. »Du bist die Erste, der ich davon erzählt habe.«

Ich denke daran, wie äußerst bequem es doch ist, dass es kein anderes Familienmitglied mehr gibt, das seine Darstellung bestäti-

gen kann. Ich muss ihn endlich danach fragen, was Danny seiner Meinung nach Poppy angetan hat. Doch sein nächster Satz saugt alle Luft aus meinen Lungen und macht meine Frage überflüssig.
»Danny war eine Menge verschiedener Dinge für mich – ein Held und auch jemand, der andere missbraucht hat –, aber ich habe nie verstanden, wie man darauf kommen kann, dass er ein Mörder gewesen sein könnte.«

KAPITEL 16

Wieder und wieder lese ich Poppys letzten Eintrag.

> 10. Juni: O mein Gott, o mein Gott, o mein Gott. Mir ist schlecht. Niemand wird mir je glauben, und jetzt habe ich den Beweis verloren. Ich muss es unbedingt jemandem erzählen, aber Danny bringt mich um, wenn er das hört.

Diese Sätze und die Geschichten meines Vaters aus den vergangenen zwei Wochen zeichnen ein verdächtiges Bild von Danny, und dennoch ergibt es keinen Sinn, dass er der Mörder gewesen sein soll. Wenn Danny Poppy getötet hat, wer hat dann Danny umgebracht? Mein Vater? Möglicherweise ist das alles eine Vorbereitung darauf, dass er genau das gestehen will; doch das kommt mir zu einfach vor. Und da ich mich nicht wohl damit fühle, seine Geschichten als Fakten darzustellen, bleibt mir im Augenblick nichts anderes übrig, als alles aufzuschreiben und zu versuchen, irgendwann zu durchschauen, was sich dahinter verbirgt.

Ich verbringe einige Nachmittage in der Stadtbibliothek und tauche in die Ära der Siebzigerjahre ein. Ich lese alte Ausgaben der *Ojai Valley News*. Dabei interessieren mich nicht nur Berichte über die Morde. Ich vertiefe mich auch in die Protokolle der Stadtratssitzungen. Lese über die Sportmannschaften an der Nordhoff High School. Über die Ojai Valley School und das Thacher, die beiden Internate vor Ort. Über neu eröffnete Geschäfte, den Tratsch, das Wetter und gelegentlich über Politik.

Außerdem schreibe ich. Mit den AirPods in den Ohren höre ich die Hits des Jahres 1975. Aerosmith. Queen. The Eagles. Mit aufgeklapptem Laptop begebe ich mich auf eine Zeitreise in den Sommer 1975 in Ojai. Ich entspanne mich, vergesse mich selbst und meine Probleme. Es ist erholsam, mein eigenes Leben abzustreifen und mich intensiv mit einer anderen Zeit zu befassen.

Ich verbringe außerdem viele Stunden im Eichenwäldchen hinter dem früheren Haus meines Vaters, mittlerweile Teil des Ojai Meadow Preserve. Als mein Vater jung war, war es ein weitläufiges Gebiet mit nichts als Unkraut, Gräsern und kleinen Gruppen von Eukalyptusbäumen. Inzwischen ist hier ein Naturschutzgebiet mit Wanderwegen, heimischen Eichenbäumen und einem Teich entstanden. Ich erforsche auch die Wege im Eichenwäldchen, in dem Danny früher häufig allein zeltete. Wo er die Nachbarskatze vergrub. Ich versuche mir vorzustellen, wie meine Eltern, Poppy und Danny hier auf diesem Stück Land gelebt und es als Teil ihres Gartens benutzt haben. Versuche, ein Gespür für den Ort und das gesamte damalige Umfeld zu entwickeln.

Neben den Gesprächen mit meinem Vater, den Recherchen in der Bibliothek, dem Bemühen, ein Gespür für den Ort und das gesamte damalige Umfeld zu entwickeln, beschäftige ich mich auch mit dem Gerichtsmediziner. Der Mann, der damals wahrscheinlich den Todeszeitpunkt falsch bestimmt hat. Außerdem habe ich mich in die Versuche vertieft, ab dem Jahr 1993 den Prozess neu aufzurollen. Einerseits gehört das zwar nicht direkt zu meinem Thema, andererseits ist es aber keine verlorene Zeit. Ich denke mir Fragen aus, die ich stellen könnte. Der Gerichtsmediziner selbst lebt leider nicht mehr, aber ich habe eine Liste mit Namen. Der damalige Bezirksstaatsanwalt. Der Leiter der polizeilichen Ermittlungen. Ich überlege, ob Kontakte aus meinem früheren Leben als Journalistin mir bei der Beantwortung dieser Fragen weiterhelfen können. Ob ich bei einigen noch etwas guthabe und vielleicht auf diesem Weg an eine Bestätigung kommen könnte, dass der Gerichtsmediziner in jener Nacht, als er die Autopsien an Poppy und Danny vornahm, nicht nüchtern war.

Ich bin ganz in meinem Element. Ich bin so beschäftigt, dass mir die Zeit fehlt, den Maileingang meines Vaters zu öffnen und nachzusehen, ob Calder inzwischen geantwortet hat. Und ich versichere mir immer wieder, dass es nicht zählt, was er denkt oder will.

Männer wie Calder haben Schwierigkeiten mit dem Begriff *Ghostwriter.* Sie kämpfen darum, sichtbar zu sein und auf dem Buchdeckel neben dem Verfasser genannt zu werden. Ich dagegen bin ganz glücklich damit, zu verschwinden und mit der Stimme meiner Auftraggeber zu sprechen. Es gefällt mir, ihre Leben und ihren Geist zu bewohnen – und ich mache es ihnen am Anfang möglichst einfach. *Erzählen Sie mir, woran Sie sich aus diesem Jahr erinnern. Erzählen Sie mir von Ihren Eltern. Ihren Geschwistern. Wie Ihre Schulzeit für Sie war.* Ich baue Vertrauen auf.

Das Projekt mit meinem Vater ist eine Kollaboration wie auch alle anderen zuvor – beispielsweise mit dem olympischen Eiskunstläufer, den ich drei Monate lang auf einer Tournee begleitete. Dem ich morgens bei den Proben zusah und abends bei den Vorstellungen und mit dem ich anschließend stundenlang, bis spät in die Nacht hinein, redete. Das Buch habe ich in einem Tourbus geschrieben. An Flughäfen. Ich habe von Fast Food gelebt und literweise Kaffee getrunken, um den Abgabetermin einzuhalten. Oder die Biografie der weltberühmten Country-Sängerin, die nach dem Verlust ihrer Stimme inzwischen Spenden für medizinische Grundlagenforschung sammelt.

Ich zwinge mich, nicht mehr daran zu denken, dass mein derzeitiger Job auch mit mir persönlich zu tun hat. Ich versuche objektiv zu bleiben, den Geschichten, die mein Vater mir nach und nach erzählt, möglichst unvoreingenommen zuzuhören – drei Geschwister, die sich liebten, und was geschah, als einer von ihnen plötzlich zu einer Gefahr wurde.

Am Ende meiner dritten Woche in Ojai bin ich wieder zu Besuch bei Jack und Matt, trinke Wein und rede über dieses und jenes, nur nicht darüber, warum ich nach wie vor hier bin. Jack hat nicht mehr nachgefragt, aber manchmal spüre ich, dass er gern erfahren würde, warum ich eigentlich meinem Vater helfe, während er doch eine absolut fähige Pflegerin wie Alma hat. Er erkundigt sich auch nicht, ob mein Vater und ich mittlerweile zu einer Art gegenseitiger Akzeptanz gelangt sind und einander vergeben haben. Dass Jack mich einfach so nimmt, wie ich bin, ist ein Geschenk.

»Richte Kamala bitte aus, dass ich sie irgendwann im Oval Office sehen möchte«, sagt Matt und stellt ein kunstvoll angerichtetes Brett mit delikater Wurst auf den Tisch. Er ist begeistert, dass ich gelegentlich mit berühmten Leuten Mails tausche.

»Kamala kenne ich nicht, aber für ein Buch von Alexandria Ocasio-Cortez habe ich mal meinen Hut in den Ring geworfen.« Ich nehme mir einen Cracker und breche ihn in zwei Hälften. »Ich habe den Zuschlag aber nicht bekommen.«

Mit seiner locker sitzenden Jeans und der lässigen Haartolle entspricht Matt genau dem Bild, das ich mir von dem Mann gemacht habe, in den sich Jack verlieben würde. Er hat ein helles Köpfchen, ist sarkastisch und zugleich warmherzig. Das genaue Gegenteil von Jack und seinem Draufgängertum. Er trägt Designerslipper ohne Socken. Und er benutzt Haarpflegemittel.

Matt rutscht auf der Bank am Esstisch neben mich und stupst mich mit der Schulter an. »Wie geht's deinem Vater?«, fragt er.

»Er hat gute und schlechte Tage«, gebe ich zurück. »Alma hat eine Menge Regeln aufgestellt, die ihm angeblich helfen sollen, weniger verwirrt zu sein. Ich bin mir da nicht so sicher. Er hat mich schon ein paarmal für meine Mutter gehalten.«

»Jack hat mir gesagt, sie hätte euch verlassen, als du noch sehr klein warst«, sagt Matt. »Willst du sie informieren, dass er krank ist?«

Ich tausche einen Blick mit Jack. »Ich glaube kaum«, sage ich dann. Bei jedem anderen Buch würde ich keine Sekunde lang zögern, die Ex-Frau des Auftraggebers zu kontaktieren. Mehr noch, sie wäre wahrscheinlich die erste Person, mit der ich überhaupt das Gespräch suchen würde. Die ich über ihre Erinnerungen an diese Zeit befragen würde. Doch der Name meiner Mutter, der auf meiner Liste gleich neben Margot Gibson und Mark Randall steht, gleicht einer Bombe kurz vor der Explosion.

»Wie war deine Mutter denn so?«, fragt Matt.

Jack setzt zum Sprechen an und will ihm zweifellos mitteilen, dass ich nicht gern über dieses Thema rede, aber ich winke ab. In Ojai will ich keine Lügen mehr über meine Familie verbreiten. Ich kann hier einfach nicht dieselben Geschichten wie sonst erzählen: Dass ich zwei liebevolle Eltern hatte, wie schwer es für meine Mutter war, den Tod meines Vaters zu verkraften, wie wenig Geld sie plötzlich zum Leben hatte und wie sie es nur mit knapper Not fertigbrachte, dass wir unser Haus behalten konnten. Wie sehr sie sich bemüht hat, ihre Krankheit vor mir geheim zu halten, damit ich meine Ausbildung beenden konnte. Und wie entsetzlich es für mich war, als sie starb. Ojai ist wie eine Blase in meinem Leben. Alle, die hier leben, kennen die Wahrheit, und ich habe keine Angst davor, darüber zu reden. Ich hoffe, es gelingt mir, dass die Wahrheit auch innerhalb dieses kleinen Kreises bleibt.

»Ich habe so gut wie keine Erinnerungen an sie«, sage ich. »Als Kind habe ich mir gern vorgestellt, ich hätte eine dieser Vorzeigemütter, die Cupcakes in die Schule bringen, wenn ich Geburtstag habe. Die auf Bücherfesten mithelfen. In der Mittelschule habe ich mir vorgestellt, dass sie einen Laden besitzt, in dem sie selbst gemachten Schmuck verkauft oder eine Bäckerei hat, und wie ich dann hinter der Theke sitze und alle schwärmen, was ich doch für eine tolle Assistentin wäre. Und dann würde meine Mutter erwidern: *Ohne Olivia hätte ich das alles niemals geschafft.*« Matts Blick wird sanft, und Jack ist ebenfalls still, und ihr Schweigen lässt mir den Raum, weiterzusprechen. Ich vermeide den Gedanken daran, was Tom sage würde, wenn er jetzt hier säße und diese Geschichte hörte. In diesem Augenblick kommt es mir vor, als sei er Lichtjahre entfernt von mir und meiner Arbeit. Beinahe so, als hätte ich ihn mir nur ausgedacht. »Als mein Vater später anfing zu trinken, malte ich mir aus, dass meine Mutter kommen und mich zu sich nehmen würde. Wie wir in einer kleinen Wohnung oder auf einem Hausboot in Ventura leben würden. Wir würden uns Fertiggerichte aufwärmen und sie an einem winzigen Tisch essen, es uns dann zu zweit auf der Couch gemütlich machen und fernsehen. Wir hätten zwar nicht viel Geld, dafür aber Sicherheit. Beständigkeit.«

Jahrelang war meine Mutter eine Leerstelle in meinem Leben, und ich dachte stundenlang über sie nach. Träumte. Als ich im Ausland studierte, versuchte ich, nicht mehr an sie zu denken, schob ihr allerdings die gesamte Schuld an den Suchtgewohnheiten meines Vaters und meinem daraufhin erfolgten Exil in die Schuhe. Nur ihretwegen hatte er mich in ein Internat geschickt und behauptet, ich sei zu alt für ein Kindermädchen und zu klein, um allein zu Hause zu bleiben, während er auf Reisen war. Es war ihr Fehler, dass sie den Gerüchten über meinen Vater und dem, was im Jahr 1975 geschehen war, nicht entschieden entgegengetreten war. Wenn mein Vater und ich damit leben konnten, das ständig über uns getuschelt wurde, wieso war sie nicht dazu imstande gewesen?

»Eine Mutter sollte ihr Kind lieben und es beschützen«, sage ich. »Meine hat beschlossen, mich zu verlassen, und das werde ich ihr niemals vergeben können.«

»Na also«, sagt Jack, und seine Stimme ist kaum mehr als ein Flüstern. Es ist nur für meine Ohren bestimmt. »War das wirklich so schwer?«

Ich weiß, er meint damit meine Aufrichtigkeit und dass ich so bereitwillig über meine Mutter gesprochen habe. Es ist eine leise Kritik an jener Person, die ich bin, wenn ich nicht ich selbst bin.

KAPITEL 17

Mir gehen langsam die Snacks aus, die ich mir bei der Ankunft hier gekauft habe. Obwohl mir Jack gestern Abend Reste vom Essen mitgegeben hat, will ich sie mir lieber fürs Abendessen aufheben und durchforste jetzt den Vorratsschrank meines Vaters. Außerdem ist es eine willkommene Ablenkung. Ich entdecke eine Packung Doritos, reiße sie auf, lehne mich an die Küchentheke und genieße die Stille des Hauses. Nach dem Essen will ich in den Mails meines Vaters nachsehen, ob John Calder sich wieder bei ihm gemeldet hat. Mich vergewissern, ob er überhaupt noch ein Lebenszeichen von sich gegeben hat. In letzter Zeit war keine Nachricht von ihm im Posteingang. Nur weitere Mails von The Gap.

Ich nehme mir eine weitere Handvoll Chips aus der Tüte, als mein Telefon klingelt. Es ist meine Freundin Allison, die sich endlich zurückmeldet. Hektisch halte ich nach etwas Ausschau, an dem ich mir die fettigen Hände abwischen kann, nehme schließlich mit meiner Hose vorlieb und wappne mich.

»Allison«, sage ich mit dünner, atemloser Stimme.

»Tut mir leid, dass ich erst jetzt zurückrufe«, sagt sie. »Die Fidschi-Inseln waren einfach traumhaft. Worum geht es bei dieser Liegenschaft in Ojai?«

»Ich recherchiere wegen eines eventuellen Projektes«, sage ich. »Ich will herausfinden, wer der Eigentümer ist.«

Inzwischen bin ich mehrmals bei dem Haus gewesen und habe mich im Naturschutzgebiet herumgetrieben, wenn der Nachbar nicht zu Hause war. Ich habe durchs Fenster hineingespäht, im Garten herumgesucht und versucht, mir von außen den Grundriss vorzustellen und ihn mit den Fotos aus den Alben meines Vaters abzugleichen. Bei dem Gedanken, dass ich möglicherweise den Namen des Eigentümers erfahre, ihn aufsuchen und ins Haus gelangen kann, verspüre ich plötzlich heftige Aufregung.

»An Informationen über dieses Haus ist nur schwer zu kommen«, sagt Allison. »Mein Chef meint, dass sei bei Liegenschaften, die Leuten aus der Unterhaltungsindustrie gehören, häufig der Fall, weil sie wegen der steuerlichen Vorteile ihre Häuser beinahe ausschließlich über eine LLC – eine *Limited Liability Company* also – kaufen. Hier ist es genauso. Immerhin habe ich den Namen des Unternehmens herausgefunden, und damit kannst du auf der Website des Landesarchivs weiterforschen und sehen, was du da entdeckst. Wahrscheinlich führt es dich aber zu einer anderen Körperschaft.«

Ich sehe zum Obstgarten hinüber. »Wie heißt diese LLC denn?«

»Ich maile dir gerade den Namen.«

»Vielen Dank, dass du das für mich rausgefunden hast. Ich weiß es sehr zu schätzen.«

»Immer gern«, sagt sie. »Du, ich muss jetzt los. Sehen wir uns, wenn du wieder zurück bist?«

»Unbedingt«, gebe ich zurück.

Wir beenden das Gespräch, und ich sehe in meinen Mails nach. Die Packung Doritos habe ich völlig vergessen. Allisons Nachricht steht ganz oben, wie versprochen. Ich öffne sie, scrolle schnell durch den Standardtext zum Namen des Unternehmens, dem das Haus gehört.

Lionel Foolhardy, LLC

Dieser Mistkerl.

KAPITEL 18

Auf einem Pfad, der durch das Naturschutzgebiet mit Eichen und Eukalyptusbäumen führt, nähere ich mich dem Haus, in dem mein Vater aufgewachsen ist. Der Garten des Hauses, ein lang gestrecktes, nicht eingezäuntes Gelände, grenzt direkt an das Naturschutzgebiet.

Durch das grüne Blätterdach über mir ist der Himmel nur als Flickenmuster sichtbar. Die Vögel singen, Insekten schwirren umher, und von den Ästen eines Baumes späht ein Eichhörnchen zu mir herüber.

Ich stelle mir vor, wie mein schlaksiger, etwas verlegener Vater hier mit meiner Mutter und ihrem Sportlehrer entlanggeht. Sie suchen nach einem ruhigen Fleck, wo sie ungestört etwas besprechen können. Die Tageshitze lässt nach, und in der Abenddämmerung duftet es nach Eukalyptus. Vielleicht bilden die leise Musik, das Lachen und die Stimmen vom entfernten Festival die Geräuschkulisse für ihre Unterhaltung.

Jetzt höre ich den Wagen des Nachbarn die Auffahrt hochfahren und beobachte, wie er aussteigt und sich eine Sporttasche über die Schulter wirft. Mit einem Mal wird mir leicht mulmig. Ich frage mich, ob es nicht besser gewesen wäre, erst mit meinem Vater zu sprechen, bevor ich hergekommen bin. Ihn mit dem zu konfrontieren, was ich erfahren habe, und ihn aufzufordern, mich in das Haus zu lassen. Ich bin mir fast sicher, dass ein Gespräch mit der hiesigen Polizei einen Vertragsbruch darstellt. Jetzt schließt sich die Eingangstür des Nachbarn, und ich warte einige Minuten ab, bevor ich zur Hintertür am Haus meines Vaters gehe.

Die Tür hat ein Oberlicht, wie man es häufig an den Zugängen zu Wirtschaftsräumen findet. Ich drehe am Türknopf, aber nichts rührt sich. Dann linse ich durchs Fenster, sehe links die Küche, geradeaus den Eingangsbereich und rechts die Tür zu dem Zimmer, das vermutlich Poppy gehörte. Ich lege die Hand gegen den billigen Aluminiumrahmen des Fensters und versuche, die Tür aufzudrücken. Zuerst geschieht nichts, was mich nicht weiter überrascht. Irgendwann hätte bestimmt jemand bemerkt, dass das Schloss nicht mehr funktioniert.

Aber wie häufig überprüft jemand, ob die Fensterriegel richtig verschlossen sind? Ich denke an meine eigenen Fenster, versuche mich zu erinnern. Man dreht das Schloss um, hört es einrasten und geht davon. Ich klopfe ein paarmal kräftiger gegen den Rahmen, verursache dabei mehr Lärm als beabsichtigt und blicke schnell zum benachbarten Haus. Hat der Nachbar mich gehört? Aber alles bleibt ruhig. Als ich vorsichtig am Fenster wackle, fühlt es sich lockerer an. Dunkler, feuchter Staub, der sich seit Jahren am unteren Rahmen abgelagert hat, löst sich, und die rechte Fensterseite öffnet sich gerade so weit, dass ich den Finger darunter schieben und ihn hin und her bewegen kann, bis die Scheibe einige Zentimeter weit offen steht. Nach einem kurzen Blick über die Schulter greife ich hinein und drehe den Knopf. So wie es mein Vater und Danny angeblich immer gemacht haben.

Drinnen bleibe ich mit dem Rücken an die Tür gepresst stehen und horche. Ob ich Schritte höre oder Stimmen, die wissen möchten, wer ich bin und was ich da treibe. Doch außer dem fernen Brummen eines Flugzeugs und Vogelgezwitscher ist kein Laut zu vernehmen.

Im Inneren des Hauses riecht es staubig und schal. Die Küche ist noch so eingerichtet wie früher, mit altmodischem, dunklem Mobiliar. Ein leicht schmuddeliger Kühlschrank, der fast genauso aussieht wie das gelbliche Modell auf den Fotografien von damals, ist an die Stelle des vorherigen getreten.

Ich versuche, mir meine Großmutter hier in der Küche vorzustellen, wie sie ihren drei Kindern am Tag des Mordes beim Frühstück zusieht, nicht ahnend, dass sie zum letzten Mal beisammen sein sollten.

Vom Fenster am Spülbecken aus blickt man zum Naturschutzgebiet hinüber. Stand hier der Mörder – vielleicht Danny – und wartete auf Poppy? Ich male mir aus, wie er zum Haus läuft, durch die nicht verschlossene Hintertür eintritt und direkt in ihr Zimmer geht, wo sie in der Falle sitzt.

Eine Schwingtür führt ins Esszimmer und das unmittelbar angrenzende Wohnzimmer. Der Raum ist kleiner, als ich es mir vorgestellt hatte. Der Kamin ist aus rotem Backstein gemauert, mit schwebend befestigtem Kaminsims, darüber wölbt sich die Decke. Vom Eingangsbereich aus geht es zum hinteren Teil des Hauses mit den drei Schlafzimmern.

Braune Auslegeware bedeckt den Boden, und an den Abdrücken im Teppich ist gut zu erkennen, wo früher die Möbel gestanden haben. Mir ist, als würde ich mich in einer verlassenen Filmkulisse befinden. Nur das Set ist geblieben, leere Räume, in denen sich einmal das Leben meines Vaters und seiner Familie abspielte.

Ich gehe den Flur entlang, der so dunkel ist, dass ich das Licht anknipse. Eine einzige Deckenlampe funzelt trübe. Ich nehme meinen Mut zusammen und laufe bis ans Ende des Ganges. Genau dort, wo ich jetzt stehe, hat man Danny gefunden. Ich kauere nieder und streiche über den Teppich, denke an den Jungen, der hier gestorben ist und niemals die Chance bekam, erwachsen zu werden. Sein eigenes Leben zu leben. Zu heiraten und Kinder in die Welt zu setzen. Ich habe mir jahrelang vorgestellt, wie entsetzt er gewesen sein muss, als er hilflos mitanhörte, wie seine Schwester im Nebenzimmer ermordet wurde. Aber die vergangenen Wochen mit meinem Vater haben diese Vorstellungen verändert. Und ich frage mich jetzt, ob es nicht vielmehr so war, dass

Danny nicht auf Poppys Zimmer zulief, sondern davon wegrannte. Dass er sie verbluten ließ und damit beendete, was er begonnen hatte.

Wenn ich eine Ecke des Teppichs anheben würde, wäre wahrscheinlich noch ein schwarzer Blutfleck zu erkennen. Mittlerweile verblasst und kaum sichtbar, aber noch immer da. Die Leichen wurden erst einige Stunden später entdeckt. Wie viel Blut muss da in den Holzboden gesickert sein?

In der Küche schaltet sich der Motor des Kühlschranks aus. Eine tiefe, lastende Stille tritt ein, und ich meine darin ein Bedauern zu spüren. Ich werfe einen Blick über die Schulter und versuche die Kälte abzuschütteln, die mich plötzlich überkommt. Ich glaube zwar nicht an Geister, aber wenn dem so wäre, bin ich sicher, dass welche hier sein müssten.

Ich spähe kurz ins Elternschlafzimmer; es ist klein und hat nur einen kleinen Schrank mit einer Schiebetür. In unseren Gesprächen hat mein Vater auch gelegentlich von seinen Eltern erzählt. Sie ließen sich sehen, wenn ihre Kinder Preise verliehen bekamen oder die Schule um ein Gespräch bat, aber vertrauliche Unterhaltungen, in denen man sich sein Herz ausschüttete und über Gefühle oder Träume sprach, gab es niemals. Ebenso wenig wie Gespräche über die Konflikte zwischen den Geschwistern. *Find dich damit ab, das Leben geht weiter.*

So ähnlich wie meine eigene Kindheit. *Keine Reue. Niemals zurückblicken.*

Dann stehe ich an der Türschwelle zum mittleren Schlafzimmer. Diesen Raum haben sich mein Vater und Danny früher geteilt. An der gegenüberliegenden Wand stehen zwei Einzelbetten mit Blick aus dem Fenster auf eine Seite des Gartens und das Nachbarhaus. Ich überlege, wie es wohl für meinen Vater gewesen sein muss, jede Nacht neben dem leeren Bett seines Bruders zu liegen, der nur ein paar Meter entfernt brutal ermordet worden war. Mein Vater hat mir erzählt, dass seine Mutter sich weigerte, Dannys Bett aus dem

Zimmer zu räumen, und darauf bestand, dass es mit derselben Bettwäsche wie an Dannys Todestag bezogen blieb.

Schließlich betrete ich Poppys Zimmer. Auf den Fotos war eine rosafarbene Tapete mit Rosenknospenmuster zu sehen. Jetzt sind die Wände in einem leicht vergilbten Weiß gestrichen und an einigen Stellen angeschlagen. Auf dem hässlichen braunen Teppich sind die Abdrücke ihrer Schreibtischbeine noch gut zu erkennen, in einer Ecke liegt ein altmodisches Modem herum. Helles Nachmittagslicht fällt schräg und leuchtend auf den Teppich neben dem Wandschrank.

Mir fällt der nächtliche Panikanfall meines Vaters ein, wie er das Fenster in seinem Schlafzimmer aufriss und überzeugt war, dass er sich an einem anderen Ort befand, wie er verzweifelt nach dem Messer suchte, das er dort versteckt hatte. Es mag lächerlich sein, aber ich muss einfach selbst nachsehen und mich vergewissern, dass er sich das lediglich eingebildet hat.

Ich fange mit dem linken Fenster an, öffne es, schiebe die Scheibe hoch und inspiziere die Fensterbank, klopfe das Holz sorgfältig ab. Ich umfasse das Brett auf dieselbe Art wie mein Vater, rüttle daran und versuche, es zu lockern. Dann taste ich an den Seiten entlang, bis unter das Fenster. Ich überprüfe auch die Ecken, suche nach Stellen, an der meine Nägel Halt finden, aber alles ist fest verfugt.

Ich schließe das Fenster wieder und nehme mir dann das zweite vor. Aber die Fensterscheibe klemmt und lässt sich nicht nach oben schieben. Ich wende dieselbe Methode an wie vorhin beim Oberlicht an der Hintertür und rüttle abwechselnd an den Seiten, bis es sich Zentimeter für Zentimeter lockert. Dabei bemerke ich Wasserschäden links und rechts am Rahmen. Als ich das Fenster nach einer Weile hochschieben kann, streiche ich mit dem Finger über die Mitte der Fensterbank und überprüfe, ob sich irgendwas bewegt. Alles fühlt sich stabil an, nur in der Ecke bemerke ich ein winziges Loch, ungefähr so groß wie eine Büroklammer. Es ist zu schmal, um den Fingernagel hineinzubohren, daher hole ich rasch meine Tasche, die ich an der Hintertür abgestellt habe, und suche in dem Sammelsurium aus Stiften, Notizbüchern und einer alten, riesigen Plastiktüte nach einer Büroklammer.

Tatsächlich finde ich eine und biege sie zu einem umgedrehten L auf. Ich schiebe die Spitze in die Öffnung und spüre, wie das Brett sich löst.

Es lässt sich in einem Stück herausheben, ist ungefähr sechzig Zentimeter breit und zwölf Zentimeter tief. Mit der Taschenlampe meines Handys leuchte ich in die entstandene Öffnung am Fenster. Das Isolierungsmaterial, das sich dort befunden haben muss, ist verschwunden, der Außenrand ist eine Handbreit entfernt von der Innenwand. Ich stelle mir vor, wie Poppy die Isolierung Stück für Stück herausgefischt und ihre Hand vielleicht mit einer Socke oder einem Handschuh vor dem Dämmmaterial geschützt hat, das man seinerzeit benutzte, und wie sie alles aus dem Fenster geworfen hat, um es später einzusammeln. Wie sie ihre ganz privaten Sachen hier versteckt hat: verbotene Zeitschriften, Briefe von einem Jungen, den sie mochte. Und ihr Tagebuch in einem Metallbehälter.

Das Versteck ist pechschwarz und voller Spinnweben, aber der Lichtstrahl der Taschenlampe fällt auf einen Metallgegenstand weit unten. Ich strecke den Arm hinein, mache mich so lang wie möglich und berühre mit den Fingern eine unregelmäßige Kante. Auf Zehenspitzen stehend überlege ich fieberhaft, was ich machen soll, wenn ich tatsächlich ein Messer finde. Meinen Vater damit konfrontieren oder direkt zur Polizei gehen?

Endlich gelingt es mir, den Gegenstand zu umfassen, und Gewicht und Form sagen mir sofort, dass es kein Messer ist. Schließlich fische ich einen rostigen Anstecker mit einem Durchmesser von etwa zehn Zentimetern und der Aufschrift *Pro Roe 1973* heraus.

Alle meine Überlegungen lösen sich in Luft auf. Natürlich hat Poppy diesen damals sehr populären Anstecker der Abtreibungsbefürworter hier versteckt und vor dem Blick ihrer voreingenommenen Mutter verborgen. Ich drehe ihn in der Hand und sehe Poppy als junge Aktivistin vor mir, wie mein Vater sie mir beschrieben hat. Dann stecke ich den Button in meine Tasche und freue mich darüber, dass ich jetzt ein Andenken an sie besitze. Ein Andenken, das nicht so verwirrend ist wie ihr Tagebuch. Einfach einen Button, der für etwas steht, das ihr wichtig war. Und das auch für mich wichtig ist.

Ich versetze mich um fünfzig Jahre zurück und spüre Poppys Gegenwart in diesem Zimmer. Kein Geist mehr, sondern die Schwingungen eines jungen Mädchens, das zu früh sterben wird. Dieses Versteck war ihr Schrein. Obwohl das Zimmer aussieht wie ein typisches Schlafzimmer in einem abgewohnten Haus, bebildere ich es mit den Fotografien aus dem Album. Ihr Bett steht dort drüben an der Wand. Ihr Schreibtisch am Fenster. Verstreute Kleidung liegt herum und bildet eine Spur zum Wandschrank.

Ich gehe hinüber und öffne die Türen. Schlichte weiße Wände. Eine leere Kleiderstange. Es ist kein begehbarer Schrank, aber tief genug, um sich als Kind darin zu verstecken. Ich krieche hinein und lehne mich an die Rückwand, blicke von dort aus ins Zimmer. Und in diesem Moment entdecke ich die Aufschrift an der Innenwand, die von außen nicht zu sehen ist. Schwache Spuren eines alten Stiftes, in der unverkennbaren Handschrift meines Vaters.

Du wirst schon bald tot sein.

KAPITEL 19

Ich zucke zurück, pralle mit dem Kopf an die Wand hinter mir, recke mich und ziehe an der Schnur für die Schrankbeleuchtung, aber sie funktioniert nicht mehr. »Mist«, murmle ich, und meine Finger zittern so stark, dass es mir erst nach mehreren Versuchen gelingt, die Taschenlampe meines Handys einzuschalten.

Ich starre auf den Satz und bemühe mich verzweifelt zu verstehen, was ich da sehe. Ich denke an alle Gespräche, die ich mit meinem Vater über seine Schwester geführt habe, überlege, ob sich darin irgendein Anhaltspunkt für einen Konflikt zwischen den beiden finden lässt. Er hat mir eine Menge erzählt, aber nichts davon deutet darauf hin, dass mein Vater je so etwas an die Schrankwand seiner kleinen Schwester geschrieben haben könnte.

Tief in meinem Inneren breitet sich ein Gefühl der Bedrohung aus, als ich an die vielen Male denke, in denen mein Vater die Beherrschung verloren hat. Wie unkontrolliert seine Wut war, wie er brüllte. Wie er raste. Insbesondere nachdem er angefangen hatte, zu trinken und Drogen zu nehmen. Als ich klein war, hatte er sich nie so benommen. Ich habe immer angenommen, dass diese Wutanfälle mit seinem Ruhm und seinem Drogenmissbrauch zusammenhingen. Dass sein wahres Selbst jenes war, an das ich mich aus meiner Kindheit erinnerte. Aber vielleicht ist es genau umgekehrt. Vielleicht war in dieser kurzen Zeit meiner Kindheit, als ich ihn anbetete, sein wahres Selbst tief in ihm vergraben, bis es dann wieder zum Vorschein kam.

Ich krabble aus dem Schrank und stehe mit pochendem Herzen in der Mitte des Zimmers. Ich fasse die sehr reale Möglichkeit ins

Auge, dass mein Vater als Teenager etwas Entsetzliches getan hat und ungestraft davongekommen ist.

Nun hat er mir eine Falle gestellt, und ich bin im Begriff, seine Lügen für immer festzuschreiben.

Ich rufe Jack an. »Können wir uns treffen?« Meine Stimme ist kaum mehr als ein Flüstern.

»Das hört sich ja ernst an«, sagt Jack. »Warte kurz.« Während ich warte, suche ich unablässig nach einer Erklärung dafür, warum mein Vater seiner Schwester einen derartigen Satz an die Schrankwand schreiben sollte. War es als Drohung gemeint? Oder als Witz? Jack ist wieder zurück. »So, jetzt habe ich Zeit für dich. Wo wollen wir uns treffen?«

»Im Naturschutzgebiet.«

Als Jack eintrifft, führe ich ihn zum Haus meines Vaters. Vielleicht auf demselben Weg, den Poppy bereits vor fünfzig Jahren gegangen ist. Die Sonne steht tief und ist schon beinahe hinter den Hügeln in der Ferne verschwunden. Wir laufen schweigend bis zum Rande des Grundstücks. Ich lege die Hand auf Jacks Arm und bedeute ihm stehen zu bleiben.

»Warum sind wir hier?«, fragt er.

Ohne seine Frage zu beantworten, beobachte ich das Haus des Nachbarn. Ich will sichergehen, dass er nicht im Garten ist oder auf der hinteren Veranda sitzt. Dann gebe ich Jack ein Zeichen, mir zu folgen. Wir laufen rasch zur Hintertür, die ich nicht verschlossen habe.

»Was machst du da?«, zischt Jack.

Ich trete ins Haus und winke ihn herein. Als ich die Tür geschlossen habe, drehe ich mich zu ihm um. Sein Blick schweift den Flur entlang zu der Stelle, wo Danny gestorben ist, und wieder zurück zu mir. »Ich habe wirklich keine Lust, verhaftet zu werden.«

»Keine Sorge, mein Vater ist immer noch der Eigentümer des Hauses«, sage ich.

Jetzt sieht er nicht mehr besorgt, sondern ungläubig aus. »Echt?«

»Und das ist noch längst nicht alles«, gebe ich zurück und gehe durch den Flur voran in Poppys Zimmer. Ich nehme mein Handy und richte die Taschenlampe auf die Innenwand des Schranks. Er beugt sich vor, und ich sehe, wie er die Augen aufreißt, als er liest, was dort steht. »O mein Gott«, sagt er.

Wir starren uns einen Moment lang an, und dann scheint ihm klar zu werden, wo wir uns befinden, denn er sagt: »Das hier war Poppys Zimmer, oder?«

Ich lasse mich auf den kratzigen braunen Teppich sinken, und Jack tut es mir nach. Wir sitzen einander gegenüber, und ich erkenne in dem erwachsenen Mann den Jungen wieder, dem ich so vertraut habe wie sonst keinem Menschen. Allein schaffe ich das einfach nicht. Ich kann das Geheimnis um dieses Buch nicht für mich behalten, ebenso wenig wie die anderen Dinge, die mein Vater eindeutig vor mir verheimlicht, obwohl er mich beauftragt hat, ein Buch über sie zu schreiben. Tom darf ich nichts davon sagen, aber mit Jack ist es etwas anderes. Tränen steigen mir in die Augen, und ich bedecke mein Gesicht und kämpfe nicht mehr gegen sie an.

»Hey«, sagt Jack leise, rutscht näher an mich heran und legt mir den Arm um die Schultern. Er hält mich fest, bis ich wieder Luft bekomme. Und eine Entscheidung getroffen habe.

»Ich bin nicht hier, weil mein Vater krank ist«, sage ich und wische Nase und Wange an meinem Ärmel ab.

»Wer hätte das gedacht.«

Ich sammle mich einen Augenblick. Vielleicht kommt mich diese Eröffnung teuer zu stehen, aber mir ist klar, dass ich meinen einzigen Freund ganz dringend brauche, um alles, was ich hier herausgefunden habe, besser zu verstehen. Jack kennt die schlimmsten Seiten meiner Vergangenheit. Ich muss ihm meine Geheimnisse nicht erst erklären oder sie in einen Zusammenhang stellen. »Mein Vater hat mich als Ghostwriterin für seine Memoiren beauftragt«, sage ich. »Er will über das schreiben, was damals passiert ist.«

Schweigend verdaut Jack diese Information, und ich rede weiter, berichte ihm von der unzusammenhängenden Rohfassung des Buches, die mein Vater geschrieben hat, und dass er es mir nicht gestattet hat, meine üblichen Arbeitsmethoden anzuwenden. Ich berichte ihm auch, wie mein Vater mich seither mit allen Mitteln davon überzeugen will, wie gefährlich Danny war. Weil er nach irgendwas sucht, vielleicht nach einem Grund? Einer Berechtigung für das, was er zu enthüllen gedenkt? Ich erzähle ihm auch, dass ich Poppys Tagebuch gefunden habe und sie darin über ihre Sorgen wegen der Schwangerschaft und Abtreibung meiner Mutter schreibt. Zum Schluss schlucke ich schwer und muss mich zwingen, den Satz laut auszusprechen: »Meinst du, mein Vater hat sie umgebracht?«

»Wir wissen doch überhaupt nicht, wann er das hier geschrieben hat.«

Ich schüttle den Kopf und kann es immer noch nicht fassen, dass der Mann, der früher mein Idol war, eine solche Tat an seinen Geschwistern begangen haben könnte.

»Und sein Alibi?«, fragt Jack weiter. »Du kannst doch nicht nur diesen einen Satz betrachten und ihm Bedeutung zuschreiben, ohne alles andere zu berücksichtigen.«

»Poppy hatte jedenfalls zu viel Angst, um in ihrem Tagebuch etwas darüber zu schreiben. Aber falls sie meinem Vater von der Abtreibung erzählt hat und Lydia nicht von ihm schwanger war, dann muss er rasend vor Wut gewesen sein.«

Jack schüttelt den Kopf. »Jetzt hol mal tief Luft und denk in Ruhe nach. Wie würdest du vorgehen, wenn du nicht über deinen Vater und deine Familie schreiben würdest? Was wäre dann dein nächster Schritt?«

Ich muss nicht lange nachdenken. »Ich würde versuchen herauszufinden, warum der Bezirksstaatsanwalt der Meinung war, er hätte genug Beweismaterial in der Hand, um die Grand Jury im Jahr 1993 zu einer Neuaufnahme des Verfahrens zu bewegen. Und ich würde nachforschen, ob der Gerichtsmediziner sich bei der Angabe des Todeszeitpunktes tatsächlich geirrt hat.«

»Na dann«, sagt Jack.

»Wenn mein Vater dahinterkommt, dass ich die Vertragsbedingungen verletzt habe, verliere ich den Job«, sage ich. »Ich darf ausschließlich mit ihm über die Vorfälle reden. Inzwischen bin ich mir fast sicher, dass er das absichtlich so eingefädelt hat. Ich soll nämlich nicht herausfinden, dass die Geschichte, die er mir erzählt, eine Lüge ist.«

Wir sitzen auf dem Boden in Poppys Zimmer, bis Jack schließlich sagt: »Sei mir nicht böse, aber mir läuft es hier kalt den Rücken herunter. Wollen wir nicht lieber zu mir? Matt und ich kümmern uns um dich, bis es dir wieder besser geht und du einen schönen Schwips hast.«

»Warte mal«, sage ich und ziehe das Handy aus der Tasche. Ich krieche zurück in den Schrank, knie mich hin und fotografiere den Satz. Ich mache sicherheitshalber drei Fotos und setze mich wieder auf die Hacken.

In diesem Augenblick wackelt eine der Dielen unter meinem linken Fuß. Ich stehe auf, verlagere mein Gewicht, und sie wackelt ein zweites Mal. Ich schiebe die Finger unter den Teppich und reiße ihn zurück. Direkt darunter sind hölzerne Dielen mit spitzen Teppichnägeln darin.

Ich falte den Teppich zusammen, knie darauf nieder und drücke fest auf den Holzboden, bis ich die lockere Diele gefunden habe. Ich hebe sie hoch, leuchte in die Höhlung darunter und erblicke mehrere runde Filmdosen.

Ich hole eine nach der anderen heraus und staple sie auf dem Teppich. Jack sieht aus wie vom Donner gerührt. Jede Dose ist mit mädchenhafter Schrift gekennzeichnet.

März 1975
April 1975

Mai 1975
Juni 1975

Poppys verschwundene Filme.

KAPITEL 20

Insgesamt entdecke ich zehn Filmrollen. Drei sind im März entstanden, zwei im April, vier im Mai und eine im Juni. Ein kurzer und sehr folgenreicher Zeitabschnitt.

Ich spule eine der Filmrollen ab – März Nr. 1 steht in Poppys gut zu erkennender Handschrift auf dem Etikett – und halte sie gegen das Licht. Jack beugt sich vor, und mit eng aneinandergelegten Köpfen versuchen wir beide zu erkennen, was auf dem Film zu sehen ist. Winzige Gestalten bewegen sich über das Zelluloid, Leute, die mir nur vage bekannt vorkommen, die Zimmer und Orte sind mir völlig unbekannt. Das Jahr 1975 ist wieder zum Leben erwacht und bereit, von mir entdeckt zu werden.

Jack grinst mich an. »Na, da hast du ja schon deine nächsten Schritte.«

Unser Gedächtnis ist trügerisch, alle Erinnerungen sind stark durch unsere Voreingenommenheit beeinflusst. Überzeugungen, die sich über Gedächtnisspuren legen, können dem früheren Geschehen manchmal eine ganz neue Bedeutung verleihen. Rot wird zu Violett. Gelb zu Grün. Ich hatte immer geglaubt, mein Vater hätte Lionel Foolhardy erfunden, bis er mir den stichhaltigen Beweis des Gegenteils lieferte. Nicht ohne Grund sind Historiker so abhängig von Primärquellen. Das menschliche Gedächtnis ist fehlerhaft.

Bis zu diesem Moment bestand das Rohmaterial für meine Arbeit lediglich aus dem unzuverlässigen Gedächtnis meines Vaters und Poppys rätselhaftem Tagebuch. Nun bin ich plötzlich im Besitz dieser Filme, und sie werden alles entschlüsseln.

»Ich habe hier zehn Super-8-Filme, die digitalisiert werden müssen.« Ich habe mich auf der Stelle auf den Weg nach Ventura gemacht. Jack verschob die Einladung zu einem oder mehreren Gläsern Wein auf ein andermal, und ich musste hoch und heilig versprechen, ihm auf der Stelle Bescheid zu sagen, falls der Film sensationelles neues Material enthielt.

Der Mann hinter der Theke nickt und sagt: »Dann schauen wir uns das mal an.«

Ich nehme die Filmdosen aus meiner Tasche und staple sie vor mir. Er nimmt eine der Rollen und mustert prüfend ein paar Zentimeter Film. »Das sind ja schon ganz schön alte Aufnahmen«, sagt er.

»Meine Tante hat sie 1975 gemacht, da war sie noch ein junges Mädchen«, sage ich. »Wir haben sie gerade vorhin gefunden.«

»Auf denen gibt es keinen Ton«, sagt er und fährt mit dem Finger am Rand des Films entlang. »Sonst würde unten ein Goldband entlanglaufen, das den Ton aufzeichnet.« Er rollt noch ein paar Zentimeter Film ab. »Der Film hier hat das nicht.« Er packt ihn wieder in die Dose zurück. »Ich kann Ihnen alles auf einem Stick speichern oder als Link in einer Mail schicken.«

»Ein Link wäre super. Wie schnell könnten Sie das erledigen?«

Er schiebt die Rollen zur Seite und wirft einen Blick in den Terminkalender neben der Kasse. »Vorher muss ich noch ein paar andere Aufträge bearbeiten, aber bis heute Abend kann ich Ihnen alles schicken.«

Ich lächle. »Wunderbar. Vielen Dank.«

Bei meiner Rückkehr lauert mein Vater mir im Wohnzimmer auf. »Olivia«, sagt er. Er sitzt am Esstisch. »Wo warst du denn?«

Ich kämpfe einen Wutanfall nieder und denke an den Satz, den er an die Schranktür seiner kleinen Schwester geschrieben hat, an die Filmrollen, die ich gerade entdeckt habe. An das Haus, das nach wie vor ihm gehört, was er wohlweislich mit keiner Silbe erwähnt hat. An seine Lügen und Halbwahrheiten, an die Informationen, die er bequemerweise vergessen haben will. Ich erstarre, habe plötzlich panische Angst, dass er meine Gedanken lesen könnte und irgendwie weiß, was ich über ihn herausgefunden habe. »In der Bücherei«, antworte ich. »Ich habe recherchiert.«

Er klopft auf den Tisch. »Lass uns noch ein bisschen arbeiten«, schlägt er vor.

Ausgeschlossen. Ich kann mich jetzt nicht einfach zu ihm setzen und mir noch mehr Lügengeschichten anhören. »Ich habe rasende Kopfschmerzen«, sage ich. »Und ich muss mit meiner Agentin telefonieren.«

Er starrt mich einen Augenblick lang an, und ich frage mich, ob er ahnt, dass ich lüge. Als ich klein war, habe ich mich oft gefragt, ob mein Vater vielleicht Superkräfte besitzt, denn er schien immer sofort zu wissen, wenn ich nicht die Wahrheit sagte. Doch er nickt nur. »Im Badezimmer oben sind Kopfschmerztabletten, falls du welche brauchst.«

Ich umklammere mein Handy, denke an die Fotos, die ich damit gemacht habe, von dem Satz in Poppys Wandschrank. *Du wirst schon bald tot sein.* »Danke«, sage ich, eile an ihm vorbei in den Innenhof, springe die Treppe hinauf zum Eingang des Gästehauses und lehne mich schwer atmend an die geschlossene Tür.

Jacks Frage kommt mir wieder in den Sinn. *Wie würdest du vorgehen, wenn du nicht über deinen Vater und deine Familie schreiben würdest? Was wäre dann dein nächster Schritt?*

Als die Filme in meinem Posteingang landen, schmerzen meine Schultern, weil ich mich stundenlang über die Aufzeichnungen meines Vaters gebeugt habe. Es sind zehn Links, die mit der Beschriftung der Filmrollen übereinstimmen. Ich lade den ersten von der Liste herunter und trommle ungeduldig mit den Fingern auf den Schreibtisch.

Ein flackernder schwarzer Bildschirm, dann sehe ich die Gegend, in der mein Vater im Jahr 1975 gewohnt hat. Es ist ein Farbfilm, und die vom Alter leicht verblassten Farben verleihen allem eine gewisse Patina. Das Nachbarhaus steht leer, davor steht ein *Zu Verkaufen*-Schild. Ich überlege, wer zur Zeit der Morde dort gewohnt haben mag und wie lange sie anschließend dortgeblieben sind.

Die Kamera schwankt heftig von links nach rechts und hält die in der Straße parkenden Autos der Siebzigerjahre fest – altmodische Fords, ein blitzblank geputzter Käfer und ein Camaro. Die Bäume an der Straße sehen kleiner aus, sind aber durchaus wiederzuerkennen. Die Grasfläche vor dem Haus ist entschieden besser in Schuss und unkrautfreier als jetzt, vermutlich hat mein Großvater sich damals am Wochenende um den Rasen gekümmert. Hat ihn gemäht, gedüngt, gewässert. Vielleicht war das aber auch die Aufgabe meines Vaters oder die von Danny. Solange sie das nicht erledigt hatten, durften sie am Samstag ihre Freunde nicht treffen.

Ich möchte so gern wenigstens einen kurzen Blick auf Poppy werfen, sie lächeln und lachen sehen, auch wenn ich ihre Stimme nicht hören kann. Aber sie ist ja hinter der Kamera und filmt. Jetzt dreht sie sich um und geht durch die Eingangstür ins Haus. Auf der Couch vor dem Fernseher kommen meine Eltern ins Bild. Der junge Vincent ist dünn, die knochigen Ellenbogen und Knie ragen aus dem T-Shirt und den Shorts hervor. Doch es ist meine Mutter, von der ich die Augen nicht abwenden kann. Ich halte den Film an, um sie in aller Ruhe zu betrachten.

Sie hat durchtrainierte Läuferbeine und war, wie mein Vater einmal erwähnte, so gut, dass sie ein Stipendium hätte erhalten können, wenn das Leben nicht andere Pläne gehabt hätte.

Ich lasse den Film weiterlaufen und sehe, wie mein Vater etwas zu Poppy hinter der Kamera sagt, und als meine Mutter daraufhin zu lachen anfängt, leuchtet ihr Gesicht auf. Ich sehne mich danach, ihre Stimme zu hören. Und so strahlend angelächelt zu werden.

Poppy schwenkt die Kamera und durchwandert das Esszimmer, wo ihre Mutter ein Puzzle zusammensetzt und gerade etwas aus einem Becher trinkt. Sie hat sich einen Schal um den Kopf gewickelt und sieht auf, als ihre Tochter vorbeigeht, lächelt und macht eine abwehrende Handbewegung, da sie offenbar nicht gefilmt werden möchte.

Ich habe meine Großmutter nicht kennengelernt. Sie ist ein paar Monate nach meiner Geburt gestorben. Abgesehen von dem einen Foto in der Traueranzeige der Zeitung existieren nach dem Tod von Poppy und Danny keine Aufnahmen von ihr, und auch vorher gibt es nur wenige. Jetzt sehe ich sie lächeln, sehe die elegante Handbewegung und ihre langen, zart rosafarben lackierten Fingernägel, als sie ihre Tochter wegscheucht. Ich wünschte, ich könnte in den Film hineingreifen, sie berühren und ihr sagen, was sich in wenigen Monaten abspielen wird, sie bitten, zu Hause zu bleiben und nicht nach Ventura zu fahren, um sich diesen Film anzusehen. Was am 13. Juni geschah, hat sie ebenfalls getötet, es dauerte nur etwas länger, bis sie daran starb.

Aber so wie auf diesem Film war sie wirklich. Es ist das wahre Gesicht jener Frau, die für eine kurze Zeit meinen Vater und seine Geschwister erzogen hat. Zu wissen, welches Schicksal ihr bevorsteht, bricht mir von Neuem das Herz.

Eine Sekunde lang wird das Bild schwarz, anschließend folgt ein Szenenwechsel. Poppy hält die Kamera an eine Türritze. Durch den schmalen Spalt hindurch kann ich Danny sehen – so jung und hübsch –, der auf seinem Bett liegt und ein Buch liest. Die Kamera geht näher heran, tippt vorsichtig die Tür an, die daraufhin leicht aufschwingt. Die Bewegung muss Dannys Aufmerksamkeit geweckt haben, denn er blickt auf und direkt in die Kamera. Seine strahlend blauen Augen heben sich auffällig von dem schwarzen Haar ab, und mir wird klar, warum er so beliebt war. Meine Anspannung wächst, als mir plötzlich die Geschichten meines Vaters über Danny einfallen. Wie wütend er sein konnte, wenn jemand ungebeten in sein Zimmer kam. Wie aufgebracht er immer auf Poppy reagierte, die ihm überallhin mit ihrer Kamera folgte.

Doch nichts davon ist jetzt zu sehen. Danny setzt sich auf, grinst und wirft das Buch in Poppys Richtung, die sich rechtzeitig in Sicherheit bringen kann. Ich spule zurück und betrachte die Szene ein zweites Mal. Ich suche nach Anzeichen jener Person, die mein Vater mir so eindringlich beschrieben hat: vielleicht ein schwer zu deutendes Flackern in Dannys Lächeln oder ein Anflug von unterdrückter Wut. Aber ich kann nichts davon auf den Bildern entdecken.

Die Kamera hält eine Reihe häuslicher Alltagsszenen fest: Auf der hinteren Veranda filmt sie den rauchenden Vater, dann folgt ein 360-Grad-Schwenk durch Poppys mit Plüschtieren übersätes Zimmer. Die Collagen, von denen mein Vater mir erzählt hat, kommen ebenfalls ins Bild, ERA-Aktivisten im Kampf für Gleichberechtigung und Abtreibung auf Demonstrationen und Kundgebungen. Ein riesiges *Equal Rights*-Poster hängt direkt neben Poppys Schreibtisch.

Sie nähert sich jetzt dem Bett, von dort aus schwenkt die Kamera zur Tür und senkt sich, als Poppy sich setzt. Wieder taucht mein Vater im Bild auf, er streckt den Kopf zur Tür herein und schneidet Grimassen. Er macht eine Bemerkung, die meine Mutter hinter ihm im Flur zum Lachen bringt. Es hat etwas Surreales, auf ihren Gesichtern, die ich nur statisch lächelnd von Fotografien kenne, diese Vielfalt an Ausdrücken und Gefühlen zu sehen. Ihre Gesten zu beobachten, die Art, wie sie sich bewegen. Es kommt mir unbegreiflich vor, dass diese Momente immer noch existieren, während der Rest der Welt sich weiterbewegt hat.

Nur Poppy habe ich bisher noch nicht gesehen. Hin und wieder kommt ihre vorschnellende Hand ins Bild, wenn sie jemandem Anweisungen erteilt. Sonst ist nichts von ihr auf diesem Film zu sehen. Er zeigt nur ihre Welt, ihr Leben durch ihre Augen.

Die Filmrolle endet mit einer Reihe zusammenhangloser Aufnahmen, genau wie das Manuskript meines Vaters. Ich lade schnell den nächsten Anhang herunter und öffne ihn. Dieser Film wurde an einem anderen Ort gedreht, und es dauert eine Weile, bis mir klar wird, dass er die Turnhalle der Highschool zeigt. Ein Mann in Arbeitskleidung steht auf einer Leiter und schrubbt mit einer Bürste sorgfältig die Aufschrift *Fuck You* von der Wand. Poppy richtet die Kamera ein paar Sekunden lang auf ihn und schwenkt dann auf den Boden links und rechts neben der Leiter. Ich beuge mich dicht an den Bildschirm und versuche zu erkennen, was sie da dokumentieren will, aber es ist zu verpixelt.

Der nächste Filmausschnitt zeigt einen ausgebrannten Geräteschuppen, im flammengeschwärzten Inneren ist das typische Zubehör für den Sportunterricht der Siebzigerjahre zu erkennen. Geschmolzene Hockeyschläger aus Plastik ragen aus einem Metallbehälter hervor. Dann etwas, bei dem es sich meiner Vermutung nach um die verbrannten Reste von Hand-, Fuß- und Basketbällen handeln muss.

Poppy lässt den Schuppen hinter sich und geht auf einem schmalen Weg zwischen zwei Gebäuden entlang. Dann kippt das Bild plötzlich zur Seite, als hätte jemand Poppy die Kamera entrissen, und die Aufnahme bricht ab. Als der Film weiterläuft, befinden wir uns an einem anderen Ort. Es ist Abend, und Poppy filmt aus dem Fenster in ihrem Zimmer, sie hält die Kamera dabei vorsichtig zwischen die Gardinen. Ich erkenne die Umrisse meines jugendlichen Vaters, der durch den Garten hinter dem Haus schleicht. Poppy zoomt heran und hält fest, wie er im nahe gelegenen Eichenwäldchen verschwindet.

Der Rest der Filmrolle enthält ähnliche Aufnahmen. Wiederholt ist mein Vater darauf zu sehen, allein. Einmal bemerkt er, dass Poppy ihn filmt, und nähert sich der Kamera. Wie gebannt betrachte ich sein jungenhaftes Gesicht aus nächster Nähe. So viele vertraute Merkmale, wie der leicht zurückweichende Haaransatz oder seine abstehenden Ohren. Seine Wangen sehen voller aus, und seine Augen liegen nicht so tief. Poppy hält die Kamera unverwandt auf ihn gerichtet, als er auf sie zu stapft. Er ist wütend.

Er streckt die Hand aus, packt die Kamera, und dann ist kurz der Himmel zu sehen. Poppys Hand blitzt auf, ihr Haar, und das Bild wird dunkel.

Das passt nicht unbedingt zu dem, was mein Vater mir geschildert hat. Ich nehme mein Notizbuch und Poppys Tagebuch, um die Filme mit ihren Einträgen zu vergleichen. Vielleicht finden sich ein paar Hinweise, die mir weiterhelfen. Ich lese erneut den ersten Eintrag.

> 6. Mai 1975
> Heute habe ich ein Gerücht gehört. Dass Lydia schwanger war und es jetzt … nicht mehr ist.

Und den nächsten:

> Auf diesem Film muss irgendwas sein, von dem Vince nicht will, dass ich es sehe. März Nr. 1., Ausschnitt Nr. 3

Ich notiere mir die Nummer der Filmrolle und des Ausschnittes, lade sie aus den Anhängen herunter und suche per Schnelldurchlauf die entsprechende Szene. Im Bild taucht eine Party auf. Jugendliche haben sich um ein Lagerfeuer versammelt, die Flammen steigen lodernd in den dunklen Himmel. In der anschließenden Nahaufnahme zeigt Poppy zuerst die Flammen und geht dann rückwärts, bis auf dem größer werdenden Bildausschnitt weitere Personen zu sehen sind: Umrisse knutschender Pärchen, drei Mädchen, die mit hochgestreckten Armen im Kreis tanzen. Ich stelle mir den Soundtrack zur Party vor, vielleicht Fleetwood Mac oder Led Zeppelin, das aufgekratzte, hohe Lachen der Mädchen, die tieferen Stimmen der Jungen, die allmählich zu Männern werden. Die Aufnahmen sind so verschattet und dunkel, dass ich den Film ständig anhalten muss, um halbwegs erkennen zu können, was Poppy mir darauf zeigen will. Aber außer feiernden Kids sehe ich nichts. Links am Bildrand taucht die undeutliche Gestalt eines Mannes auf – vielleicht ein älterer Bruder? Oder irgendein Vater? –, der leere Getränkedosen aufsammelt und in einen Müllsack wirft. Leute, die ich nicht kenne, Teenager, schneiden vor Poppys Kamera Grimassen.

Ich sehe mir den Film noch mal an. Die tanzenden Mädchen. Die hoch aufsteigenden Flammen. Der Mann beim Aufräumen. Ich mache mir eine Notiz, in den alten Jahrbüchern nachzusehen, um einige der Gesichter mit Namen zusammenzubringen und zu recherchieren, ob sie damals vielleicht eine wichtige Rolle gespielt haben. Ob einer von ihnen möglicherweise meine Mutter kannte. Vielleicht war einer von ihnen der Vater ihres Kindes. Da es keine weiteren Verweise auf die Filmausschnitte vom März gibt, mache ich mit dem nächsten Eintrag im Mai weiter.

10. Mai: Ich weiß nicht mal mehr, wer Vince überhaupt ist. Mai Nr. 1, Ausschnitt Nr. 7

Der Film läuft gerade seit zwei Sekunden, als ich auf meinem Stuhl nach vorn rutsche. Mit einem Mal ist mir so, als würde ich etwas wiedererkennen. Etwas Vertrautes, das ich schon einmal gesehen habe. Die Kamera schwenkt durch das baumbestandene Gelände in der Nähe des Hauses, offenbar geht Poppy sehr langsam. In einiger Entfernung kann ich eine Gestalt ausmachen, über eine Schaufel gebeugt. Die dabei ist zu graben. In Gedanken fülle ich die Leerstellen aus, genauso, wie mein Vater es mir beschrieben hat. Das leise Knirschen der Blätter unter den Füßen, der modrige Geruch nach feuchter Erde, das gleichmäßige Aufschlagen der Schaufel. Genau danach habe ich gesucht. Nach einem Beleg für die Geschichten meines Vaters. Nach einer Bestätigung dafür, dass er mir die Wahrheit sagt. Allerdings hat er mir nicht erzählt, dass Poppy dabei war, als er Danny beim Vergraben der Katze überraschte. Vielleicht hat mein Vater auch die Kamera an sich genommen, und die Aufnahmen stammen von ihm.

Jedenfalls starre ich auf den Bildschirm, wo sich alles genau so abspielt, wie er es beschrieben hat. Die Kamera zoomt so nahe wie möglich heran, und ich sehe das blutige Bündel, bei dem es sich wahrscheinlich um die Katze handelt. Und in diesem Moment drücke ich mit dem Daumen fest auf die Pausentaste.

Denn die Person im Bild, die ich jetzt beim Vergraben der Katze sehe, ist nicht Danny.

Es ist mein Vater.

POPPY

10. MAI 1975

Ich gehe zwischen den Bäumen im Eichenwäldchen hindurch, um mich herum ist es schattig, und die Nachmittagssonne steht zu tief, um durch die dichten Kronen zu dringen. Ich bin immer noch sauer über das, was Margot gesagt hat. *Ja klar, das ist schlimm, aber so was kommt eben vor. Vielleicht ist er bald wieder da. Vermisste Katzen tauchen doch oft eine Woche später wieder auf, hungrig, aber sonst fehlt ihnen nichts.*

Ich bleibe an einem dicken Baumstumpf stehen und höre plötzlich noch etwas anderes als meine eigenen Schritte. Neben der üblichen Geräuschkulisse hier, dem Rascheln des Windes in den Zweigen, dem Zwitschern und Flattern der Vögel und Viecher, tönt nicht weit entfernt dumpfes Schlagen zu mir. Ich sehe in Richtung der Highschool. Dort werden in ein paar Wochen jede Menge Leute sein und den Aufbau des Sommerfestivals vorbereiten, aber im Augenblick ist alles noch still.

Ich gehe langsam auf das Geräusch zu, schleiche vorsichtig von Baum zu Baum und halte die Kamera dabei niedrig, sodass ich gleichzeitig filmen und sehen kann, wohin ich gehe. Angst habe ich nicht. Ich kenne mich in diesem Wäldchen blind aus und weiß genau, wo ich mich befinde und wie ich schnell hier herauskommen kann, falls nötig. Das bedeutet aber nicht, dass ich unvorsichtig sein sollte.

Ich bleibe stehen und spitze die Ohren. Neben dem gleichmäßigen Schlagen höre ich jetzt auch leises Schnaufen, als wäre jemand außer Atem.

Ich bin ungefähr zehn Meter weit weg, als ich ihn sehe. Mit dem Rücken zu mir schaufelt Vincent ein Loch neben einem der großen Felsbrocken, an denen sich die Jugendlichen gern treffen, um etwas zu rauchen oder sich zu betrinken. Vorsichtig schleiche ich näher, achte darauf, kein Geräusch zu machen, und gehe so nahe wie möglich mit der Kamera heran.

Er schaufelt ganz regelmäßig, hört sich aber an, als würde er weinen. Ein Stückchen Himmel leuchtet in der späten Abendsonne auf, und die moosbewachsenen Felsen schimmern in den letzten Strahlen. Neben dem Loch liegt eine Art Bündel. »Vince?«, sage ich leise, um ihn nicht zu erschrecken.

Er wirbelt herum und sieht eindeutig verängstigt aus. Auf seinen staubigen Wangen zeichnen sich Tränenspuren ab. Er wischt sich die Nase am Ärmel ab und sagt: »Geh lieber weg, das ist nichts für dich.«

»Was ist los?«, frage ich, senke die Kamera und schalte sie ab. »Was machst du da?«

Vincent blickt auf das Bündel am Boden. »Geh nach Hause, Poppy.« Ich spüre, wie traurig er ist. Seit einiger Zeit kommt man nicht mehr an ihn heran, er ist ständig wütend und unberechenbar, und ich frage mich, ob er über Lydia Bescheid weiß.

Ich trete näher, bis ich vor ihm stehe. Mein Blick wandert hinüber zu dem Loch. Das, was dort am Rand liegt, ist in Vinces gelbes Grateful-Dead-T-Shirt eingewickelt und rot gefleckt. An einer Seite hängt eine weiße, blutverkrustete Pfote heraus. Vince befördert mit einem Tritt das gesamte Bündel hinab und bemerkt dann meinen Blick.

Mit einem Mal wird mir schlecht vor Angst, und ich sehe über die Schulter, als würde ich befürchten, dass uns jemand erwischt. »Ist das …« Ich verstumme und schaffe es nicht, den Satz zu beenden. Ich habe Suchanzeigen an Telefonmasten getackert und sie überall in der Stadt verteilt. Plötzlich wird mir schwarz vor Augen, und meine Beine geben nach. Ich habe begriffen, was mit Mr. Stewarts Katze passiert ist.

Ich starre Vincent an, wir fixieren uns wortlos. Mit einem Mal hechtet er auf mich zu, als wolle er mich packen, versetzt mir aber stattdessen nur einen kräftigen Stoß, und ich taumle rückwärts und stürze zu Boden. Ich presse die Kamera an die Brust, um sie vor dem Aufprall zu schützen. »Hau ab, verdammt noch mal!«, brüllt er. Er tritt näher, als wolle er zuschlagen, und ich weiche rasch seitlich aus, suche mit den Füßen nach Halt. Schwankend richte ich mich auf, bringe mich rückwärtsgehend und tränenblind in Sicherheit. »Was stimmt eigentlich nicht mit dir?«, frage ich.

Er atmet schwer, ballt die Fäuste. Diesen Ausdruck auf seinem Gesicht habe ich bisher nur bemerkt, wenn er Danny angesehen hat.

»Zum letzten Mal: Hau ab!«

Ich gehe rückwärts weiter, bin aber einfach unfähig, die Augen von meinem Bruder, diesem Loch und der toten Katze darin zu lösen. Erst als ich mit dem Rücken gegen einen Baumstamm pralle, drehe ich mich um und laufe davon.

KAPITEL 21

Ich schließe den Laptop, und meine Gedanken überstürzen sich. Welche Optionen habe ich jetzt? Soll ich meinen Vater zur Rede stellen? Den Verleger anrufen und ihm erklären, dass ich nicht an diesem Auftrag weiterarbeiten kann, weil mein Auftraggeber aktiv versucht, mich in die Irre zu führen? Nach einer Weile taucht in dem Chaos ein etwas besonnenerer Gedanke auf: Es ist durchaus möglich, dass mein Vater aufgrund seiner Krankheit tatsächlich glaubt, Danny habe die Katze begraben. Dennoch ist an einer Tatsache nicht zu rütteln – ich kann dieses Buch nicht schreiben, ohne mit anderen Menschen zu sprechen. Das hat nicht nur mit meinen eigenen Prinzipien als Ghostwriterin zu tun. Ich habe zu häufig miterlebt, was die Folge davon sein kann, wenn Fakten nicht überprüft werden und sich erst später herausstellt, dass bestimmte Ereignisse entweder geschönt oder frei erfunden wurden: Das Buch floppt, und der Ruf des Ghostwriters ist beschädigt. Ich bin ohnehin kurz davor, in Vergessenheit zu geraten, und kann mir einen derartigen Fehler schlicht nicht leisten.

Diesem Gedanken folgt ein weiterer, nicht minder unangenehmer. Mir wird nichts anderes übrig bleiben, als das bereits fertiggestellte und abgeschickte Kapitel, in dem ich beschreibe, wie Danny die Katze begräbt, zurückzuziehen. Genau aus diesem Grund halte ich nicht viel davon, Teillieferungen zu schicken, bevor ich ein Buch beendet habe. Dinge ändern sich, Erinnerungen werden klarer, und ich möchte um jeden Preis den Eindruck vermeiden, ich hätte das Projekt nicht mehr im Griff.

Ich überlege, ob ich Nicole anrufen soll. Nicht nur, um ihr mitzuteilen, dass ich dieses Kapitel zurückziehe, sondern um ihr noch einmal dieselbe Frage zu stellen, die ich bereits nach dem ersten Zoom-Meeting mit Monarch gestellt habe – was passieren würde, wenn ich mit anderen Personen über das Buch spreche, um noch mehr Hintergrundinformationen zu sammeln. Dann erstarre ich plötzlich, weil mir eine Wahnsinnsidee gekommen ist, wie ich mir das beschaffen kann, was ich benötige.

Ich öffne den Laptop wieder und suche eine Kopie meines Vertrages. Ich lese die Vertragsbedingungen durch, und mein Puls beschleunigt sich, als ich tatsächlich das Hintertürchen entdecke.

Als Ghostwriterin steht mein Name nicht auf dem Buchdeckel, und mein Foto ist nicht auf dem Umschlag abgebildet. Olivia Dumont ist einfach der Name in diesem Vertrag und einer der vielen Personen, die in der Danksagung erwähnt werden.

Doch für die Bewohner von Ojai, diejenigen, die ich von klein auf kenne und die meine Eltern und Danny und Poppy kannten, existiert Olivia Dumont überhaupt nicht. Für sie bin ich Olivia Taylor. Und in dem Vertrag steht nichts von einer entfremdeten Tochter, die nach Hause zurückkehrt, als ihr Vater lebensgefährlich erkrankt ist und nach Antworten sucht. Tom hatte recht. Hier ist die elegante Lösung, mit der alle glücklich werden.

Ich stehe auf, tigere hin und her und wähle schließlich Toms Nummer. Hoffe, dass er sich sofort meldet, damit ich es alles erzählen kann. Nicht unbedingt das, was ich mir gerade ausgedacht habe, aber doch, dass er recht hatte. Das Zimmer ist stickig, und ich öffne die Tür, damit ein Luftzug etwas Kühlung bringt, auch wenn ich vor meinem geistigen Auge noch immer den mageren Rücken meines Vaters sehe, als er das Loch gräbt. Diese tote Katze begräbt.

»Ich habe die rettende Idee«, sage ich zu Tom. Alles fügt sich wie ein Puzzle zusammen. Ohne vertragsbrüchig zu werden, kann ich unter meinem Mädchennamen Gespräche mit anderen Personen über die damaligen Ereignisse führen und bin beim Schreiben der

Memoiren damit nicht mehr ausschließlich auf die Erinnerungen meines Vaters angewiesen. Kein Mensch wird je davon erfahren. Und anschließend kann ich wieder zurück nach Hause.

»Warte kurz«, sagt er. »Hier ist es furchtbar laut.« Der Lärm hinter ihm klingt nach Presslufthämmern, und ich sehe ihn vor mir auf der Baustelle, in seinem Hemd, den Bluejeans und den festen Arbeitsschuhen, die unter dem Hosensaum hervorblitzen. Eine Autotür wird zugeschlagen, der Lärm verstummt, und er sagt: »So, wie war das jetzt?«

Ich gehe zum Schreibtisch, wo immer noch der Vertrag auf dem Bildschirm zu sehen ist, und sage: »Ich habe ein Schlupfloch im Vertrag gefunden, das es mir ermöglicht, alle Bedingungen zu erfüllen, und zwar sowohl die des Verlegers als auch die meines Auftraggebers.« Erleichterung breitet sich in mir aus. Ich kann es schaffen, die Sache durchzuziehen.

Unten an der Treppe ruft Alma etwas durch die offene Tür. »Olivia, Ihr Vater hätte gern mit Ihnen gesprochen.« Ich erstarre und schlage drei Kreuze, dass Tom sie nicht gehört hat. Doch sein heftiges Einatmen sagt mir, dass ich diesmal kein Glück habe.

»Dein Vater?«, fragt er, und seine leise, betont ruhige Stimme ist ein sicheres Zeichen dafür, dass er wütend ist.

Ich sinke auf das Bett. Alma taucht jetzt am oberen Treppenabsatz auf, aber ich gebe ihr mit einer Handbewegung zu verstehen, dass sie schweigen soll. Sie zuckt die Achseln und verschwindet. »Ich kann alles erklären«, sage ich und wäge rasch meine Möglichkeiten ab. Viele sind es nicht.

»Du hast mir gesagt, dein Vater wäre tot.«

Ich überlege kurz, ob ich mich mit einer weiteren Lüge aus der Schlinge ziehen kann und vielleicht eine Art Patenonkel erfinde, aber mir ist klar, dass ich damit alles nur noch schlimmer machen würde. »Ja, stimmt, das habe ich gesagt«, gebe ich zurück. »Die Wahrheit ist kompliziert, und bisher habe noch nie mit jemandem darüber gesprochen.« Soll ich ihm sagen, dass mein Vater todkrank ist und mich deswegen hergerufen hat? Aber das klingt wie ein unbeholfener Versuch, sein Mitleid zu erregen.

»Dann hast du mich angelogen.« In dieser Formulierung, in diesem Tonfall höre ich schmerzhaft deutlich die Enttäuschung über den Verrat. Ich habe die einzige Bedingung, auf der Tom immer beharrte, einfach missachtet. Dass ich ihm die Lüge erzählte, bevor ich ahnte, wie heftig ich mich in ihn verlieben würde, spielt keine Rolle. Mir ist jetzt klar, dass es für ihn bedeutungslos ist, wenn ich ihm sage, dass er nicht der Einzige ist, den ich getäuscht habe. »Und das Buch?«, fragt er. »Ist das auch eine Lüge? Die ganzen Schwierigkeiten, die du damit gehabt hast, war das auch nur Täuschung, damit ich glauben soll, du würdest arbeiten, während du … womit genau beschäftigt bist? Deinen Vater zu besuchen, der angeblich in den Neunzigerjahren an einem Herzinfarkt gestorben ist?«

»So ist das alles nicht«, setze ich an, aber er lässt mich nicht ausreden.

»Ich denke, das ist der Moment, an dem ich einen Schlussstrich ziehe.« Er hört sich ruhig, aber traurig an.

»Warte mal, was sagst du da?«, frage ich, von Panik erfüllt. »Tom!«

Mir fällt ein, dass ich sehr wohl in der Lage war, Jack von meinem Auftrag zu erzählen. Und von meinem Vater. Mit ihm und Matt über meine Mutter zu sprechen. Und jetzt habe ich mich in diese Sackgasse hineinmanövriert. »Ich arbeite an einem Buch. Das ist die Wahrheit.« Das ist meine Chance, ihm alles zu sagen, ihm von meinem Vater zu erzählen. Von den Mordfällen. Von diesem Buch, das ich nun endlich schreiben kann.

Aber ich höre nur noch das Freizeichen. Tom hat bereits aufgelegt.

Ich wähle seine Nummer, doch der Anruf wird direkt auf Voicemail weitergeleitet. Nach einigen Minuten starte ich einen zweiten Versuch. Wieder Voicemail. Ich schicke eine Textnachricht.

Bitte, lass uns darüber reden.

Ich mache dem Schicksal alle möglichen Versprechungen. *Wenn er anruft, werde ich ihm alles sagen.* Restlos alles. Über meinen Vater, meine Karriere und das Geheimnis um den Tod von Poppy und Danny. Unter Missachtung meines Vertrages werde ich Tom gestehen, warum ich hier bin und an welchem Projekt ich arbeite. Ich schicke ihm noch eine Textnachricht.

Ich sage dir alles, was du wissen willst.
Alles. Bitte.

Ich starre auf mein Handy, warte auf eine Antwort, die fast sofort eintrifft.

Ich habe dir von Anfang an gesagt, dass Lügen für mich unannehmbar sind. Du hast mich belogen, was deine Familie und deine Arbeit betrifft. Ich kann nicht mit jemandem zusammen sein, dem ich nicht vertraue.

In den nächsten beiden Tagen tue ich nichts anderes, als zu weinen und Tom abwechselnd per Textnachricht oder Voicemail anzuflehen, dass er meine Anrufe entgegennimmt und mich anhört. Ich esse nicht. Ich schreibe nicht. Ich bitte Alma, meinem Vater auszurichten, dass ich mich um einige persönliche Angelegenheiten kümmern muss und nicht gestört werden möchte.

Erst als mir Nicole zum fünften Mal innerhalb von drei Tagen schreibt und eine kurze Lagebesprechung fordert, holt sie mich schließlich aus meiner verzweifelten Erstarrung. Unabhängig von meinem Privatleben muss ich diese Arbeit hier beenden, andernfalls tut John Calder es für mich.

Ich starre auf Toms letzte Nachricht mit dem Gefühl, dass ich auf einer verlassenen Insel gestrandet bin und jetzt das Rettungsboot langsam davonfahren sehe. Ganz egal, wie lang ich schreie und mit den Armen wedele, es ist zu spät. Für mich gibt es keine Rückkehr.

KAPITEL 22

Margot Gibson war Poppys beste Freundin. Diejenige, die Poppy am Tilt-A-Whirl hätte treffen sollen, nachdem sie sich rasch zu Hause einen Pullover geholt hatte. Diejenige, die eine halbe Stunde lang auf Poppy gewartet und dann vermutet hatte, sie hätte sie irgendwie missverstanden. Die den restlichen Abend damit verbrachte, in der Menge nach ihrer besten Freundin Ausschau zu halten, bis sich nach und nach herumsprach, was geschehen war. Und wo man Poppy gefunden hatte.

Ehrlich gesagt ist es das reinste Wunder, dass Margot damals nicht selbst zum Haus ging, um nachzusehen, wo ihre Freundin blieb, und sie dort fand. Oder schlimmer noch, das dritte Opfer wurde.

Ich habe alle grundlegenden Informationen über sie gesammelt. Aufgrund meiner Recherchen in öffentlichen Registern und sozialen Medien weiß ich, dass Margot seit 2016 Besitzerin der Ojai-Valley-Buchhandlung ist und vorher als Rechtsassistentin bei einem Anwalt hier in der Stadt gearbeitet hat. Als ich noch jung war, habe ich sie ab und zu gesehen, und mein geschärftes kindliches Sensorium registrierte das Getuschel der Erwachsenen. *Poppys beste Freundin. Welche Tragödie.* Aber sie hat nie ein Wort mit mir gewechselt oder irgendwie zu erkennen gegeben, dass sie wusste, wer ich war.

Ihre Buchhandlung liegt im Osten der Ojai Avenue und befindet sich in einer früheren Videothek. Hinter dem großen Schaufenster mit der goldenen Aufschrift ist eine bunte Auslage von Büchern zu sehen.

An drei Wänden stehen hellblaue Regale. An der vierten ist die lange Theke sowie ein kleiner Alkoven, wo vermutlich hin und wieder Autorenlesungen stattfinden. Überall sind frei stehende, niedrige Regale in einem wohldurchdachten Labyrinth angeordnet, das die Kunden tiefer in den Laden hineinlocken soll.

»Bin gleich da«, ertönt eine Stimme.

Ich nutze die Zeit, um mich kurz umzusehen. Mein Blick wandert über die Koch- und Selbsthilfe-Abteilung, in der ich sofort einige meiner eigenen Bücher entdecke. Projekte, in die ich jede Menge Herzblut gesteckt habe, voller Leidenschaft für den jeweiligen Auftraggeber, der für Wochen oder Monate mein gesamtes Leben bestimmte. Damals war mein Vater, der jetzt meine volle Aufmerksamkeit fordert, noch in einen dunklen Winkel meiner Vergangenheit verbannt. Damals schuldete ich auch keinem Frauenfeind Hunderttausende von Dollar, nur weil ich die Wahrheit gesagt habe. Damals verliebte ich mich einfach in den Architekten, der mein Arbeitsstudio entworfen hatte, und wusste nicht, wie teuer mich meine Fehler einmal zu stehen kommen würden.

Eine Stimme hinter mir erkundigt sich: »Kann ich Ihnen irgendwie helfen? Suchen Sie etwas Spezielles?« Sie steht hinter der Theke und sieht mich über den Rand ihrer schwarzen Lesebrille an.

Ich gehe zu ihr hinüber. »Ich heiße Olivia Taylor«, sage ich. Es ist verwirrend, diesen Namen seit mehr als zwanzig Jahren zum ersten Mal auszusprechen.

Sie weicht ein wenig zurück, als wisse sie nicht recht, ob sie mit mir reden soll oder nicht.

Ich hebe meine Hände. »Ich bin wirklich nur hier, weil ich etwas über meine Tante Poppy erfahren möchte.« Ich warte, um zu sehen, ob unser Gespräch damit beendet ist, doch der Name ihrer einstigen Freundin bewirkt, dass sie reglos stehen bleibt. »Wahrscheinlich hat es sich bereits herumgesprochen, aber mein Vater ist krank. Ich weiß nicht, wie viel Zeit ihm noch bleibt, und es gibt einige Dinge, die ich wissen möchte, bevor er stirbt. Dazu gehört auch das, was damals mit Poppy und Danny geschehen ist.«

Als Journalistin war es Teil meiner normalen Arbeit, Gespräche mit völlig Fremden zu beginnen. Man brachte uns bei, dass es besser sei, einfach unangekündigt auf Personen zuzugehen, die einem Treffen aller Wahrscheinlichkeit nicht zustimmen würden. Ein paar Fragen zu stellen und abzuwarten, was dabei herauskam. Doch als ich mit dem Ghostwriting anfing, schwor ich mir, nie wieder Personen aus heiterem Himmel anzusprechen. Jemanden abzupassen und ihm unangenehme Fragen zu stellen. Die Betreffenden in Unterhaltungen über Dinge zu verwickeln, an die sie sich nicht erinnern wollten. Und dennoch greife ich jetzt wieder auf diese Taktik zurück. »Ich bin mir darüber im Klaren, wie unangenehm das für Sie sein muss, und ich möchte Ihnen keinen weiteren Kummer bereiten.« Ich sehe sie beschwörend an. »Ich habe alles, was über die damaligen Ereignisse geschrieben worden ist, gelesen. Jeden Rückblick. Jeden einzelnen Artikel, aus den unterschiedlichsten Perspektiven geschrieben. In jedem davon gab es ein Interview mit Ihnen.« Ich zucke die Achseln. »Und darum habe ich mir einfach gedacht, vielleicht wären Sie ja dazu bereit, auch einige meiner Fragen zu beantworten.«

»Weiß Ihr Vater, dass Sie hier sind?«

Ich bin froh, dass ich dieses Mal nicht lügen muss. »Er hat nicht die geringste Ahnung, und ich habe nicht die Absicht, ihm von meinem Besuch hier zu erzählen.«

Sie nickt und deutet auf zwei Stühle im Alkoven.

Ich lasse mich nieder und stelle meine Tasche mit dem Laptop neben mir ab. »Was können Sie mir über Poppy sagen?«, frage ich.

Margot seufzt. »Sie war ein richtiger Sonnenschein und gab einem immer das Gefühl, alles sei möglich.«

Mir bricht das Herz bei der Vorstellung, was für eine Tante Poppy für mich hätte sein können. Was wir vielleicht alles zusammen unternommen hätten, wenn sie die Chance gehabt hätte, erwachsen zu werden. »Wie lange waren Sie mit ihr befreundet?«, frage ich.

»Seit der Grundschule. Sie hatte eine Klasse übersprungen und kannte niemanden in der neuen Klasse. Eines Tages saßen wir beim Mittagessen nebeneinander, und von da an waren wir unzertrennlich.«

»In den Artikeln stand, dass die Polizei sich auf die Suche nach einem mysteriösen Auto konzentrierte. Nach jemandem, der Poppy am Wochenende zuvor als Anhalter mitgenommen hatte. Wissen Sie darüber noch mehr?«

Margot rollt mit den Augen. »Nicht schon wieder.«

»Ist da nichts dran, aus Ihrer Sicht?«

»Vielleicht schon«, räumt sie ein. »Aber nicht ausschließlich.«

»Warum ist Poppy getrampt?«, will ich wissen.

»In Ventura fand an diesem Wochenende eine Kundgebung zur Gleichberechtigung statt. Eigentlich wollten wir beide daran teilnehmen, aber ich musste stattdessen meine Tante besuchen«, sagt Margot. »Zu meiner Überraschung ist sie dann einfach allein hingefahren.«

»Ziemlich mutig für eine Vierzehnjährige, allein per Anhalter unterwegs zu sein«, sage ich und denke an den Highway nach Ventura.

Wie leer die Strecke 1975 gewesen sein muss, als Ojai noch kein beliebtes Ferienziel für betuchte Touristen war.

»Damals war das nicht so ungewöhnlich, aber so war Poppy eben auch«, sagt Margot. »Sie regte sich immer über die Doppelmoral ihrer Eltern auf. *Warum dürfen meine Brüder überall per Anhalter hinfahren und ich nicht?*, sagte sie. *Ich weigere mich einfach hinzunehmen, dass bestimmte Dinge nur deswegen für mich verboten sind, weil ich eine Frau bin.*« Margot lächelt traurig und sieht plötzlich Jahre älter aus.

Mir jucken zwar die Finger, ein paar Notizen von diesem Gespräch zu machen oder es zumindest mit dem Handy aufzunehmen, aber ich bleibe völlig auf Margot konzentriert. »Und was hat sie später von dieser Fahrt erzählt?«

»Auf dem Hinweg hat eine Frau mit einem Kind sie nach Ventura mitgenommen. Auf dem Rückweg war es ein Mann, irgendwie ein unheimlicher Typ, wie Poppy meinte. Sie hat sich an der Highschool absetzen lassen, damit er nicht wusste, wo sie wohnte. An dieser Information hat sich die Polizei festgebissen. Sie behaupteten, der Mann habe wahrscheinlich die Vorbereitungen für das Sommerfestival bemerkt, oder vielleicht habe Poppy auch eine entsprechende Bemerkung gemacht, und in der darauffolgenden Woche sei er zurückgekommen und habe nach ihr gesucht.«

»Keine schlechte Theorie«, sage ich.

»Es war eine absolute Sackgasse«, erklärt Margot entschieden. »Insbesondere weil bei Poppy zu Hause viele Dinge vor sich gingen, die man sich stattdessen genauer hätte anschauen sollen.«

Genau das sind die Informationen, nach denen ich suche. Deswegen führen Ghostwriter stundenlange Interviews mit Personen aus dem Umkreis ihrer Auftraggeber. Jeder Mensch zensiert bestimmte Informationen über sich selbst. »Darüber würde ich gern mehr wissen«, sage ich. »Wie erlebte Poppy die Wochen vor den Morden?«

Margot wird nachdenklich, als sie sich an diese beinahe fünfzig Jahre zurückliegende Zeit erinnert. »Irgendwas lag ihr auf der Seele«, sagt sie. »Sie verhielt sich anders als sonst. War irgendwie abwesend. Alles, womit sie sich normalerweise gern beschäftigte, schien sie nicht mehr zu interessieren. Einige Tage vor den Morden gab Mr. Stewart seine übliche Party zum Ende des Schuljahres, und sie wollte nicht hingehen, was total untypisch für sie war. Ich musste sie regelrecht anbetteln mitzukommen. Und dann trank sie zu viel, und es gab eine Szene.« Sie hält inne, als müsste sie versuchen, sich an die Details zu erinnern. »Diese ganze letzte Woche …« Margot verstummt kurz. »Sie wollte mir nicht sagen, was mit ihr los war, und das war auch völlig untypisch für sie. Wir hatten sonst nie Geheimnisse voreinander.«

»Haben Sie eine Vermutung? Sie standen ihr so nah wie sonst niemand«, sage ich.

»Die Spannungen zwischen Danny und Vince wurden immer heftiger. Die beiden gerieten jeden Tag aneinander. Sie sprach nicht viel darüber, aber ich hatte den Eindruck, als hätte sie Angst vor Vince.«

Wieder habe ich den Eindruck, als hätte mein Vater das Drehbuch umgeschrieben, und meine Entscheidung, mit Personen zu sprechen, die damals beteiligt waren, fühlt sich absolut richtig an. »Wissen Sie, was genau ihr Angst gemacht hat?«

Margot zögert, scheint dann einen Entschluss zu fassen und sagt: »Ungefähr eine Woche vor ihrem Tod erzählte sie mir, dass Ihr Vater Danny mit einem Messer bedroht und es ihm an die Brust gehalten hatte.«

Am liebsten hätte ich Danny umgebracht. Die handschriftliche Anmerkung meines Vaters am Seitenrand des Manuskripts.

»Poppy war erschüttert«, sagt Margot. »Verängstigt. Sie meinte, ihre Brüder würden immer häufiger aufeinander losgehen, aber meistens sei es Vince, der die Prügeleien anzettele.« Margot sieht mich an. Sie möchte erkennbar, dass ich die Dinge so sehe wie sie. Die Bedrohung wahrnehme, die sie so deutlich erkennt.

»Sie glauben also, Danny war sein eigentliches Ziel, und Poppy kam ihm dabei in die Quere?«

»Da bin ich mir sicher«, sagt sie. »Ich glaube, Ihr Vater hätte Danny schon längst umgebracht, wenn er Gelegenheit dazu gehabt hätte.«

Am liebsten hätte ich Danny umgebracht. Ist das eine Art Geständnis?

»Warum?«, frage ich.

»Das habe ich nie herausgefunden. Danny war lustig. Hübsch. Poppy hat ihn angebetet.« Sie lächelt mich verlegen an. »Genau wie ich.«

Ich formuliere meine nächste Frage sehr vorsichtig. »Mein Vater hat nie viel über Poppy oder Danny oder diese Zeit gesprochen. Aber nach dem, was er mir in letzter Zeit darüber erzählt hat, scheint es eher so gewesen zu sein, als wäre Danny der Gefährliche gewesen. Dass Poppy vor ihm Angst gehabt hat, genau wie mein Vater.«

Nach kurzem Nachdenken erwidert Margot: »Mit der Zeit ängstigte sich Poppy vor beiden. Danny konnte manchmal grausam sein, aber Vince war wirklich beängstigend.«

Der Satz bringt mich zum Grübeln, und ich denke daran, wie trügerisch unser Gedächtnis sein kann. Wie unser Hirn uns eine Geschichte so zurechtlegt, dass sie mit unseren eigenen generellen Ansichten übereinstimmt. Wie wir uns um keinen Preis davon überzeugen lassen, dass diese Geschichte nicht der Wahrheit entspricht. Ich beuge mich vor. »Ich habe mich immer gefragt, warum Sie damals nicht zu dem Haus gegangen sind, um nachzusehen, wo Poppy bleibt.«

Margot sieht traurig aus. »Ich weiß es nicht. Ich habe auch lange darüber nachgedacht, denn eigentlich wäre es doch naheliegend gewesen, dass ich nach ihr suche. Aber Poppy war die ganze Woche über so bedrückt gewesen. An diesem Abend war es nicht besonders kalt, deswegen habe ich angenommen, dass sie nur nach einem Vorwand gesucht hat, um allein sein zu können.«

»In einem der Interviews haben Sie Zweifel am Alibi meiner Eltern geäußert. Haben Sie Ihre Meinung inzwischen geändert?«

Sie seufzt. »Ich würde sagen, wenn ein Gerichtsmediziner unter Drogen steht, während er die Autopsie durchführt, darf man den genauen Todeszeitpunkt ruhig infrage stellen. Mark Randall hat damals zufällig gehört, wie Ihr Vater sich mit Poppy zu Hause verabredete. Und nach diesem Gespräch ist Poppy dorthin gegangen.«

»Moment. Wie war das?«, frage ich. Das ist eine neue Information, und es beunruhigt mich, wie schnell sich die Geschichten meines Vaters in nichts auflösen. Und was hätte passieren können, wenn ich alles unhinterfragt veröffentlicht hätte. »Aber niemand hat meinen Vater zum Haus gehen sehen. Oder ihn gesehen, als er es verließ, nicht wahr?«, frage ich. »Laut meinen Eltern und ihrem Lehrer waren sie zu diesem Zeitpunkt alle drei im Eichenwäldchen.«

Margot schüttelt den Kopf, als hätte ich sie nicht richtig verstanden. »Vince hätte Poppy niemals versetzt.«

»Aber wer wäre ihm wichtiger gewesen?«, frage ich hartnäckig. »Angeblich hat er gerade einen Riesenkrach mit dem Mädchen gehabt, das er anbetet. Wenn sie sich mit ihm an einem privateren Treffpunkt aussprechen will, wird er sie ernstlich warten lassen, um vorher mit seiner Schwester zu reden?«

Margot blickt aus dem Schaufenster auf die Passanten – einige tragen Einkaufstaschen, andere bummeln einfach nur an einem schönen Frühlingstag durch Ojai, und ich frage mich, was sie wirklich dort draußen sieht. Vielleicht blickt sie in die Vergangenheit, auf zwei junge Mädchen, die Arm in Arm gehen, lachen und ihre Geheimnisse austauschen. In der festen Überzeugung, dass noch viele gemeinsame Jahre vor ihnen liegen. »Manches spürt man einfach intuitiv, auch wenn es keine konkreten Beweise dafür gibt«, sagt sie und sieht mich wieder an. »Ich glaube, dass Ihr Vater mit Mr. Stewart und Lydia im Eichenwäldchen war. Und ich glaube auch, dass er Danny und Poppy umgebracht hat. Was nichts anderes heißen kann, als dass der Gerichtsmediziner sich im Zeitpunkt geirrt haben muss.« Sie mustert ihre Hände. »Ihr Vater hat sie getötet«, fährt sie dann fort. »Ich weiß nicht, aus welchem Grund, vielleicht gibt es mehrere. Er war als Jugendlicher total verkorkst. Wenn ich es beweisen könnte, säße er jedenfalls schon längst im Gefängnis.«

Ein Themenwechsel scheint mir angebracht. »Ich habe gehört, dass meine Mutter Gerüchten nach eine Abtreibung hatte und mein Dad nicht der Vater des Kindes war. Halten Sie es für möglich, dass Poppy herausgefunden hat, wer der Vater war und es ihm gesagt hat?«

Margot lächelt mich matt an. »Es würde jedenfalls ihr seltsames Verhalten in dieser letzten Woche erklären.«

»Von wem war Lydia Ihrer Meinung nach schwanger?«

»Poppy und ich hatten jede Menge Theorien, aber ich möchte lieber nicht spekulieren.« Sie sieht etwas ratlos aus. »Ehrlich gesagt bin ich mir nicht mal sicher, ob Lydia tatsächlich schwanger war. Es war ja nur ein Gerücht, nicht mehr. Sie wissen ja, wie Teenager so sind.«

»Aber wenn es nun doch zutraf?«, hake ich nach.

»Lydia hat ihre gesamte Freizeit entweder auf dem Sportplatz oder mit Vince verbracht. Ich glaube, Poppy verdächtigte schließlich Lydias Trainer, Mr. Stewart. Ihr Vater war mit Sicherheit eifersüchtig auf die Beziehung zwischen den beiden. Aber dann ist Poppy gestorben, und plötzlich spielte es keine Rolle mehr, ob Lydia nun abgetrieben hatte oder nicht. Niemand sprach mehr darüber.«

Mir wird ganz heiß, als mir der Tagebucheintrag einfällt. *Ich glaube, Margot und ich haben recht, was den Vater von L.s Baby betrifft.* »Ihr Lauftrainer?«, frage ich. »Derselbe, der den beiden auch das Alibi gegeben hat?«

»Ja, richtig, Mr. Stewart. Im Rückblick kommt einem das eher absurd vor.« Sie schüttelt den Kopf. »Wir waren eben Teenager. Für uns ging nichts über einen saftigen Skandal, und in Ojai war nicht viel los.«

Ich bin mir nicht sicher, ob das so stimmt, gehe aber nicht weiter darauf ein. »Ich habe Poppys Filme gefunden«, sage ich.

Sie horcht auf. »Und wo waren sie?«

»Unter den Dielen in ihrem Wandschrank.«

Margot lacht etwas wehmütig auf. »Ach ja, Poppy und ihre Geheimverstecke.« Dann mustert sie mich forschend. »Haben Sie irgendwas Interessantes darauf entdeckt?«

»Ich habe noch nicht alle Filme gesehen. Poppy hat sich offenbar für den Vandalismus an der Schule interessiert, für Graffiti und den verbrannten Geräteschuppen.«

»Wir haben damals gedacht, dass Vincent das getan hatte, um Mr. Stewart eins auszuwischen.« Sie zuckt die Achseln. »Wir haben uns wirklich alle Mühe gegeben, Antworten auf die offenen Fragen zu finden, aber letztlich sind wir nie dahintergekommen, von wem das alles ausging.« Ich denke an den ersten Tagebucheintrag. *Auf diesem Film muss irgendwas sein, von dem Vince nicht will, dass ich es sehe.* Und an den anschließenden Verweis auf den Filmausschnitt mit dem Lagerfeuer.

Ich nehme den Laptop aus meiner Tasche, balanciere ihn auf den Knien und drehe den Bildschirm so, dass Margot alles erkennen kann. Ich habe die Szene mit dem Lagerfeuer schon vorbereitet. »Was können Sie mir über diesen Abend sagen?«, frage ich.

Sie beugt sich vor und lächelt leise, während sie sich die kurze Sequenz ansieht. Ich suche in ihrer Miene nach Hinweisen, nach Zeichen von Überraschung oder Entsetzen – vielleicht kann sie ja sehen, was Poppy gesehen haben muss.

Nach der Sequenz sagt sie: »Auf solchen Partys waren wir damals ständig.« Sie kichert. »An diese kann ich mich nicht mal erinnern.«

»Würden Sie sich die Szene noch mal anschauen?«, frage ich. »Es würde mich interessieren, ob da irgendwas Ungewöhnliches drauf ist. In Poppys Tagebuch gibt es nämlich einen Eintrag, der sich darauf bezieht.« Margot mustert mich neugierig. »Es ist alles etwas rätselhaft«, sage ich. »Sie hat nur Verweise auf ihre Filme notiert und hielt diesen Ausschnitt offenbar für wichtig.«

Margot nickt, und ich spiele die Szene erneut ab. Anschließend sagt sie: »Ich kann nichts Besonderes entdecken, es ist nur eine Party.«

Ich seufze. Wieder eine Sackgasse. »Ich habe noch eine Szene gefunden, die Ihnen vielleicht gefällt«, erkläre ich und zeige ihr einen anderen Filmausschnitt, auf dem Familie und Freunde zu sehen sind. Als sie die Kamera schwenkt, taucht im Bild kurz ein Tisch mit verknittertem Geschenkpapier und der Schachtel der Super-8-Kamera auf. Aneinandergelehnt beobachten die beiden Eltern ihre Tochter. An der Feuerstelle legt Danny Scheite in die Flammen, und mein Vater sitzt auf der Treppe der Veranda. Die untergehende Sonne fällt leuchtend auf das Haus, alle tragen Partyhüte. Wieder und wieder wirbeln sie an uns vorbei, lächeln Poppy zu, lachen über eine Bemerkung, die jemand gemacht hat. Irgendwann sind ihre Eltern zu sehen, die zu einem Lied tanzen, das nicht mehr zu hören ist.

»Das ist ihre Geburtstagsfeier«, sagt Margot und lächelt mich traurig an. »Ihr letzter Geburtstag, im März. Sie war am Boden zerstört, als sie diese Kamera verloren hat.«

Ich halte den Film an. »Wann war das?« Ich denke an den letzten Eintrag in ihrem Tagebuch. *Ich habe den Beweis verloren.*

»In der Woche, als sie starb. Sie war fix und fertig deswegen.«

»Wie ist das passiert?«

Margot zuckt die Achseln. »Als ich sie gefragt habe, meinte sie nur: *Ich will nicht darüber reden.*«

»Fanden Sie das nicht merkwürdig?«

»Wenn so etwas Schlimmes geschieht, versucht man, noch im unbedeutendsten Vorfall irgendeine Bedeutung zu entdecken. Alle Ereignisse so miteinander zu verknüpfen, dass es einen Sinn ergibt. Diese Kamera war Poppys Ein und Alles, und daher konnte ich verstehen, dass sie nicht darüber reden wollte.«

Ich nicke und lasse den Film weiterlaufen, bin aber nicht richtig bei der Sache. Ich frage mich, wie sie etwas verlieren konnte, das sie praktisch nie aus der Hand legte, wie mein Vater behauptet.

Die Party ist zu Ende, und ich spule zum Ende des Films vor. Auf dem Bildschirm ist die jüngere Margot zu sehen, die im Garten Rad schlägt. Danny kommt ins Bild und läuft quer durch Poppys Aufnahme. Ihre Hand taucht vor der Kamera auf, als sie Danny ein Zeichen gibt, aus dem Bild zu gehen.

Margot beugt sich vor, und ihr Gesicht wirkt weicher, als diese Aufnahmen sie in eine Zeit zurückversetzen, in der ihre Freundin noch lebte. Sie drückt auf die Stopptaste und deutet auf das Armband an Poppys Handgelenk, ein Goldkettchen mit Hakenverschluss. »Das habe ich ihr zum Geburtstag geschenkt. Sie hat es getragen, als sie gestorben ist«, sagt sie so leise, dass ich sie kaum hören kann. »Ich habe es noch, ihre Mutter hat es mir später gegeben.« Ich spüre deutlich, wie schmerzlich und traumatisch diese Tragödie für sie in all den Jahren gewesen sein muss. Sie war erst fünfzehn Jahre alt, als sie ihre Freundin weggehen sah und die Chance, sie daran zu hindern, verschenkte. Welche Art von Erzählung, was sie hätte anders machen können, mag sie sich im Laufe der Jahre wohl ausgedacht haben? Wie viele Nächte hat sie wach gelegen, wieder und wieder den damaligen Abend vor sich ablaufen sehen und inständig gehofft, sie könne die Zeit zurückdrehen und darauf beharren, dass Poppy bei ihr blieb, statt nach Hause zu gehen?

Ich spiele den Film bis zum Ende ab. Eine Katze spaziert durchs Bild, und Margot sagt: »Ah, da ist ja Ricky Ricardo. Der arme Kerl.«

»Wie bitte?«, frage ich in scharfem Ton.

Sie sieht mich überrascht an. »Er gehörte Mr. Stewart. Er ist entlaufen, und Poppy hat damals die Suche nach ihm organisiert. Sie hat überall Zettel aufgehängt und bei allen Nachbarn geklingelt. Darum gebeten, dass sie in den Garagen und Schuppen nachsehen darf.«

Wieder denke ich an den Satz im Manuskript meines Vaters. *Ich musste Ricky Ricardo schnell begraben.*

Also keine Wahnvorstellung, sondern eine Erinnerung. Das bedeutet vielleicht, dass die anderen Notizen am Rand auch der Wahrheit entsprechen.

»Hat man ihn jemals gefunden?«

Margot schüttelt den Kopf. »Ich glaube nicht. Wahrscheinlich hat ein Kojote ihn auf dem Gewissen. Poppy hat eine Woche lang nach ihm gesucht, bevor sie schließlich aufgab.«

POPPY

16. MAI 1975

»Mädels, ich muss los und noch ein paar Sachen erledigen«, sagt meine Mutter, als sie in die Küche kommt. Sie bemerkt die Tüte mit Kartoffelchips auf dem Tisch zwischen Margot und mir und seufzt. »Wollt ihr nicht lieber ein paar Karotten essen?«, fragt sie. »Wenn ihr mal in meinem Alter seid, werdet ihr froh darüber sein.«

Sie bleibt nicht lange genug, um meine gemurmelte Antwort zu hören. »Du meinst, wenn ich alt und dauernd besoffen bin?«

Margot lacht und nimmt sich noch ein paar Chips. »Was glaubst du, wer hat das gemacht?«

Wir haben über das Graffito gesprochen, mit dem heute Morgen die Turnhalle beschmiert war.

Doch ich bin abgelenkt, als ich meine Mutter im Flur sagen höre: »Hallo, Lydia.«

Margot und ich tauschen einen langen Blick.

»Ist Vince schon da?«, fragt Lydia.

»Er sollte eigentlich hier sein, aber du kennst ja Vince. Komm doch rein und warte auf ihn. Im Kühlschrank gibt's kalte Getränke, und die beiden Mädchen sind in der Küche.«

»Danke, Mrs. Taylor.«

»Kommst du gerade vom Training?«, fragt meine Mutter jetzt. Lydias Antwort kann ich nicht hören, und dann erwidert meine Mutter: »Na, dann ist es ja gut, dass du noch Zeit hast, dich ein bisschen zurechtzumachen. Nimm ruhig meinen Lippenstift, er ist in der obersten Schublade im Bad.«

Ich rolle mit den Augen, und Margot unterdrückt ein Kichern. Die Eingangstür fällt ins Schloss, und Lydia kommt herein.

»Hi«, sagt Margot und lächelt sie strahlend an. Ich versetze ihr einen Tritt unter dem Tisch.

Lydia sieht uns kurz an. »Hey«, sagt sie.

Als sie die Tür des Kühlschranks öffnet, gebe ich Margot mit einem Zeichen zu verstehen, dass sie meinem Beispiel folgen soll. »Ich weiß bloß, dass das Graffito in der ersten Stunde schon da war, denn da hatte Lana Simpson Sportunterricht, und sie meinte, Mr. Stewart hätte das Volleyballspiel gestrichen, und sie mussten stattdessen auf dem Sportplatz Runden laufen. Er wollte sie nicht mal in die Turnhalle lassen.«

»Also muss jemand entweder ganz früh vor dem Unterricht oder gestern Nacht eingebrochen sein, denn gestern Abend hatte ich ganz normal Basketballtraining«, sagt Margot.

»Wovon redet ihr denn?«, fragt Lydia.

»Jemand ist in die Turnhalle eingebrochen und hat *Fuck You* an die Wand neben dem Büro geschrieben.«

Lydia zieht die Lasche von der Dose, wirft sie in den Mülleimer und trinkt einen Schluck von der kalorienfreien Lieblingslimonade meiner Mutter. Ich forsche auf ihrem Gesicht nach Anzeichen von Überraschung.

»Hast du heute Nachmittag mit Mr. Stewart trainiert?«, fragt Margot in übertrieben freundlichem Ton. Es klingt beinahe anzüglich.

Lydia mustert sie leicht misstrauisch. »Ja.«

»Hat er was davon gesagt?«

»Warum sollte er?«, gibt Lydia zurück. »Er lässt mich Runden laufen, das ist alles. Wir reden nicht viel.«

»Hm-hmm«, sagt Margot und nimmt noch ein paar Chips. Sie hält Lydia die Tüte hin. »Möchtest du?«

Lydia schüttelt den Kopf und trinkt noch einen Schluck von ihrer Limonade.

»Was glaubst du, wer war das?«, fragt mich Margot, aber das ist bloß Theater. Wir wissen beide, dass Vince dahintersteckt, und sind uns ziemlich sicher, aus welchem Grund.

»Tja, schwer zu sagen«, gebe ich zurück. »Es hätte jeder sein können. Vince hat mir mal erzählt, dass einige aus seiner Klasse die Tür zum Schuppen – du weißt schon, direkt neben den Fahrradständern – aufgebrochen und sich dort betrunken haben.«

Margot kraust die Nase. »Widerlich. Dort stinkt's nach alten Schuhen.« Sie blickt rasch zum Flur hinüber, wo Jimi Hendrix auf voller Lautstärke aus Dannys Zimmer zu hören ist. »Ob Danny das auch mal gemacht hat?«

»Nö, der ist lieber im Eichenwäldchen. War schon immer so.«

Lydia muss plötzlich so heftig husten, dass sie Tränen in den Augen hat. Ich sehe sie an. »Alles okay?«

»Verschluckt«, sagt sie.

In diesem Moment geht Dannys Tür auf, und er kommt in Shorts und mit bloßem Oberkörper aus dem Zimmer. Jimi Hendrix' Gitarre dröhnt aus der Stereoanlage, und Margot und ich verstummen.

Er geht an uns vorbei, schaufelt sich eine Handvoll Chips in den Mund und zwinkert Margot zu, die rot anläuft. Muss sie sich immer so deutlich anmerken lassen, wie verknallt sie in ihn ist?

Von Lydia, die schweigend neben der Tür steht, nimmt er kaum Notiz. Er holt sich ein Bier von Vater aus dem Kühlschrank, öffnet es, legt die Lasche auf die Küchentheke, damit unsere Mutter sie mit Sicherheit finden wird, und schlendert dann wieder in sein Zimmer zurück. Als er die Tür hinter sich schließt, ist die Musik nur noch gedämpft zu hören.

»Aber warum sich die Mühe machen und in die Turnhalle einbrechen, statt es einfach außen an die Wand zu schreiben?«, nimmt Margot das Gespräch wieder auf.

»Drinnen, direkt neben dem Büro der Sportlehrer, wirkt es persönlicher«, antworte ich und lasse Lydia nicht aus den Augen. Es ist das erste Mal seit längerer Zeit, dass ich sie richtig ansehe, und mir fällt auf, wie fertig sie aussieht. Sie muss ein paar Kilo abgenommen haben, und dabei war sie sowieso schon immer dünn. Meine Mutter jammert immer über die dunklen Schatten unter ihren Augen, aber Lydia hat wirklich welche. Sie sieht ganz klar wie jemand aus, der eine Abtreibung hinter sich hat.

»Der arme Mr. Stewart«, sagt Margot. »Jetzt muss er alles sauber machen.«

»Quatsch«, sage ich und sehe sie an. »Damit darf sich Frank beschäftigen.«

Frank ist der beliebte Hausmeister, der gern mit den Schülern herumalbert und jederzeit bereitwillig den Klassenraum aufschließt, wenn jemand was vergessen hat.

Lydia stößt sich von der Theke ab und geht ins Wohnzimmer. Wir hören, wie sie den Fernseher einschaltet, durch ein paar Sender zappt und sich schließlich für *Let's Make a Deal* entscheidet.

Margot sieht mich an und reißt die Augen auf, als wäre ihr in diesem Moment eine Idee gekommen. »Hast du bemerkt, wie schnell sie aus der Küche ist, als Mr. Stewarts Name fiel? Vielleicht ist ihr Baby ja von ihm?«

»Ausgeschlossen. Er ist Lehrer.«

»Aber er ist jung und ziemlich heiß.«

»Trotzdem«, sage ich. Als Lydia und Vince zu dem Pink-Floyd-Konzert gegangen sind, bin ich heimlich hinter ihnen her. Am Highway haben sie die Fahrräder im Gebüsch versteckt. Ich erinnere mich noch genau, wie Lydia ohne zu zögern auf die Fahrbahn trat, als Mr. Stewarts Auto auftauchte, beinahe als hätte sie im Voraus gewusst, dass er die beiden gern und ohne Fragen zu stellen nach Ventura mitnehmen würde. Vince packte sie grob am Arm und zog sie rasch zurück. Die beiden stritten sich kurz, bevor sie seine Hand abschüttelte, zu dem wartenden Auto lief und es Vince überließ, ob er ihr folgen wollte oder nicht.

»Angeblich ist er erst neunundzwanzig Jahre alt«, sagt Margot.

»Das ist trotzdem ganz schön alt«, gebe ich zurück und versuche mir vorzustellen, wie das praktisch vor sich gegangen sein soll. Haben sie sich etwa im Geräteschuppen geküsst? Oder hinter der Turnhalle, nach dem Training?

»Das kommt uns jetzt so vor«, erwidert Margot. »Aber wenn sie mal vierzig ist, dann ist er erst vierundfünfzig. Das ist doch überhaupt nichts. Meine Tante Joan hat einen Sechzigjährigen geheiratet.« Sie schüttelt sich. »Das war so eklig, als die sich bei der Hochzeit geküsst haben.«

Ich höre nur mit halbem Ohr zu, während ich an die ständigen Streitereien zwischen Vince und Lydia denke. Es passt ihm überhaupt nicht, dass sie so viel Zeit beim Training mit Mr. Stewart verbringt. Und er hat sie gefragt, warum sie sich immer von ihm hierherfahren lässt. Vince ist der Einzige, der es nicht cool findet, dass Mr. Stewart nebenan wohnt. Na ja, Danny hält auch nichts davon, aber Danny findet ja nur sich selbst und Mark cool.

»Jedenfalls sieht sie wirklich schlecht aus«, flüstert Margot.

Ich stehe auf und spähe um die Ecke herum ins Wohnzimmer, wo Lydia auf der Couch sitzt, mit beiden Händen die Limonadendose umklammert und auf den Fernseher starrt. Auf dem Bildschirm ist jetzt Monty Hall zu sehen, der einen als kleines Mädchen verkleideten Mann fragt, ob er die fünfhundert Dollar hinter der ersten Tür behalten oder wissen will, was sich hinter der zweiten Tür verbirgt.

Ich setze mich wieder und ziehe die Tüte mit den Chips zu mir heran. »Erinnere mich immer mal wieder dran, nie Sex zu haben«, sage ich.

Es passiert nur ein paar Tage später. Jemand hat die Tür zum Geräteschuppen eingetreten, alle Bälle dort mit einem Messer zerschlitzt, eine Abfalltonne hineingeschoben und sie angezündet. Diesmal hören wir zu Beginn der zweiten Stunde davon. Zwei Mädchen tauschen flüsternd Theorien aus, während wir darauf warten, dass Mr. Connelly, der Englischlehrer, von seiner Zigarettenpause zurückkommt und mit dem Unterricht anfängt.

»Es muss so gegen elf Uhr gestern Abend passiert sein«, sagt die eine. »Ein Nachbar hat Rauch an der Schule bemerkt und die Feuerwehr gerufen.«

Ich bin gerade dabei, eine riesige Sonne auf meine Mappe zu zeichnen, deren Strahlen sich durch einen Baseball bohren, als mir plötzlich etwas einfällt. Gestern Abend habe ich Vince heimlich gefilmt, als er sich um halb elf von zu Hause weggeschlichen hat.

Ich drehe mich zu den beiden Mädchen um. »Wen haben sie denn im Verdacht?«

Die andere, sie heißt Frances, lässt ihren Kaugummi knallen. »Es soll wohl ein Jugendlicher gewesen sein. Ich meine, letztens gab es doch schon dieses Graffito. Irgendjemand hat offensichtlich ein Problem mit dem Sportlehrer.«

Wir haben an der Schule drei Sportlehrer, und Mr. Stewart ist mit Abstand der beliebteste. Außer ihm ist da noch Mr. Wallen, er war früher Soldat und hat in Korea gekämpft. Er lässt die Schüler singen, wenn sie Runden laufen. Und Miss Kantor, die bekanntlich lesbisch ist, aber das ist allen egal, weil sie ja Sport unterrichtet.

Ich nehme erneut den Stift und schattiere die Sonnenstrahlen, während ich beunruhigt über Vinces ständige Wutausbrüche nachdenke. Oder darüber, was er mit Ricky Ricardo gemacht hat. Und jetzt das. Aber wozu dieser Umweg über die Schule? Wenn er es auf Mr. Stewart abgesehen hat, braucht er doch bloß nach nebenan zu gehen. Er könnte das Fenster mit einem Stein einwerfen. Ihm die Autoreifen zerschlitzen. Es gäbe jede Menge anderer Möglichkeiten, ihm zu zeigen, dass er ihn nicht ausstehen kann.

Beispielsweise, indem er seine Katze tötet.

Die Glocke läutet, und Mr. Connelly taucht auf, umhüllt vom Geruch seiner Zigarette und Old Spice. Er klatscht in die Hände. »Also, alle mal herhören. Stifte raus. Wir schreiben einen Aufsatz über *Othello.*«

Allgemeines lautstarkes Ächzen, dann nehme ich ein paar Blätter aus meinem Ordner und versuche mit aller Kraft, das Bild von Vince, der gestern Abend durch unseren Garten geschlichen ist, aus meinem Kopf zu verbannen und nicht an die Möglichkeit zu denken, dass Margot recht hat, was den Vater von Lydias Baby betrifft.

KAPITEL 23

Drei Tage nach dem Gespräch mit Margot bin ich wieder in einem Zoom-Meeting mit Nicole und den Leuten von Monarch. In einer Stunde will ich mich mit Mark Randall, Dannys bestem Freund, im Country Club treffen und bin etwas nervös, dass ich mich verspäten könnte.

Ehrlich gesagt bin ich froh darüber, dass ich so viel zu tun habe und meine Tage gut ausgefüllt sind mit Interviews, Recherchen, Treffen und den Abenden bei Jack und Matt. Alles ist besser als die fürchterliche Stille meines Telefons. Tom war immer mein Ruhepol am Ende des Tages, ganz egal, wo ich mich gerade befinden mochte. Jetzt herrscht nur noch dieses erstickende Schweigen.

Neils Gesicht erscheint auf dem Bildschirm, und er lächelt. »Olivia, inzwischen hatten wir alle Gelegenheit, das neue Kapitel zu lesen, und wir möchten Ihnen sagen, dass es uns sehr gut gefällt.«

Nicole grinst, während ich gegen die Anspannung in meinem Oberkörper ankämpfe. »Das freut mich«, sage ich. »Leider muss ich dieses Kapitel aber zurückziehen.«

Neils Miene verfinstert sich ein wenig, und ich spreche weiter, in der Hoffnung, ihm eine so einleuchtende Erklärung zu liefern, dass er unbedingt das überarbeitete Kapitel lesen möchte. »Ich bin inzwischen auf neue Informationen gestoßen und weiß daher, dass der Inhalt des Kapitels in seiner jetzigen Form, also ausgehend von den Erinnerungen Mr. Taylors, nicht den Tatsachen entspricht. Laut Mr. Taylor hat Danny die Nachbarskatze getötet und begraben. Wie ich seit Kurzem weiß, war es jedoch Mr. Taylor selbst.«

Das Team murmelt leise vor sich hin, und auf den Gesichtern zeichnen sich Neugier, Betroffenheit und Aufregung ab. »Ich kann das Kapitel ohne allzu viel Aufwand umschreiben«, fahre ich fort. »An der eigentlichen Szene ändert sich ja nicht viel.«

Schließlich ergreift Neil das Wort, und seine Stimme klingt angespannt. »Und auf welchem Material beruht Ihre neue Einschätzung?«

»Poppy war eine begeisterte Amateurfilmerin. Mr. Taylor hat mir erzählt, dass sie zu ihrem letzten Geburtstag eine Super-8-Kamera geschenkt bekam und in ihren letzten Monaten praktisch ununterbrochen filmte«, sage ich. »Mr. Taylor besitzt noch einige ihrer Filmrollen von damals.«

»Es gibt Filmmaterial?«, fragt Neil sichtlich überrascht. Und hungrig.

»Ja, ein paar Filme«, erwidere ich. »Aber ohne Ton.«

Ich kann die wachsende Aufregung des Teams förmlich spüren und höre Begriffe wie *exklusiver Web-Content* oder *Tie-ins.*

Ich reiche rasch eine Erklärung nach. »Auf einer der Filmrollen ist der junge Vincent zu sehen, wie er mit der Schaufel eine tote Katze begräbt.« Bei der Vorstellung, dass er Zugriff auf derart düsteres Material haben könnte, fangen Neils Augen regelrecht an zu glitzern. »Das ist aber nicht die Geschichte, die er mir erzählt hat«, fahre ich fort. »Es war nicht einfach, ihn durch seine Erinnerungen hindurchzusteuern, ohne dass er in Aufregung gerät. Offenbar glaubt er tatsächlich, dass Danny die Katze begraben hat, und ich wollte ihm nicht allzu heftig auf den Zahn fühlen. Es gibt aber einen definitiven Beweis dafür, dass es Vincent selbst war.«

»Könnten Sie uns vielleicht die Filme schicken?«, fragt Neil.

»Ich werde Mr. Taylor fragen, ob er damit einverstanden ist«, sage ich. »Es geht schließlich um seine Geschwister. Er wusste gar nicht, dass die Filmrollen noch existieren, deswegen möchte ich ihn in die Entscheidung einbeziehen.«

Aber das ist nur vorgeschoben. Tatsächlich bin ich diejenige, die zögert. Solange ich selbst noch nicht weiß, was diese Filmrollen alles enthüllen, will ich sie nicht unbedingt mit jemandem teilen.

»Na gut, dann schreiben Sie das Kapitel entsprechend um und schicken es uns«, sagt Neil und beendet das Meeting.

Als das Team von Monarch sich verabschiedet hat, fragt Nicole: »Wenn er nichts von diesen Filmrollen wusste, wie bist du eigentlich an sie gekommen?«

Ich erkenne meinen Fehler, denke mir schnell eine Notlüge aus und ersetze das Tagebuch durch die Filme. »Er hat mir ein paar Kisten zum Durchsehen gegeben. Lauter Sachen, die vor langer Zeit in dem Haus eingepackt worden sind und von denen er sich nicht trennen konnte. Das meiste davon war wertlos, aber einige Sachen gehörten Poppy – alte Mappen, Schularbeiten und eben auch die Filme.«

»Wow«, sagt sie. »Das ist ja ein echter Glücksfall.«

In all den Jahren war ich immer überzeugt, die Lügengeschichte, die ich über meine Familie erzählte, sei harmlos. Nun wird mir klar, dass ich mich nicht anders verhalten habe als mein Vater und alles Schmerzliche oder Komplizierte einfach weggelassen habe. Allmählich verstehe ich, dass jeder, der Lügen über seine Vergangenheit verbreitet, sich damit gleichzeitig auch vor der Gegenwart abschirmt. Von allen Menschen, die einem etwas bedeuten. Und jetzt, wo meine Aufgabe darin besteht, mich durch die Lügengeschichten meines Vaters zu graben, die sich im Laufe der Zeit verfestigt und versteinert haben, frage ich mich, wer sich am Ende durch meine Mauern graben wird, um mich zu finden.

Tom wird es jedenfalls nicht sein.

Mark Randall ist sichtlich gealtert, sein graues Haar ist kurz geschnitten, er trägt eine kakifarbene Hose und ein hellgrünes Hemd. Er strahlt jedoch nach wie vor eine gewisse Autorität aus, und ich habe sofort das Gefühl, er hätte mich dabei erwischt, wie ich etwas Verbotenes tue.

»Danke, dass Sie sich die Zeit für dieses Treffen genommen haben«, sage ich.

Wir sitzen im Restaurant des Country Clubs, ein großer, luftiger Raum mit Blick auf den Golfplatz. An den dunklen Holzwänden hängen Fotografien von Golfspielern.

»Ich weiß nicht recht, was Sie sich von mir erhoffen und welche Informationen ich Ihnen geben kann«, sagt er.

»Vermutlich haben Sie schon gehört, dass mein Vater schwer krank ist und nicht mehr lange zu leben hat.« Als er nickt, fahre ich fort: »Ich habe einige Fragen in Bezug auf die Monate, die den Morden vorausgingen. Ich möchte herausfinden, was sich damals wirklich in meiner Familie ereignet hat.« Ich senke den Kopf, blicke auf meine Hände und wünsche mir nicht zum ersten Mal, dass ich mir Notizen machen oder das Gespräch aufnehmen könnte. Aber so würde sich nur ein professioneller Schreiber verhalten, keine Tochter, die nach Antworten sucht.

Eine Bedienung kommt und nimmt unsere Bestellung entgegen, Eistee für mich und ein Mineralwasser für ihn. Mir fällt ein, dass Jack gesagt hat, sein Vater sei jetzt seit beinahe zwanzig Jahren trocken, und ich frage mich, wie präzise seine Erinnerungen an diesen Tag überhaupt sind. Oder ob der jahrelange Alkoholmissbrauch sein Gedächtnis getrübt hat.

»Was hat er denn?«, fragt Mark Randall jetzt.

»Lewy-Körperchen-Demenz«, antworte ich. »Im Wesentlichen verliert er nach und nach die Kontrolle über seinen Verstand und seinen Körper.«

Mark stöhnt leise auf. »Ich würde gern sagen, dass es mir leid für ihn tut, aber das bringe ich nicht fertig.« Er sieht aus dem Panoramafenster zum Golfplatz hinüber. In einiger Entfernung beendet eine Vierergruppe gerade ihre Runde und lädt die Taschen in einen weißen Golfwagen.

Die Kellnerin bringt unsere Getränke, wir bedanken uns lächelnd und lassen sie gehen.

»Erzählen Sie mir von Danny«, sage ich. »Hatte er viele Freundinnen? Margot hat mir gesagt, dass sie ziemlich verknallt in ihn war.«

Mark lacht. »Margot war wirklich süß. Und ja, die meisten Mädchen waren irgendwann mal in Danny verknallt.«

»Und hat eine von ihnen das große Los gezogen und sich mit ihm verabredet?«

»Hier und dort. Ab und zu«, sagt Mark, und ich habe keine Ahnung, was das heißen soll. »Nichts Ernstes.«

»Warum sind Sie sich so sicher, dass mein Vater seine Geschwister umgebracht hat?«

Mark nimmt einen Schluck. »Ich war damals bei dem Sommerfestival im Haunted House und habe gesehen, wie Ihr Vater und Poppy miteinander stritten. Sie wollte ihm irgendwas sagen, aber nicht an diesem Ort, und die beiden verabredeten sich für zehn Minuten später bei sich zu Hause.« Mark wirft mir einen Blick zu und versucht abzuschätzen, ob ich verstehe, worauf er hinauswill. Dann sagt er: »Wenn Ihr Vater mit Ihrer Mutter und Mr. Stewart im Eichenwäldchen war, wie kann er dann zugleich Poppy getroffen haben?«

»Es könnte ja sein, dass er einfach nicht gekommen ist«, gebe ich zu bedenken.

»Und es könnte auch sein, dass dieser unfähige Gerichtsmediziner den Todeszeitpunkt falsch bestimmt hat.«

»Margot hat mir dasselbe gesagt. Ich habe aber gelesen, dass es eine Grand Jury gab und die Frage des falschen Todeszeitpunktes geklärt wurde. Der Gerichtsmediziner hat keinen Fehler begangen.«

Mark sieht mich unverwandt an und lässt sich nicht beirren. »Grand Jurys irren sich ständig.«

»Soweit ich weiß, haben mein Vater und Danny in diesen letzten Tagen heftig gestritten.«

Mark lacht hohl auf. »Das ist eine echte Untertreibung.«

»So heftig, dass er Danny umgebracht hat? Und dann auch noch seine Schwester?« Ich mustere ihn, versuche alles von seinem Blickwinkel aus zu betrachten und mich an seiner Stelle zu diesem Tag im Jahr 1975 zurückzuversetzen.

»Ich will es mal so formulieren. Man hat uns eingebläut, niemals gewalttätig gegenüber Mädchen zu sein. Aber danach zu urteilen, was ich damals gesehen habe, als ich ins Haunted House kam, hatte Vince da wenig Bedenken. Er hat seine Schwester mit aller Kraft an die Wand gedrückt. Sie sah völlig verängstigt aus. Und er wirkte wie ein Verrückter.«

»Worüber haben sie denn gestritten?«, frage ich. Ich denke an die Abtreibung. Daran, dass Poppy und Margot Mr. Stewart im Verdacht hatten. Ist es möglich, dass Mark mit angehört hat, wie Poppy meinem Vater davon erzählte, und gerade dann zur Stelle war, als mein Vater auf diese Nachricht reagierte? Aber warum hätte Poppy dann einwilligen sollen, sich später mit ihm im Haus zu treffen?

»Keine Ahnung. Aber das war typisch für Vince. Er regte sich immer über irgendwas auf. Danny hatte mir erzählt, dass Vince ein paar Tage vorher völlig grundlos mit einem Messer auf ihn losgegangen war. Er war total ausgerastet.« Mark schüttelt den Kopf. »Es ist meine Schuld, dass Danny zum Haus zurückgegangen ist. Ich hatte ihm von dem Streit zwischen den beiden erzählt und …« Er verstummt, erinnert sich. »Er wurde plötzlich ganz still. Dann meinte er, er müsste noch was erledigen und wäre gleich wieder zurück.«

Ich denke an alles, was mir Margot erzählt hat, und an die nächtlichen Panikattacken meines Vaters, als er an einem vollkommen unwahrscheinlichen Platz nach einem fehlenden Messer suchte. Dass er mir erzählt hat, wie Poppy Danny hinterherschlich, wie unberechenbar und gefährlich Danny gewesen sei, und dennoch ist auf Poppys Filmen nichts davon zu sehen. Viele der Ausschnitte zeigen meinen Vater. Nicht nur, wie er heimlich das Haus verlässt, sondern auch, wie er auf Poppy losgeht, als er bemerkt, dass sie ihn filmt. Sein Gesicht ist wutverzerrt, und die Spucke fliegt ihm aus dem Mund. Auf einem Filmausschnitt sind sogar meine Eltern bei einem Streit hinten im Garten zu sehen. Meine Mutter, ängstlich und still, und mein Vater, der drohend auf sie zugeht. Sie dazu veranlasst zurückzuweichen.

Ich nehme mein Handy und öffne das Foto von dem Satz, den ich in Poppys Wandschrank gefunden habe. *Du wirst schon bald tot sein.* »Ich glaube, mein Vater hat das hier an die Wand von Poppys Schrank geschrieben.«

Mark nickt. »Ja, ich glaube sofort, dass er so was zu ihr gesagt hätte.«

»Ihrer Ansicht nach war also Poppy das eigentliche Ziel? Mein Vater war wütend auf sie, hat sie verletzt, und dann ist Danny in die Sache hineingeraten?«

»Ihr Vater war auf jeden wütend. Aber ja. Wenn es damals im Haus zu einem körperlichen Angriff kam und Danny gerade in diesem Moment eintraf, hätte er mit absoluter Sicherheit eingegriffen«, sagt Mark.

»Haben Sie das auch der Polizei gesagt?«

»Natürlich«, antwortet er. »Aber ich war damals noch jung. Es kümmerte sie überhaupt nicht, was ich sagte. Und Vince hatte ja ein Alibi, daher hatte meine Aussage keinerlei Bedeutung.« Mark stößt mit dem Finger auf den Tisch, um seine Worte zu bekräftigen. »Ich weiß, was ich gesehen habe. Und was ich gehört habe. Ihr Vater war damals, als er zum Haus gegangen ist, sehr wütend auf seine Schwester. Und mein bester Freund ist gestorben, weil er sie beschützen wollte.«

Seine Stimme klingt aufgewühlt, voll unterdrückter Tränen und einer beinahe fünfzig Jahre langen Frustration darüber, nicht gehört zu werden.

»Vielleicht hat mein Vater sich umentschieden«, wende ich ein. »Oder ist durch den Streit mit meiner Mutter abgelenkt worden.«

Mark mustert mich durchdringend. »Sie wollten wissen, was ich denke. Ich denke genau das.«

»Und was ist mit dem Lehrer, Mr. Stewart?«, frage ich und denke an die Gerüchte über eine Abtreibung. An die beiden Teenager Margot und Poppy, die ihn verdächtigten, der Vater zu sein. »Mein Vater war offenbar ziemlich eifersüchtig, weil meine Mutter so viel Zeit mit Mr. Stewart verbrachte. Hatte er Grund, sich Sorgen zu machen?«

Mark schüttelt den Kopf und nimmt noch einen Schluck. »Nein. So ein Typ war Mr. Stewart nicht. Na klar, manchmal war sein Verhalten grenzwertig. Heute würde man ihn dafür verurteilen, aber er hatte eine Freundin.« Er macht ein nachdenkliches Gesicht, als er versucht, sich an ihren Namen zu erinnern. »Amanda? Oder Amelia? Ich weiß es nicht mehr genau. Aber glauben Sie mir, die Mädchen haben ihn ständig angemacht, und keine hatte Erfolg.«

»Wofür würde man ihn heute verurteilen?«

Mark zuckt die Achseln. »Er war ein junger Mann und wusste ganz genau, wie man sich als Teenager in einer Kleinstadt fühlt. Er kaufte Bier und stellte es in den Kühlschrank auf seiner Veranda. Natürlich hat er geahnt, dass Danny und ich uns rüberschleichen und ein paar Flaschen nehmen würden, aber es war ihm egal. Gelegentlich verkaufte er auch ein bisschen Gras, aber nur an die älteren Schüler. Und in der letzten Schulwoche schmiss er immer eine Riesenparty«, sagt Mark. »In diesem letzten Jahr müssen mindestens hundert Schüler dort gewesen sein.« Er lacht kurz auf. »Das waren noch Zeiten.«

Er leert sein Glas und schiebt es von sich. Ein Zeichen dafür, dass unser Gespräch zu Ende ist. Er legt ein paar Dollarnoten neben das Glas und sagt: »Es war richtig von Ihnen, dass Sie nach Hause gekommen sind – vor allem für Sie selbst, nicht wegen Ihres Vaters. Es ist schrecklich, mit dem Gefühl leben zu müssen, man hätte jemandem noch mehr zu sagen gehabt.« Er hält inne, als müsse er die nächsten Worte genau abwägen. »Ich bin mir aber nicht so sicher, ob es eine gute Idee ist, hier herumzugehen und Fragen zu stellen, was genau im Jahr 1975 passiert ist. Danny ist nicht mehr da. Poppy ist nicht mehr da. Sie sollten die beiden dort lassen, wo sie jetzt sind und sich um andere Dinge kümmern. Es kommt nur selten vor, dass Menschen, die in der Vergangenheit herumgraben, angenehme Entdeckungen machen.«

»So was Ähnliches hat meine Großmutter auch immer gesagt«, gebe ich zurück, als mir einfällt, was mein Vater mir erzählt hat.

»Ihre Großmutter war schon eine richtige Marke, aber das ist ein anderes Thema.« Er sieht auf die Uhr. »Ich muss los. Meine Golfrunde beginnt in fünf Minuten.«

Damit verlässt er das Restaurant, ohne sich noch einmal umzudrehen.

KAPITEL 24

»Erzähl mir von dem Vandalismus an der Schule.«

Ich habe mir von den Gesprächen mit Mark und Margot ausführliche Notizen gemacht und angemerkt, wo sich ihre Theorien überschneiden und wo sie sich unterscheiden. Für jeden von ihnen scheint ein anderes Geschwisterteil die Zielscheibe gewesen zu sein. Keiner von ihnen erwähnte, Danny habe eine Gefahr dargestellt. Und schon gar nicht, er sei ein Mörder gewesen. Mein Vater ist die einzige Person, die das behauptet.

»Vandalismus? Wo hast du denn davon gehört?«, fragt mein Vater überrascht. Wir haben uns wieder in sein Büro zurückgezogen, und ich habe beschlossen, die Existenz des Tagebuchs und der Filme erst einmal für mich zu behalten.

In den letzten Tagen habe ich mir immer wieder mehrere Ausschnitte aus den Filmen angesehen, in denen Poppy die mutwilligen Beschädigungen festgehalten hat. In ihrem Tagebuch wurden sie nicht erwähnt. Warum hat Poppy diesen Vandalismus gefilmt, wenn er nicht wichtig war? Dann bin ich wieder in die Bibliothek gegangen und habe die Zeitungen für den Monat Mai nach Hinweisen darauf durchsucht.

»Er wurde mehrmals in der Zeitung erwähnt«, erwidere ich. »Die Polizei hat in der Sache ermittelt. Einer der Schüler soll gesagt haben, er halte Mr. Stewart für die Zielscheibe. Haben die je rausgefunden, wer es getan hat?«

Mein Vater schaut verärgert drein. »Warum sprechen wir über Vandalismus, der vor fünfzig Jahren stattfand? Wir müssen ein Buch schreiben. Das eine hat mit dem anderen nichts zu tun.«

Ich beschließe, ihm seinen Willen zu lassen. »Wahrscheinlich nicht, aber ich würde trotzdem gern mehr darüber erfahren. Schließlich hast du ja nicht in einem Vakuum gelebt. Um dich herum sind Dinge passiert, und ich würde sie gern einfangen.« Mein Vater nickt zögernd, sodass ich fortfahre. »Welche Art von Vandalismus war es? Die Zeitungen haben kaum Details erwähnt. Nur etwas in der Turnhalle und später dann das Feuer in einem Geräteschuppen?«

Ich denke wieder an diese Ausschnitte – an den Mann auf der Leiter, den ausgebrannten Schuppen, das Innere flammengeschwärzt, ein kaputtes Schloss, das lose herunterhing. Wollte Poppy einfach nur etwas dokumentieren, das sicher ein großes Gesprächsthema unter den Kids war? Oder steckte mehr dahinter?

»Es waren nur diese beiden Vorfälle«, sagt mein Vater. »Offenbar dachten die Leute, ich hätte es getan, aber sie gaben mir die Schuld für alles.« Er beugt sich vor. »Danny mochte Mr. Stewart auch nicht, aber darüber spricht nie jemand.«

»Du glaubst also, Danny sei derjenige gewesen, der die Schule verwüstet hat?« Auf keinem der Filme ist zu sehen, dass Danny sich nachts hinausgeschlichen hat. Doch Poppy hat meinen Vater mehrmals von einem Fenster im Haus aus dabei gefilmt, wie er durch den Garten geschlichen und dann im Feld hinter dem Haus verschwunden ist. Einmal vor den Verwüstungen, ein weiteres Mal danach. Ich denke wieder an die Sache mit der Katze. Daran, dass mein Vater seine Erinnerung mit etwas anderem überdeckt hatte. Könnte das auch hier der Fall sein?

»Ich kann nur sagen, dass der Vandalismus aufhörte, nachdem Poppy und Danny gestorben waren«, erklärt mein Vater.

»Vielleicht wollte die betreffende Person ja auch nachts nicht mehr allein rausgehen«, sage ich. »Ich kann mir vorstellen, dass alle in den Tagen und Wochen danach sehr nervös waren.«

Er schüttelt den Kopf. »Es war Danny. Er war immer verschlossener geworden. Und fürchterlich launisch. Eines Abends hat er mich aus heiterem Himmel angegriffen. Wir waren nach dem Essen in unserem Zimmer. Ich kann mich noch an die Musik erinnern, die wir aufgelegt hatten – Joni Mitchell.« Er lehnt sich auf seinem Stuhl zurück, schlägt die Beine übereinander und beginnt, eine Geschichte zu erzählen. »Unsere Mutter war in der Küche und machte den Abwasch, unser Vater war mit einer Zeitung und seinem allabendlichen Gin Tonic im Wohnzimmer. Und ich versuchte, meine Seite des Zimmers aufzuräumen. Meine Mutter hatte gedroht, mir Hausarrest aufzubrummen, wenn ich es nicht tun würde. Also habe ich mich gebückt, um ein paar schmutzige Klamotten aufzuheben, und plötzlich geht Danny auf mich los, stößt mich um, in den Flur hinein. Gott sei Dank bin ich durch die Tür und nicht gegen die Wand geflogen.«

Er schüttelt den Kopf, als könne er es immer noch nicht glauben, spricht dann langsamer, erzählt bedächtig weiter: »Unser Vater musste ihn von mir runterzerren.« Er erschauert. »Es war beängstigend. Ich fühlte mich in seiner Nähe nicht mehr sicher, also schlief ich danach in Poppys Zimmer.« Sein Gesichtsausdruck wird weicher. »Fast bis zu dem Tag, an dem sie starb.«

Ich halte den Blick auf meine Notizen gerichtet, sitze nun aber völlig angespannt da. Weil ich die Szene wiedererkenne. Poppy hat sie gefilmt und in ihrem Tagebuch auf sie verwiesen.

30. Mai: Vince/Danny Streit. Hat er die Wahrheit erfahren??? Alles fühlt sich jetzt anders an. Mai Nr. 4, Ausschnitt Nr. 9.

Und so, wie mein Vater es mir gerade erzählt hat, ist es nicht passiert.

POPPY

30. MAI 1975

Ich sitze in meinem Zimmer, die Kamera noch immer auf meinem Schoß, und erlebe in Gedanken erneut den Streit zwischen meinen Brüdern. Die Art, wie Vince sich über Danny hergemacht hat. Das Geräusch, als sie gegen die Wand knallten, ihr Ächzen. Der Speichel, der ihnen aus dem Mund flog, ihre vor Wut verzerrten Gesichter. Was Danny zu Vince gesagt hatte, bevor der Streit losbrach. Seine Stimme, die durch die dünne Wand zwischen unseren Zimmern drang. All das wirbelt in meinem Kopf herum. Wie Vince sich auf mich gestürzt hat, als er merkte, dass ich die beiden filmte. Als sei ich die nächste Person, die er plattmachen wolle.

Es ist jetzt ruhig, aber die Sache ist nicht geklärt. Bei Weitem nicht. Das war kein Streit über die Platzverteilung in ihrem Zimmer oder darüber, dass Vince sich ohne Erlaubnis eine von Dannys Schallplatten angehört hat. Dieser Streit war brutal. Unerbittlich.

Ein Klopfen an meiner Tür schreckt mich auf, und ich bin froh, dass ich meinen Stuhl unter den Türknauf geklemmt habe.

»Lass mich rein, Poppy«, sagt Vince mit leiser Stimme.

Ich beeile mich, meine Kamera zu verstecken, vergrabe sie unter einem Stapel Pullover in meinem Wandschrank und schiebe die Tür zu.

Vince kommt mit seinem Kopfkissen und seiner Decke herein und lässt alles auf den Boden fallen. »Ich kann nicht mit ihm da drin schlafen.«

»Was ist passiert?«

Vince antwortet nicht, sondern schüttelt nur den Kopf.

»Geht es um Lydia?«, frage ich.

Sein Blick streift mich, die Augen zusammengekniffen. »Wie kommst du denn darauf?«

Ich hebe die Hände, als habe ich nichts zu verbergen. Ich habe gesehen, was er mit Danny gemacht hat, und ich will mich da raushalten. »Einfach so«, sage ich. »Aber ich wüsste nicht, was dich sonst so in Rage bringen könnte.« Ich werde ihm auf keinen Fall erzählen, dass ich von Lydias Abtreibung weiß. Oder dass es nicht sein Baby war.

Vince lässt sich auf dem Boden nieder, den Rücken gegen die Wand gelehnt, und schließt die Augen.

»Wenn du darüber reden möchtest, nur zu«, sage ich.

»Halt den Mund, Poppy.«

»Das ist mein Zimmer. Ich muss nicht den Mund halten, wenn ich nicht will.«

Er ignoriert mich, zu müde, um zu antworten. Ich starre ihn an und frage mich, wie lange er wohl auf meinem Fußboden schlafen will. Ich denke wieder an Ricky Ricardo und überlege, was er mir antun könnte.

Nebenan hat Danny seine neue Aerosmith-Platte aufgelegt und die Nadel beim sechsten Titel aufgesetzt. »Sweet Emotion«. Wir lauschen dem ruhigen Beginn, der sich steigernden Gitarre. Abrupt nimmt die Lautstärke dann zu, als Steven Tyler die Zeile über eine Freundin singt, die eine Lügnerin ist …

»Ich hasse ihn«, sagt Vince. »Ich wünschte, er wäre tot.«

KAPITEL 25

Durch Zufall sehe ich die E-Mail. Es ist drei Wochen her, seit ich die Mails das letzte Mal abgerufen habe, weil ich von all dem abgelenkt war, was ich herausgefunden hatte – von dem Menetekel an der Wand, den Filmen, den Gesprächen mit Margot und Mark. Ich bin völlig in dieser Sache aufgegangen und habe Calder in den hintersten Winkel meines Gehirns verbannt. Doch nachdem ich eine Reihe von Tabs geschlossen habe, taucht das Postfach meines Vaters auf, und da ist Calders Antwort.

> Olivia Dumont ist eine Tintenkleckserin. Ihre Art von Wohlfühlgeschichte ist eine Modeerscheinung, die zu lesen die Industrie bereits satthat.

Ich habe die Nase voll. Ich weiß nicht, was ich zu erfahren glaubte. Ich weiß bereits, dass jemand bei Monarch ihm von dem Buch erzählt hat. Ich weiß bereits, dass er Frauen wie mich hasst. Ich brauche mich nicht mehr mit ihm zu befassen.

Ich tippe:

> Es gibt einen Vertrag für das Buch, und ich bin mit seinem Fortschritt sehr zufrieden. Ich fürchte, dass wir es dabei belassen müssen.

Ich drücke auf Senden, logge mich aus, bevor ich meine Meinung ändern kann, und schließe das Fenster. Dann gehe ich rüber zum leeren Haus, eile die Treppe hoch zum Computer meines Vaters und schalte den Bildschirm ein. Ich klicke auf sein E-Mail-Konto, dann auf Einstellungen und fordere ein neues Passwort an. Nachdem ich das alte eingegeben habe, schlägt der Computer eine sehr lange und komplizierte Buchstabenfolge vor, die ich schnell akzeptiere. Ich weiß, dass sie auf diesem Computer gespeichert sein wird, ich sie aber nie und nimmer behalten werde.

Erledigt. Ich bin geschafft. Ich schaue auf die Uhr und gehe zu meinem Auto. Es ist eine lange Fahrt bis nach Ventura.

Eine Stunde später sitze ich in einem Café in der Laurel Street und warte auf einen Mann, der zur Zeit der Grand Jury im Jahr 1993 der stellvertretende Staatsanwalt war. Der damals leitende Staatsanwalt ist vor rund fünf Jahren verstorben, aber Charles Monahan war sein Stellvertreter. Ich bin fast die ganze Nacht aufgeblieben und habe alles gelesen, was ich über den Gerichtsmediziner in die Hände bekommen konnte. Welche seiner Fälle gekippt wurden. Welche Beweise ausgeschlossen werden mussten. Alles, was mir helfen würde, zu erkennen, ob man etwas übersehen hat.

Mein Vater belügt mich zweifellos, sodass ich mich frage, ob er die beiden nicht doch getötet hat. Ich spüre einen unerträglichen Druck auf der Brust. Das Verlangen nach Antworten und das widerliche Gefühl, dass ich, sobald ich etwas weiß, es nie mehr werde vergessen können, lasten schwer auf mir. Ebenso die Angst, dass das, was ich als Nächstes erfahren werde, alles verändern könnte, was ich für wahr halte.

Nachdem mein Vater mich in Bezug auf diesen Streit mit Danny angelogen hat, meide ich ihn und vertröste ihn mit Ausreden, die er sicher durchschaut. Behaupte, dass ich bereits eingereichte Kapitel umarbeiten muss. »Am besten stelle ich das, was Neil jetzt haben will, erst mal fertig, bevor wir weitermachen«, habe ich ihm gesagt. Meine Gedanken kreisen um eine Frage: Wem – oder was – schulde ich meine Loyalität? Meinem Vater? Danny und Poppy? Oder meiner eigenen ins Stocken geratenen Karriere?

Jetzt sitze ich ganz hinten im Café, beobachte die Tür und winke, als Charles hereinkommt.

»Miss Taylor?«, sagt er, als er näher kommt.

Ich stehe auf und schüttle ihm die Hand. »Vielen Dank, dass Sie sich Zeit für mich nehmen, Mr. Monahan.«

»Bitte nennen Sie mich Charlie.«

Ich schiebe den Kaffee, den ich für ihn bestellt habe, über den Tisch. Dankbar trinkt er einen Schluck. »Sie haben also ein paar Fragen zum Fall Ihrer Tante und Ihres Onkels.«

»Ich habe Fragen zum Alibi meines Vaters«, erkläre ich. »Mein Vater ist krank, und ich habe das Gefühl, dass die Chance, Antworten zu bekommen, schwindet.«

Charlie nickt und nimmt noch einen Schluck Kaffee. »Das ist verständlich, aber ich bin mir nicht wirklich sicher, ob es irgendetwas gibt, was ich Ihnen sagen kann.«

»Können Sie mir sagen, warum eine Grand Jury einberufen wurde? Welche Beweise gab es?«

Charlie seufzt und blickt sich in dem überfüllten Café um. »Wir haben die Grand Jury vor allem wegen der Sache mit dem Gerichtsmediziner einberufen, der die Autopsien von Ihrer Tante und Ihrem Onkel durchgeführt hat. Falls Sie etwas über den Fall gelesen haben, wissen Sie sicher, dass er damals ein Drogenproblem hatte.« Charlie schüttelt den Kopf. »Doch das Alibi Ihres Vaters hat standgehalten, und es gab mehrere Zeugen, die aussagten, dass der Gerichtsmediziner im Juni 1975 keine Drogen genommen habe.«

»Wenn Sie diese Informationen hatten, warum haben Sie dann überhaupt eine Grand Jury einberufen?«

»Der Staatsanwalt musste sehr sorgfältig sein. Wir nahmen an, dass es besser sei, die Entscheidung nicht selbst zu treffen, sondern sie dem System zu überlassen.« Charlie denkt einen Moment lang nach und sagt dann: »Ich weiß nicht, ob es Ihnen helfen oder alles schlimmer machen wird, doch meiner Meinung nach hat die Grand Jury ihre Sache in diesem Fall gut gemacht.« Er hat wohl meinen schockierten Gesichtsausdruck gesehen, denn er stellt schnell klar: »Ich weiß, dass dies nicht die landläufige Meinung ist. Viele Menschen wollen glauben, dass Ihr Vater schuldig ist, weil das eine bessere Geschichte ist. Doch ich kann Ihnen nur sagen, dass das System meiner Meinung nach in dieser Situation funktioniert hat. Wir konnten unseren Fall nicht beweisen, und wenn das nicht möglich ist, dann sollte die Grand Jury auch keine Anklage erheben.«

Ich bin sprachlos. »Wirklich?«

Er nickt. »Die Medien sprechen nur allzu gerne darüber, wie kaputt das System ist. Poppys und Dannys Freunde haben eine Menge Theorien zu dem, was 1975 passiert ist, und viele wirklich berechtigte Bedenken. Doch unsere einzige Aufgabe bestand darin, die uns vorliegenden Beweise zu untersuchen. Sie der Grand Jury auf die ehrlichste und überzeugendste Art zu präsentieren. Das haben wir getan. Und die Geschworenen fanden sie unzureichend, weil sie es damals auch waren. Der Zweck des begründeten Zweifels besteht nicht darin, etwas zu beweisen, sondern Fragen aufzuwerfen. Zu zeigen, dass es einen anderen Ermittlungsverlauf hätte geben können. Begründeter Zweifel ist wie eine Glocke – sobald man sie geläutet hat, kann man das Läuten nicht wieder ungeschehen machen.« Er schweigt einen Moment lang und denkt nach. »Das Recht kann fließend sein«, sagt er. »Schwierig, es genau zu definieren. Wir versuchen, es zu konkretisieren, es fair anzuwenden, aber das ist selbst unter optimalen Bedingungen beileibe nicht einfach.« Er schaut wieder hoch. »Ich war nie zu hundert Prozent dafür, den Fall vor die Grand Jury zu bringen. Nicht damals. Wir hatten nicht genug Beweise.«

»Inwiefern?«

»Zunächst einmal fehlte die Mordwaffe.« Mir kommt wieder die Panikattacke meines Vaters in den Sinn. Poppys Versteck, das Gott sei Dank leer war. »Aber auch bei dem, was wir hatten, handelte es sich nur um Indizien. Der Todeszeitpunkt und die Zeugenaussage über den Gerichtsmediziner, die das Alibi Ihres Vaters bestätigten, überzeugten die Jury, keine Anklage zu erheben.«

Ich spüre einen Funken Hoffnung – oder Erleichterung? –, dass mein Vater mir doch nicht völlig unbekannt ist. »Sie glauben also, dass es der Mann war, der Poppy als Anhalterin mitgenommen hat?«

Charlie schaut durch das Fenster auf einen vollen Parkplatz und eine Autowaschanlage dahinter, in der reger Betrieb herrscht. »Nein«, sagt er. »Aber leider ist das alles, was wir haben.«

»Was ist mit der DNA? Die Technologie hat sich seit 1975 enorm weiterentwickelt. Vielleicht könnten die Beweise, die Sie nach wie vor haben, etwas Neues zum Vorschein bringen.«

»Vielleicht«, sagt er, doch ich merke, dass er es nicht glaubt.

Mir fällt ein, dass Margot mir erzählt hat, mein Vater habe Danny einmal mit einem Messer bedroht. Sicherlich hat sie es auch Charlie erzählt. Und doch schien es keine Rolle zu spielen.

Charlie nimmt einen letzten Schluck Kaffee und stellt die leere Tasse auf dem Tisch zwischen uns ab. »Dieser Fall hatte keinerlei Chance, vor Gericht zu landen.« Er schaut mich an, und ich sehe die Jahre harter Arbeit im öffentlichen Sektor, in denen er nie so viel Geld verdiente wie wahrscheinlich die Freunde, mit denen er die juristische Fakultät besucht hatte. In denen er in einem System um Gerechtigkeit kämpfte, von dem die meisten sagen werden, dass es nicht perfekt ist, und viele andere, dass es völlig kaputt ist. »Es wäre möglich gewesen, einen Zivilprozess anzustrengen, aber es gab niemanden mehr, der dies hätte tun können. Die Eltern Ihres Vaters waren Jahre zuvor gestorben, und er war der Einzige, der noch lebte.«

»Haben Sie die Eltern je kennengelernt?«, frage ich.

»Nein, wir hatten ihre Aussagen zur Zeit der Morde, aber das war alles«, antwortet Charlie. »Beide hatten bis zum Ende behauptet, dass Ihr Vater unschuldig sei, hielten sich jedoch eher im Hintergrund. Sie waren durch den Verlust am Boden zerstört. Ich weiß nicht, ob sie wirklich glaubten, dass Vince es nicht getan hatte, oder ob sie es einfach nicht ertragen konnten, auch noch ihr letztes Kind zu verlieren.«

»Was ist mit dem leitenden Ermittler von 1975? Besteht die Möglichkeit, mit ihm zu sprechen?«

»Clint McGinnis ist 2000 gestorben.« Er spielt mit seiner leeren Tasse, dreht sie langsam auf dem Tisch herum. »Sie werden feststellen, dass die meisten von denen, die an diesem Tag da waren – Erstzeugen, Menschen, die Poppy und Danny kannten, oder Menschen, die in den ursprünglichen Fall verwickelt waren – inzwischen gestorben sind.«

»Glauben Sie, dass er auf der Anklagebank landen würde, wenn man den Fall heute wieder aufrollen würde?«

Charlie lacht gequält. »Sie vergessen, dass es immer noch keine Mordwaffe gibt. Doch wie dem auch sei, ich bezweifle es. Der Todeszeitpunkt und das Alibi Ihres Vaters waschen ihn rein. Er hat es nicht getan.«

Wir sitzen ein paar Minuten lang schweigend da, und als klar ist, dass die Sache damit für ihn abgeschlossen ist, sage ich: »Danke, dass Sie sich heute Zeit für mich genommen haben. Sie haben mir sehr geholfen.«

Er steht auf, und wir geben uns wieder die Hand. »Gerne. Es tut mir sehr leid, dass Sie diesen Verlust erlitten haben, und ich wünschte, ich hätte Antworten zu dem, was Ihrer Tante und Ihrem Onkel passiert ist. Doch das, was wir wissen, wäscht Ihren Vater rein, und ich hoffe, das hilft.«

Als ich zu meinem Auto zurückkomme, sende ich Jack eine SMS.

> Ich muss unbedingt mit dir reden.
> Kannst du dir freinehmen?

Ich sitze da und denke über mein Gespräch mit Charlie nach. Darüber, dass er glaubt, der Todeszeitpunkt sei korrekt. Beunruhigender ist, wie leicht es mir gefallen war, zu glauben, mein Vater hätte Poppy und Danny umgebracht. Ein sechzehnjähriger Junge.

Schließlich textet Jack zurück.

In einer halben Stunde an unserem Platz?

Ich sende ein *Daumen hoch* und fahre in Richtung Highway.

Unser Platz befindet sich im Valley View Preserve, einem rund achtzig Hektar großen Naturschutzgebiet. Jack und ich haben uns immer ein paar Meter vom Wanderweg entfernt bei einem umgestürzten Baum getroffen, dort gesessen, stundenlang miteinander geredet und uns vor unseren jeweiligen Familien versteckt. Ich finde einen Parkplatz in der Nähe des Pratt Trailhead, lege die kurze Strecke zu Fuß zurück und blicke über die Schulter, bevor ich bei der riesigen Eiche mit ihren tief über den Pfad hängenden Ästen abbiege.

Jack ist bereits da und wartet auf mich. »Wie ist es gelaufen?«, fragt er. Als er meinen Gesichtsausdruck sieht, sagt er: »Ich schätze, nicht gut.«

Ich setze mich auf den Baumstamm neben ihn, hebe einen Zweig auf und zerbreche ihn. »Ich bin verwirrter denn je.« Ich erzähle ihm kurz, was Charlie gesagt hat.

»Das ist gut.«

Ich schaue zu ihm hoch. »Das ist doch wohl nicht dein Ernst. Ich muss ein Buch schreiben, und niemand kann mir irgendetwas sagen, das sich verifizieren lässt.«

»Sei offen für alle Möglichkeiten. Lass dich von der Story leiten.«

Ich verdrehe die Augen. »Du lebst schon zu lange in Ojai. Waren Kristalle oder ein Klangbad nötig, um darauf zu kommen?«

»Es stammt genau genommen aus einem Interview, das du vor ein paar Jahren gegeben hast. Ich habe es auf YouTube gefunden.«

Ich starre ihn an und verstreue die zerbrochenen Zweigstücke auf dem Boden vor mir.

»Ich weiß, dass du einen Job erledigen musst, aber verlier nicht die Tatsache aus den Augen, dass dein Vater nicht mehr lange leben wird«, fährt er fort. »Er hat dich um Hilfe gebeten, und du bist gekommen. Egal, was mit dem Buch wird oder was 1975 passiert ist, eins wirst du immer haben – das Wissen, dass du gekommen bist, als er dich brauchte.«

»Er ist nie gekommen, wenn ich ihn brauchte.«

Jack sieht mich mitfühlend an. »Beziehungen sind kein Tauschgeschäft.«

Tom pflegte etwas Ähnliches zu sagen, doch ich verscheuche diesen Geist. Gott sei Dank brauche ich mir wenigstens keine Gedanken darüber zu machen, ihm irgendetwas von all dem erklären zu müssen. »Ich habe immer noch so viele Fragen«, sage ich. »Nichts von dem, was er mir erzählt hat, stimmt mit den Filmen oder mit Poppys Tagebuch überein.«

Er stupst mich mit der Schulter an. »Vielleicht ist es Zeit, ihn danach zu fragen.«

Ich schüttle den Kopf und blicke durch die Äste zum Himmel hoch. Ein Blauhäher fliegt von einem Ast zum nächsten und ruft einem Freund etwas zu. Dann schaue ich wieder Jack an. »Margot und dein Vater haben im Lauf der Jahre nie daran gezweifelt, dass mein Vater schuldig ist.«

Jack seufzt. »Margot war jung. Denk an das Gehirn eines Teenagers. Und an das Trauma, das sie durch das erlitten hat, was ihrer besten Freundin passiert ist.«

»Und dein Vater?«

»Danny war für ihn ein Held«, sagt Jack. »Sie waren beste Freunde, so wie du und ich. Wie viel davon ist Erinnerung und wie viel Emotion?« Er scharrt mit seinen Arbeitsstiefeln auf dem Boden herum. »Hast du daran gedacht, mit deiner Mutter zu sprechen?«

»Sehr lustig.«

»Ich glaube, du kennst die Wahrheit«, fährt er fort. »Aber du hast so viele Mauern um dich herum aufgebaut, dass du sie nicht mehr sehen kannst.«

Ich schaue ihn an und begreife plötzlich. »Du hast ihn nie für schuldig gehalten.«

Jack richtet den Blick auf die Bäume jenseits von uns und wählt seine Worte sorgfältig. »Ich konnte in dem Mann, den ich kannte, nie einen Mörder sehen.« Er schüttelt den Kopf. »Wie konnte der Typ, der auf Eisbechern zum Frühstück bestand, der mir beibrachte, eine Krawatte zu binden, seine Geschwister umgebracht haben?« Seine Stimme wird leiser. »Dein Dad war ein Chaot, aber er schien immer zu wissen, wann es für mich wichtig war, dass er sich zusammenriss und sich einschaltete. Er schien es intuitiv zu erahnen, wenn mein eigener Vater zu kämpfen hatte, und gab mir einfach, was ich brauchte.«

Ich weiß nicht, was ich fühle, eine Mischung aus Verwirrung und vielleicht ein wenig Verrat sowie einer Menge Bedauern. »Das hast du mir nie gesagt.«

»Es stand mir nicht zu. Vielleicht hätten wir darüber sprechen können, wenn du nicht am anderen Ende der Welt gewesen wärst. Doch ich wollte mich nicht mit dir per Brief streiten.«

»Dass du meinen Vater für unschuldig gehalten hast, muss gut bei deinem eigenen Vater angekommen sein.«

Jack lächelt mich traurig an. »Ihm habe ich es auch nie gesagt. Was hätte das für einen Sinn gehabt?«

»Was hast du gedacht, als mein Vater in den Neunzigerjahren begann, es krachen zu lassen?«

»Ich denke, jeder wird auf andere Weise mit Traumata und Trauer fertig.«

»Und was ist mit dem, was er damals auf die Wand in Poppys Schrank geschrieben hat?«, frage ich.

»Wir kennen den Zusammenhang nicht. Wir wissen nicht, wann diese Worte geschrieben wurden, ja nicht einmal, ob er sie geschrieben hat.«

»Er hat sie geschrieben«, erwidere ich lauter als beabsichtigt und senke die Stimme. »Er hat mir auch gesagt, Danny hätte die Katze des Nachbarn getötet, doch auf dem Film ist zu sehen, wie er sie begraben hat.«

»Wir haben keine Ahnung, wie diese Katze starb. Wir wissen nur, dass dein Vater sie begraben hat.« Er muss meinen skeptischen Gesichtsausdruck sehen, denn er sagt: »Nehmen wir einmal an, du findest heraus, dass dein Vater seinen Bruder und seine Schwester umgebracht hat. Was geschieht dann als Nächstes?«

Ich denke darüber nach, ob man weitere gerichtliche Schritte einleiten könnte. »Nichts«, sage ich schließlich. »Es wird keine Gerechtigkeit für Poppy oder Danny geben. Man wird ihn auf keinen Fall für fähig halten, sich vor Gericht zu verantworten.«

»Denk nur an sein Leben«, sagt Jack. »An die Jahre des Drogenmissbrauchs. Den Verlust von allen, die ihm wichtig waren. Er wohnt allein in diesem großen Haus, nur mit der bösen Alma. Was für ein Leben ist das?«

»Wenn er es getan hat, hätte er ins Gefängnis gehen und den Rest seines Lebens hinter Gittern verbringen sollen«, sage ich.

Jack lacht, aber es ist kein echtes Lachen. »Du machst Witze, oder? Er ist ein reicher, weißer Mann. Ich bezweifle stark, dass er für den Rest seines Lebens gesessen hätte.« Mit leiserer Stimme fährt er fort: »Lass uns mal annehmen, du findest heraus, dass er es nicht getan hat. Dass er eindeutig unschuldig ist. Was dann?«

Genau das ist es, was seit Verlassen des Cafés an mir nagt. Das Gewicht, das seitdem um meinen Hals hängt und mich zu ersticken droht. »Dann ist er jahrzehntelang in den Geschichten anderer Leute der Verbrecher gewesen. Und ich habe dem zugestimmt.«

»Aber jetzt bist du hier.«

Ich beobachte, wie ein Streifenhörnchen durch das Gestrüpp vor uns huscht und unter einem anderen Baumstamm verschwindet. »Bei allem, was er mir gesagt hat, handelt es sich um eine Halbwahrheit. Er stellt Danny als grausame, gefährliche Person dar, obwohl die Wahrheit doch eine völlig andere ist.«

»Dann musst du dich fragen, warum er diese Geschichte erzählen will«, sagt Jack behutsam.

POPPY

1. JUNI 1975

Vor etwa einer Woche hatte Vince vor diesem großen Streit mit Danny noch eine Schatzsuche mit mir gestartet. Vielleicht als Versuch, mich vergessen zu machen, wie wütend er gewesen war, dass ich ihn erwischt hatte, als er Ricky Ricardo im Eichenwäldchen begrub. Normalerweise wäre ich über eine neue Suche begeistert gewesen, aber dieses Mal lautete das Thema *Dunkle Orte,* und jeder Hinweis fühlte sich wie eine Falle an. Wie ein Vorwand, um mich allein an einen dunklen Ort zu locken, wo alles passieren konnte. Ich konnte nicht aufhören, an dieses Loch zu denken. Daran, dass der arme Ricky Ricardo sich, tot und begraben, allein an einem dunklen Ort befand, wo niemand ihn finden würde. An die Art, wie Vince auf mich losgegangen war und mich zu Boden gestoßen hatte. An die Auseinandersetzungen, die er mit Lydia gehabt hatte. Daran, wie er erst vor zwei Tagen Danny angegriffen hatte. *Dunkle Orte.* Wir haben dieses Jahr in Englisch Metaphern durchgenommen, und ich fragte mich, ob dies eine war.

Unsere Schatzsuchen sind jedoch nicht immer so gewesen. Sie begannen vor zwei Jahren an meinem zwölften Geburtstag. Meine Mutter hatte mir dieses dumme Tagebuch geschenkt. Von Danny bekam ich ein paar funkelnde Haarspangen, und Vince hatte sich eine Schatzsuche für mich ausgedacht.

Wo gehst du hin, wenn dein Kopf nicht nur nass ist,
sondern auch wehtut?
Du brauchst nicht in das beste Zimmer im Haus zu gehen,
um den besten Platz überhaupt zu finden.
Einer Prinzessin wäre das schon vor Wochen aufgefallen.

Hinweise führten mich im Haus herum zum Garderobenschrank, zum Dachboden und schließlich unter mein Bett, wo ein paar Schweißbänder – die gleichen, die Chris Evert trug – versteckt waren.

Danach wurden Schatzsuchen unser Ding. Nicht nur, wenn es um Geburtstagsgeschenke ging, sondern auch um Alltagsdinge. Der Preis konnte eine Packung KitKat sein, die Vince mir aus seiner Halloween-Tasche abgeben wollte. Ein abgenutzter Baseball, den ich auf dem Spielplatz fand. Ein mit Sirup übergossenes Eis im Gefrierschrank. Wir kommunizierten mithilfe von Botschaften, die in einer Heftmappe, einem Paar Schuhe oder zwischen meinem Kissen und meinem Bettlaken steckten. Schließlich entwickelte sich aus diesem Spiel die aktuelle Version mit gesprochenen Hinweisen. So streckte Vince einmal den Kopf durch meine Zimmertür und sagte: »Zucker und Würze und alles Schöne, aber Danny wird das niemals essen«, und ich sprang hoch von meinen Hausaufgaben und rannte in die Vorratskammer, wo ich einen um das Erdnussbutterglas gewickelten Hinweis fand.

Deswegen ist es für mich verwirrend, das Spiel jetzt so vorsichtig zu spielen. Als würde ich auf zerbrochenem Glas gehen, ständig auf der Hut vor der unsichtbaren Scherbe, an der man sich den Fuß verletzt.

Ich hatte gedacht, dass Vince das Spiel nach seinem Streit mit Danny aufgeben würde. Dass er zu aufgebracht wäre, um damit weiterzumachen. Doch heute Abend macht er wieder eine Andeutung, als wir im Badezimmer am Waschbecken stehen und uns die Zähne putzen.

»Dies ist meine Lieblingszeit im Jahr«, sage ich und hoffe, locker zu bleiben und dann hier rauszukommen. »Die Schule ist abgesehen von ein paar Tests so gut wie vorbei. Das Wetter ist wärmer, und man spürt, dass es bald Sommer wird.«

Vince sagt: »Meine Lieblingszeit im Jahr ist, wenn Mom die Schachtel mit der Weihnachtsdekoration rausholt.«

Unsere Blicke begegnen sich im Spiegel. Wir halten inne, und ich sehe, dass er die Augenbrauen ganz leicht hochgezogen hat.

Ich spüle mir sorgfältig den Mund aus, stelle meine Zahnbürste zurück in den Becher, gehe, obwohl ich im Schlafanzug bin, in die Küche und öffne die Tür, die zur Garage führt.

Doch ich zögere. Die Garage, in der sonst das Auto meines Vaters stand, ist gefüllt mit Gerümpel, von dem sich meine Mutter nicht trennen kann, und die Weihnachtsschachtel steht ganz auf der anderen Seite. Ich müsste über den staubigen Fußboden und um Spinnennetze herumlaufen und will gar nicht darüber nachdenken, um was sonst noch. Ich drücke den Lichtschalter, aber die Glühbirne knallt durch, und dann ist es dunkel.

»Was machst du da?«, fragt Danny hinter mir. Er steht an der Anrichte und trinkt einen Orangensaft.

Ich versuche, seine Laune einzuschätzen. Wenn er gute Laune hat, ist er vielleicht bereit, mir zu helfen. Doch es kann genauso gut sein, dass er wartet, bis ich die Garage durchquert habe, und dann die Tür hinter mir verschließt.

Also mache ich einen Schritt zurück in die Küche. »Ich dachte, ich hätte da drin eine Stimme gehört.«

Danny wackelt vor mir mit den Fingern herum, zu nahe an meinem Gesicht, und sagt: »Unheimlich.«

Hinter ihm sehe ich Vince im Flur herumlungern, seine Miene undurchdringlich. Ich schaue zwischen meinen beiden älteren Brüdern hin und her und beschließe, dass der Hinweis warten kann.

Am nächsten Morgen stehe ich vor den beiden auf, um mich in die Garage zu schleichen und die Weihnachtsschachtel herunterzuziehen. An einer der roten Kugeln, die wir in unseren Baum hängen, klebt der Hinweis. *Du wirst deinen Preis finden in …* Um das letzte Wort herauszubekommen, muss ich noch einen weiteren Hinweis finden. Das Spiel nähert sich dem Ende.

KAPITEL 26

»Erinnerst du dich an die allerletzte Schatzsuche, die ich mir für dich ausgedacht hatte?«

Mein Vater und ich spazieren Seite an Seite durch den Obstgarten, und seine Frage überrascht mich, weil ich genau diese Schatzsuche, von der er spricht, noch gut im Gedächtnis habe. Ich kann mir nicht vorstellen, dass er mich jetzt an sie erinnern möchte.

»Wie könnte ich sie vergessen«, sage ich.

»Erzähl mir, an was du dich erinnerst«, befiehlt er.

Ich schaue zu ihm hin, um zu sehen, ob er verwirrt ist, doch sein Blick ist klar. »Was meinst du damit?«, frage ich.

»Erzähl mir einfach die Geschichte, Olivia. Von Anfang an.«

»Ich erinnere mich, dass sie an einem Montag beim Essen begann.« Ich denke zurück an den Sommer, in dem ich dreizehn war. »Bei einer Mahlzeit, die Melinda garantiert per Telefon bestellt und abgeholt hatte, wobei sie dann die Tragetaschen auf der Anrichte ließ, als sie an diesem Tag nach Hause ging.« Ich blicke zu ihm hinüber, um zu sehen, ob er bei der Erwähnung von Melinda und der Tatsache, dass er sie damit zu beauftragen pflegte, für mich zu sorgen, eine Abwehrhaltung einnimmt, doch er schaut beim Gehen auf den Boden vor uns. »Du hast mich gefragt, ob du mir jemals erzählt hättest, wie du einmal einen Waschbären in einem Klohäuschen eingeschlossen hast.«

Ich warte darauf, dass er sagt, er habe nie im Leben ein Klohäuschen benutzt, aber er bedeutet mir mit einem Nicken, dass ich fortfahren soll. »Ich war überrascht, dass du dir überhaupt die Mühe gemacht hast, mit mir zu essen. Die meiste Zeit habe ich allein vor dem Fernseher das gegessen, was Melinda für mich geholt hat, während du Gott weiß was oben in deinem Büro gemacht hast. Sicher dein Abendessen getrunken.« Wir gehen schweigend weiter und versuchen, knorrigen Baumwurzeln auszuweichen. »Aber du bist damals die ganze Woche nach unten gekommen, um mir irgendwelche Geschichten zu erzählen.«

Ich erinnere mich ganz genau an diesen ersten Abend: an die Spaghetti Carbonara auf meinem Teller, das in Schatten gehüllte Wohnzimmer, weil nur die Lampe über dem Herd und die Deckenlampe im Esszimmer brannten. Mit dreizehn hatte ich angefangen, die Jahre zu zählen, bis ich weg zum College gehen konnte. Jack und ich sprachen die ganze Zeit über die University of California, Los Angeles oder Berkeley, die beide, auch wenn sie in Kalifornien lagen, weit genug von dem Ort entfernt waren, an dem wir uns wie Außenseiter fühlten.

Mein Vater, bei dessen Chicken Piccata sich an den Rändern schon erkaltetes Fett gebildet hatte, saß mir gegenüber und senkte die Stimme, wie er es immer tat, wenn er mit einer Geschichte begann. *Habe ich dir jemals davon erzählt, wie ich einmal einen Waschbären in einem Klohäuschen eingeschlossen habe? Ich war zwölf, und wir wohnten in einem Blockhaus im Wald. Es gab drinnen keine Sanitäreinrichtungen, nur eine Außendusche und ein Klohäuschen rund zwanzig Meter vom Hintereingang entfernt.*

»In groben Zügen ging es um einen schicken Kosmetikkoffer, den deine Mutter auf die Reise mitgenommen hatte, während du dich mit einer Papiertüte für dein Shampoo und deine Seife begnügen musstest.« Ich werfe ihm einen Blick zu, um zu sehen, ob er es genauso in Erinnerung hat wie ich. Auf welche Weise er mir Hinweise gab, worauf ich bei der Unterhaltung achten sollte. Die Geschichte innerhalb der Geschichte.

»Erzähl weiter«, sagt er.

»Du hast mir gesagt, deine Mutter habe ihren Kosmetikkoffer im Wandschrank unter der Treppe aufbewahrt. Dann hast du deine

Gabel genommen, noch einen Bissen von dem Hühnchen gegessen und mich beobachtet. Ich habe ein paar Sekunden gebraucht, um es zu begreifen. Mich daran zu erinnern, dass es in dem Haus, in dem du aufgewachsen warst, keinen Wandschrank unter der Treppe gab, ja, überhaupt keine zweite Etage.«

Langsam schob ich meinen Stuhl vom Tisch weg. Mein Vater aß weiter, machte sich nicht einmal die Mühe, mich zu beobachten. Ich verließ den Lichtkreis, ging in das dunkle Wohnzimmer, dann weiter zur Treppe und zu dem kleinen Flur, der zu Melindas Büro führte. Rechts von mir befand sich der Wandschrank, und ich öffnete ihn. Auf dem Boden, direkt in der Mitte, lag eine Kulturtasche – eine Stofftasche mit farbenfrohen blaugrünen und orangefarbenen Spritzern, die wie abstrakte Fische aussahen.

»Ich brachte sie mit zum Tisch, setzte mich wieder und legte sie neben mich, sicher, dass du sie wahrscheinlich bei deiner letzten Reise auf dem Weg aus dem Hotel noch schnell im Geschenkshop oder eher noch auf dem Flughafen gekauft hattest. Dann fragte ich dich nach dem Waschbären.«

»Und was habe ich dir gesagt?«

»Du hast gesagt, es sei Teil der Suche, eine Geschichte, die eine Unwahrheit enthalte, die ich erkennen würde.«

Ich führe ihn zu einer Bank mitten im Obstgarten, wo die Zitronenbäume bereits kleine, gelbgrüne Früchte hervorbringen, die man aber noch nicht pflücken kann. »Am nächsten Abend war es eine Geschichte über chinesisches Essen, das du in England gegessen hattest, während einer Rucksacktour nach dem College.«

»Ich bin nie aufs College gegangen«, sagt er.

»Eben. Das war für mich der Hinweis, genau hinzuhören.«

Ich erinnere mich, wie verärgert ich war, dass er mir nicht einfach etwas geben konnte. Dass immer eine Prüfung damit verbunden war. Dass ich es mir, was immer es auch sein mochte, jedes Mal verdienen musste.

Auf einem der Äste über uns schreckt ein Vogel auf und fliegt weg, wobei eine Feder herunterfällt. Wir beobachten, wie sie zu Boden schwebt. »Was hatte ich denn bei dieser Suche für dich versteckt?«, fragt er.

»Einen Rucksack. Einen von diesen Wanderrucksäcken mit Schnallen und Reißverschlusstaschen außen dran. *Die Schule fängt erst in zwei Monaten wieder an*, habe ich zu dir gesagt. Du hast den Rest deines Weins heruntergekippt und dein Glas wieder gefüllt. *Man kann nie wissen,* hast du erwidert.«

Mein Vater verschränkt die Arme vor der Brust, und ich sage: »Ist dir kalt? Möchtest du zurückgehen?«

»Ich will den Rest der Geschichte hören.«

»Bei der letzten ging es um eine Safari, die deine Presseagentin unternahm. Du hast sie so detailliert erzählt, dass ich mir ziemlich sicher war, dass sie stimmte. Du hast immer weitererzählt, den Flughafen beschrieben, welche Schwierigkeiten sie hatte, ihren großen Koffer in das kleine Flugzeug zu bekommen. Wie alle – selbst die Piloten – kamen, um ihr zu helfen. *Weichschalenkoffer sind viel, viel besser,* hast du mir gesagt.«

An jenem Abend gab es Sub-Sandwiches von unserem Lieblingsladen in der Stadt. Das weiche Brot triefte vor Essig, Mayonnaise und Senf. Ich wollte eigentlich nur mein Sandwich aufessen und das Zimmer verlassen. Jack und ich sahen donnerstagabends gern per Telefon zusammen Fernsehen. Ich in meinem Zimmer mit dem kleinen Apparat auf meiner Kommode und Jack bei sich zu Hause im Untergeschoss mit dem großen Fernseher, den sein Vater nutzte, um Football zu schauen. Wir sahen uns dann *Mad About You* an. Und anschließend *Wings* und *Seinfeld*.

»Dieses Mal war es ein neuer Koffer, den du im Kofferraum deines Autos versteckt hattest. Ich habe ihn herausgehievt und dann über die Auffahrt, die Treppe hoch und ins Wohnzimmer gerollt. Eine Kulturtasche. Ein ausgefallener Rucksack und dann ein Koffer. Als ich mit dem Koffer reinkam, hast du gefragt: *Gefunden?* Ich war verwirrt. Der Koffer war doch da. Aber dann hast du gesagt: *Nein, nicht den Koffer. Das, was sich im Koffer befindet.*«

Ich war wieder vom Tisch aufgestanden, hatte den Koffer auf die Seite gekippt, langsam den Reißverschluss aufgezogen, den Koffer aufgeklappt und eine Hochglanzbroschüre gefunden. Bilder von Kindern, die ein bisschen älter waren als ich – von einem hübschen Jungen mit braunem Haar, einer Schutzbrille über den Augen und einem zahnpastaweißen Lächeln in einem Forschungslabor. Einem blonden Mädchen, das über ein makelloses Fußballfeld lief. Bilder von Backsteinbauten, von Gruppen herumspazierender, lachender Kinder. Die Broschüre war auf Französisch, sodass ich zuerst nicht verstand, um was es sich handelte.

»Deine neue Schule«, hatte mein Vater verkündet und wieder nach seinem Sandwich gegriffen, aus dessen hinterem Ende ein großes Stück Salami glitt, als er einen Bissen nahm. Er kaute und sagte dann: »In vier Wochen geht's los.«

Ich versuche jetzt, die Tränen zurückzuhalten, die sich in meine Stimme schleichen, denn ich will nicht, dass er sieht, wie weh es mir immer noch tut. Wie verraten ich mich fühlte. Wie verlassen. »Du hast mich einfach … aus deinem Leben geworfen, ohne jede Diskussion«, sage ich ihm. »Nur eine Reihe von Hinweisen, die mich zu den Dingen führten, die ich würde mitnehmen müssen, wenn ich für immer wegging.« Wir sitzen Schulter an Schulter. Die Dämmerung bricht herein, und der Boden und die Bäume wirken blassgrau.

»Ich habe nur versucht, dafür zu sorgen, dass du Spaß hast«, erklärt er mir jetzt. »Die Schatzsuchen, die Hinweise … Poppy liebte sie.«

»Vielleicht hat sie aber auch nur mitgemacht, weil sie dich nicht verärgern wollte«, sage ich.

»So habe ich das nicht in Erinnerung.« Sein Ton ist gereizt.

Wir sitzen ein paar Minuten lang schweigend da, beide in Gedanken versunken. Wieder kommen mir Jacks gestrige Worte in den

Sinn. *Du musst dich fragen, warum dies die Geschichte ist, die er erzählen will.* Bei anderen Projekten hat die Geschichte immer jemand anderem gehört, und meine Aufgabe bestand allein darin, sie zu etwas zu formen, das beim Leser Anklang finden würde. Doch dieses Buch – über meine Familie, meine Vergangenheit – gehört auch mir. Vielleicht bin ich an der Reihe, eine Geschichte zu erzählen.

»Erinnerst du dich an unseren Trip nach Miami?«, frage ich.

Er denkt einen Moment lang nach. »Ich kann mich nicht erinnern, je mit dir in Miami gewesen zu sein.«

»Im Prinzip warst du es auch nicht. Du hast deine Zeit entweder mit Trinken an der Hotelbar oder dem Versuch verbracht, von einem der Kellner Drogen zu bekommen.«

Er wirft mir einen Blick zu. »Wann war das?«

»In meinem dritten Jahr an der Highschool, also 1996. In den Winterferien. Ich wollte nach Hause nach Ojai kommen und Jack sehen, aber du hast gesagt, du bräuchtest einen Tapetenwechsel.« Ich halte kurz inne. »Als es Zeit war, nach Hause zu fahren, hast du mir gesagt, ich solle in die Lobby kommen und wir würden ein Taxi zum Flughafen nehmen. Du müsstest *noch schnell etwas erledigen.*«

»Will ich den Rest davon hören?«

»Wahrscheinlich nicht, aber ich werde ihn dir trotzdem erzählen. Ich habe fast eine Stunde auf dich gewartet, bevor ich an der Rezeption gefragt habe, ob sie dich gesehen hätten. Sie sagten, du hättest bereits ausgecheckt und seist abgereist.«

Er schaut mich nicht an. »Ich habe dich dagelassen?«

»Ich hatte riesige Angst. Ich habe dann diesen Kellner ausfindig gemacht und ihn gebeten, mich zum Flughafen zu fahren.« Ich nehme mir einen Moment Zeit, erinnere mich an die Panik, die mir die Kehle zuschnürte. An den mitfühlenden, wissenden Blick der Rezeptionistin. Die ruhige Art, in der sie mir vorschlug, mich an den *Freund* meines Vaters zu wenden, der draußen auf der Terrasse Servietten falte. »Als ich zum Gate kam, hast du dagesessen und auf den Flug gewartet, als sei alles in Ordnung. Du hast vor dich hingeschaut, die Sonnenbrille noch immer auf der Nase. Wahrscheinlich voll wie eine Haubitze. Ich hab mich hingesetzt und dich so richtig fertiggemacht. Hab dir gesagt, was für ein beschissener Mensch du seist, was für ein beschissener Vater. Hab gesagt, dass ich nie wieder mit dir Urlaub machen, ja nicht einmal mehr nach Hause nach Ojai kommen wolle. Ich habe dir mitgeteilt, dass ich all meine Ferien entweder an der Schule oder mit Freunden verbringen würde, und dann wollte ich von dir wissen, was für ein Mensch man sein müsse, um seinem einzigen Kind so etwas anzutun. Jahre des Schmerzes und der Wut, für die ich dich verantwortlich machte, brachen sich Bahn. Ich bin mir sicher, dass die Leute um uns herum ganz schön was zu hören bekamen.«

»Was habe ich gesagt?« Seine Stimme klingt zaghaft, als wolle er es nicht wirklich wissen.

»Zuerst dachte ich, du seist wütend. *Breite unsere Angelegenheiten nicht in der Öffentlichkeit aus, Olivia,* hast du immer zu mir gesagt. Doch inzwischen war es mir egal. Ich wollte dich zur Rede stellen.« Ich lache leise auf. »Um deine Frage zu beantworten: Du hast nichts gesagt. Nur dieses eisige Schweigen, das du immer an den Tag gelegt hast, wenn du zu wütend warst, um zu sprechen. Doch dann habe ich gemerkt, dass du nichts davon gehört hattest, weil du, hinter deiner Sonnenbrille versteckt, geschlafen hast.«

Er atmet tief aus. »Es ist ein Wunder, dass du Ja zu diesem Job gesagt hast.«

»Wenn ich irgendwelche Alternativen gehabt hätte, dann hätte ich es nicht getan.«

Ich warte darauf, dass er sich entschuldigt, dass er sagt: *Es tut mir leid, dass ich dir das angetan habe. Ich bedaure meine Inkompetenz und dass ich dich vernachlässigt habe.* Doch schon bald wird mir klar, dass er das nicht tun wird. Mein Vater entschuldigt sich nie. Nicht im traditionellen Sinn. Er wird eine Geste machen – eine große oder eine kleine, je nach Vergehen –, aber ich habe ihn noch kein einziges Mal sagen hören, dass es ihm leidtut.

Und ich erkenne, wie viele Jahre ich darauf gewartet habe. Auf ein kleines bekennendes Nicken. Ein bedauerndes Nicken. Ich weiß nicht, was ich mir durch das nochmalige Erzählen der Sache erhofft habe. Vielleicht die Bestätigung, dass es wirklich passiert ist. Das Eingeständnis, dass auch er sich daran erinnert, dass ich nicht die Einzige gewesen bin, die diese Momente mit sich herumgetragen hat, schwere Gewichte, die immer noch auf mir lasten.

Aber mein Vater kann mir nicht einmal mehr das geben.

Wir gehen zurück zum Haus. Der Himmel verfärbt sich von Violett zu Schwarz, und die Lichter im Obstgarten erhellen den Weg. Wir erreichen den Hof, und ich will gerade nach oben in mein Zimmer eilen, als er sich umdreht und mich ansieht. »Jedes Kapitel muss eine bestimmte Aussage haben. Selbst wenn der Leser sie nicht erkennen kann. Jede Geschichte muss zwei Zwecken dienen – sie muss es dem Leser ermöglichen, die Charaktere besser kennenzulernen, und die Erzählung zu einem Ende hinführen.«

Es ist früher Abend, die Tageszeit, zu der mein Vater normalerweise beginnt, den Gesprächsfaden zu verlieren, in die Vergangenheit abzugleiten und mich für meine Mutter zu halten. Oder vielleicht dieses Mal für einen Schützling, dem er irgendwo auf seinem Weg geholfen hat.

Er starrt mich einen Moment lang an, als warte er auf die Bestätigung, dass ich weiß, wovon er spricht. Als ich nichts erwidere, kommt er einen Schritt näher. »Verstehst du, was ich dir sage?«

Plötzlich kommen mir wieder Jacks Fragen von gestern in den Sinn. Warum die Geschichten, die er mir erzählt – über den unheimlichen älteren Bruder und zwei jüngere Geschwister, die immer mehr Angst vor ihm bekamen –, diejenigen sind, über die ich seinem Wunsch entsprechend schreiben soll. Seine Verweise auf die Schatzsuchen, die er immer entwarf. Die ausgefallene Art, mir Hinweise zu hinterlassen. Ein Manuskript voller Geschichten, die alle auf ihn hindeuten.

»Ich bin mir nicht sicher«, sage ich schließlich.

Er mustert mich, und ich sehe Enttäuschung in seinem Blick. Frustration. Als würde ich überhaupt nicht verstehen, worum es geht. »Dann bist du vielleicht doch nicht die richtige Person für diesen Job.«

KAPITEL 27

Ich sehe jetzt alles ganz klar. Und alles sieht ganz anders aus.

Es handelt sich hier nicht nur um Memoiren. Es ist eine Schatzsuche – unsere letzte –, und jede Geschichte ist ein Hinweis. Wenn ich nicht so wütend wäre, dann wäre ich beeindruckt. Das Buch ist im Juli fällig – in weniger als drei Monaten –, und wir haben keine Zeit für Spiele. Und ich beginne, mich zu fragen, ob bis jetzt alles Teil der Suche gewesen ist. Die Wahnvorstellungen, seine Unfähigkeit zu lesen, die praktischerweise meine Gegenwart hier nötig macht. Doch ich verwerfe diese Möglichkeit sehr schnell. Wäre es wahr, müsste Alma ein Teil davon sein, und sie hat null Toleranz für Spiele.

Mein Vater ist ein hervorragender Schriftsteller, aber kein Schauspieler. Der Schweiß auf seiner Stirn und die Angst in seinen Augen, als er diese Panikattacke hatte. Seine Unruhe, wenn er denkt, ich sei meine Mutter. Er muss wissen, dass er vielleicht Dinge verrät, die er ansonsten nicht verraten würde, dass dies die erste Schatzsuche ist, über die er nicht die Kontrolle hat. Das muss beängstigend sein. Und aufregend für einen Mann, der immer danach trachtet, den Einsatz zu erhöhen.

Mein Vater hat Danny und Poppy entweder getötet und möchte es zugeben, oder er hat es nicht getan und will, dass ich herausfinde, wer es getan hat.

Und wie so oft in meiner Kindheit sagt mir mein Vater nicht einfach das, was ich seiner Meinung nach wissen sollte. Er erwartet, dass ich es allein herausfinde.

Wenn er mir Hinweise hinterlässt, dann wird es Zeit, dass ich anfange, ihm zu sagen, was ich weiß.

»Ich bin im Haus gewesen«, sage ich zu Beginn unserer nächsten Sitzung.

Verwirrt sieht er mich an.

»Das Haus in der Van Buren Street. Ich weiß, dass es noch immer dir gehört.« Als er nicht reagiert, frage ich: »Warum hast du mir nicht einfach an meinem ersten Tag hier davon erzählt? Warum lässt du mich herumschleichen und durch Fenster schauen?«

»Du hast keinen Grund, dorthin zu gehen. Du bist hier, um ein Buch zu schreiben, nicht, um Nancy Drew zu werden.«

»Dies ist wieder eine von deinen Schatzsuchen«, sage ich.

Doch er schüttelt den Kopf. »Unsinn, Olivia.«

Ich ignoriere, dass er davon ablenken will. »Ich hätte gern deine Erlaubnis, zum Schreiben dorthin zu gehen. Es wird mir helfen, mich in die Zeit hineinzuversetzen und mit dem Ort vertraut zu machen, und ich fände es gut, wenn ich dazu nicht wieder dort einbrechen müsste.«

Er sieht mich verärgert an. »Du bist eingebrochen? Wie?«

»Durch das Fenster an der Hintertür.«

Ein kleines Lächeln. »Danny und ich haben das früher auch gemacht.«

»Ich weiß, das hast du mir erzählt.«

»Wirklich?« Er scheint ehrlich überrascht zu sein.

»Warum hast du das Haus behalten?«, frage ich. »Warum verkaufst du es nicht?«

»Nach den Morden haben wir noch eine Weile dort gewohnt.« Bei der Erinnerung daran schüttelt er den Kopf. »Es war schrecklich. Aber meine Eltern konnten sich keinen Umzug leisten, und außerdem hätte auch niemand das Haus gekauft. Nachdem ich ausgezogen war, konnten sie es endlich vermieten und in eine kleine Wohnung ziehen. Keiner von ihnen hat noch lange gelebt. Wie du weißt, ist mein Vater 1978 an einem Herzinfarkt und meine Mutter zwei Jahre später an Brustkrebs gestorben. Es zu verkaufen, erschien mir damals dumm. Wir hatten eine wunderbare Mieterin –

eine Deutsche namens Frieda, die es nicht kümmerte, was dort passiert war, und keine hohen Ansprüche hatte. Es ist ein Wunder, dass sie all die Jahre dort geblieben ist.« Er zuckt leicht mit den Schultern, als solle das alles erklären. »Geh einfach so oft dorthin, wie du möchtest. Wenn irgendjemand fragt, dann sag, dass du die neue Mieterin bist.«

Ich denke an den Nachbarn, der das Haus zu überwachen scheint, und frage mich, ob er mir das glauben wird. Er scheint der Typ Mensch zu sein, dem es auffallen würde, dass überhaupt keine Möbel eintreffen. Dass es da nur eine fremde Frau gibt, die mit nichts weiter als einem Laptop kommt und geht.

Mir kommt der Gedanke, dass es meine einzige Alternative sein könnte, in diesem Haus zu wohnen, wenn ich meine Schulden nicht abbezahlen kann. Ich stelle mir vor, dass ich meine Sachen packe, aus dem Haus in Topanga ziehe, einen Nachsendeantrag für meine Post stelle und im Elternhaus meines Vaters lebe. Stelle mir vor, welche Geister dann vielleicht zu mir kommen werden – nicht nur der Geist meiner Tante und meines Onkels, sondern auch der Person, die ich vielleicht hätte sein können, wenn all das nicht geschehen wäre. Welche Art von Freundin ich hätte sein können. Welche Art von Partnerin für Tom. Ich verscheuche den Gedanken.

»Als ich im Haus war, habe ich Poppys Versteck im Fenster entdeckt.« Vorerst erwähne ich das andere Versteck unter den Dielen ihres Wandschranks nicht. »Deine Halluzination war also eigentlich gar keine Halluzination. Das Versteck existiert.«

Er erstarrt. »Na und? Poppy kannte meine Geheimnisse. Ich kannte ihre.«

Er weicht aus. Lenkt ab. Zum Teufel mit Almas Regeln, es wird Zeit, ihn ein bisschen zu fordern. »Ich möchte dir was zeigen. Sehen, woran du dich erinnerst.«

Ich greife nach meinem Handy, das immer noch aufnimmt, wechsle zu meinen Fotos und öffne dasjenige, das ich in Poppys Wandschrank gemacht habe. »Du wirst schon bald tot sein«, lese ich laut vor und halte ihm das Handy hin, damit er es selbst sehen kann. »Als ich im Haus war, habe ich das in Poppys Wandschrank entdeckt. Es ist deine Schrift.«

Ich erwarte, dass er erschrocken aussieht. Beunruhigt. Denn wenn das ein Hinweis ist, dann ist es ein sehr belastender.

Doch stattdessen lacht er.

POPPY

3. JUNI 1975

Noch zehn Tage Schule. Niemand redet mehr über irgendetwas anderes. Darüber und über das Sommerfestival bei der Highschool. Welche Fahrgeschäfte es geben wird. Welche knuffigen Schausteller wiederkommen werden. Was die Kids *wirklich* tun werden, während ihre Eltern denken, dass sie auf dem Festival sind. Ich nehme einen Bissen von meinem Roastbeef – meine Mutter hat es wieder zerkochen lassen –, kaue und versuche, Vinces schwelende Wut und Dannys zur Schau gestellte Gleichgültigkeit zu ignorieren. Die Erinnerung an das Geräusch abzuschütteln, als die beiden gegen die Wand geknallt waren. Daran, dass es den Anschein hatte, als wolle Vince Danny umbringen. Und dass er es dann später mir gegenüber buchstäblich zugab.

Meine Mutter versucht immer wieder, Small Talk zu machen, uns irgendwie aus der Reserve zu locken. »Ich habe gehört, dass die Regierung den getrennten Sportunterricht für Jungen und Mädchen abgeschafft hat. Nächstes Jahr werdet ihr alle zusammen Sportunterricht haben«, sagt sie und sieht uns in der Hoffnung, dass wir unsere Meinung dazu äußern, der Reihe nach an.

»Gerald Ford ist ein Handlanger«, sagt mein Vater zu niemandem. »Er ist ein Platzhalter, nichts weiter. Völlig nutzlos.«

Ich kann es nicht lassen. »Seine Frau hätte Präsidentin werden sollen. Sie ist diejenige, die eine echte Vision hat, die über Brustkrebs und Abtreibung spricht.«

»Poppy«, warnt meine Mutter.

»Komm schon, Mom. Die Worte kann man ruhig sagen. ›Brustkrebs. Abtreibung.‹«

»Das ist doch lächerlich«, sagt mein Vater. »Eine Frau wird nie Präsident werden.«

»Warum nicht?«, fordere ich ihn heraus.

»Es reicht«, sagt meine Mutter, und wir schauen sie alle an, sehen, wie sie zitternd auf ihrem Stuhl sitzt und versucht, einen glücklichen Gesichtsausdruck aufzusetzen, aber kläglich scheitert. »Nicht bei Tisch.«

Mein Vater ignoriert sie und hält sein Messer hoch, um seinen Standpunkt darzulegen. »Wenigstens hat Ford eine Sache gut hingekriegt – er hat Nixon begnadigt. Das wäre eine echte Katastrophe gewesen.«

»Weißt du, was eine echte Katastrophe ist?«, fragt Vince. Alle Augen richten sich auf ihn, hauptsächlich, weil er seit seinem Streit mit Danny außer mit mir kaum zwei Worte mit jemandem gewechselt hat. »Poppys Wandschrank.«

Ich zögere, halte mitten in der Bewegung inne, als ich die Gabel zum Mund führe.

»Mach schon«, treibt Vince mich an. Er lässt mich nicht einfach so tun, als habe ich den Hinweis nicht gehört.

Ich schiebe meinen Stuhl zurück und gehe in mein Zimmer. Hinter mir höre ich meine Mutter sagen: »Musst du dieses Spiel während des Abendessens spielen?«

Ich bahne mir einen Weg durch die auf dem Boden verstreuten Kleidungsstücke und Bücher, steuere direkt auf meinen Wandschrank zu und öffne ihn. Ich schiebe meine Kleider beiseite und lasse den Blick über die Rückseite gleiten, um zu sehen, ob Vince dort vielleicht irgendetwas versteckt hat. Dann durchsuche ich das Durcheinander von Schuhen auf dem Boden und verstreue sie überall.

»Komm zurück an den Tisch«, ruft meine Mutter.

Ich nehme jeden Schuh in die Hand, taste in ihm nach einem Stück Papier. Ich werde Vince nicht wissen lassen, dass ich nicht mit ganzem Herzen bei der Schatzsuche bin. Dass er anfängt, mir Angst zu machen. Ich stehe auf und lasse die Hand unter meine Pullover gleiten, aber da ist nichts.

»Ist es zu viel verlangt, dass wir nett zusammen essen, ohne dass jemand mein Haus auseinandernimmt?«, fragt meine Mutter.

Ich ziehe alles aus dem Schrank und häufe es in der Mitte meines Zimmers auf. Noch immer nichts.

»Poppy«, ruft mein Vater in warnendem Ton. Mir bleibt noch rund eine halbe Minute, bevor ich richtigen Ärger kriege.

Ich schnappe mir die Taschenlampe, die unter meinem Kopfkissen liegt, und leuchte damit den nun leeren Schrank aus, leuchte in jede Ecke, jede Spalte. Und da sehe ich es.

Auf die Innenwand hat mein Bruder mit Filzstift den Hinweis geschrieben, mit dessen Hilfe sich das Rätsel lösen lässt.

Du wirst schon bald tot sein.

Ich kann nicht mehr klar denken, spüre nur noch Angst. Seine Worte von gestern Abend – *ich wünschte, er wäre tot* – und jetzt das.

»Poppy!«, ruft mein Vater. Lauter. Nicht länger bereit zu warten.

Ich lasse alles liegen und kehre an den Tisch zurück. Vince starrt mich an, sagt aber nichts, sondern spießt ein Stück Spargel auf seine Gabel. Ich nehme noch etwas Kartoffelbrei und versuche, ihn hinunterzuschlucken.

»Und?«, fragt Vince.

Ich lege die Gabel nieder.

»Der Hinweis gehört zu dem, den du in der Garage gefunden hast«, erklärt er, als ich nichts sage. »Die beiden gehören zusammen.«

Eine Bitte? Eine Drohung? Ich gehe die letzten beiden Zeilen durch, füge Wörter ein, die sich auf *dead* reimen. »Schon bald wirst du tot (*dead*) sein, du wirst den Preis im … Bett (*bed*) finden?«, sage ich und sehe ihn an. Hoffentlich ist dieses Spiel bald vorbei.

Meine Mutter ringt nach Luft. »Vincent«, schimpft sie. »Wie kannst du nur etwas so Schreckliches zu deiner Schwester sagen.«

»Entspann dich, Mom. Es ist kein Glückskeks«, sagt er. »Es muss sich nur reimen.« Zu mir sagt er: »Passt ein Bett zu dem Thema?«

Unsere Mutter schnaubt und nimmt noch einen Schluck Wein.

Es ist das erste Mal, dass ein Hinweis nicht auf ein Stück Papier geschrieben, sondern auf eine Wand geschmiert wurde, und ich überlege, ob es sich um einen weiteren Hinweis auf ein anderes Geheimnis handelt. Ob Vince versucht, mir etwas anderes zu sagen.

Ich schiebe den Gedanken beiseite und kehre zu dem vorliegenden Rätsel zurück. »Du wirst schon bald tot sein. Du wirst den Preis im … Schuppen (*shed*) finden?«

Vince sieht zufrieden aus.

Ich will auf keinen Fall allein zum Schuppen gehen. Doch Vince starrt mich an, wartet, und ich will nicht durchblicken lassen, dass ich Angst habe, oder irgendetwas tun, was ihn wütend macht. Also schaue ich meinen Vater an. »Darf ich bitte aufstehen?«, frage ich in der Hoffnung, dass er Nein sagt. Dass er unserem Spiel ein Ende setzt.

Er schaut auf meinen Teller und sagt: »Trink deine Milch aus.«

Ich trinke sie langsam, trage dann alles zur Spüle und gehe zur Hintertür. Draußen ist es dunkel, der Schuppen nur ein schwacher Schatten in der Ecke des Gartens, das riesige leere Feld dahinter pechschwarz. Der Schuppen, in dem meine Mutter ihre Gartengeräte aufbewahrt, ist winzig und hat nur ein Fenster. Ich steuere auf ihn zu, blicke über die Schulter, um sicherzugehen, dass Vince mir nicht folgt.

Als ich hineingehe, dauert es einen Moment, bis meine Augen sich an die Dunkelheit gewöhnt haben. Dann sehe ich sie. Die leuchtend gelbe Kodak-Schachtel. Erleichtert atme ich auf. Das ist typisch Vince. Er ist nie in der Lage, über seine Gefühle zu sprechen. Nie fähig, sich mit Worten zu entschuldigen. Stattdessen tut er Dinge wie diese. Er macht diese Gesten, die dir zeigen, dass alles in Ordnung ist.

Ich kehre ins Haus zurück und halte triumphierend die Schachtel hoch. »Meine elfte Filmrolle – sogar mit Tonspur!«

Danny verdreht die Augen. »Super«, sagt er und steht ohne Erlaubnis vom Tisch auf. Er trägt seinen Teller und seine Tasse zur Spüle und setzt sie ab. »Jetzt kann sie uns auch noch belauschen.«

KAPITEL 28

»Es ist nicht das, was du denkst«, sagt mein Vater. Ich schalte mein Handy aus, und das Bild von seiner handgeschriebenen Drohung in Poppys Wandschrank verschwindet.

»Was war es dann?«, frage ich.

»Es war Teil eines komplizierten Spiels, das Poppy und ich gespielt haben, unsere Version einer Schatzsuche. Die konnte Tage oder sogar Wochen dauern. Es gab ein geschriebenes, aus mehreren Teilen bestehendes Puzzle. Oft ein Gedicht, aber nicht immer. Sobald du es zusammengesetzt hattest, verriet es dir, wo der Preis versteckt war.« Er erwärmt sich jetzt für sein Thema. »Doch die Hinweise darauf, wo die einzelnen Teile des Gedichts zu *finden* waren, wurden laut gesprochen. Du musstest also genau auf jedes Wort achten, das die betreffende Person sagte. Die Suchen drehten sich immer um ein bestimmtes Thema. Lautete das Thema zum Beispiel *Rote Dinge*, musstest du auf einen Hinweis auf etwas achten, das rot sein konnte. Wenn ich also etwas über Äpfel sagte, hast du vielleicht dort nachgeschaut, wo die Äpfel aufbewahrt wurden, und dort ein weiteres Puzzlestück gefunden.«

Ich erwarte, dass er auf das Spiel hinweist, das wir jetzt zu spielen scheinen. Mir zu verstehen gibt, dass ich so aufpassen sollte, wie Poppy es tun musste, doch da kommt nichts. »Okay«, sage ich schließlich. »Aber warum hast du etwas so Bedrohliches geschrieben?«

Er schüttelt leicht den Kopf. »Ich habe mir damals nichts Schlimmes dabei gedacht. Ich habe nur nach einem Wort gesucht, das sich auf ›shed‹ reimt.«

»Head. Bed. Sled. (Kopf, Bett, Schlitten)«, schlage ich vor. »Es gibt viele Wörter, die deine Schwester nicht bedroht hätten.«

»Du liest da zu viel hinein«, sagt er.

Die Bemerkung frustriert mich. Macht mich wütend. Ermüdet mich. Denn genau das will er ja von mir. »Und was war das Thema für diese Suche?«

»*Dunkle Orte*, glaube ich.« Er grinst und macht es sich in seinem Sessel bequem. »Sie ist bei dieser Suche auf viele Geheimnisse gestoßen. Dannys Marihuana-Versteck. Die *Playboy*-Magazine meines Vaters.«

»Und deine Mutter? Hatte sie irgendwelche Geheimnisse?«

Sein Lächeln verblasst ein wenig. »Sie hat ihre Störung offen ausgelebt.«

»Was soll das heißen?«

»Wir waren keine einfachen Kinder. Sie hatte an den meisten Tagen einen leichten Rausch. Meistens vom Alkohol. Aber später, nach den Morden, von Pillen.« Ein schiefes Lächeln. »Man könnte wohl sagen, dass ich meine Bewältigungsstrategien von ihr habe.«

Ich spüre, wie schwierig es ist, Ghostwriterin und gleichzeitig Tochter zu sein. Die darum kämpft – und es manchmal nicht schafft –, professionelle Distanz zu wahren. Weil auch meine eigenen Erinnerungen in diesem Wandteppich verwoben sind, der langsam vor meinen Augen entsteht. Fäden, die meine Geschichte mit dieser verbinden. In gewisser Weise ist es leicht, auf das, was Poppy und Danny passiert ist, fokussiert zu bleiben. Doch das macht das Trauma, das dem vorausging, nicht ungeschehen.

Es ist Zeit, ihm den Streit mit Danny zu zeigen. Ihn sehen zu lassen, wie dieser im Unterschied zu der Version, die er im Kopf hat, wirklich abgelaufen ist. Gestern Abend habe ich mir den Ausschnitt noch einmal angesehen und dann die Szene geschrieben. Doch darin greift nicht Danny meinen Vater an, sondern mein Vater Danny. Weil ich die Geschichte schreiben muss, die in diesem Filmausschnitt zu sehen ist, nicht die, die er erzählt.

Ich hole meinen Laptop hervor und klicke mich durch, bis ich den Ausschnitt finde, den ich ihm zeigen will. *Mai Nr. 4, Ausschnitt Nr. 9.* Der Streit, der Poppys Tagebuch zufolge alles veränderte. Der Streit, den mein Vater gestern beschrieb, womit er bewiesen hat, dass er ein unzuverlässiger Erzähler ist.

Ich drücke auf Play, und Poppys Zimmer erscheint. Sie sitzt auf dem Bett, ihre Kamera auf die offene Tür gerichtet. Kurze Zeit später steht sie auf, geht hinüber zur Tür, setzt sich auf den Boden und richtet die Kamera direkt in den Flur. Als warte sie auf etwas.

Plötzlich taumelt Danny aus seinem Zimmer. Er wird von meinem halbwüchsigen Vater angegriffen, und die beiden knallen gegen die Wand. Mein Vater tritt Danny. Speichel fliegt ihm aus dem Mund, und sein Gesicht läuft rot an. Er ist eindeutig der Angreifer, denn jedes Mal, wenn Danny zurückweicht, geht er von einer anderen Seite auf ihn los. Nach etwa einer Minute taucht ihre Mutter links im Bild auf. Sie kommt vermutlich aus der Küche. Man sieht nur ihre untere Hälfte, eine schwarze Hose und schwarze flache Schuhe. Sie hastet an Poppys Kamera vorbei, und als ich mir die Szene zum ersten Mal angeschaut hatte, nahm ich an, sie würde eingreifen. Doch sie geht um ihre kämpfenden Söhne herum, verschwindet im Schlafzimmer am anderen Ende des Flurs und schließt die Tür. Danny und mein Vater rollen nun am Boden, wobei jeder von ihnen versucht, die Oberhand zu gewinnen.

Dann ist plötzlich ihr Vater da. Er trägt noch seine Arbeitskleidung, hat jedoch die Krawatte abgenommen und den Hemdkragen aufgeknöpft. Er packt meinen Vater und zieht ihn weg. Danny setzt sich auf, reibt sich die Schulter, auf der mein Vater einen Schlag gelandet haben muss, und atmet schwer. Mein Vater schaut direkt in Poppys Kamera, die seinen Blick ein paar Sekunden lang festhält. Und in den wenigen Sekunden ist eine so tiefe Traurigkeit zu erkennen, als habe ihn dieser Streit, worum auch immer er sich gedreht haben mag, gebrochen.

Ich halte den Film an. »Woran hast du in diesem Moment gedacht?«

Mein Vater braucht einen Augenblick, bevor er sich mir wieder zuwendet. »Wo hast du das her?« Sein Tonfall verrät mir, dass er nicht erwartet hat, dass ich die Filme finden würde. Dass er die Kontrolle über das Spiel verloren hat.

»Ich hab sie unter den Dielen von Poppys Wandschrank gefunden und sie digitalisieren lassen.«

»Wie viele hast du gefunden?«

»Zehn.«

»Nur zehn?«

»Wieso?«, frage ich. »Gab es mehr?«

Sein Blick schnellt zu mir zurück. Er zuckt die Schultern und sagt: »Keine Ahnung. Poppy war überall mit dieser verdammten Kamera. Wenn sie sie nicht vor der Nase hatte, bat sie die Leute um Gelegenheitsjobs, um noch mehr Filme kaufen zu können oder entwickeln zu lassen.« Ich beobachte, wie er in seinem Sessel hin und her rutscht. Wie er – vergeblich – versucht, eingebildete Fussel von seiner Hose zu zupfen. Wie sein Blick vom Computerbildschirm zum Fenster, dann zur Tür und wieder zurück wandert.

Ich tippe auf den Bildschirm. »Dieser Moment. Dein Blick.«

Mein Vater schüttelt den Kopf. »Ich kann mich nicht erinnern.«

»Worüber habt ihr euch gestritten?«, frage ich und schaue auf mein Handy, um sicherzustellen, dass es unser Gespräch immer noch aufzeichnet.

»Ich weiß nicht einmal, wann das gefilmt wurde … Woher soll ich das wissen?« Sein Ton ist aggressiv.

Ich blicke kurz zur geschlossenen Tür hinüber, befürchte plötzlich, Alma könnte uns unterbrechen und unserer Sitzung ein Ende bereiten. Und ich kann es mir nicht leisten, jetzt aufzuhören, wo ich so nah dran bin.

Wenn Menschen eine Abwehrhaltung einnehmen, weiß ich, dass ich etwas angesprochen habe, worüber sie lieber nicht reden wollen. Doch das sind die Momente, die am meisten bringen. Denn die Gefühle und Emotionen, die dazu führen, dass Menschen etwas tun – oder nicht tun –, helfen mir, ihre Denkweise besser zu verstehen. Helfen mir, ihre Stimme richtig auf Papier zu bringen. Ich will wissen, worum es bei dem Streit ging, weil das möglicherweise auch verrät, warum er es mir nicht sagen will.

»Laut dem Etikett auf der Filmrolle wurde der Streit Ende Mai aufgenommen«, sage ich. »Was mich beunruhigt, ist, dass es sich um den Streit handelt, von dem du mir neulich erzählt hast, aber das, was du beschrieben hast, in diesem Ausschnitt nicht zu sehen ist.« Ich senke die Stimme in der Hoffnung, ihn nicht abzuschrecken. »Nicht Danny hat dich angegriffen, sondern umgekehrt.«

Mein Vater starrt auf den Bildschirm, auf sein jüngeres Selbst, das am Boden hockt und direkt in die Kamera schaut, eingefroren in der Zeit. Die Hand seines Vaters liegt auf Dannys Schulter, und keiner von beiden ist ganz auf dem Bild zu sehen. Ich drücke wieder auf Play, und mein Vater steht vom Boden auf, stürzt sich auf Poppy und legt die Hand über die Linse. Das ist das Ende des Ausschnitts, und der Bildschirm wird dunkel. Ich klappe den Laptop zu, um die Aufmerksamkeit meines Vaters wieder auf mich zu lenken. »Was sollte sie nicht sehen oder hören?«

Wieder sagt er: »Ich weiß nicht.«

»Dad.« Ich spüre, wie mich Ungeduld überkommt. Wie oft will er mir noch ausweichen und mich anlügen? Sein mordgieriger Gesichtsausdruck in diesem Ausschnitt, das Graffito an der Wand in Poppys Schrank, das, wie er behauptet, Teil eines Spiels war – nichts davon ergibt einen Sinn, solange man nicht die Bedeutung dieses Moments kennt. Der, wie Poppy sagte, alles veränderte. »Das war nur wenige Wochen, bevor sie ermordet wurden. Sicher kannst du dich daran erinnern.«

Er schüttelt den Kopf, eine winzige Bewegung, als versuche er, die Erinnerung loszuwerden. Dann schaut er mich mit eben dem Gesichtsausdruck an, den ich auf dem Bildschirm gesehen habe.

Schmerz. Bedauern. »Danny konnte es nicht ertragen, mich glücklich zu sehen. Was immer ich hatte, er wollte es entweder für sich, oder er hat es zerstört.« Er schaut aus dem Fenster seines Büros. »Es wird dich vielleicht nicht überraschen zu erfahren, dass deine Mutter zunächst nicht an mir interessiert war. Sie war in Danny verknallt, wie alle anderen. Doch sie und ich, wir waren Freunde. Sie hat mir Nachhilfeunterricht in Mathe gegeben, und wir haben unsere Hausaufgaben oft bei mir zu Hause gemacht. Eines Tages haben wir am Tisch im Esszimmer zusammen gelernt. Ich habe hochgeschaut, und sie hat mich angelächelt, als kenne sie ein Geheimnis. Dann hat sie sich vorgebeugt und mich geküsst.«

Ich kann mir vorstellen, wie die beiden Teenager, mit deren Betrachtung ich endlose Stunden zugebracht habe, an dem mir inzwischen vertrauten Tisch saßen, an dem meine Großmutter Solitär spielte und Kaffee oder Tee aus einem Becher trank. Und ich stelle mir das Lächeln meiner Mutter vor, das sie von innen heraus strahlen ließ, und die Bedeutung dieses Kusses für meinen Vater. Für den Jungen, den niemand mochte. Der sich nirgendwo einfügen konnte.

»Deine Mutter war meine erste Freundin, aber sie war vorher schon mit anderen zusammen. Danny ließ gern kleine Bomben platzen. Informationen, die mich, wie er wusste, aufregen würden, um dann zuzusehen, wie ich explodierte.« Mein Vater spricht leise, als versetze er sich in die Vergangenheit zurück und versuche, keinen Fehler zu machen. »Er war derjenige, der mir gesagt hat, deine Mutter sei schwanger gewesen. Dass sie eine Abtreibung hatte.«

Er kann mich nicht anschauen, als wolle er das Urteil, das mein Gesichtsausdruck verrät, nicht sehen. Seine Körpersprache – zusammengesackt in seinem Sessel, geschlagen – zeugt von dem Schmerz, den er wohl immer noch spürt.

Doch die Information dringt in mein Bewusstsein – bestätigt Poppys Verdacht und Margots Zweifel. »War das Baby deins?«, frage ich. Obwohl ich die Antwort bereits zu kennen glaube.

Er schüttelt den Kopf.

»Wessen Baby war es denn?«, frage ich behutsam. Ermutigend. Doch ich spüre ein leichtes Unbehagen, weil es eine Frage ist, der Poppy nachgegangen war, und ich überlege, wohin sie das führte.

»Ich sollte es wissen, weiß es aber nicht. Vielleicht wusste ich es einmal?«, fragt er, als kenne ich vielleicht die Antwort. »Aber ich weiß nicht, ob sie es mir nie gesagt hat oder ich es einfach vergessen habe. Aber es war nicht meins.«

»Wann hast du das rausgefunden?«

Er schaut mich an, und ich sehe die Antwort in seinem Blick, bevor er etwas sagt. Er deutet auf meinen Laptop: »Das war der Moment, in dem ich es herausfand. Genau da. Genau dann.«

POPPY

4. JUNI 1975

Das Messer ist ein Fleischermesser mit einer zwanzig Zentimeter langen Stahlklinge und einem schwarzen Griff. Es befindet sich seit jeher in unserer Küche. Unsere Mutter schneidet damit Gemüse und Fleisch. Unser Vater schärft es alle sechs Monate an einem Schleifstein, weil er meint: *Ein stumpfes Messer ist viel gefährlicher als ein scharfes.* Wenn ich mit dem Abwasch dran bin, halte ich es immer einen Augenblick lang, spüre sein Gewicht und stelle mir vor, wie leicht es mit einem achtlosen Fehler durch meine Handfläche schneiden könnte.

Doch heute Abend ist Vince mit dem Abwasch an der Reihe. Danny, der abtrocknen soll, steht neben ihm. Ich habe Danny angeboten, es für ihn zu tun, doch er hat abgelehnt. Vor einer Woche habe ich mitbekommen, wie sie einander beinahe umbrachten. Jetzt scheint Danny, wann immer sich die Gelegenheit dazu bietet, Vince absichtlich auf die Pelle zu rücken. Ihn mit seiner Gegenwart zu reizen.

Seit fünf Nächten weigert sich Vince, im Zimmer der beiden zu schlafen. Stattdessen übernachtet er in meinem Zimmer auf dem Fußboden. Er weigert sich auch, mir zu sagen, worum es bei dem Streit ging, und hat gemeint, es sei nicht sonderlich schwierig, es sich zusammenzureimen. *Es ist allgemein bekannt, dass derjenige, der ein Mädchen zu einer Abtreibung bringt, normalerweise der Vater ist.* Dannys höhnische Stimme, die durch die Wand drang. Und dann Körper, die aufeinanderknallten. Gegen die Wände. Auf den

Boden. Das Krachen einer Lampe, die herunterfiel, und ihr im Flur weitergeführter Streit.

Ich habe den Streit gefilmt und das aus keinem anderen Grund als dem, dass es sich wichtig anfühlte. Das endgültige Zerbrechen einer Verbindung zwischen ihnen. Vince schwört, dass er in meinem Zimmer schlafen wird, bis Danny in einem Jahr aufs College geht. Das Einzige, was ich sicher weiß, ist, dass dieses Haus nicht länger groß genug für sie beide ist.

Danny verlagert das Gewicht, sodass er Vince jetzt mit der rechten Seite berührt. Ich wünschte, ich wäre mutig genug, hinzugehen und sie zu trennen, so wie Mrs. Stadler es in der vierten Klasse mit ungezogenen Jungen tat. Doch mein Eingreifen würde alles nur noch schlimmer für mich machen. Und ich will zu beiden Abstand halten.

Als Vince das Messer in das seifige Wasser taucht, sehe ich, wie Danny seinen Arm packt, als wolle er ihn stützen. Aber ich weiß, dass er Vince in Wirklichkeit schubsen will. Um zu sehen, ob er ihn dazu bringen kann, das Messer fallen zu lassen. Vince zieht den Arm ruckartig zurück und hält dann die Hand hoch, aus der Blut strömt.

»Ups«, sagt Danny mit einem Grinsen.

»Du bist schuld, dass ich mich geschnitten habe.«

So verhält sich Danny in letzter Zeit. Seine Späße sind nun irgendwie gemein. Sie lassen sich leicht weglächeln, wenn Erwachsene in der Nähe sind, doch wenn keiner von ihnen da ist, dann funkeln seine Augen vor Bosheit, während er sich keinen Deut um unsere Gefühle schert.

Sei nicht so ein Weichei.

Nimm nicht alles so ernst.

Was hast du gedacht, würde ich dir antun?

Dann dämmert es mir. Bis jetzt bin ich die neugierige kleine Schwester gewesen, die Vince hinterherspioniert hat. Die mit der Kamera darauf gewartet hat, ihn dabei zu erwischen, wie er etwas falsch macht. Doch so arbeitet eine Filmemacherin nicht. Eine Filmemacherin würde die gesamte Geschichte einfangen, aus allen Blickwinkeln. Es gibt noch andere Spieler. Lydia. Danny. Mr. Stewart. Und jetzt habe ich eine Filmrolle, die auch ihre Worte aufnimmt.

»Sei nicht so ein Waschlappen«, sagt Danny.

»Leg dich nicht mit dem Typen an, der das Messer in der Hand hält«, erwidert Vince und hält seine Hand unter das laufende Wasser.

Ich blicke hinüber zum Wohnzimmer, um zu sehen, wo unsere Eltern sind, falls ich um Hilfe rufen muss. Doch ich habe Angst, mich zu bewegen. Angst, die Aufmerksamkeit auf mich zu ziehen.

»Taffer Bursche«, sagt Danny und schlägt Vincent mit dem Geschirrtuch. »Ich habe gehört, deine Freundin mag es hart.«

»Halt die Klappe«, entgegnet Vincent.

»Lydia«, sagt Danny, als lasse er sich den Namen auf der Zunge zergehen.

Mit einer geschmeidigen Bewegung geht Vince auf ihn los, das Messer noch immer in der Hand, nur wenige Zentimeter von Dannys Brust entfernt, und ich stelle mir vor, wie es sich wohl anfühlt, für nur einen Moment diese Macht zu haben.

Mit amüsiertem Gesichtsausdruck blickt Danny hinab auf die Spitze der Klinge, die in Vinces Hand zittert. »Wenn du mich mit einem Messer bedrohst, solltest du auch bereit sein, es zu benutzen.«

Er wirft das Geschirrtuch auf die Anrichte und geht hinaus. Vince starrt ihm hinterher, während das heiße Wasser noch immer in die Spüle läuft und eine Dampfwolke das dahinterliegende Fenster in Nebel hüllt.

KAPITEL 29

Es ist allgemein bekannt, dass derjenige, der ein Mädchen zu einer Abtreibung bringt, normalerweise der Vater ist. Das, so hat mein Vater mir gesagt, hatte Danny ihm zugeflüstert, während im Hintergrund Musik von Joni Mitchell lief. Die Worte, die dazu geführt hatten, dass er auf seinen älteren Bruder losgegangen war. Die die beiden in einem wirren Durcheinander von Armen und Beinen und halb gelandeten Schlägen im Flur hatten enden lassen. Das war der Moment gewesen, den Poppy auf Film festgehalten hatte – absichtlich oder nicht. Ihr Tagebucheintrag:

> 30. Mai: Vince/Danny Streit. Hat er die Wahrheit erfahren??? Alles fühlt sich jetzt anders an. Mai Nr. 4, Ausschnitt Nr. 9.

Ich habe meinen Vater gefragt, wer meine Mutter zur Abtreibung brachte, doch auch das scheint er vergessen zu haben.

Die letzten drei Tage habe ich damit verbracht, das Kapitel über den Streit zu überarbeiten, die Perspektive meines Vaters mit aufzunehmen, und ich spüre nun endlich das berauschende Gefühl, das sich einstellt, wenn ein Buch im Werden ist und ein fertiges Manuskript entsteht. Ich habe auch Zeit damit verbracht, die Abschriften meiner Gespräche mit meinem Vater und die Notizen durchzusehen, die ich mir nach meinen Unterhaltungen mit Mark und Margot gemacht hatte. Poppys Filme habe ich mir so oft angesehen, dass sie im Gedächtnis haften geblieben sind.

Dann habe ich eine vorläufige Zeitleiste erstellt, sie auf ein paar alte Karteikarten aus einer der Kisten geschrieben und an die Wand geklebt. Im Februar habe ich das geschätzte Datum des Beginns der Beziehung meiner Eltern eingetragen, im März das Lagerfeuer, im April das Pink-Floyd-Konzert und irgendwann Anfang Mai die Abtreibung, da Poppy am 6. Mai darüber geschrieben hat. Wenn man zurückrechnet, dann kann meine Mutter nicht schwanger geworden sein, bevor sie mit meinem Vater zusammen war. Sie hat ihn also offensichtlich betrogen – doch mit wem, ist nicht klar.

Mitte Mai gab es den Vandalismus an der Schule, mit dem mein Vater, wie er nach wie vor behauptet, nichts zu tun hatte. Und am 30. Mai den Streit zwischen ihm und Danny, bei dem mein Vater von der Abtreibung erfuhr. Im Juni bedrohte mein Vater laut Margots Geschichte Danny mit der Mordwaffe, was Sinn macht, wenn man bedenkt, was Danny ihm nur wenige Tage zuvor gesagt hatte.

Schließlich ist da der Tag, an dem die Morde stattfanden. Den zeitlichen Ablauf habe ich auf der Grundlage dessen, woran mein Vater sich erinnern kann, so gut wie möglich erstellt.

15 Uhr – Schulschluss
17 Uhr – Zum Sommerfestival
18:45–20:30 Uhr – Lydia und Vince treffen sich mit Mr. Stewart im Eichenwäldchen
19–19:45 Uhr – Todeszeitpunkt
21:15 Uhr – Leichen werden gefunden

Ich habe mich mit Mark, Margot und einem der Bezirksstaatsanwälte, die für diesen Fall zuständig waren, getroffen. Ich habe ihre Versionen der Ereignisse gehört, und abgesehen von meiner Mutter ist Mr. Stewart der Einzige, mit dem ich noch nicht gesprochen habe. Nach meinem Gespräch mit Margot habe ich eine Google-Suche nach ihm durchgeführt, die nicht viel erbracht hat. Keine Social-Media-Präsenz, keine Adresse oder Telefonnummer, sodass ich mich gefragt habe, ob er überhaupt noch lebt. Ich greife nach meinem Handy, um Jack anzurufen.

»Mr. Stewart?«, fragt Jack, als ich ihm sage, was ich wissen will. »Bei dem hatte ich nie Unterricht, doch er hatte den Ruf, eine Art Lustmolch der alten Schule zu sein. Harmlos, aber echt sehr sonderbar.«

»Was soll das heißen?«, frage ich.

»Es war sehr subtil. Einfach etwas, das er ausstrahlte. Ein Blick, der ein bisschen zu lange auf einer Brust oder einem Hintern verweilte.«

»Lebt er noch?«

»Er flitzt jedes Wochenende in kurzen Shorts und Muskelshirts im Stadtzentrum herum. Für jemanden in seinem Alter ist er noch gut in Form. Geht ins Fitnessstudio am Highway 150, in das alle Bodybuilder gehen.«

»Weißt du zufällig, wie ich ihn erreichen könnte?«, frage ich.

»Ich lege dich eben in die Warteschleife und rufe meinen Dad an. Mal sehen, ob er es weiß.«

Ich höre ein Klicken und dann die Warteschleifenmusik des Weinguts, eine beruhigende klassische Sinfonie. Nach etwa fünf Minuten ist Jack wieder in der Leitung. »Du wirst es nicht glauben. Aber Mr. Stewart wohnt noch in seinem alten Haus.«

»Du musst mir schon mehr sagen, denn damit kann ich gar nichts anfangen.«

»Zur Zeit der Morde wohnte er im Haus nebenan. Offensichtlich lebt er da noch immer.«

Der Nachbar. Der ältere Herr, der versucht hat, mich wegzujagen. »Ich glaube, ich bin ihm bereits begegnet. Er scheint nicht viel älter zu sein als unsere Eltern.«

»Ist er auch nicht. Vielleicht fünfzehn Jahre? Weniger? Ich glaube, er war um die fünfzig, als wir zur Highschool gegangen sind.«

Ich denke an das, was Mark mir erzählt hat. Die Partys. Das Bier. Das Marihuana. Stelle mir vor, wie es gewesen sein muss, damit zu leben, dass es im Nachbarhaus einen Doppelmord gegeben hatte. Jeden Morgen mit diesem Wissen aufzuwachen und sich dafür zu entscheiden zu bleiben.

Ich klopfe, und Mr. Stewart kommt an die Tür. Argwohn macht sich auf seinem Gesicht breit, als er mich sieht. »Was kann ich für Sie tun?«

»Ich bin Olivia Taylor.« Ich warte, um zu sehen, ob der Name ihm etwas sagt, doch er starrt mich einfach nur an. »Vincent Taylors Tochter.« Ich zeige auf das Nachbarhaus. »Poppy und Danny Taylor waren meine Tante und mein Onkel. Ich habe gehofft, sie hätten ein bisschen Zeit, um mit mir über die Familie meines Vaters zu sprechen. Oder vielleicht über meine Mutter, Lydia. Ich habe gehört, dass Sie ihr Trainer waren?«

Er nickt und fragt: »Was genau wollen Sie wissen?«

Ich deute auf das Wohnzimmer hinter ihm. »Vielleicht könnten wir uns setzen?«

Er zögert, tritt dann zur Seite, um mich hineinzulassen. Die Möbel sind alt, aber gut gepflegt, und ich lasse mich auf einem Cordsofa nieder. An der Wand ist ein Flachbildfernseher angebracht, und zwei Korbstühle flankieren den Couchtisch. An der Wand, die zur Küche führt, hängen eine Reihe von Fotos.

Er deutet auf die Küche. »Möchten Sie etwas trinken? Ein Wasser?«

»Wasser wäre prima. Danke.«

Während er in der Küche ist, stehe ich auf und gehe hinüber zur Wand mit den Fotos. Einige sind alt und zeigen Mr. Stewart sowie ehemalige Schüler bei ihrem Schulabschluss, lächelnd in ihren Roben und Hüten. Andere sind jüngeren Datums – Mr. Stewart beim Whalewatching. Ein weiteres zeigt ihn auf einem Surfbrett.

Bevor ich hierhergekommen bin, habe ich ihn mir in der Bibliothek im Jahrbuch von 1975 angesehen. Wirres, blond-braunes Haar. Ein breites Zahnpastalächeln. Gut aussehend. Eindeutig attraktiver als die anderen Sportlehrer. Neben ihnen strahlte Paul Stewart Jugendlichkeit, Vitalität und Charme aus. Ich verstand, warum es meinem Vater vielleicht nicht lieb gewesen war, dass meine Mutter so viel Zeit mit ihm verbrachte. Ich habe sein Foto angestarrt und mich gefragt, ob da vielleicht mehr zwischen ihnen gewesen war. Es war durchaus vorstellbar.

Er kommt zurück und reicht mir das Wasser. Ich setze mich wieder auf das Sofa und stelle mein Glas auf einen Untersetzer. Mr. Stewart nimmt in einem der Korbstühle Platz und wartet.

»Ich möchte mich dafür entschuldigen, dass ich Ihnen neulich nicht gesagt habe, wer ich bin«, beginne ich. »Wie Sie sich vorstellen können, bin ich vorsichtig, Fremden meinen Namen zu nennen. Vor allem in einer Stadt, in der man so leicht nichts vergisst. Mir war nicht klar, dass Sie dieselbe Person sind, die schon nebenan gewohnt hat, als die Familie meines Vaters noch hier lebte.«

»Was ihnen passiert ist, war eine Tragödie.«

Ich denke an das Handy, das in meiner Tasche steckt. Ich habe vor Verlassen meines Autos auf Aufnahme gedrückt, wollte diese Unterhaltung festhalten. Egal, ob ich die Erlaubnis dazu bekommen würde oder nicht. »Wann sind Sie hier eingezogen?«

»Ich habe das Haus im März 1975 gekauft. Als ein Lehrer sich noch eine Immobilie leisten konnte.« Er schüttelt den Kopf. »Die Mittelschicht ist verschwunden.«

»Hat es Sie gestört, direkt neben Schülern von Ihnen zu wohnen?«

»Überhaupt nicht. Ich mochte die Kinder der Taylors sehr. Selbst Ihren Vater. Er war kein großer Athlet, hatte aber einen schalkhaften Humor.«

»Mein Vater hat mir erzählt, dass Sie und meine Mutter sich sehr nahestanden.«

Mr. Stewart nickt, erwärmt sich offensichtlich für das Thema. »Sie war eine talentierte Läuferin. Sie hätte ein Stipendium für ein Sportcollege bekommen können, wenn die Dinge anders gelaufen wären.«

»Was meinen Sie damit?«

»Nach den Morden hörte sie mit dem Laufen auf. Verließ das Team und zog sich aus allem zurück.« Er schaut mich an. Sein Gesichtsausdruck wird weicher und verrät Besorgnis. »Sie liebte Ihren Vater sehr. Doch um ehrlich zu sein, wirkte die Beziehung ungesund. Ich habe die beiden danach kaum noch zu Gesicht bekommen. Sie verbrachten verständlicherweise den größten Teil ihrer Freizeit bei ihr zu Hause. Dann sind die Taylors umgezogen.«

»Mark Randall hat mir von einer Party erzählt, die Sie in der Woche gegeben haben, in der die Morde geschahen.«

Mr. Stewart lacht leicht gequält in sich hinein. »Ich habe viele Partys gegeben, aber das war die Jahresabschlussfeier. Sie war damals so etwas wie eine Tradition. Es war das letzte Jahr, in dem ich eine dieser Feiern veranstaltet habe.« Er blickt hinab auf seine Hände, schaut dann wieder mich an. »Nach den Morden ist mir klar geworden, dass ich für meine Schüler und Sportler ein besseres Vorbild sein musste und kein Freund. Ich bekam die Anstellung 1969 mit nur dreiundzwanzig Jahren. Als ich selbst noch kaum erwachsen war. Danny war in meinem allerersten Kurs zu Outdoor-Überlebenstechniken. Sie wissen schon, Unterstände bauen. Wasser aufbereiten. Diese Art von Sachen. Er liebte es.«

»Sind meine Eltern in jenem Jahr zu der Abschlussfeier gekommen?«, frage ich in der Hoffnung, ihn davon abzubringen, in Erinnerungen an seinen Unterricht zu schwelgen, und seine Aufmerksamkeit wieder auf die fragliche Woche zu lenken.

»Du meine Güte, ich kann mich nicht erinnern«, antwortet er. »Da waren so viele Kinder.«

»Können Sie mir von jenem Tag erzählen?«

»Dem Tag meiner Party?«

Ich schüttle den Kopf und frage mich, ob seine Verwirrung vorgetäuscht ist. »Dem Tag, an dem die Morde geschahen.«

Er seufzt und schaut weg. »Es war der letzte Schultag. Die Kinder waren ausgelassen und die Lehrer erschöpft. Sie versuchten einfach nur, es bis 15 Uhr zu schaffen.« Er lacht leise auf. »Ich kam nach der Schule nach Hause, ging laufen und duschte dann. Meine damalige Freundin Amelia bereitete uns ein frühes Abendessen zu. Sie wollte an diesem Abend mit ein paar Freunden in eine hiesige Bar gehen. Ich wollte kurz beim Sommerfestival vorbeischauen, vielleicht etwas Schmalzgebäck essen und dann früh ins Bett gehen.« Seine Stimme ist leise und melodisch, aber ich kann mir vorstellen, wie sie lauter wurde, wenn er meiner Mutter auf der Bahn Anweisungen zurief. Mit der Trillerpfeife dastand. Verlangte, dass sie sich mehr anstrengte.

»Das Sommerfestival fand auf dem Highschool-Sportplatz und dem angrenzenden Parkplatz statt. Kein großes Gelände, doch es grenzte an das heutige Naturschutzgebiet, sodass man das Gefühl hatte, in einem magischen Märchenland von Fahrgeschäften, Musik und funkelnden Lichtern gelandet zu sein. Ich bekam mein Schmalzgebäck, scherzte mit ein paar Abschlussklässlern herum und traf dann am hinteren Ende des Platzes zufällig Ihre Eltern, die sich heftig stritten.« Er hält inne, als erinnere er sich an die Szene. »Ihre Mutter weinte. Ihr Vater stand vor ihr, war so wütend, wie ich ihn noch nie gesehen hatte. Ich erinnere mich nicht mehr genau, um was es ging, aber er verlangte Antworten, und sie weinte zu heftig, um sie ihm geben zu können.«

Ich denke an das, was ich weiß. Daran, was mein Vater nur etwa eine Woche zuvor erfahren hatte.

»Ich bot an zu helfen, ihnen zuzuhören, wissen Sie? Teenager sind sich alle gleich. Was sie wirklich wollen, ist, gehört werden. Verstanden werden. Ich habe wahrscheinlich zu Ihrem Vater so etwas gesagt wie: *Ich weiß, wie es ist, in Ungnade gefallen zu sein. Kann ich irgendwie helfen?* Doch er schien mich nicht dahaben zu wollen.«

»Wie haben Sie ihn denn schließlich überzeugt?« Ich kenne die Geschichte gut – Mr. Stewart, jedermanns Lieblingslehrer, hilft meinen Eltern im Eichenwäldchen, ihren Streit beizulegen, während Danny und Poppy zu Hause brutal ermordet werden.

»Lydia hat ihn am Ende überzeugt«, sagt er. »Ihr Vater war nicht mein größter Fan. Ich hatte versucht, mich mit ihm anzufreunden.

Ihm zu zeigen, dass ich keine Gefahr für ihn oder seine Beziehung mit Lydia darstellte. Doch er hatte nie etwas für mich übrig. Danny? Er hat mein Bier geklaut und die Kronkorken überall auf meiner Terrasse hinter dem Haus liegen lassen. Poppy ist sehr gerne rübergekommen, um mit meiner Katze zu spielen. Aber Vince mochte mich nie.«

Bei der Erwähnung der Katze überläuft es mich kalt, doch ich lasse nicht locker. »Meine Mutter wollte also, dass Sie vermitteln, und mein Vater war einverstanden?«, frage ich.

»Widerwillig, aber ja. Wir beschlossen, zum Eichenwäldchen zu gehen, wo man uns nicht stören würde.« Er schweigt, denkt nach. Erinnert sich.

»Worum ging es bei dem Streit?«

Mr. Stewart ist auf einmal vorsichtig. Unsicher. »Ich glaube, dass es wohl am besten ist, wenn ich es Ihren Eltern überlasse, Ihnen davon zu erzählen.«

»Ging es um die Abtreibung meiner Mutter?«, frage ich. Für einen kurzen Moment entgleitet ihm die Maske der Freundlichkeit. »Mein Vater erinnert sich an einen Streit mit Danny, bei dem dieser ihn in Rage gebracht hatte«, fahre ich fort. »Ihm von der Abtreibung erzählt und gesagt hatte, dass derjenige, der eine Frau dorthin bringt, normalerweise auch der Vater ist. Wissen Sie, wer sie dorthin brachte?«

»Ich«, sagt er herausfordernd. »Und ich bedaure es nicht. Sie brauchte einen Erwachsenen, dem sie vertrauen konnte, und ich war froh, dieser Erwachsene für sie zu sein. Doch das Baby war definitiv nicht meins.«

Ich sehe ihn an, versuche, seine Ehrlichkeit einzuschätzen, und er hält meinem Blick stand. »Wissen Sie, wessen Baby es war?«, frage ich.

Er kneift die Augen zusammen, als frage er sich, worauf ich hinauswill. »Ich nahm an, es sei von Vince, aber ich habe nicht gefragt, und sie hat es nicht von sich aus gesagt.«

Ich denke wieder an die Worte, die Poppy aus Angst nicht in ihr Tagebuch schreiben wollte. Daran, wie mein Vater seinen Bruder angriff, und mir kommt ein Gedanke. »Glauben Sie, es könnte Dannys gewesen sein?«

Doch Mr. Stewart schüttelt den Kopf. »Das bezweifle ich. Ihre Mutter mochte ihn nicht sonderlich.«

»Da habe ich was anderes gehört.«

»Glauben Sie mir. Danny war schrecklich zu Ihrem Vater. Er hat ihn ständig gequält, und das hat Lydia geärgert. Ich habe versucht, ihr zu erklären, dass Brüder nun einmal so sind.«

»Vielleicht war es nicht einvernehmlich«, sage ich.

»Ehrlich gesagt, glaube ich das nicht. Sie hat sich nie auf eine Weise verhalten, die mich hätte glauben lassen, dass sie vergewaltigt worden wäre.«

Ich muss mir auf die Zunge beißen, um nicht zu fragen, wie genau sich eine Frau, die vergewaltigt worden ist, verhalten soll. Welche Hinweise sie geben sollte, die es anderen ermöglichen würden, ihr Trauma wahrzunehmen.

Er kneift sich in die Nase. »Es tut mir leid, aber das ist immer noch ein sehr schmerzliches Thema für mich.«

»Können Sie mir sonst noch etwas über diesen Tag erzählen?«

Er schüttelt den Kopf. »Ich wünschte, ich hätte mehr Antworten für Sie. Ich bin im Lauf der Jahre immer wieder alles durchgegangen. Nichts davon ergibt Sinn.«

»Ich weiß es zu schätzen, dass Sie sich die Zeit genommen haben, mit mir zu sprechen«, sage ich und stehe auf.

Er begleitet mich zur Haustür und öffnet sie. »Ich habe meinen Schülern immer gesagt: ›Wissen ist Macht‹. Es ist nie falsch, nach den Antworten zu suchen, die man braucht.«

»Es muss schwer für Sie sein, noch immer hier zu leben und sich an diesen Tag zu erinnern.«

»Es lauert immer unter der Oberfläche, aber die Zeit heilt alle Wunden«, sagt er.

Ich glaube nicht, dass das bei jedem der Fall ist. Sie hat weder die Wunden von Mark Randall noch die von Margot oder meinem Vater geheilt.

»Ich habe noch eine letzte Frage. Offensichtlich kann mein Vater nicht der Mörder gewesen sein, da er mit Ihnen und meiner Mutter im Eichenwäldchen war. Wer hat es also Ihrer Meinung nach getan?«

Mr. Stewart schüttelt leicht den Kopf. »Das frage ich mich seit fast fünfzig Jahren. Ich kann mir nicht vorstellen, dass irgendjemand in Ojai Poppy etwas zuleide tun wollte. Oder auch Danny. Ich glaube, dass es der Mann war, der Poppy als Anhalterin mitgenommen hat. Das Timing, die Tatsache, dass er vom Sommerfestival wusste. Es ist gut möglich, dass er zurückgekommen ist, um nach ihr zu suchen.«

POPPY

7. JUNI 1975

Ich gehe den Highway entlang, und die frühe Morgensonne wärmt mir bereits den Nacken. Samstags ist der Highway um diese Tageszeit verlassen, und ich habe mein Fahrrad in den Büschen versteckt, wie Vince und Lydia es taten, als sie beim Pink-Floyd-Konzert waren. Ich habe meine Mutter gefragt, ob sie mich nach Ventura fahren würde, damit ich dort zur ERA-Kundgebung am College gehen könne, doch sie sagte, das sei Zeitverschwendung.

»Willst du nicht die gleichen Rechte haben wie Dad?«

»Was soll das denn heißen, Poppy?« Sie war gerade dabei, die Bügeleisenschnur aufzurollen und das Bügeleisen im Flurschrank zu verstauen. »Will ich mir Sorgen darüber machen, wie ich Rechnungen bezahlen soll? Ob ich für den nächsten Krieg eingezogen werde?« Sie schüttelte den Kopf. »Ich glaube, das willst du auch nicht.«

»Was ist mit finanzieller Unabhängigkeit?«, bohrte ich nach und folgte ihr in die Küche. »Was ist, wenn Dad etwas passiert? Zumindest solltest du deine eigene Kreditkarte haben. Das kannst du jetzt, musst du wissen.«

»Ich bin völlig zufrieden mit der Kreditkarte, die ich habe«, erwiderte meine Mutter. »Die mit dem Namen deines Vaters darauf funktioniert problemlos.«

Ich ließ nicht locker. »Was ist, wenn Dad dich wegen einer jüngeren Frau verlässt? Was willst du dann tun?«

Meine Mutter lachte. »Deswegen habe ich drei Kinder«, sagte sie, nahm den Braten aus dem Kühlschrank und legte ihn auf die Anrichte. »Einer von euch wird sich um mich kümmern.« Sie drehte sich um und schaute mich an. »Poppy, die meisten Frauen haben weder die Zeit noch die Energie, sich Gedanken über Gleichberechtigung zu machen. Wir sind zu beschäftigt.«

Als Nächstes sprach ich Margot an. »Lass uns nach Ventura trampen«, sagte ich. Wir saßen auf ihrem Bett, und der Duft der berühmten Schokoladenkekse ihrer Mutter drang unter der geschlossenen Tür hindurch. »Wir schaffen es auch allein zur Kundgebung.«

Margot sah unsicher aus. »Ist das nicht gefährlich?«

»Angst ist ein Werkzeug des Patriarchats«, erwiderte ich. »Damit kontrollieren unsere Eltern, wohin wir gehen und was wir tun. Die Mehrheit der Menschen auf dieser Welt ist gut.«

Dies würde die neue Poppy sein, die keine Angst hatte, große, Furcht einflößende Dinge zu tun. Ich stellte mir vor, wie ich in einigen Jahren ein Interview geben und gefragt werden würde, wie es sei, eine Korrespondentin zu sein, die überall auf der Welt wichtige Ereignisse und Konflikte filmte. »Ich bin mit zwei älteren Brüdern aufgewachsen, die einander umbringen wollten. Kriegsgebiete flößen mir keine Angst ein.«

Jetzt fährt ein Auto an mir vorbei, und ich spüre, wie ein heißer, nach Asphalt riechender Luftschwall meine nackten Beine hochsteigt. Ich halte den Daumen raus und hoffe, dass ich selbstsicher wirke. In einer meiner Socken stecken fünf 10-Cent-Stücke für den Fall, dass ich dort nicht wegkomme und zu Hause anrufen muss, und in meinem Rucksack ist meine Super 8.

Ich hatte nicht vor, allein zu trampen, aber Margot hat heute Morgen abgesagt.

»Meine Mom will, dass ich mit ihr meine Tante Gert in Bakersfield besuche«, sagte sie. »Es tut mir wirklich leid. Ich weiß, dass du dahin wolltest.«

Ich verspüre Aufregung, gepaart mit Verwegenheit – niemand würde erwarten, dass ich dies allein tue, und doch ist es genau das, was ich brauche. Ich bin die Menschen leid, die mich herumschubsen und mir ständig sagen, was ich tun soll. Ich möchte mir einfach mal eine Weile lang keine Sorgen um Vince und Lydia machen müssen. Um Vince und Danny. Ich wünschte, ich wäre ein Einzelkind wie Margot. Wie einfach und ruhig wäre das. Ich hätte den Raum, über die Dinge nachzudenken, die zählen. Die mich als Erwachsene betreffen werden.

Noch ein Auto fährt an mir vorbei, und ich frage mich, ob ich den ganzen Tag hier draußen verbringen, auf dem heißen Pflaster schwitzen und auf jemanden warten werde, der mich mitnimmt. Ich bin jung und nicht unattraktiv. Es sollte nicht so schwierig sein.

Doch dieses Auto bremst ab und kommt zum Stehen. Ich laufe hin und sehe eine Frau hinter dem Steuer und ein Kleinkind, das auf dem Rücksitz herumhüpft. Sie kurbelt das Beifahrerfenster herunter. »Du solltest nicht allein hier draußen sein«, sagt sie. »Das ist zu gefährlich für ein Mädchen.«

»Ich bin Ihnen wirklich dankbar, dass Sie mich mitnehmen«, sage ich und nehme auf dem Beifahrersitz Platz. Als die Tür geschlossen ist und sie weiterfährt, frage ich sie: »Sind Sie es nicht leid, ständig ein unbedeutenderes Leben führen zu müssen als die Männer?« Ich habe diesen Satz in einem Artikel über Gloria Steinem gelesen. Sie hatte ihn nicht selbst gesagt, doch mir war plötzlich klar geworden, dass ich mich so fühlte, ohne in der Lage zu sein, es laut auszusprechen.

Die Frau verdreht die Augen. »Das ist die Welt, in der wir leben.«

»Das muss nicht so sein«, insistiere ich. »Wir Frauen haben mehr Macht, als wir glauben.«

Die Frau schüttelt den Kopf. »Du musst noch viel lernen.«

»Ich werde an der Lösung mitwirken«, sage ich ihr und schaue auf die leere Straße vor uns, die hinter einer Biegung verschwindet.

Die Rückfahrt ist anders. Vom ewigen Rumstehen tun mir die Beine weh. Die Frau – ihr Name war Muriel – hatte mich rund fünf Kilometer vom Kundgebungsort entfernt abgesetzt, und ich hatte zu Fuß dorthin gehen müssen.

Aber es war unglaublich. Sich unter so vielen Frauen zu befinden, die mit Sprechchören zu gleicher Bezahlung und Gleichberechtigung aufriefen – nein, sie sogar *forderten* –, war berauschend. Die Sprecherinnen gaben mir das Gefühl, als sei alles möglich, als stünden wir an der Schwelle zu einer neuen Ära. Eine, in der Frauen und Mädchen den Männern gleichgestellt sein würden. Der Gedanke, welches Glück ich habe, in diesem Moment zu leben, rührte mich zu Tränen.

Doch jetzt, wo ich neben der Auffahrt zur Fernstraße Richtung Osten stehe, bin ich nur noch erschöpft. Und habe ein bisschen Angst. Eine Person hat schon für mich angehalten – ein Mann mit struppigem, grau meliertem Bart in einem schwarzen Kleinlaster. Ich habe ihn weitergewinkt, und er hat mit den Schultern gezuckt, beschleunigt und ist verschwunden. Dann fällt mir ein, dass ich fünf 10-Cent-Stücke in meiner Socke habe und zu Hause anrufen könnte. Vielleicht habe ich Glück, und Danny geht ans Telefon. Er kann sich Marks Auto leihen und kommen und mich retten.

Ich beschließe gerade, noch zwanzig Minuten zu warten, als ein Kombi anhält. Ein Mann im mittleren Alter mit Brille und einem Einstecketui in der Brusttasche seines Hemds beugt sich vor und kurbelt das Fenster herunter. »Wo willst du hin?«

Er leidet unter Haarausfall und versucht es auf diese peinliche Art zu verbergen, mit der Männer ihre wenigen Haare einfach in die andere Richtung kämmen. Ich hatte gehofft, dass wieder jemand wie Muriel anhalten würde. Vielleicht eine andere Demonstrantin. Aber ich stehe hier schon fast eine Stunde, und meine Mutter wird explodieren, wenn ich nicht rechtzeitig zum Abendessen zu Hause bin.

Der Mann scheint etwa so alt zu sein wie mein Dad und könnte ebenfalls der Vater von jemandem sein. »Ojai, wenn Sie so weit fahren.«

Er nickt und sagt: »Das geht in Ordnung.«

Sein Name ist Craig, und erst am Ende wird er unheimlich. »Wo soll ich dich absetzen, Poppy?«

Sein Blick verweilt ein bisschen zu lange auf mir, und ich spüre praktisch, wie er über meinen Körper wandert – die Beine, den Bauch, die Brust. Ich blicke aus dem Fenster auf die leere Straße, wo in keiner Richtung Häuser zu sehen sind, und erkenne, wie allein ich bin. Ich denke schnell. »Mein Dad holt mich an der Schule ab.«

Zu meiner Erleichterung folgt er meinen Richtungsangaben durch die Stadt. Wir fahren an meiner Straße vorbei, und ich erhasche einen Blick auf unser Auto in der Auffahrt. Wir fahren zum Parkplatz bei der Highschool, wo Laster parken und Sachen für das am Freitag beginnende Sommerfestival entladen.

»Willst du, dass ich hier mit dir warte?«, fragt Craig. Seine Stimme klingt schmierig, widerlich. »Ein paar von diesen Schaustellern sind gefährlich.«

»Nicht nötig«, sage ich und öffne schnell die Beifahrertür.

»Ich würde dich sehr gern wiedersehen«, sagt er. Er streckt die Hand aus und fährt mit einem Finger über mein nacktes Knie. Ich springe aus dem Wagen und schlage sofort die Tür zu. Ein paar Schausteller schauen in meine Richtung, während sie Gerätschaften von einem Pritschenwagen auf das Footballfeld tragen.

»Danke fürs Mitnehmen«, rufe ich, denn meine Mutter hat mir gute Manieren eingetrichtert.

Er hupt zweimal. »Vielleicht komme ich zum Sommerfestival zurück«, ruft er durch sein offenes Fenster. »Ich werde nach dir Ausschau halten.«

Ich lächle schmallippig und warte, bis er um die Ecke gebogen ist, bevor ich zu der Baumreihe und nach Hause renne.

KAPITEL 30

Nach dem Gespräch mit Mr. Stewart beschließe ich, durch das Naturschutzgebiet zur Highschool zu spazieren und mir vorzustellen, wie Poppy dort nach der ERA-Kundgebung abgesetzt wurde. Ich denke über die Geschichte nach, die Margot mir von dem unheimlichen Mann erzählt hat, von dem Poppy nach Hause gefahren wurde, und überlege, ob die Polizei die ganze Zeit über recht hatte. Auch wenn Margot und Mark darauf beharren, dass mein Vater gelogen hat, ihre Gefühle sind vielleicht durch den damaligen Konflikt zwischen meinem Vater und Danny getrübt.

Im Naturschutzgebiet ist heute nichts los, und ich nehme den Weg zum Teich, einem wunderschönen Gewässer, das erst angelegt wurde, lange nachdem ich Ojai verlassen hatte. Ich versuche, mir die gewundenen Pfade vorzustellen, denen Poppy und ihre Geschwister so oft durch Unkraut und hohe Gräser gefolgt sind. Mir die Bäume in einem naturbelasseneren Kontext vorzustellen. Doch das gelingt mir nicht. Die Naturschutzgruppe hat wunderbare Arbeit geleistet, dieses Land als Lebensraum für die örtliche Tierwelt zu erhalten, und das alte Ackerland existiert jetzt nur noch in der Erinnerung der Menschen, die einst hier lebten, sowie auf Poppys Filmen.

Als ich schließlich zu meinem Auto zurückkehre, stelle ich fest, dass mehrere Textnachrichten von Freunden eingetroffen sind, von denen ich seit Monaten nichts mehr gehört habe.

Du arbeitest wieder??? Erzähl mir mehr!

Wie schön!

Scheiß auf John Calder.

Und eine von Nicole mit einem Link.

Ruf mich so bald wie möglich an.

Der Link führt mich zu John Calders jüngstem Social-Media-Post.

Glücklicherweise ist eine gewisse Schreiberin wieder bei der Arbeit, denn sie schuldet mir eine Menge Geld. Ich freue mich darauf, von ihrem Vorschuss Urlaub zu machen.

Dieser Wichser.

Ich fahre gerade los, als mein Handy klingelt. Nicole. Ich schalte es aus, denn ich will nicht mit ihr reden, bevor ich nicht genau weiß, woher Calder von diesem Projekt weiß.

Als ich wieder beim Haus meines Vaters ankomme, eile ich sofort die Treppe hoch in sein Büro. Er und Alma sind wieder zu einem seiner Termine unterwegs, also lasse ich mich auf seinen Stuhl fallen und logge mich in seinen Computer ein. Das gespeicherte Passwort ermöglicht mir den Zugang zu seinem Postfach. Ich sehe meine letzte Nachricht an Calder:

Es gibt einen Vertrag für das Buch, und ich bin mit seinem Fortschritt sehr zufrieden. Ich fürchte, dass wir es dabei belassen müssen.

Und dann seine Antwort.

Ich habe ein paar Ideen hierzu.

Ich nehme mir einen Moment Zeit, versuche mich zu beruhigen. Die unbändige Wut in den Griff zu bekommen, die in mir aufgestiegen ist.

Calders *Idee* ist die, es so aussehen zu lassen, als würde ich mit anderen über das Buch sprechen, um dem Verlag damit einen Grund zu liefern, mich zu feuern.

Ich probiere mehrere Antworten aus:

Scher dich zum Teufel, Arschloch.

Ich lösche die Worte.

Bitte kontaktieren Sie mich nicht wieder.

Nein.

Hier ist Olivia Dumont. Ich könnte Sie für das, was Sie zu tun versuchen, verklagen.

Wieder lösche ich die Worte.

Ich habe wohl nicht mitbekommen, dass unten die Tür aufgegangen ist, denn plötzlich steht mein Vater hinter mir. »Was ist los? Warum sitzt du an meinem Schreibtisch?«

Ich deute auf den Bildschirm. »Calder will dich davon überzeugen, ihn dein Buch schreiben zu lassen.«

Ich lehne mich zurück, damit er die Mail auf dem Bildschirm sehen kann, bevor mir wieder einfällt, dass er sie nicht lesen kann. Calder hat seine Mails in ein schwarzes Loch geschickt, und wenn ich nicht geantwortet hätte, dann hätte sein Überredungsversuch ins Nirgendwo geführt. Doch das ändert nichts an dem, was er jetzt zu tun versucht.

»Wie konnte er es rausfinden?«, will mein Vater wissen. »Hast du es ihm gesagt?«

Ich hebe die Hände, und es ist mir peinlich, dass sie zittern. »Ich habe niemandem etwas von dem Buch erzählt«, beteuere ich und schlucke hart, denn ich weiß, dass das nicht stimmt. Ich habe Jack davon erzählt.

In Gedanken gehe ich alle Gespräche durch, die ich geführt habe, und überzeuge mich davon, dass keiner meiner Gesprächspartner es hätte herausbekommen können. »Von mir kann er es nicht wissen«, sage ich noch einmal. Dann erzähle ich ihm von Tyler Blakewood, dem Mann, der meinte, sie hätten sich für Calder entscheiden sollen.

»Und da du kein Interesse gezeigt hast, versucht Calder jetzt, sie dazu zu bringen, mich zu feuern.« Ich lese den Post laut vor, denjenigen, dem eine Flut von SMS, E-Mails und Anrufen auf meinem Handy gefolgt waren, bevor ich es ausgeschaltet hatte. »Glücklicherweise ist eine gewisse Schreiberin wieder bei der Arbeit, denn sie schuldet mir eine Menge Geld. Ich freue mich darauf, von ihrem Vorschuss Urlaub zu machen.«

»Ich werde ihn umbringen«, schimpft mein Vater. Ich sehe ihn durchdringend an, und er sagt: »Beruhige dich. Ist ja nicht wörtlich gemeint.«

Ich schaue zurück auf den Bildschirm, auf Calders Mail. »Was sollen wir tun? Willst du darauf antworten?«

Mein Vater denkt einen Moment lang nach, mit einem Gesichtsausdruck, den ich nur allzu gut kenne. Den er immer hatte, wenn er etwas Lustiges plante. Oder etwas Diabolisches. Oder beides. »Schreib Folgendes«, sagt er mir. *»Ihr Buch über Mac Murray hat mir sehr gefallen. Ich war traurig, als er verstarb.«* Ich tippe die Worte, gespannt, wohin das Ganze führt. *»Ich kannte ihn viele Jahre lang«*, fährt mein Vater fort, *»und wir standen uns nahe, doch von dem Waisenhaus in Guatemala wusste ich nichts. Was für eine Enthüllung.«* Er denkt noch ein bisschen weiter nach und sagt dann: »Schick es ab.«

Ich tue es und sehe ihn an, warte auf eine Erklärung. »Mac Murray war ein berühmter Filmemacher. Vor allem Dokumentarfilme, doch hin und wieder auch Independent-Filme.«

»Ich weiß, wer Mac Murray war, Dad.«

»Mac war für vieles bekannt – für sein Talent hinter der Kamera, aber auch dafür, dass er gern einen draufmachte. Wir haben viele Wochenenden zusammen verbracht, über die ich mich nicht im Einzelnen auslassen will. Doch nicht viele Menschen wussten, dass Mac auch ein fürchterlicher Rassist war.« Mein Vater schüttelt den Kopf. »Er hat es nach außen hin nicht gezeigt – das konnte er sich in der Filmindustrie nicht leisten, denn dann hätte er riskiert, bei Jobs übergangen zu werden. Aber einmal hat er sich ausführlich darüber beklagt, dass massenweise Migranten in unser Land kommen und uns die Jobs wegnehmen. Er hasste alles und jeden südlich der Grenze.«

»Nette Freunde, Dad.«

Er tut meine Worte mit einem Achselzucken ab. »Er hatte gute Drogen. Aber das Waisenhaus in Guatemala, über das Calder schrieb? Die Reisen, die Mac angeblich jedes Jahr unternahm?« Er schüttelt den Kopf. »Die gab es nie.«

Calders Antwort trifft ein. »Lies sie vor«, verlangt mein Vater.

»Wie schon gesagt, ich kann auch Ihr Image wieder aufpolieren.«

Mein Vater lacht kurz auf. »Mein Image aufpolieren, indem er irgendeinen Mist erfindet.«

»Bist du dir absolut sicher, dass Calder in dem Buch gelogen hat?«

Mein Vater schaut selbstgefällig drein. »Ich bin nicht der Einzige, der gut darin ist, erfundene Geschichten zu schreiben.« Er nickt in Richtung Computer und sagt: »Schick das an Monarch: *Es ist mir zu Ohren gekommen, dass Tyler Blakewood mit John Calder über die Existenz dieses Buches gesprochen hat. Ich erwarte, dass Mr. Blakewood umgehend von dem Projekt abgezogen wird.*«

Gerade als wir fertig sind, summt mein Handy, und noch eine Textnachricht trifft ein. Toms Name erscheint auf dem Display. Ein heißer Schauer durchfährt mich, und ich strecke die Hand aus, um das Display zu verdecken.

»Wer ist das?«, fragt mein Vater.

Ich drehe das Handy um und sage: »Niemand.«

Er hebt eine Augenbraue. »So, wie du ruckartig die Schultern hochgezogen hast, habe ich nicht den Eindruck, dass es niemand war.«

Ich schließe sein E-Mail-Programm, schalte seinen Computer aus und drehe mich dann zu ihm um. »Dank diesem Job ist er jetzt mein Ex.«

»Dass das Buch etwas mit deiner Beziehung zu tun haben soll, scheint mir ein bisschen weit hergeholt. Das musst du mir erklären«, sagt er.

»Die Vertraulichkeitsvereinbarung. Dass ich niemandem sagen darf, warum ich hier bin oder woran ich arbeite.«

Mein Vater schüttelt den Kopf. »Ich gehe jede Wette ein, dass du deinem Freund nie gesagt hast, wer deine Familie ist.« Er neigt den Kopf zur Seite. »Lass mich raten … Du bist eine arme Waise, deren Eltern auf tragische Weise ums Leben gekommen sind. War es ein Flugzeugabsturz? Ein Autounfall?«

Ich wende den Blick ab. »Ein Herzinfarkt«, murmle ich. »Und Krebs.«

Mein Vater lacht kurz auf. »Clever. Nichts Berichtenswertes, das man googeln kann.« Doch dann sieht er mich mit traurigen Augen an und sagt: »Du möchtest, dass ich mich verletzlich zeige, bist aber selbst nicht dazu in der Lage.«

»Ich bin nicht diejenige, die ihre Memoiren schreiben muss«, entgegne ich.

»Nein, du musst nur dein Leben leben. Und du wirst es allein leben, wenn du es nicht schaffst, ehrlich zu sein.«

»Das sagst ausgerechnet du.« Als er nicht darauf eingeht, fahre ich fort: »Außerdem gibt es Schlimmeres. Zum Beispiel von einem Frauenhasser verklagt zu werden und keine Aufträge mehr zu bekommen. Oder mein Haus verkaufen zu müssen. Oder einen langsamen Tod zu sterben und die Kontrolle über den Körper zu verlieren.«

Ich erwarte, dass mein Vater mir zustimmt. Er hat nie wieder geheiratet oder eine ernsthafte Beziehung gehabt, nachdem meine Mutter gegangen war, weil er, wie er behauptete, keine Zeit für Beziehungen habe. Doch er schüttelt den Kopf und sagt: »Es gibt nichts Besseres, als wirklich gesehen zu werden – wirklich von jemand anderem gekannt zu werden. Ich würde mir wünschen, dass du das eines Tages erlebst.«

Er nickt in Richtung meines Handys. »Lies die Nachricht.«

Es ist ein weiterer Link zu Calders Post und eine Stellungnahme.

Wieder einmal weiß ich nicht, was ich glauben soll.

Ich sehe zu meinem Vater hoch. »Es ist nichts Wichtiges«, erwidere ich. Einsamkeit ist mein Los im Leben. Die Samen dazu wurden vor langer Zeit von meinen Eltern gesät, und es ist sinnlos zu glauben, das würde bei mir mal anders werden.

»Warum ist Mom weggegangen?«, frage ich.

Mein Vater schaut so überrascht drein, wie auch ich es ob dieser Frage bin. Wir haben nie darüber gesprochen. Als ich klein war, habe ich mich aus Angst, ihn zu verärgern, nicht getraut, danach zu fragen. Und als ich älter wurde, redete ich mir ein, es sei mir egal.

»Deine Mutter hatte stark mit Depressionen zu kämpfen«, sagt er mit resignierter Stimme. »Tatsächlich hat sie mich an meine eigene Mutter erinnert. Sie lag oft tagelang im Bett und war nicht fähig, aufzustehen und sich um dich zu kümmern. Oder um mich.«

»Hat sie wie deine Mutter getrunken?« Da ich noch so jung war, als sie ging, bezweifle ich, dass mir irgendwelche Gewohnheiten wie diese aufgefallen wären.

Doch mein Vater schüttelt den Kopf und sagt: »Nein. Nie. Sie hasste das Gefühl, keine Kontrolle zu haben.«

»Und eine Therapie? Medikamente? Sicher gab es andere Lösungen als die, ihr einziges Kind zu verlassen.«

»Sie versuchte es eine Weile lang mit Medikamenten. Doch damals bewirkten die einzigen erhältlichen, dass sie sich wie ein Zombie fühlte.« Er schaut hinab auf seine Hände. »Glaub mir. Die Entscheidung zu gehen, machte sie todunglücklich. Aber wir waren beide der Meinung, dass es das Beste sei.«

»Ich bin ohne eine Mutter aufgewachsen, weil ihr es für das Beste gehalten habt? Mein Leben lang habe ich gedacht, sie habe mich nicht geliebt oder gewollt. Weißt du, was das mit einem Menschen macht?«

Er schweigt einen Moment lang. Als er wieder spricht, klingt seine Stimme ruhig. »Wenn du in meinem Alter bist, wird es viele Momente geben, in denen du dir wünschst, du könntest die Zeit zurückdrehen und frühere Entscheidungen noch einmal treffen. Einen anderen Weg wählen. Diese Entscheidung ist eine davon.«

Ich starre ihn an, überlege, was es mir bringt, das jetzt zu wissen. Zu verstehen, dass er Bedauern empfindet, ohne wirklich irgendetwas wiedergutmachen zu müssen.

Zurück im Gästehaus lasse ich mich, erschöpft von diesem Tag, aufs Bett fallen. Es scheint Jahre her zu sein, dass ich Mr. Stewart gegenübersaß und hörte, wie er sich dafür verteidigte, dass er meine Mutter zu einer Abtreibung gebracht hatte. Und leugnete, dass er der Vater gewesen sei. Doch bevor ich mich daranmachen kann, das Gespräch niederzuschreiben und herauszufinden, wie all dies in die Geschichte von damals passt, muss ich Nicole anrufen.

Obwohl es in New York schon spät ist, kommt sie sofort an den Apparat. »Mein Gott, Olivia. Wo bist du gewesen? Wir haben hier ein ernstes Problem.«

»Ich weiß«, sage ich.

»Wie in aller Welt hat Calder das rausgefunden? Das ist nicht gut.«

Ich erzähle ihr von seiner E-Mail an meinen Vater, in der er sich für das Buch anpreist. Und der Bestätigung, dass Tyler Blakewood die undichte Stelle war. »Mein Vater und ich haben Neil und Sloane heute Abend dazu eine Mail geschickt.«

Die Worte sind mir völlig unüberlegt herausgerutscht. Ich höre, wie Nicole Luft holt, bevor sie sagt: »Warte mal. Dein *Vater*?«

Mir wird übel, und ich schließe die Augen, wünsche mir, ich könnte auflegen und so tun, als habe dieses Telefonat nie stattgefunden. Ich würde gern John Calder die Schuld für das Missgeschick geben, doch die Wahrheit ist, dass es mein Fehler ist, meiner Agentin so lange etwas so Bedeutungsvolles verschwiegen zu haben. »Ich war in einigen Dingen nicht ehrlich zu dir«, sage ich. Nicht der beste Beginn, aber vielleicht kann ich sie dazu bringen, meine Familiengeschichte und die komplizierte Beziehung zu meinem Vater zu verstehen. Zu verstehen, warum ich niemandem gesagt habe, wer ich bin.

Und so erzähle ich ihr, wie mein Vater war, als ich klein war. Erzähle ihr von den Schatzsuchen. Von uns beiden gegen den Rest der Welt, nachdem meine Mutter gegangen war. Wie ich das erste Mal von Danny und Poppy hörte und mein Vater im Lauf der Zeit peu à peu die Geschehnisse preisgab. Von dem Zerwürfnis und meinem Wunsch, ihn völlig aus meinem Leben auszuschließen. Als ich fertig bin, sage ich: »Es tut mir leid, dass ich dir nicht die Wahrheit gesagt habe.«

Sie schweigt einen Moment lang, und ich frage mich, wie wütend sie wohl ist. Überlege, wie sehr ich das Vertrauen missbraucht habe, das wir im Lauf der Jahre aufgebaut haben. Schließlich sagt sie: »Ich kann dein Zögern verstehen. Deinen Wunsch, die Verbindung abzubrechen. Aber wir müssen es Monarch mitteilen.«

Ich gerate in Panik. »Sie dürfen mich nicht von dem Buch abziehen. Es ist meine Familie. Ich muss die Geschichte erzählen, und um ehrlich zu sein, ich glaube nicht, dass mein Vater mit jemand anderem sprechen wird.«

»Du verstehst mich falsch«, sagt sie. »Das ist Sprengstoff, Olivia. Das einzige Kind von Vincent Taylor, eine berühmte, begabte Ghostwriterin, ist nach Hause zurückgekehrt, um die Geheimnisse zu enthüllen, die er seit Jahrzehnten für sich behalten hat. Ein besseres Marketing gibt's doch gar nicht.«

So weit hatte ich nicht gedacht. Man hatte mir nämlich erklärt, dass dies eines der Projekte sein würde, von dem jeder glaube, die Zielperson habe das Buch selbst geschrieben. Mein Vater war irgendwann einmal sicher dazu in der Lage. Doch ich verstehe, was Nicole mir jetzt sagen will. Diese Zusammenarbeit ist zu gut, um sie zu verschweigen.

»Das wird der Hammer, Olivia«, fährt Nicole fort. »Es wird die Sache mit Calder völlig belanglos erscheinen lassen.«

»Apropos John Calder«, sage ich und erzähle ihr von dem MacMurray-Buch. »Ich bin mir sicher, dass mein Vater gern mit dem Literatur-Redakteur bei der *New York Times* Kontakt aufnehmen würde. Sie sind alte Freunde.«

Nicole lacht. »Ich glaube, das können wir ohne großes Aufhebens in die Wege leiten«, sagt sie. Doch dann seufzt sie. »Auch wenn es großartig wäre, zu sehen, dass dieser Mann bekommt, was er verdient, wirst du ihn dennoch bezahlen müssen. Obwohl die gute Nachricht ist, dass du dafür wahrscheinlich nicht dein Haus verkaufen musst.«

Freudige Aufregung durchfährt mich, als ich mir vorstelle, Renee anzurufen. Ihr zu sagen, dass sie das Haus vom Markt nehmen soll. Und dann denke ich an Tom und daran, wie er sich fühlen wird, wenn die Sache an die Öffentlichkeit dringt. Wenn er darüber in der Zeitung liest oder es aus den sozialen Medien erfährt und wie er sich erneut hintergangen fühlen wird. »Es ist wichtig für mich, dass meine Mitwirkung an diesem Projekt geheim bleibt, bis ich das Manuskript fertig habe«, sage ich Nicole.

»Ich weiß nicht, Olivia. Das Marketing-Team wird ein bisschen Vorbereitungszeit brauchen, um seine Strategie zu ändern. Um das Buch sofort zu bewerben …«

»Bitte«, sage ich, während in meinem Kopf eine Idee Gestalt annimmt. Von einer Möglichkeit, Tom die ganze Wahrheit zu sagen, auf einen Schlag. Auf eine Weise, die ich kontrollieren kann. »Lass mich einfach erst ans Ende dieser Geschichte gelangen.«

Nicole seufzt. »Gut«, sagt sie schließlich. »Aber können wir sagen, nicht später als Ende Mai?«

Das sind nur sechs Wochen. Die werden ausreichen müssen. »Das geht in Ordnung«, erwidere ich.

»In diesem Sinne, erzähl mir, wie es läuft«, sagt Nicole. »Neil scheint mit den Kapiteln, die du bislang geschickt hast, sehr zufrieden zu sein. Und ich stimme ihm zu, sie sind gut. Sehr stimmungsvoll. Und doch auch irgendwie herzzerreißend.«

»Die Filme helfen wirklich, den Ton zu treffen«, sage ich. »Sie zeigen nicht nur die Ereignisse, sondern bieten Eindrücke von Ojai im Jahr 1975. Von den Autos. Der Kleidung. Der Stimmung.«

»Wie viele Filmrollen gibt es?«, fragt sie.

»Nur zehn. Sie beginnen, kurz nachdem Poppy die Kamera Anfang März zum Geburtstag bekommt, enden aber leider ungefähr eine Woche vor den Morden. Wir haben nichts nach dem 5. Juni. Die Kamera ist kurz danach verloren gegangen.«

»Was ist mit ihr passiert?«, fragt Nicole.

Ich starre auf die vielen Kisten, von denen ich nach wie vor umgeben bin, auf die dunklen Fenster. »Das weiß niemand. An einem Tag hatte sie die Kamera noch, am nächsten Tag war sie verschwunden.«

POPPY

10. JUNI 1975

Ich stürme zwischen den Bäumen hindurch, versuche nicht länger, leise zu sein. Spüre brennende Angst in der Brust. Ich höre meinen Bruder hinter mir herjagen. Höre seinen rasselnden Atem, ein Ächzen, als er über einen Baumstamm springt, um mich schneller einzuholen und für das zu bestrafen, was ich gerade gesehen habe.

Ich halte die Kamera, die nach wie vor läuft, noch immer in der Hand. Als er mich gesehen hat, bin ich aufgesprungen und davongelaufen, voller Angst vor dem, was er tun könnte, wenn er mich erwischen würde. Ich flitze an dem riesigen Eukalyptus vorbei, den wir früher Big Ben genannt haben, und um den Stumpf eines kleinen Eukalyptus herum, den Vince mit seiner Machete umgelegt hat, als er acht war.

Meine Beine brennen, doch ich verlangsame mein Tempo nicht. Gleich werde ich den Rand des Feldes erreichen. Wenn ich es bis zu unserem Garten schaffe, bin ich vielleicht sicher. Doch als ich die Lichtung erreiche, knallt er von hinten gegen mich. Ich falle der Länge nach hin, lande hart auf dem Boden, beiße mir auf die Zunge.

»Gib sie mir.« Er packt meinen Arm, mein Handgelenk, wehrt mich mit der anderen Hand ab. Ich trete ihn, versuche, ihn so zu treffen, dass er einen Schritt zurückweicht und mir damit die Möglichkeit gibt, ihm zu entkommen. Mich zu retten. Meine Kamera zu retten. Doch er ist größer als ich. Stärker.

Ich drehe mich auf den Rücken und fange wieder an, ihn zu treten, aber er kniet sich auf meine Beine und drückt mich mit seinem Gewicht in den Boden. Ich versuche, mich unter ihm herauszuwinden, doch sein Griff ist so fest, dass ich spüre, wie es in meinem Kopf pocht, und mich frage, ob er mir als Nächstes die Luft abschnüren wird. »Lass mich los«, sage ich, doch meine Stimme klingt, als komme sie von weit her. »Hör auf, Danny.«

Er reißt mir die Kamera aus der Hand, verdreht dabei zwei meiner Finger. Dann steht er auf und schleudert sie in Richtung der Bäume. In der Ferne ist ein Krachen zu hören, als sie gegen einen der Bäume knallt.

Ich stehe auf und will zu den Bäumen gehen, um sie zurückzuholen, aber Danny zerrt mich am Arm zum Haus hin. Ich werfe einen letzten Blick zurück, versuche mich an die Richtung zu erinnern, in die sie flog, und hoffe, herauszufinden, wo sie gelandet sein könnte, damit ich sie mir wiederholen kann.

Danny schubst mich durch die Hintertür, den Flur entlang und in sein Zimmer und schließt die Tür hinter uns.

Ich schmecke noch immer Blut im Mund. Meine Ellbogen schmerzen dort, wo sie auf dem Boden gelandet sind, und die Knie brennen. »Danny«, sage ich und denke daran, wie er immer gelacht hat – laut und kräftig – und wie sein Lachen mir ein Gefühl von Leichtigkeit gab, bis ich das Gefühl hatte, ich könnte vielleicht fliegen. Wann hat er das letzte Mal so gelacht?

»Kein verdammtes Wort«, zischt er.

»Wie lange?«, frage ich.

»Geht dich nix an.«

Ich gehe einen Schritt auf ihn zu.

»Sieh mich nicht so an«, sagt er.

»Wie?« Ich möchte die Hand ausstrecken. Seinen Arm berühren. Ihm zeigen, dass ich auf seiner Seite bin – obwohl er meine Kamera kaputt gemacht hat.

»So wie jetzt«, sagt er. »Du darfst es niemandem erzählen.«

»Es ist nicht richtig«, erwidere ich.

Wir starren einander an, ein stilles Innehalten, in dem uns beiden die Ungeheuerlichkeit seines Geheimnisses bewusst wird. Und doch schwirren mir so viele verwirrende Gedanken im Kopf herum. An Dinge, die ich für wahr hielt, die es aber nicht sind. Und an meine Kamera, die irgendwo kaputt auf dem Feld hinter unserem Haus liegt.

»Du blutest.« Er zeigt auf mein Knie. Aus einem Schnitt quillt Blut und läuft mein Schienbein hinab. Er reicht mir ein Papiertaschentuch, und ich wische es weg.

»Wenn du es niemandem sagst, werde *ich* es tun«, erkläre ich.

»Wenn du das tust, bringe ich dich um.« Sein Gesichtsausdruck verrät mir, dass er es ernst meint.

»Danny, du musst es sagen.«

»Verschwinde.«

Ich gehe. Mein ganzer Körper fühlt sich an wie ein einziger riesiger Bluterguss. Ich stoße fast mit Vince zusammen, der direkt vor der Tür steht, und ich zögere und frage mich, wie viel er gehört hat.

»Was war das denn gerade?«, fragt er.

Ich kann ihn nicht ansehen. Denn sonst erzähle ich ihm vielleicht alles.

»Nichts«, erwidere ich.

Er packt mich am Arm und zerrt mich durch den Flur, weg von Danny. »Was hat er dir gesagt?«, will er unbedingt wissen.

»Du tust mir weh. Hör auf.« Doch seine Finger drücken nur noch fester zu, und sein Gesichtsausdruck ist angespannt.

»Ich habe ein Recht, es zu wissen, wenn es um mich ging«, sagt er.

Ruckartig befreie ich meinen Arm aus seinem Griff und reibe ihn. Wünsche mir, ich wäre größer. Stärker, damit ich mich wehren könnte. Ich bin es leid, von meinen Brüdern herumgeschubst zu werden. »Du wünschst dir nur, es wäre um dich gegangen«, sage ich, dränge mich an ihm vorbei und eile in der Hoffnung, dass meine Kamera nicht völlig kaputt ist, durch die Hintertür wieder hinaus. Entschlossen, den Film irgendwo in Sicherheit zu bringen, bis ich Danny davon überzeugen kann, die Wahrheit zu sagen.

VINCENT

11. JUNI 1975

Lydia und ich sitzen nebeneinander auf dem Sofa, sehen fern und tun so, als sei alles normal. Doch innerlich zittere ich. Ich kann nicht essen. Und seit einer Woche nicht schlafen. Am liebsten würde ich mich mitten in den Raum stellen und brüllen: *Was zum Teufel hast du getan?* Doch stattdessen sitze ich hier und tue so, als würde ich mir eine dumme Gameshow anschauen.

Es kommt mir vor, als sei es ein Jahr her, dass Danny geflüstert hat: *Es ist allgemein bekannt, dass derjenige, der ein Mädchen zu einer Abtreibung bringt, normalerweise der Vater ist.* Seitdem brodelt es in mir. Ich gehe auf Poppy los. Auf meine Eltern. Kann Lydia kaum ansehen.

Plötzlich stürmt Poppy durch die Haustür, wirft ihren Rucksack auf den Boden und eilt in die Küche.

Meine Mutter sitzt am Esszimmertisch, spielt Solitär, vor sich einen Becher mit dem, was sie *Tee* nennt, obwohl es in Wirklichkeit Wein ist. »Rucksack«, ruft sie, doch Poppy ignoriert sie. Meine Mutter seufzt, deckt eine Karte auf und trinkt einen Schluck aus ihrem Becher. »Ich weiß wirklich nicht, was in dieses Mädchen gefahren ist. Nach Ventura trampen? Sie hätte umgebracht werden können.«

»Sie ist wütend, weil sie ihre Kamera verloren hat«, sage ich. Selbst für meine eigenen Ohren klinge ich wie ein Roboter. Als würde ich in einer großen Produktion von *Typ, der zu feige ist, seine untreue Freundin zur Rede zu stellen* die Hauptrolle spielen.

Schockiert schaut meine Mutter von ihrem Kartenspiel hoch. »Bei dieser Kundgebung? Hat sie ihr jemand weggenommen?«

»Nein, ich glaube, es ist gestern passiert.«

Meine Mutter schnaubt missbilligend. »Ich habe eurem Vater gesagt, dass sie für etwas so Teures zu jung ist, aber er hört ja nie auf mich.«

Die Haustür geht wieder auf, und Margot kommt rein, atemlos. »Ist Poppy da?«

Meine Mutter deutet wortlos auf die Küche, und Margot verschwindet. Die Stimmen der beiden Mädchen dringen durch die offene Tür.

»Ich gehe nicht«, sagt Poppy.

»Du musst«, fleht Margot. »Alle werden da sein. Es ist die letzte Schulwoche, und Mr. Stewart hat alle eingeladen.«

Lydia sieht mich an. »Gehst du heute Abend zu Mr. Stewarts Jahresabschlussparty?«, fragt sie vorsichtig. Als könne ein falsches Wort dazu führen, dass ich ein Donnerwetter vom Stapel lasse. Als sei ich eine Bombe, mit der man vorsichtig umgehen muss.

Mr. Stewart hat uns heute Nachmittag, während er in der Auffahrt sein Auto wusch, alle eingeladen. »Burger, Limonade, eine Gelegenheit, das Schuljahr abzuschließen. Alle sind willkommen.«

Ohne Lydia anzusehen, sage ich: »Ich kann nicht. Ich muss meine Hausarbeit für Weltgeschichte neu schreiben, sonst falle ich in dem Kurs durch.« Ich versuche, locker zu klingen, und frage: »Gehst du hin?«

Sie zuckt die Schultern, sieht unsicher aus. Als könne meine Frage eine Falle sein. »Vielleicht schaue ich vorbei. Ich habe irgendwie das Gefühl, dass ich das muss. Er war so nett, mich in den vergangenen Monaten zu trainieren.«

»Du *musst* gar nichts«, sage ich ihr.

Lydia und ich sehen uns die Show zu Ende an. Der Himmel verdunkelt sich, und die Geräusche von der Party nebenan werden lauter. Durch die offenen Fenster dringt Musik herein, und Poppy und Margot sind irgendwohin verschwunden. Lydia steht auf. »Ich gehe besser nach Hause. Damit du dich an deine Hausarbeit machen kannst.«

Meine Mutter hat mit dem Kartenspielen aufgehört und bereitet in der Küche das Abendessen zu. Die Flasche Chardonnay steht jetzt fast leer auf der Anrichte. Die Haustür geht auf, und mein Vater kommt herein. Sein Anzug sieht von der Hitze des Tages verknautscht aus. Er stellt seine Aktentasche bei der Tür ab und hängt seinen Hut an den Hutständer. »Schön, dich zu sehen, Lydia.«

»Hallo, Mr. Taylor.«

»Bleibst du zum Essen, oder gehst du zur Party nebenan? Sieht so aus, als wären sämtliche Kinder der Stadt dort drüben.«

»Ich muss nach Hause«, sagt Lydia. Ich spüre, dass sie zu mir hinübersieht, doch ich halte den Blick auf den Boden vor mir gerichtet. »Meine Mutter erwartet mich.«

»Grüß sie von mir«, sagt er.

Lydia will mich umarmen, doch ich weiche ihr aus, öffne die Tür und halte sie ihr auf.

»Was ist los mit dir?«, flüstert sie.

»Du solltest nach Hause gehen.«

Schmerz und Verwirrung huschen über ihr Gesicht, doch sie streicht sich das Haar hinters Ohr und geht langsam die Treppe hinunter, als hoffe sie, dass ich sie zurückrufe. Wohl kaum! Nicht nach dem, was sie getan hat.

Ich habe es mir immer und immer wieder vorgestellt. Wie Lydia in die Klinik geht und Mr. Stewart ihre Tasche hält, während sie nach hinten verschwindet. Ich bin nicht gut in Mathe, aber ich kann eins und eins zusammenzählen. Und ich weiß, dass sie schwanger wurde, nachdem wir zusammen waren, weil ich im letzten Jahr auch diesen obligatorischen Gesundheitskurs hinter mich gebracht habe. In dem uns Schwester Monahan erklärt hat, zwölf Wochen seien die Obergrenze für eine sichere Abtreibung, doch Enthaltsamkeit sei die sicherste Wahl. Der Einzige, mit dem Lydia enthaltsam war, bin ich.

Die Party nebenan ist in vollem Gang, und die Kids nehmen jetzt auch den Vorgarten in Beschlag. Neben der Auffahrt türmen sich Skateboards, und zwei ältere Mädchen sitzen auf Mr. Stewarts Eingangstreppe und rauchen, während im Hintergrund Clapton zu hören ist. Alle Fenster sind offen, und ich kann ein paar Kids sehen, die sich in seinem Wohnzimmer auf dem Sofa fläzen.

Drinnen sagt mein Vater: »Lass uns am Freitagabend nach Ventura fahren. Ins Kino gehen und dem verrückten Getümmel am ersten Abend des Sommerfestivals aus dem Weg gehen.«

Ich gehe in mein Zimmer und schließe die Tür, setze mich an meinen Schreibtisch und denke daran, wie Danny und Poppy gestern ins Haus gestürzt sind. An das eindringliche Flüstern hinter Dannys Tür. Daran, dass Poppy mir anschließend kaum ins Gesicht blicken konnte, als wolle sie mir nicht zeigen, für wie bedauernswert sie mich hielt.

Ich starre auf mein Schulheft, zwinge mich, es zu öffnen. Versuche, mir nicht vorzustellen, dass Lydia einmal um den Block und dann zu Mr. Stewarts Party geht. Eine Flasche Bier öffnet und beobachtet, wie Mr. Stewart Burger grillt und so tut, als sei da nicht etwas mehr zwischen ihnen.

POPPY

11. JUNI 1975

Ich bin bisher noch nie betrunken gewesen. Natürlich habe ich manchmal ein paar Schlucke von dem mit Wasser verdünnten Gin Tonic meines Vaters stibitzt, wenn ich mit dem Abwasch dran war. Aber ich war noch nie sturzbetrunken. Bis heute Abend.

Margot hatte mich schließlich überredet, zu Mr. Stewarts Party zu gehen, und ich sagte mir, dass ich sie nur überstehen könnte, wenn ich mich mit Bier betäuben würde. Mr. Stewart sah nicht einmal hin, als ich die Kühlbox öffnete und mir statt Limonade ein Bier nahm. Es schmeckte widerlich, doch sobald ich eins ausgetrunken hatte, nahm ich mir das nächste.

Ich verstehe jetzt, warum Danny gern trinkt. Es gibt einem das Gefühl zu schweben, lässt alle Sorgen weit weg und verschwommen erscheinen. So, als könne man sie fast nicht mehr sehen.

Ich stehe im Hinterhof, am Rand, und schaue zu. Meine Hände vermissen das Gewicht meiner Kamera, die Sicherheit, die ich hinter der Linse empfand. Ich kann immer noch spüren, wie sie mir aus den Fingern gerissen wurde, spüre noch die Schrammen an den Ellbogen, mit denen ich auf dem Boden aufgeschlagen bin. Ich hatte Margot erzählt, ich hätte die Kamera verloren, was im Prinzip stimmt, denn als ich zurückging, um sie mir zu holen, war sie weg.

Da sind rund fünfzig Kids, bilden Gruppen, die miteinander reden und lachen. Ein paar Jungen aus der Mittelschule toben miteinander, ein anderer tanzt im Kreis und hält seine Limonade hoch über den Kopf. Mr. Stewart steht am Grill und grillt Burger. Aus seiner HiFi-Anlage im Wohnzimmer dröhnt »Shining Star« von Earth, Wind & Fire durch die offenen Fenster.

»Der nächste Schwung Burger ist in fünf Minuten fertig«, ruft er in die Menge.

Ich drehe mich um, weil ich Margot etwas sagen will, doch sie ist irgendwo im Haus verschwunden. Ich sehe wieder kurz zu Mr. Stewart hinüber, gehe dann über den Hof zum Hintereingang und die Stufen zur Küche hoch. Bei der Tür stolpere ich, fange mich aber und werfe meine fast leere Bierdose ins Gras, bevor ich hineingehe. Eine Gruppe von Mädchen redet mit Mr. Stewarts Freundin Amelia, die klein geschnittenes Gemüse auf einem Tablett arrangiert. »Hallo, Poppy«, sagt sie lächelnd.

Ich ignoriere sie, versuche, ohne zu torkeln durch die Küche und ins Wohnzimmer zu gehen, wo Margot auf dem Sofa sitzt und mit einem Jungen aus meinem Englischkurs spricht. Steve? Sam? Ich entdecke ein geöffnetes Bier auf dem Couchtisch, schnappe es mir und stürze die schalen Reste hinunter, bevor mich jemand daran hindern kann. Ich muss Abstand halten.

Margot schaut mich besorgt an und sagt: »Sieh dir diese Fotoalben an, Poppy. Hier ist ein Foto von Danny, als er in Mr. Stewarts Outdoor-Gruppe war.«

Ich trete näher und betrachte das Schwarz-Weiß-Foto hinter dem Plastikschutz. Ein paar Jungen, manche ohne Hemd, stehen vor einem Zelt. Mr. Stewart befindet sich im Hintergrund, Danny am Ende der Reihe, ein Halblächeln im Gesicht. Ich habe Mühe, mich auf das Foto zu konzentrieren, denn das Bild wackelt, und ich habe das Gefühl, seekrank zu werden.

Eines der Mädchen auf dem Sofa sagt: »Ich wünschte, er würde mal einen Mädchen-Ausflug in den Wald organisieren. Ich hätte nichts dagegen, mit Mr. Stewart ein Zelt zu teilen.«

Die anderen lachen. Ich schaue auf und betrachte die Gruppe, die in Mr. Stewarts Wohnzimmer herumlungert, die Füße auf dem Couchtisch. Ein Mädchen raucht eine Zigarette und bläst den

Rauch aus dem offenen Fenster. Ich lache schrill auf, doch es klingt eher wie ein Schluchzen. »Warum seid ihr alle hier?«, frage ich, verliere jedoch das Gleichgewicht, als ich mich zu Margot umdrehen will. Ich setze mich schnell auf einen Stuhl und schließe die Augen, doch dadurch dreht sich der Raum nur noch mehr, sodass ich sie wieder öffne.

Margot ist verschwunden. Ich sehe mich um, spähe durch den dunklen Flur, der zu Mr. Stewarts Schlafzimmer führen muss. Seinem Badezimmer. Zwei geschlossene Türen, aber keine Margot.

Ich zwinge mich, wieder aufzustehen, und gehe hinüber zu einer Wand mit Fotos. Mr. Stewart im College mit Lauftrikot, Mr. Stewart und Amelia irgendwo an einem Strand. Mr. Stewart und ein Mann, den ich nicht kenne, die Arme umeinander gelegt, am Eiffelturm.

Margot ist plötzlich wieder da und sagt: »Ich glaube, du solltest nach Hause gehen.«

»Ich wollte eigentlich gar nicht zu dieser Party kommen«, entgegne ich.

Vince taucht auf der anderen Seite neben mir auf, und ich strecke die Hand aus, um seine Wange zu berühren, doch er weicht zurück. »Das hier ist ein dunkler Ort, Vince. Hast du hier einen Hinweis versteckt?« Ich lache über meinen Witz, doch er stimmt nicht in mein Lachen ein. »Du solltest nicht hier sein«, sage ich in die Stille zwischen zwei Songs hinein, als Mr. Stewart an der Tür erscheint und verkündet: »Die Burger sind fertig.«

Dann fällt sein Blick auf mich. »Alles okay mit dir, Poppy?«

Wut und ein Gefühl von Verrat toben in mir. Ich will nicht, dass Vince hier ist und das sieht. Er darf die Wahrheit nicht erfahren. »Nicht wirklich«, sage ich. Der Alkohol macht mich mutig. Ich schwanke ein wenig, und Margot greift nach meinem Ellbogen, um mich zu stützen.

Das Geräusch von zerbrechendem Glas und lauter werdendem Lachen dringt durch die offenen Fenster. Aus der Küche ruft Amelia: »Paul, du solltest besser wieder nach draußen gehen!«

Mr. Stewart ignoriert sie. »Ich mache mir Sorgen, Poppy.« Er deutet auf den abgesperrten Teil des Hauses. »Möchtest du irgendwohin gehen, wo wir ungestört sind und über das sprechen können, was dich beschäftigt?«

Eines der Mädchen auf dem Sofa murmelt: »Sie können mich irgendwohin mitnehmen, wo wir ungestört sind.«

Die anderen Mädchen brechen in Lachen aus, doch Mr. Stewart schenkt ihnen keine Beachtung, sondern hält den Blick auf mich gerichtet.

»Was sagen Sie immer?«, fordere ich ihn heraus. »Wissen ist Macht.« Ich beobachte ihn, um zu sehen, ob er mich hört. Zu sehen, ob er weiß, was ich weiß. »Was ist, wenn man ein Geheimnis kennt? Ist das auch Macht?«

Unsere Blicke treffen sich für einen Moment, bevor mein Magen rebelliert, ich mich umdrehe und mich in eine Topfpflanze übergebe.

Die Mädchen verschwinden, und Vince sagt: »Ich bringe sie nach Hause.«

»Das ist wahrscheinlich das Beste«, sagt Mr. Stewart.

Vince und Margot nehmen mich in die Mitte und führen mich aus der Haustür hinaus und die Treppe hinunter. Wir gehen seitlich an unserem Haus entlang, öffnen leise die Hintertür und meiden das Wohnzimmer, in dem meine Eltern fernsehen. Sie sitzen auf ihren üblichen Plätzen – unser Vater in seinem Sessel, einen Gin Tonic neben sich, unsere Mutter auf dem Sofa, die in Strümpfen steckenden Füße untergeschlagen. Sie ist mit ihrer Handarbeit beschäftigt und schon bei der zweiten Flasche Wein angelangt.

Wir schleichen uns an der Küche vorbei in mein Zimmer. Ich ziehe die Schuhe aus und krieche unter meine Bettdecke. Meine Klamotten sind mir egal, alles ist mir egal.

»Ich übernehme jetzt«, sagt Vince zu Margot.

Sie schlüpft wieder zur Hintertür hinaus, geht bestimmt nach Hause. Vince verschwindet in der Küche und kommt mit einem Glas Wasser und Aspirin zurück. »Nimm die«, sagt er.

Ich kehre ihm den Rücken zu, kann ihn nicht ansehen. Habe Angst vor dem, was ich sagen werde. Das Zimmer dreht sich, und ich fürchte, dass ich mich wieder übergeben muss. Und so atme ich mehrmals tief ein und versuche, mich auf einen Punkt zu konzentrieren.

Vince weicht mir nicht von der Seite. »Was war das denn?«, fragt er.

Ich will schlafen. Will in ein dunkles Loch fallen und nicht träumen. An nichts denken. Ich finde die Worte nicht, um Vince die Wahrheit zu sagen, kann ihn aber warnen.

»Lydia muss sich von Mr. Stewart fernhalten.« Ich drehe mich um und sehe meinen Bruder an, der über mich gebeugt an meinem Bett steht.

Er tritt einen kleinen Schritt zurück, als hätten meine Worte ihn getroffen, und fragt: »Was meinst du damit?« Er sieht erschrocken aus. Bekümmert. Und ich frage mich, ob er es bereits weiß.

Ich schüttle den Kopf, doch von der Bewegung wird mir schlecht, sodass ich lieber die Augen schließe.

KAPITEL 31

Ich finde ihn im letzten Notizblock, einen einzigen kurzen Satz, eine Randnotiz fast am Ende.

Danny sah zu, wie sie starb.

Ich fühle mich, als hätte man mir einen Schlag versetzt. Die Sachlichkeit der Aussage, die Worte, mit schwarzem Kugelschreiber an den unteren linken Rand gekritzelt. So leicht zu übersehen, wenn man nicht genau hinschaute.

Ich habe mir nach mehreren Wochen wieder die Notizblöcke meines Vaters vorgenommen und mich langsam durch sie hindurchgearbeitet. Habe versucht, ihnen Informationen zu entnehmen, die ich gebrauchen könnte – spezifische Ereignisse, die sich als Erzählstoff eignen, oder Begebenheiten aus dem Leben seiner Geschwister, die sie lebendig werden lassen. Die Musik, die Danny gern hörte. Poppys Art, auf dem Boden zu sitzen, um ihre Hausaufgaben zu machen.

Dann habe ich beschlossen, alle Randnotizen zusammenzutragen und ihnen, wo möglich, eine Bedeutung zuzuweisen.

Ich musste Ricky Ricardo schnell begraben – die Katze des Nachbarn.

Die dunkelsten Verstecke: Vorratsschuppen, Poppys Schrank, Dachboden, Garage – die Schatzsuche.

Am liebsten hätte ich Danny umgebracht – die Entdeckung, dass meine Mutter abgetrieben hatte.

Aber diese Randnotiz – *Danny sah zu, wie sie starb* – kann nur eines bedeuten. Mein Vater war auch dort gewesen.

»Was kannst du mir über diese Zeile sagen?«, frage ich ihn am nächsten Morgen, ziehe den letzten Notizblock aus meiner Tasche und blättere zu der Seite, die ich mit einem Haftzettel gekennzeichnet habe. Ich lese sie ihm laut vor: »Danny sah zu, wie sie starb.« Dann schaue ich ihn an und warte.

Ich kann seinen maskenhaften Gesichtsausdruck nicht deuten. Er ist weder überrascht noch wütend. Sicherlich hat er erwartet, dass ich die Hinweise schließlich finde, so wie ich vor langer Zeit die Hinweise in meinem Buch fand.

Als er nichts sagt, fahre ich fort: »Du hast mir viel gegeben, womit ich arbeiten kann. Viele Geschichten, die mir helfen werden, das umzuarbeiten, was du bereits geschrieben hast.« Ich wähle meine Worte sorgfältig, möchte ihn nicht verärgern, denn ich weiß, wie leicht das selbst vor seiner Krankheit passieren konnte. »Viele Möglichkeiten, die helfen, Danny und Poppy auf Papier wieder lebendig werden zu lassen. Doch als wir hiermit begonnen haben, hast du gesagt, es gäbe Dinge, die du nie der Polizei gesagt hättest.«

Mein Vater starrt mich an, wartet darauf, dass ich fortfahre. Vielleicht weiß er, worauf ich hinauswill.

»Sag mir, was du mit dieser Zeile gemeint hast.«

Er schüttelt den Kopf. »Ich weiß es nicht.« Doch seine Stimme klingt schwach, als könne er nicht genug Kraft aufbringen, um mit voller Lautstärke zu sprechen. »Ich kann mich nicht erinnern.«

»Du erzählst mir immer wieder, Danny wäre dafür verantwortlich gewesen, dass die Dinge eskaliert sind, aber Poppys Filme zeigen etwas anderes.« Ich deute auf meinen Computer und hebe die Stimme. »In weniger als acht Wochen muss ich einen fertigen Entwurf dieses Buches abliefern, und ich bin noch weit davon entfernt, fertig zu sein. Ich kann meinen Job nicht erledigen, wenn du nicht ehrlich zu mir bist.«

Bei jedem Projekt gibt es diesen Moment. Wenn ich den Abgrund überwinden muss – von den leichten Geschichten zu den schwierigeren kommen muss. Denjenigen, die in uns allen leben, aber nie an die Oberfläche dringen. »Wir haben viel über die Dynamik im Haus gesprochen. Insbesondere die zunehmenden Spannungen zwischen dir und Danny.« Ich atme langsam aus. »Du hast mich herkommen lassen, um eine Aufgabe zu erledigen, und Teil dieser Aufgabe ist es, schwierige Fragen zu stellen. Ich werde dir also eine schwierige Frage stellen, und du musst mir die Wahrheit anvertrauen. Dann können wir gemeinsam entscheiden, was wir damit anfangen.«

Er deutet ein Nicken an.

»War dein Alibi eine Lüge? Warst du an jenem Abend im Haus?«

»Ja«, sagt er mit leiser, fester Stimme. Als habe er die ganze Zeit darauf gewartet, dass ich diese Frage stelle. Er sieht mich an, die Wangen eingefallen, als seien sie von Gram gefurcht. »Aber ich war nicht rechtzeitig da. Als ich nach Hause kam, war es schon zu spät.«

VINCENT

13. JUNI 1975
18:15 UHR

Auf der Suche nach Poppy kämpfe ich mich durch das Labyrinth des Haunted House. Sie ist kurz vor mir reingegangen, doch jetzt ist sie verschwunden. Den ganzen Nachmittag hatte ich irgendwie Angst. Schließlich stellte ich Lydia bei ihr zu Hause zur Rede.

»Ich weiß, was du getan hast.« Ich stand neben der Anrichte in der Küche, während Lydia einen Apfel schnitt.

Verwirrt schaute sie zu mir hoch, das Messer noch in der Hand. »Was meinst du damit?«

»Ich weiß, dass du mich betrogen hast. Ich weiß, dass du schwanger geworden bist und eine Abtreibung hattest.« Die Worte sprudelten aus mir heraus, heiß und schnell, und hinterließen ein leeres Gefühl im Magen.

Sie starrte mich an, wurde bleich, und ich merkte, dass sie erwog, alles zu leugnen. Doch bevor sie mit einer Geschichte aufwarten konnte, sagte ich: »Mach es nicht schlimmer, indem du lügst.«

Sie legte das Messer hin, der Apfel war vergessen, und bedeckte ihr Gesicht mit den Händen. Ich war wie erstarrt, unfähig, einen Schritt auf sie zuzugehen, unfähig wegzugehen. Unter Tränen sagte sie: »Ich liebe dich.«

Ich hätte beinahe gelacht. »Du hast eine tolle Art, es zu zeigen. Wer ist der Vater?«

Überrascht schaute sie zu mir hoch, als könne sie nicht glauben, dass ich es noch nicht wusste.

»Du musst es mir sagen.«

Genau in diesem Moment kam ihre Mutter durch die Haustür. Mit ihr wehte der ekelhaft süße Duft ihres Jean-Nate-Parfüms herein. »Hast du mit der Vorbereitung des Abendessens begonnen, Lydia?«, fragte sie, warf ihre Handtasche auf den Esszimmertisch und ließ sich auf einen Stuhl fallen.

Lydia wischte sich schnell die Augen, setzte ein strahlendes Lächeln auf und sagte: »Ich wollte gerade damit anfangen.«

»Wir sind noch nicht fertig«, sagte ich, als ich ging.

»Später«, versprach sie mir.

Aber zuerst muss ich herausfinden, was Poppy weiß. Gestern warf sie mich schließlich aus ihrem Zimmer und behauptete, da sei nicht genug Platz für uns beide. Doch ich merkte, dass es etwas anderes war. Weil sie mich nicht ansehen konnte, als sie sprach, und anfing, Kleidungsstücke zu falten und ihr Bett zu machen. Dinge, die Poppy sonst nie aus freien Stücken tut.

Ich fühle mich hin- und hergerissen. Es ist wichtig für mich, dass Lydia mir die verdammte Wahrheit sagt, aber ich muss auch genau wissen, was Danny Poppy erzählt hat. Warum Poppy gesagt hat: *Du musst es sagen*, bevor sie aus dem Zimmer gestürmt kam, in dem sie mit Danny gewesen war. Und mich angesehen hat, als wisse sie etwas, das ich nicht weiß. Worum es an dem Abend, als sie betrunken war, bei ihrer Warnung ging. Und ich muss es wissen, bevor ich wieder mit Lydia spreche, denn ich bin mir nicht sicher, dass sie mir die Wahrheit sagen wird.

Aus verborgenen Lautsprechern dringt laute Musik, unterbrochen von aufgezeichneten Schreien, und eine Überraschung wartet hinter jeder Biegung des billig gefertigten Holzbaus – dessen Inneres in viele enge, sich windende Pfade aufgeteilt ist, um den Menschen mehr Gelegenheit zu geben, Angst zu haben. Ein Zombie mit blutigem Kinn, der hinter einem Fass auftaucht. Ein mit Stroh ausgestopfter, an einem Seil hängender Körper, der von oben heruntergeflogen kommt. Eine sich aus einem Sarg erhebende Mumie, deren Bandagen sich ablösen und verwesendes Fleisch freilegen. In all den Jahren, in denen diese Veranstaltung nun schon stattfindet, hat niemand je daran gedacht, wie dumm es ist, bei einem Festival im Juni ein Haunted House zu haben.

Ich finde eine Abkürzung, verstecke mich in einer Ecke nahe dem Ausgang und warte auf Poppy. Dannys höhnische Worte schwirren mir noch im Kopf herum. *Es ist allgemein bekannt, dass derjenige, der ein Mädchen zu einer Abtreibung bringt, normalerweise der Vater ist.* Sie hatten mich dazu gebracht, mit ausgestreckten Händen aus dem Bett zu springen und nach Dannys Hals zu greifen. Zu versuchen, diese Worte aus ihm herauszuwürgen, obwohl sie bereits in mir lebten, seit ich Lyda und Mr. Stewart zusammen beim Pink-Floyd-Konzert gesehen hatte. Wie er seine Hand auf ihren Rücken legte und sie führte. Die Besorgnis auf seinem Gesicht. Wie nahe sie beieinanderstanden, als würden sie ein Geheimnis teilen. Das Licht von seinem Armaturenbrett, das sein Gesicht erhellte, als er sie absetzte, nachdem er mit ihr zu einer Klinik in Ventura oder Bakersfield gefahren war. Hatte er sich entschuldigt? Ihr gesagt, dass es nie wieder passieren dürfe? Darauf bestanden, dass es zwischen ihnen vorbei sei, oder ihr gesagt, dass es gerade erst beginne?

Schließlich taucht Poppy auf, und ich packe sie, ziehe sie in meine Ecke und stelle mich so vor sie, dass sie nicht entwischen kann.

»Du hast mich zu Tode erschreckt, Vince. Was machst du da?«

Ich umklammere ihren Arm noch fester und sage: »Erzähl mir, worüber ihr gestritten habt, du und Danny.«

Poppy macht einen Schritt auf den Ausgang zu. »Ich weiß nicht, wovon du redest.«

Ich ziehe sie zurück, und sie zuckt zusammen. »Lüg mich nicht an!«

Sie schüttelt den Kopf und sagt: »Es ist nicht dein Problem.«

»Es ist mein Problem. Es hat auch mit mir zu tun.«

Überraschung macht sich auf ihrem Gesicht breit. Dann verliert sie die Fassung, und ihre Augen füllen sich mit Tränen. Die Stimmen von Menschen, die das Haunted House betreten, übertönen die Schreie einer Frau, die alle dreißig Sekunden aus den Lautsprechern dringen.

Ich habe es satt zu warten. Habe es satt, der Einzige zu sein, der nicht die Wahrheit kennt. Ich schubse meine Schwester, drücke sie gegen die Wand. Erschrocken reißt sie die Augen auf. Irgendwo in meinem Inneren weiß ich, dass ich es nicht auf diese Weise tun muss. Dass meine Schwester mir sagen wird, was ich wissen muss. Doch ich kann meine Wut über das, was Lydia getan hat, und meinen Frust, dass alle außer mir es zu wissen scheinen, nicht länger abspalten. Diese Gefühle sind in jede Beziehung gesickert. Jeden Gedanken. Jeden Moment.

»Du tust mir weh.« Ihre Stimme überschlägt sich.

»Dann sag es mir.«

»Sei in zehn Minuten zu Hause«, entgegnet sie. »Dort können wir reden.«

In diesem Moment bemerke ich Mark Randall. Ich lasse Poppy los, und sie tritt einen Schritt zurück und wischt sich Tränen aus den Augen.

Mark blickt zu uns herüber und sagt zu mir: »Lass deine Schwester in Ruhe, oder ich erzähle es Danny.«

Ich versuche, meine Wut zu unterdrücken, will mich nicht durch Mark von meinem Vorhaben abbringen lassen. »Kümmer dich um deinen eigenen Scheiß«, erwidere ich.

Mark schüttelt den Kopf. »Dein Problem, Psycho.« Dann geht er hinaus, und Poppy und ich sind wieder allein.

»Zehn Minuten«, sage ich zu ihr. Dann trete auch ich hinaus ins Freie, lasse Poppy zurück.

Ich komme an Margot vorbei, die sicher auf Poppy wartet, und gehe hinüber zu Lydia, deren Augen blutunterlaufen sind. Ich wünschte, ich könnte weinen. Könnte meine Wut, meinen Schmerz und das Gefühl der Demütigung in einem langen Klagelaut herauslassen. Stattdessen steckt er wie ein heißer Stein in mir, und ich habe Angst, dass er mich von innen verbrennen wird.

»Ich muss kurz nach Hause gehen«, sage ich ihr.

»Was? Warum?«

»Offensichtlich hat Danny Poppy von deiner Abtreibung erzählt, und ich muss was unternehmen, bevor die ganze Stadt es weiß.«

Lydia streckt die Hand aus, als wolle sie meine nehmen, doch ich trete einen Schritt zurück, und sie lässt die Hand wieder fallen. »Was hat er ihr gesagt?«

»Ich nehme an, dasselbe, was er auch mir gesagt hat.« Bei der Erinnerung daran steigt wieder die Wut in mir hoch. »Dass Mr. Stewart dich geschwängert und dann zu einer Abtreibung gebracht hat.«

Lydia scheint in Panik zu geraten. »Das hat er dir gesagt?«

»Unmissverständlich, ja.«

Sie schließt die Augen, als sei sie plötzlich erschöpft. »Lass uns einfach zu den Felsen gehen. Ich kann dir unterwegs alles erklären. Bitte.« Sie sieht verzweifelt aus. »Dann kannst du dich um Poppy kümmern.«

Ich schaue hinüber zu dem Weg, der durch die Bäume zu meinem Zuhause führt, dann zurück zu Lydia, fühle mich hin- und hergerissen. Vielleicht wäre es besser, es zuerst von ihr zu hören und dann zu Poppy zu gehen. Danach kann ich mir vielleicht darüber klar werden, wie es weitergehen soll, mit oder ohne Lydia. »Okay«, sage ich.

KAPITEL 32

Ich versuche, nicht auf das Eingeständnis meines Vaters zu reagieren, obwohl ich völlig aufgewühlt bin. Das Puzzlestück, auf das ich gewartet habe – hier ist es. Und doch kann ich mir nicht die Zeit nehmen, es zu verarbeiten. Ich muss eine professionelle Fassade aufrechterhalten, um sicherzustellen, dass meine Gefühle mich nicht übermannen angesichts dessen, was er mir gerade gesagt hat – dass nämlich alles – der Streit mit meiner Mutter, das Alibi, alles – eine Lüge war. Dass mein Vater im Haus gewesen war, als Poppy und Danny starben. Und er kann nur dann dort gewesen sein, wenn er irgendeine Rolle bei ihrem Tod gespielt hat.

Ich hole Poppys Tagebuch hervor. Mein Vater schaut überrascht drein, als er es sieht. »Wo hast du das her?«, fragt er.

»Ich habe es in einer deiner Kisten gefunden.« Ich habe die Seite mit einem Haftzettel markiert, schlage sie auf und erkläre: »Deswegen habe ich dich zu Anfang nach ihren Filmen gefragt. Denn abgesehen von ihrem ersten Eintrag, in dem sie über Moms Abtreibung spricht, verweist sie im Rest auf Filmrollen und -ausschnitte. Als habe sie jemandem zeigen wollen, was sie herausfand, statt es aufzuschreiben. Als wisse sie, dass Aufschreiben zu gefährlich war.«

»Gib es mir«, sagt mein Vater.

Ich reiche es ihm, und er hält es in der Hand wie einen alten Kunstgegenstand. Sanft streicht er über den Einband mit den verblassten roten Herzen, öffnet das Tagebuch und fährt mit dem Finger am zackigen Rand der Seite entlang, die Poppy herausgeschnitten hat.

»Weißt du, was auf der Seite stand?«, frage ich.

Er schüttelt den Kopf und blättert zum ersten Eintrag. Ich sehe, dass er versucht, die Wörter zu entziffern. Aus den Formen schlau zu werden, die einst seine Lebensgrundlage bildeten. Doch er schaut hoch, gibt sich geschlagen.

»Kannst du es mir vorlesen?«, fragt er.

Ich nicke. *»Heute habe ich ein Gerücht gehört. Dass Lydia schwanger war und es jetzt … nicht mehr ist.«*

Er schließt die Augen, als ich fortfahre: *»Auf diesem Film muss irgendwas sein, von dem Vince nicht will, dass ich es sehe. März Nr. 1, Ausschnitt Nr. 3.«*

Er öffnet wieder die Augen und fragt: »Was ist in diesem Ausschnitt zu sehen?«

»Ich bin nicht dahintergekommen, aber vielleicht kannst du es mir sagen.«

Ich hole ihn auf den Bildschirm, drücke auf Play, stelle den Laptop auf den Schreibtisch, damit mein Vater es sehen kann. Das Lagerfeuer. Lachende Kinder. Ein Mann, der Dosen aufsammelt. Hochsteigende Flammen und im Nachthimmel verschwindende Funken. Mein Vater beugt sich zum Bildschirm vor, und ich beobachte ihn. Er spannt den Kiefer an, zeigt ansonsten jedoch keine Regung.

Plötzlich schnellt seine Hand vor und fegt den Laptop vom Schreibtisch. Krachend fällt er zu Boden. »Warum zeigst du mir das?«, brüllt er.

Ich springe auf und weiche zurück. Mein Laptop ist noch geöffnet, und der Filmausschnitt läuft noch, doch eine Ecke des Bildschirms ist zersplittert. Ich husche um meinen Vater herum, um den Laptop aufzuheben. »Wenn du nur zu Hause geblieben wärst, wäre nichts davon passiert«, beginnt er wieder zu schimpfen. »Aber nein! Du hast mich verlassen.«

Er geht auf und ab, und ich drücke den Laptop an meine Brust. »Dad«, sage ich ihm. »Ich bin's, Olivia.«

»Das ist deine Schuld, Lydia.« Er kommt einen Schritt näher. »Du warst diejenige, die sich entschieden hat, zu dieser Party zu gehen.« Dann dreht er sich zum Bücherregal um und beginnt, Bücher auf den Boden zu werfen.

Alma stürmt herein, sieht das Durcheinander und geht auf mich los. »Verschwinden Sie. Raus hier.«

»Ich weiß nicht, was passiert ist«, sage ich.

»Das spielt keine Rolle. Sie müssen rausgehen.« Zu meinem Vater sagt sie: »Es ist in Ordnung, Vincent. Ich bin hier. Wir können gemeinsam eine Lösung finden.«

Doch ihre Worte beruhigen ihn nicht. Er nimmt ein Buch, wirft es nach mir, verpasst meinen Kopf um Haaresbreite. Selbst Alma muss zurückweichen. Dann wendet er sich dem Fenster zu und durchschlägt die Scheibe mit seiner Hand.

Alma macht einen Satz nach vorn und zieht ihn zurück. Blut tropft von seiner Handfläche. »Holen Sie ein Handtuch«, befiehlt sie.

Ich sause ins Badezimmer und komme mit dem Handtuch zurück. Alma versucht, es um die Hand meines Vaters zu wickeln, doch er schlägt immer noch um sich. »Rufen Sie einen Krankenwagen. Sagen Sie ihnen, dass wir hier einen kognitiv beeinträchtigten Patienten haben, der sediert werden muss. Sagen Sie ihnen, dass er ein Fenster zerschlagen hat und stark blutet.«

Als ich zögere, deutet sie auf die Tür. »Gehen Sie!«

Die Sanitäter kommen, sedieren meinen Vater und verbinden ihm die Hand, um den Blutfluss zu stoppen. Dann laden sie ihn in den Krankenwagen. Als ich versuche einzusteigen, hindert Alma mich daran. »Am besten halten Sie sich im Moment von ihm fern.«

»Er ist mein Vater«, protestiere ich.

»Sie sind ein Trigger. Gehen Sie für eine Weile zurück nach Los Angeles. Lassen Sie ihn wieder zu sich kommen. Dann können wir darüber reden, ob Sie das Buch zu Ende schreiben können oder nicht.«

Nachdem der Krankenwagen weggefahren ist, stehe ich im Büro meines Vaters und betrachte das Durcheinander. Überall sind Bücher verstreut. Ich hebe sie auf und versuche zu verstehen, warum dieser Ausschnitt ihn derart aus der Fassung gebracht hat. Gehe in Gedanken immer wieder durch, was er gesagt hat. Er hat meiner Mutter vorgeworfen, dass sie zu der Party gegangen war. War wütend, weil sie nicht mit ihm zu Hause geblieben war.

Als die Bücher wieder im Regal stehen, fege ich die Glasscherben auf und gehe dann zurück ins Gästehaus, um meine Sachen zu packen. Ich muss Nicole und das Team bei Monarch benachrichtigen, dass es einen Rückschlag gegeben hat. Dass man mich gebeten hat zu gehen. Und ich frage mich, ob John Calder gewinnen wird. Wieder.

Als ich fertig bin, schaue ich mir noch einmal den Ausschnitt an, suche nach irgendetwas, das meinen Vater so aufgewühlt haben könnte. Aber ich sehe nichts, erkenne keins von den Kids. Sie sind Fremde für mich, eine endlos lachende und tanzende Menge. Links ist der Mann zu sehen, der die Dosen einsammelt. Er ist definitiv älter als der Rest der Anwesenden, obwohl ich nur einen Blick auf sein Profil erhasche und auch nur für einen kurzen Moment. Ich halte das Bild an, betrachte ihn. Vergleiche seine Gesichtszüge mit denen von Personen, die ich schon einmal gesehen habe.

Mr. Stewart. Es war eine von seinen Partys, und ich frage mich, was an jenem Abend passiert ist. Warum mein Vater so wütend war.

Bei dem Gedanken daran, was ich jetzt tun muss, macht sich Angst in mir breit.

Es ist Zeit, mit meiner Mutter zu sprechen.

KAPITEL 33

Im frühen Morgenlicht führt mich mein GPS auf dem Highway 150 heraus aus dem Ojai Valley in Richtung Bakersfield. Ich bin froh, dem Haus entkommen zu sein, in dem die Erinnerung an die Wut meines Vaters noch nachhallt. Froh, dass ich Alma, die noch schlief, als ich abfuhr, nicht begegnen musste. Sie war gestern Abend spät nach Hause gekommen und hatte mir erzählt, dass man die Wunde an der Handfläche meines Vaters mit neun Stichen genäht habe und ihn zur Beobachtung dabehalten hätte. »Ich rufe Sie in ein paar Tagen an und lasse Sie wissen, wie die Dinge stehen«, hatte sie mir gesagt.

Ich bin dankbar für die Stille im Auto und die leere Straße vor mir. Ich muss die Gedanken an den Zustand meines Vaters wegschieben und mir überlegen, wie ich an meine Mutter herantreten soll, welche Fragen ich ihr stellen muss.

Ich habe nur eine verlässliche Erinnerung an sie. Es muss unmittelbar vor ihrem Weggang gewesen sein, weil ich noch im Kindergarten war. Ich war zu einer Geburtstagsparty eines Mädchens meiner Gruppe eingeladen worden, und meine Mutter wollte, dass ich ein lila Kleid mit einer im Rücken zusammengebundenen Schärpe und schwarze blitzblanke Schuhe trage. Aber ich wollte mein Regenbogen-T-Shirt und gestreifte Socken anziehen, die ich zum Geburtstag bekommen hatte.

Ich weiß von Bildern, dass meine Mutter groß war und langes, dunkles Haar hatte, das ihr Gesicht einrahmte. Aber ich erinnere mich lebhaft daran, wie es roch, wenn sie sich über mich beugte, um mir einen Gutenachtkuss zu geben – wie Kokosnuss-Sonnenmilch. An jenem Tag saß sie neben mir auf dem Bett und wartete darauf, dass ich aufhörte zu weinen. Dann sagte sie: »Olivia, manchmal müssen wir alle Dinge tun, die wir nicht tun wollen.« Ihre Stimme klang ernst, als gestehe sie eine traurige, schmerzvolle Wahrheit ein, und ich kann mich noch erinnern, dass ihre Worte mich verwirrten. Denn damals, mit fünf Jahren, glaubte ich noch, dass Erwachsene tun könnten, was sie wollten.

An die Party und daran, ob ich schließlich das lila Kleid trug oder meinen Willen bekam und mein Regenbogen-Outfit tragen durfte, erinnere ich mich nicht mehr. Und ich weiß auch nicht, ob meine Mutter oder mein Vater mich hinbrachte, ob sie blieben oder mich nur dort absetzten. Es ist, als würden meine Erinnerungen mit den Worten meiner Mutter enden, dem Eingeständnis, dass jeder im Leben ein gewisses Maß an Schmerz akzeptieren muss. Und erst als ich schon beinahe erwachsen war, kamen mir diese Worte wieder in den Sinn, und ich fragte mich, wozu meine Mutter gezwungen worden war. Und wie lange sie es hatte ertragen und darauf warten müssen, sich befreien zu können.

Jahrelang verfolgten mich Fragen, die mein Vater nicht beantworten konnte oder wollte. Welche Mutter verlässt ihr Kind? *Eine Frau, die keine andere Wahl mehr hatte*, sagt jetzt eine Stimme in meinem Kopf, und mir wird klar, dass ich mehr brauche als einfach nur Informationen darüber, was 1975 passiert ist. Ich muss wissen, inwiefern ihr Weggang damit zusammenhängt, denn ich bin mir sicher, dass der Grund dafür, dass ich ohne Mutter aufwuchs, direkt mit den Morden an Poppy und Danny zu tun hat.

Ich parke in einem eher bescheidenen Viertel mit Wohnblocks in einer ruhigen Straße, nicht weit von einer Durchgangsstraße, an der sich kleine Büros zwischen Reifenfirmen und Fast-Food-Restaurants drängen. Ich habe meine Mutter mithilfe einer Website gefunden, die einem für fünfundzwanzig Dollar Informationen liefert, die die meisten Menschen für privat halten. Aktuelle und frühere

Adressen, Telefonnummern, anhängige Klagen. Die Informationen über meine Mutter enthielten die Adresse unserer alten Wohnung in Ojai und die Adresse dieses Wohnblocks, wo es Gott sei Dank kein Sicherheitstor gibt.

Im Innenhof gibt es einen eingezäunten Pool mit Terrassenstühlen aus Metall und einem Schild, auf dem *Kein Rettungsdienst* zu lesen ist. Ich finde das Treppenhaus und lande auf einem Balkon, der um den Hof herumführt und eine Sicht auf den unten liegenden Pool bietet. Mit heftig klopfendem Herzen gelange ich zu ihrer Wohnung und versuche, mich darauf zu konzentrieren, meine Schultern zu entspannen. Die Begrüßung einfach zu halten und dann zu sehen, was passiert.

Ich klopfe und warte. Es ist kurz nach acht an einem Samstagmorgen, spät genug, dass sie schon wach sein sollte, obwohl ich nichts habe, worauf ich diese Annahme gründen könnte.

Als die Tür sich öffnet, erkenne ich sie sofort. Ihr Haar ist grauer, doch der Stil ist derselbe – langes Haar, das ihr über die Schultern fällt, und ich bilde mir einen Hauch von Kokosnuss ein. Dieselben großen Augen, die mir so vertraut sind, dass es mir fast den Atem raubt. Sie hat mich offenbar auch erkannt, denn sie tritt unwillkürlich einen Schritt zurück, will vielleicht die Tür wieder schließen. Ich spreche, bevor sie dazu kommt.

»Hi, Mom«, sage ich.

»Olivia«, flüstert sie. »Warum bist du hier?«

Ich weiß, ihre Frage rührt daher, dass ich sie überfallen habe, dennoch treffen mich ihre Worte. Offenbar sieht sie mir das an, denn sie schüttelt den Kopf und versucht es erneut: »Ist alles in Ordnung?«

»Können wir reingehen und reden?«

Sie zögert einen kurzen Moment lang, tritt dann zur Seite, damit ich hereinkommen kann. Das Wohnzimmer ist spärlich eingerichtet, ein altes Sofa vor einem schrammigen Sofatisch, auf dem ein paar *People*-Hefte sowie eine TV-Fernbedienung für ein älteres Modell liegen, das in einem Wandschrank neben einem Bücherregal verstaut ist. Gegenüber dem Sofa steht ein Sessel, und ich entscheide mich, dort Platz zu nehmen.

Schließlich findet sie die Sprache wieder. »Woher wusstest du, wo du mich finden kannst?«

Ich ignoriere ihre Frage, betrachte ihr Outfit – dunkle Bluejeans und eine weiße Bluse, beides keine Markenware. Die Kleidung einer Frau, die mit wenig Geld auskommen muss. Das Wohnzimmer führt in ein kleines Esszimmer, in dem eine Schürze über eine Stuhllehne geworfen wurde.

Sie lässt sich mir gegenüber auf dem Sofa nieder, hockt sich auf den Rand, als müsse sie vielleicht schnell den Raum verlassen. Ich betrachte ihr Gesicht, die Art, wie sie gealtert ist. Verschwunden ist das lachende Mädchen aus Poppys Amateurfilmen. Vor mir sitzt eine Frau Mitte sechzig, gezeichnet vom Leben. Von einer Tragödie.

»Ich muss dir ein paar Fragen stellen«, sage ich schließlich.

»In Ordnung«, erwidert sie, jedoch mit einem misstrauischen Unterton.

»Ich bin länger in Ojai gewesen«, beginne ich. »Bei Dad.«

»Ich wusste nicht, dass ihr beiden wieder Kontakt habt«, sagt sie.

Ihre Worte überraschen mich. »Woher wusstest du, dass wir keinen Kontakt mehr hatten? Reden Dad und du noch miteinander?«

»Schon länger nicht mehr. Aber als du jünger warst, hat er mich auf dem Laufenden gehalten.«

Ich brauche einen Moment, um zu verdauen, dass sie all die Jahre Kontakt hatten, während ich ausgeschlossen worden war. Ich stehe auf, gehe zum Bücherregal und werfe einen Blick auf die Titel. Ein paar von Barbara Kingsolvers frühen Werken, zwei oder drei von Danielle Steel. Keine Bücher von meinem Vater. Keine Bücher von mir. Oben auf dem Regal steht ein eingerahmtes Foto von meiner Mutter mit drei anderen Frauen etwa in ihrem Alter. Ich nehme es in die Hand und sehe es mir genau an.

»Das sind meine Freundinnen vom Gemeinschaftsgarten«, erklärt sie. »Ich habe dort eine Parzelle gepachtet. Die meisten

Menschen bauen Gemüse an, aber ich pflanze gern Blumen.« Sie plaudert. Füllt die Stille in der Hoffnung, bei einfachen Gesprächsthemen bleiben zu können.

Ich stelle das Foto zurück, werfe einen Blick auf die anderen Bilder und stelle fest, dass es kein einziges Foto von der Tochter gibt, die sie zurückgelassen hat. »Schön, dass du Freundinnen hast.«

»Wir haben auch einen Buchclub«, sagt sie. »Gehen zusammen ins Kino. Susan versucht mich dazu zu bringen, in die Kirche zu gehen, aber ich kann mit Gott nicht viel anfangen.« Sie hört auf zu reden, vielleicht weil sie merkt, dass sie auf Themen zusteuert, über die sie nicht sprechen will.

»Kann ich mir vorstellen«, sage ich.

»Erzähl mir von dir«, fährt sie fort. »Bist du verheiratet? Hast du Kinder?« Ihre Stimme klingt zaghaft, als wolle sie nicht wirklich wissen, was sie verpasst haben könnte – eine Hochzeit, Enkelkinder.

Doch ihre Worte versetzen auch mir einen Stich. Das Leben, das ich mit Tom hätte haben können – gehabt hätte –, wäre ich nicht in einer dysfunktionalen, traumatisierten Familie aufgewachsen. Und während mein Blick wieder durch den Raum gleitet – gewöhnliche Drucke an den Wänden, vereinzelte Fotos von Buchclub-Freundinnen, die höchstwahrscheinlich nach ihrem Abend mit Wein und Gesprächen zu einer intakten Familie zurückkehren –, sehe ich mein eigenes Leben, das ihrem nicht unähnlich ist. Ein Leben der Isolation und der Einsamkeit. In dem ich die Freundin bin, die jeder aus Mitleid mit einzubeziehen versucht.

»Nicht verheiratet, keine Kinder«, sage ich, kehre zu meinem Sessel zurück und zwinge mich dazu, mich zu konzentrieren. »Ich wohne in Los Angeles, doch wie gesagt, ich bin bei Dad gewesen.« Ich beobachte ihren Gesichtsausdruck, warte darauf, ob sie zusammenzuckt. Wegschaut. Sie wartet darauf, dass ich fortfahre. »Er hat mir erzählt, was passiert ist, und ich habe ein paar Fragen an dich.«

Meine Mutter schaut hinab auf ihre Hände, die sie fest im Schoß gefaltet hat, und sagt: »Ich kann mich nicht mehr an viel erinnern. Es ist lange her.«

»Ich glaube nicht, dass das stimmt.«

Sie schaut zu mir hoch. »Es war eine Tragödie. Dein Vater hat sich nie wirklich davon erholt, obwohl ich stolz bin, was aus ihm geworden ist und was er erreicht hat. Ich bin definitiv dankbar für das Geld, das er für die Wohnung schickt.«

»Dad bezahlt deine Miete? Wie lange schon?«

»Seit ich ausgezogen bin«, sagt sie.

»Hat er dich gebeten zu gehen?«, frage ich.

Sie schüttelt den Kopf. »Nein, ich musste gehen.«

»Was soll das heißen?« Ich verliere die Kontrolle über meine Gefühle, kann aber nicht anders. »Ich bin zufällig auf einen Artikel gestoßen, in dem du gesagt hast, du würdest es niemals zulassen, dass deine Tochter von einem Mörder großgezogen wird. Aber genau das hast du getan.«

Sie schaut mich entsetzt an. »Wie kommst du denn darauf? Dein Vater hat niemanden umgebracht.« Sie blickt zur Tür hinüber, überlegt vielleicht, ob sie unser Gespräch beenden soll.

Ich lasse nicht locker, will keine faule Ausrede hören. Die Wut, die in mir geschlummert hat, Wut auf eine Frau, die ihre Tochter verlassen und nie zurückgeschaut hat, schäumt über. »Dad hat mir gesagt, das Alibi sei eine Lüge gewesen. Die einzige Erklärung dafür, dass ein Lehrer die Polizei anlügen würde, wäre die, dass du mit ihm geschlafen hast.«

Sie steht auf, ihre Miene regungslos. »Ich denke, du solltest gehen.«

»Dad ist krank«, sage ich ihr. »Lewy-Körperchen-Demenz. Ähnlich wie Alzheimer.« Ihr Gesichtsausdruck entspannt sich ein wenig, als sei die Tatsache, dass die Krankheit die Erinnerung beeinträchtigt, eine gute Nachricht. »Er hat das Gedächtnis noch nicht ganz verloren. Aber manchmal entgleitet ihm die Realität, und er denkt, dass ich du bin. Und dann sagt er solche Sachen.«

Sie setzt sich wieder. Ihre Finger zittern, und sie klemmt sie schnell zwischen die Knie. »Das muss schwer für dich sein.«

»Dad hat mir von deiner Abtreibung erzählt. Dass das Kind nicht von ihm war. Von wem war es?«

Meine Mutter hält sich die Hände vors Gesicht und beugt sich über ihre Knie. Ich warte, gebe ihr Zeit, sich zu sammeln. Als sie wieder hochschaut, hat sie feuchte Augen. Sie ist eindeutig tief bestürzt, wirkt aber auch resigniert. Als wisse sie, was mein Vater zu tun versucht. »Dein Vater hatte kein Recht, dir davon zu erzählen.«

Ich hole meinen Laptop aus der Tasche und rufe den Ausschnitt vom Lagerfeuer auf. Denjenigen, der meinen Vater ausrasten ließ. »Gestern Abend habe ich Dad einen von Poppys alten Filmausschnitten gezeigt, und er ist durchgedreht. Hat mit der Hand ein Fenster zertrümmert und musste ins Krankenhaus.«

Meine Mutter schaut verdutzt drein. »Dein Vater hat Poppys alte Filme?«

»Ich hab sie in Poppys Wandschrank gefunden. Da waren sie versteckt«, erzähle ich ihr. »Dieser hat ihn wirklich aus der Fassung gebracht, und ich weiß nicht, warum. Vielleicht kannst du es mir sagen.«

Ich zeige ihr den Ausschnitt – die feiernden Kinder, die Flammen des Lagerfeuers, einen jungen Mr. Stewart, der Dosen aufsammelt – und beobachte sie. Wie sie sich zum Bildschirm hinbeugt, an einer Stelle die Augen aufreißt und die Hand hebt, als wolle sie auf etwas deuten, sie jedoch wieder in den Schoß fallen lässt, bevor sie dies tun kann. Am Ende frage ich sie wieder: »Was hat Dad so verärgert? Was hat er gesehen, das ich nicht sehen kann?«

Sie lässt einen Finger über das Touchpad gleiten, spult das Video bis zur Mitte zurück, und ich erwarte, dass sie etwas über Mr. Stewart sagt. Dass mein Vater wegen dem, was er ihr angetan hatte, so wütend auf ihn war. Doch stattdessen sagt sie: »Achte auf den Hintergrund. Die Kamera schwenkt, und du kannst uns sehen.«

Der Film zeigt eine Gruppe Kinder, die im Schneidersitz auf dem Boden sitzen. Die Flammen heben ihre Gesichtszüge hervor, lassen sie entrückt und unsterblich erscheinen. Doch statt sie zu betrachten, richte ich den Blick auf den Hintergrund. Zuerst erkenne ich ihre Beine – lang und schlank in Bluejeans. Meine Mutter sitzt auf einem Baumstamm in der oberen rechten Ecke des Bildschirms. Lachend lehnt sie sich gegen jemanden. Eine Dose Bier wird hin und her gereicht. Jemand stupst Poppy oder rempelt sie an, denn die Kamera macht einen Schwenk, und ich kann sehen, wer sich neben meiner Mutter befindet. Er hat den Arm um ihre Taille gelegt, ihr den Kopf zugeneigt. Selbstvergessen sitzen die beiden da.

Danny.

Ich drücke auf Pause, sehe meine Mutter an. »Was ist passiert?«

Ihre Stimme klingt roboterhaft, als könne sie das hier nur durchstehen, wenn sie keinerlei Gefühle zulässt. »An dem Abend war Danny so nett zu mir. Ich habe mich schon gefragt, ob Vince übertrieben hatte, wie schrecklich sein Bruder sei. Denn ich fand ihn so charmant. Lustig. Ich war sechzehn …« Ihre Stimme wird leiser. »Er war sehr beliebt. Sah gut aus. Er brachte mir Drinks und redete den ganzen Abend mit mir. Ignorierte seine Freunde, ignorierte die anderen Mädchen, die viel hübscher und cooler waren als ich. Nach einer Weile schlug er vor, dass wir uns einen ruhigen Ort suchen, um weiter zu reden.« Beschämt schaut sie weg. »Ich hätte nicht mit ihm gehen sollen. Es war mein Fehler.«

Es sind fast die gleichen Worte, die mein Vater auf diese eine Seite gekritzelt hat, immer und immer wieder. *Sie hätte nicht gehen sollen.* »Hat er dich vergewaltigt?«, frage ich schließlich voller Mitgefühl für das junge Mädchen, das ich so frisch in Erinnerung habe. Ich denke an all die Filme, die ich mir genau angesehen habe, und frage mich jetzt, ob mir etwas entgangen ist. Irgendeine winzige Veränderung, die zu erkennen gab, was man ihr angetan hatte.

Sie zuckt leicht die Schultern. »Es hat mir gefallen, als er mich geküsst hat. Es war aufregend. Aber dann dachte ich an deinen Vater. Dass es ihn völlig kaputtmachen würde, und ich bin zurückgewichen. Danny gefiel das nicht. Er hat gesagt, ich hätte ihn nicht so reizen sollen.« Sie verliert sich in ihren Erinnerungen, erlebt es im Geiste noch einmal. Dann scheint ihr klar zu werden, dass ich nach wie vor da bin, ihr noch immer zuhöre. »Der Rest ist unwichtig.«

»Warum hast du es niemandem gesagt?«, frage ich.

Sie sieht mich durchdringend an. »So lief das damals nicht. Ich dachte, ich könnte es vergessen. Danny tat so, als sei nichts passiert. Er hat mich kaum beachtet, und ich habe mich schon gefragt, ob ich es mir eingebildet hätte. Doch dann stellte ich fest, dass ich schwanger war. Ich konnte es deinem Vater nicht sagen. Es hätte ihn völlig fertiggemacht.« Sie hält inne und fügt dann hinzu: »Es hat ihn völlig fertiggemacht.«

»Hat Danny je erfahren, dass er derjenige war, der dich geschwängert hatte?«

Meine Mutter zuckt leicht die Schultern. »Niemand weiß, was Danny wusste oder nicht wusste. Er ließ deinen Vater glauben, es sei Mr. Stewarts Kind gewesen, was lächerlich war.«

»Mr. Stewart hat dich zur Abtreibung gebracht«, sage ich. »Da ist es nicht abwegig, anzunehmen, dass er der Vater war. Ist da irgendwas zwischen euch gewesen?«

Meine Mutter schüttelt den Kopf, kann mich nicht ansehen. »Nein.«

Ich habe Mühe, das Ganze zu verstehen. Selbst in den Siebzigerjahren und trotz Mr. Stewarts entschiedener Behauptung, dass er es wieder tun würde, scheint es für einen Lehrer ein ungeheures Risiko gewesen zu sein. »Hilf mir zu verstehen, warum ein Lehrer eine Schülerin zu einer Abtreibung bringen sollte. Er hätte sich eine Menge Ärger einhandeln können.«

Sie sieht mich an und sagt: »Meine Mutter war nicht die beste Mutter. Sie sagte gern, wir wären eher wie Schwestern und nicht wie Mutter und Tochter. Doch in Wahrheit war sie nicht einmal das für mich. Mit einer Schwester kannst du reden. Ihr deine Probleme anvertrauen. Aber meine Mutter war nur daran interessiert, einen Mann zu finden, der für sie sorgen würde.« Sie hält inne, als kämen die Erinnerungen an diese Zeit wieder hoch. Die schreckliche Erkenntnis, dass sie schwanger war, und das Gefühl der Hilflosigkeit, das es bei ihr ausgelöst haben muss. Abtreibungen waren kurz zuvor legalisiert worden, doch ein sechzehnjähriges Mädchen wird kaum in der Lage gewesen sein, sich allein darum zu kümmern. »Ich habe Mr. Stewart nicht erzählt, dass ich schwanger war. Er hat es rausgefunden. Als er angeboten hat, mir zu helfen, habe ich sein Angebot angenommen. Ich war in der achten Woche schwanger, und die Zeit lief mir davon. Er hat mich zur Klinik gefahren, vorgegeben, er sei mein älterer Bruder. Er hat sogar die Papiere für mich ausgefüllt, als sich herausstellte, dass ich dazu nicht in der Lage war.«

»Es ist eine Sache, ein Mädchen zu einer Abtreibung zu bringen«, sage ich. »Eine ganz andere, die Polizei in einer Mordermittlung anzulügen.«

»Ihn um das Alibi zu bitten, war die Idee deines Vaters. Er nutzte die Abtreibung als Druckmittel, mit dem er ihn dazu brachte, auszusagen, er sei mit uns zusammen gewesen.«

Ich senke die Stimme, obwohl niemand hier ist, der mich hören kann. »Weißt du, wer die beiden getötet hat?«, frage ich. »War es Dad?«

»Poppy wollte deinem Vater unbedingt etwas sagen. Etwas, das sie wirklich mitgenommen hat«, sagt meine Mutter. »Wir haben uns beide Sorgen gemacht, dass sie die Wahrheit über das Baby kannte und wusste, was Danny mir angetan hatte. Sie und Danny hatten darüber gestritten, und dein Vater wollte sie dazu bringen, ihm zu versprechen, niemandem von der Vergewaltigung oder der Abtreibung zu erzählen.« Sie holt zitternd Luft und sagt: »Aber dein Vater hat Poppy nicht umgebracht. Sie war bereits tot, als er nach Hause kam.«

Ich lehne mich zurück, versuche zu verkraften, was sie gerade bestätigt hat – dass mein Vater dort war. »Danny hat Poppy also umgebracht, um sie davon abzuhalten, die Vergewaltigung zu verraten«, sage ich. »Aber wer hat Danny umgebracht? Dad?«

Doch meine Mutter beantwortet die Frage nicht. »Poppy war hartnäckig. Sie war deinem Vater monatelang gefolgt, hatte ihn mit ihrer Kamera gefilmt.«

»Bis sie sie verlor«, sage ich.

Meine Mutter reagiert nicht, scheint in einer Erinnerung gefangen zu sein. Schließlich sagt sie: »Sie hat sie nicht verloren. Ich habe sie genommen.«

»Was? Warum?«

»Ich war auf dem Nachhauseweg, als ich sah, wie Poppy und Danny aus dem Wäldchen auf dem Feld hinter ihrem Haus auftauchten und sich wegen der Kamera stritten. Ich habe mich hinter einem Baum versteckt und beobachtet, wie er sie angegriffen hat. Ihr die Kamera aus den Händen gerissen und sie so weit geworfen hat, wie er konnte. Dann hat er Poppy gepackt und ins Haus geschleift, bevor sie sich die Kamera wiederholen konnte.« Sie spricht leise bei der Erinnerung an diesen Tag. »Ich stand wie angewurzelt da, hatte Angst, Danny würde mich sehen und als Nächstes mich verfolgen.« Sie wischt sich eine Haarsträhne aus der Stirn. »Ich dachte, das Mindeste, was ich für Poppy tun könnte, wäre, ihre Kamera für sie zu holen. Sie zu behalten, bis sich die Wogen geglättet hätten. Aber kurz danach …« Sie zuckt die Schultern. »Na, du weißt, was passiert ist.«

»Was hast du denn dann mit der Kamera gemacht?«

Sie sieht mich lange unverwandt an. Dann steht sie auf, verschwindet in ihrem Schlafzimmer und kommt mit einer Schuhschachtel zurück. Sie reicht sie mir, und ich nehme den Deckel ab. Zum Vorschein kommt eine Super-8-Kamera, die an einer Seite verbeult ist und keine Linse mehr hat.

Ich nehme sie heraus, drehe sie in den Händen herum und kann kaum glauben, dass meine Mutter sie all die Jahre aufbewahrt hat. Das Filmfach ist schwer beschädigt. Ich schaue zu meiner Mutter hoch. »Ist da noch ein Film drin?«

»Davon gehe ich aus.«

Die Vorstellung, dass sie den Film so lange da drin hat stecken lassen, ist für mich unbegreiflich. »Warum hast du ihn nicht der Polizei ausgehändigt?«

»Du glaubst, dass Antworten alles in Ordnung bringen, aber das tun sie nicht. Mr. Stewart hat immer gesagt, Wissen sei Macht. Aber es ist auch eine Last, denn sobald du etwas weißt, kannst du nicht mehr so tun, als wüsstest du es nicht.« Sie schüttelt den Kopf. »Ich habe die Kamera aus Respekt vor Poppy aufbewahrt. Aber ich bin nie so gewesen wie sie. Ich muss nicht sehen, was auf dem Film ist, um zu wissen, warum Danny sie umgebracht hat. Ich dachte, es sei besser für uns alle, wenn wir die Sache einfach hinter uns lassen.« Sie sieht mich an und sagt: »Ich bin mir sicher, dass es Dinge in deiner Vergangenheit gibt, über die du lieber nicht sprechen möchtest.«

Ihre Worte machen mir meine eigene enge Perspektive deutlich, und alles verändert sich. Plötzlich bin ich gezwungen, mir die Fehler in meinem eigenen Denken einzugestehen. Dass man sich die Wahrheit, wie immer man möchte, zurechtbiegen und sein Leben so leben kann, als habe man sie für immer aus dem Bewusstsein verbannt. Doch die Wahrheit ist stets da, hält dich als Geisel. Ich bin nicht anders als meine Eltern – weigere mich, schwierige Dinge einzugestehen oder über sie zu sprechen. Doch bin ich so, weil sie mich dazu erzogen haben. Ihre Schwächen sind meine Schwächen.

Ich denke an die Mutter, die ich hätte haben können, wenn sie ein anderer Mensch gewesen wäre. Stärker gewesen wäre. Herausgefunden hätte, wie sie die Hilfe bekommen konnte, die sie brauchte, ohne ihre Tochter alleinzulassen. In der Lage gewesen wäre, ihrer Tochter beizubringen, schwierige Gespräche zu führen, statt sie zu meiden. »Ja, das stimmt«, sage ich.

Ihr Gesichtsausdruck wird ein klein wenig weicher, und dann sagt sie: »Es tut mir leid, dass ich dir all diesen Schmerz zugefügt habe.«

Ich lasse ihre Aussage so stehen, unfähig, ihre Entschuldigung – ein paar Worte, die nichts bedeuten – zu akzeptieren oder auch nur zu würdigen. Sie wird völlig unbedeutend sein, sobald ich mich verabschiedet habe und zur Tür hinaus bin.

Ich wende mich wieder der anstehenden Aufgabe zu. »Danny hat Poppy also getötet, damit sie nicht verraten konnte, dass er dich vergewaltigt und geschwängert hat. Und dann ist Dad hereingeplatzt und hat Danny umgebracht?«

»Ich bin mir sicher, dass das die Geschichte ist, die dein Vater erzählen möchte. Aber er ist da in etwas reingeraten, das ihn nichts anging.« Sie presst die Lippen aufeinander, und ihre Hände beginnen zu zittern. »Was immer auf diesem Film zu sehen ist, es ist der Grund, warum Danny Poppy umgebracht hat und warum er fast auch deinen Vater umgebracht hätte.«

KAPITEL 34

Nachdem ich mich von meiner Mutter verabschiedet habe, sitze ich in meinem Auto und versuche zu verkraften, was ich gerade erfahren habe. All diese Jahre hat meine Mutter Beweise zurückgehalten, die vielleicht allen Beteiligten Antworten hätten geben können. Die Enthüllung, dass Danny Poppy umbrachte, weil sie etwas Bestimmtes gefilmt hatte, hätte alles für meinen Vater geändert – er wäre nicht länger der soziopathische Mörder gewesen, sondern jemand, der sich verteidigt hatte. Es hätte auch für mich alles geändert. Ich überlege, welches Leben wir hätten haben können, wenn meine Mutter mutig genug gewesen wäre, den Mund aufzumachen. Ich bin wie betäubt, kann kaum etwas fühlen, bin völlig aufgewühlt von dem, was ich erfahren habe. Aber ich weiß, dass das nicht immer der Fall sein wird. Schon bald werde ich alles begreifen und mit dem schmerzenden Verlust dessen, was hätte sein können, fertigwerden müssen. Mit der Wut darüber, was mir und meinem Vater genommen wurde.

Doch ich kann auch nicht ignorieren, dass ich im Grunde das Gleiche getan habe. Ich denke an die Olivia, die ich einmal war, ein neugieriges junges Mädchen, das unbedingt die Wahrheit wissen wollte. Irgendwann habe ich mich von ihr abgewandt, genauso, wie sich auch meine Eltern von mir abgewandt hatten.

Und dann denke ich an das Leben, das meine Mutter in dieser winzigen Wohnung führt, und weiß ganz genau, dass auch ich so enden werde, wenn ich nicht anfange, etwas zu ändern.

Ich muss Tom anrufen. Diese Gedanken laut aussprechen, bevor ich sie wieder an meinen Stolz verliere.

Ich greife nach meinem Handy und öffne die Nachricht, die Tom mir vor zwei Wochen geschickt hat:

Wieder einmal weiß ich nicht, was ich glauben soll.

Ich denke an meine Eltern, an die Bindung, die nach all den Jahren und Jahrzehnten noch immer zwischen ihnen besteht. Jeder von ihnen ist allein und doch nicht allein. Ich tippe:

Vincent Taylor ist mein Vater.

Ich starre auf die Worte, betrachte sie aus dem Blickwinkel meines Vertrags, vergewissere mich, dass ich nichts enthülle, was ich nicht enthüllen sollte. Dass ich Vincent Taylors Tochter bin, ist eine Information, auf die jeder stoßen könnte, wenn er danach suchen würde. Eine Tatsache, die bereits vielen Menschen bekannt ist. Ich füge hinzu:

Mehr kann ich dir im Moment nicht sagen, aber du sollst wissen, dass alles, was ich dir über diese Reise erzählt habe, wahr ist.

Bevor ich meine Meinung ändern kann, drücke ich auf Senden. Mein Brustkorb öffnet sich, und Tausende Vögel scheinen ihm zu entfliehen und in den strahlend blauen Himmel zu fliegen.

Dann wende ich mich der Schuhschachtel zu, die auf dem Beifahrersitz liegt. Ich rufe bei lokalen Unternehmen an, die vielleicht in der Lage sind, den Film, der noch immer in der Kamera gefangen ist, in ein Format umzuwandeln, das ich mir ansehen kann. Ich finde einen Laden, der dies in ein paar Stunden hinkriegen kann, und folge den GPS-Anweisungen dorthin.

Drinnen herrscht Unordnung. Hinter dem Tresen im hinteren Bereich des Ladens steht ein Mann in den Fünfzigern mit zerknitterter Kleidung und Brille. »Sind Sie die mit der Super-8-Kamera?«

»Ja.« Ich schiebe die Schuhschachtel meiner Mutter über den Tresen.

Er öffnet den Deckel, zieht die Kamera heraus, dreht sie in den Händen um, untersucht das Filmfach. »Ich bin mir nicht sicher, was wir finden werden, wenn ich da reinkomme«, sagt er. »Ist es für Sie in Ordnung, wenn ich die kleine Klappe hier abbreche?«

»Tun Sie einfach, was immer Sie tun müssen.«

»Ein Teil des Films könnte dabei belichtet und beschädigt werden.«

»Das Risiko muss ich eingehen«, sage ich. »Wie lange brauchen Sie, bis Sie fertig sind?«

Der Mann schaut auf seine Armbanduhr und sagt: »Geben Sie mir ein paar Stunden. Wollen Sie einen Link oder einen USB-Stick?«

»Ein Link ist prima, aber ich hätte auch gern die Kamera wieder.«

Er nickt. »Kein Problem. Ich kann Ihnen eine Firma empfehlen, die Kameras repariert, wenn Sie das möchten. Ich glaube nicht, dass es sehr teuer wäre.«

»Vielleicht. Danke.«

Ich fahre zu einem italienischen Restaurant, setze mich an einen Tisch in der Nähe der Küche, stochere in meinem Salat herum und breche Stücke von meinen Grissini ab, unfähig zu essen. Mir ist schlecht von dem, was ich bereits erfahren habe, und ich habe Angst vor dem, was noch kommt.

Eine Stimme in meinem Kopf flüstert, dass nicht meine Mutter der Übeltäter in dieser Geschichte ist, sondern Danny. Der Junge, der sie vergewaltigte und schwängerte. Der Junge, der seine Schwester tötete. Ich empfinde ein wenig Mitgefühl mit meiner Mutter, dem sechzehnjährigen, völlig verängstigten Mädchen.

Mir tut das Herz weh bei dem Gedanken an meinen Vater, einen Jungen, der in eine entsetzliche Sache hineingeriet und das Einzige tat, was er tun konnte, um sich selbst zu retten.

»Haben Sie noch einen Wunsch?«, fragt die Bedienung mich und betrachtet mein kaum angerührtes Essen.

»Nur die Rechnung, bitte.«

Mein Handy brummt, und von dem Laden, der meinen Film digitalisiert hat, ist eine E-Mail mit einem Link zu der Datei eingetroffen. Ich bin versucht, sie mir hier anzusehen, beschließe aber zu warten, bis ich irgendwo ungestört bin. Wo ich mir in Ruhe anschauen kann, welches Geheimnis Poppy meinem Vater anvertrauen wollte, das Geheimnis, dessentwegen sie getötet wurde.

Ich fahre zurück zu dem Laden, und der Mann sieht mich seltsam an, als ich ihm meine Kreditkarte reiche. »Kennen Sie die Leute auf dem Film?«, fragt er.

»Ich bin mir nicht sicher«, sage ich. »Aber die Kamera gehörte meiner Tante, damals in den Siebzigerjahren.« Er schüttelt den Kopf, als er mir die Kreditkarte wiedergibt, sagt aber nichts mehr. Ich nehme die Schuhschachtel mit der Kamera, gehe zurück zu meinem Auto und fahre nach Hause.

Als ich mein Haus betrete, spüre ich, wie meine Muskeln sich endlich entspannen. Die Luft ist stickig, nachdem alles zwei Monate lang verschlossen war, also öffne ich die Schiebetüren zur Terrasse und lasse die kühle Luft hinein. Dann schaue ich ins Tiefkühlfach, hole ein paar Tamales heraus und schiebe sie in den Ofen. Schließlich setze ich mich an den Esszimmertisch, meinen Laptop vor mir, und versuche, nicht daran zu denken, wie anders sich dies anfühlen würde, wenn Tom hier wäre und mich mit einer Umarmung und einer warmen Mahlzeit willkommen heißen würde. Mit einer Rückenmassage nach der langen Fahrt nach Hause.

Ein kurzer Blick ins Schlafzimmer hat mir gezeigt, dass er hier war und seine Sachen geholt hat. Der Bücherstapel, der auf seinem Nachttisch lag, ist verschwunden. Ebenso die Hemden in meinem Wandschrank. Seine Zahnbürste. Ich fand seinen Haustürschlüssel auf der Anrichte in der Küche neben der Kaffeemaschine. Keine Mitteilung. Kein Abschiedsgruß. Nur Leere.

Doch ich weigere mich, zu glauben, dass dies das Ende ist. Ich habe einen Plan. Eine Möglichkeit, Tom zu zeigen, dass ich ehrlich zu ihm sein kann. Dass es keine Geheimnisse mehr gibt und dass ich nicht so leben will wie mein Vater. Und auch nicht wie meine Mutter.

Ihre Worte von heute Morgen kommen mir wieder in den Sinn. *Wissen ist Macht, ja. Aber es ist auch eine Last, denn sobald du etwas weißt, kannst du nicht mehr so tun, als wüsstest du es nicht.* Ich starre auf den Link zu Poppys letztem Film und zögere. Denke an den seltsamen Blick des Mannes in diesem Laden. Weiß, dass das, was auf dem Film zu sehen ist, mir Antworten geben wird, die ich vielleicht gar nicht haben will.

POPPY

13. JUNI 1975
18:48 UHR

Ich sollte eigentlich nicht sterben. Das weiß ich jetzt, während ich nach Luft ringe, sich unter mir mein Blut sammelt und mein Bruder voller Angst neben mir steht.

»Es tut mir leid«, flüstert er mit tränennassen, glänzenden Wangen. In seinen Worten höre ich alles, was ungesagt geblieben ist – die Lügen, die er erzählt hat, um sich zu schützen, den Schmerz, den er so lange in sich getragen hat. Seine Brust hebt und senkt sich bei dem Versuch, das Schluchzen zu unterdrücken. »Ich kann nicht … ich wünschte …« Er kann seine Sätze nicht beenden, und ich will ihm sagen, dass es okay ist. Dass zwischen uns alles okay ist.

Es heißt, dass das Leben an einem vorbeizieht, wenn man stirbt, aber ich sehe nur Teile davon. Sehe meine Welt, als würde ich sie durch die Linse einer Kamera betrachten. Momentaufnahmen, in falscher Reihenfolge, wie ein Film, der zerschnitten und wieder zusammengesetzt wurde.

Weihnachtslichter und heiße Schokolade.

Rollerskates und Wind, der durch mein Haar weht, die Sonne warm auf meinen Schultern. Adrenalin, das mich wie Quecksilber durchströmt.

Ich drehe, drehe, drehe mich im Garten hinter unserem Haus, bis der Himmel die Erde und die Erde der Himmel ist. Das sanfte Kratzen des Grases, als ich falle. Dannys Stimme, die mir sagt, ich soll aufstehen. Es noch einmal versuchen. Das Lachen meiner Mutter und der Tabakgeruch von der Zigarette meines Vaters.

Die vielen Toasts, die mein Vater zu meinem Geburtstag ausbrachte – vierzehn. *Bei ihrer Geburt verkörperte Poppy Schönheit und Anmut und Licht. Und sie tut es weiterhin, all ihre wunderschönen Tage.*

Erinnerungsschnipsel, Bruchstücke von Unterhaltungen. Wenn du es lebst, kannst du nicht sehen, wie alles zusammenpasst oder wie alles enden wird. Doch hier, in diesem Raum, reihen sich all deine Tage auf wie Perlen auf einer Schnur, von denen eine zur nächsten führt. Du kannst sie berühren, sie ein letztes Mal leben und endlich verstehen.

Von dort, wo sich das Messer eingebohrt hat, strahlt Schmerz nach außen – ich war völlig erstaunt, wie leicht es in mich eindrang. Wie tief es eindrang und wie weh es tat. Das Blut sickert in das Bett unter mir, auf das ich gefallen bin, und meine Hände greifen nach der Bettdecke, der neuen, die ich vor ein paar Wochen bekommen habe. Margot und ich sollen diesen Sommer mein Zimmer streichen. Wir haben Farbproben an die Wand bei meinem Schrank gespritzt – Creamsicle, Cool Mint, Buttercup – und uns gerade letzte Woche für Buttercup entschieden. Meine Sinne sind geschärft, der erstickende Geruch meines eigenen Blutes, die Bettdecke unter mir noch kratzig neu, gelbe Rosenknospen jetzt blutgetränkt. Meine Mutter wird wütend über das Chaos sein, aber ausnahmsweise einmal mache ich mir keine Sorgen.

Danny, in dem sich Panik breitmacht, beginnt, im Zimmer auf und ab zu gehen. Ich will ihm sagen, dass er Hilfe holen soll, jemanden rufen soll, doch ich kriege nicht genug Luft, um mehr als ein leises Flüstern herauszubringen. Er greift sich in die Haare, heftige, erstickende Schluchzer brechen aus ihm heraus, und dann sinkt er in der Ecke des Zimmers nieder, die Hände, die Arme voller Blut. Meinem Blut. Mein ältester Bruder, einst mein größter Held. Sein dunkles Haar klebt an seiner verschwitzten Stirn, und er ist kreidebleich im Gesicht. Ich öffne den Mund, um ihm zu sagen, dass ich ihm vergebe, kann es aber nicht. Meine Kehle füllt sich mit Blut, und ich scheine es nicht mehr herunterschlucken zu können.

Er muss mich hören, denn plötzlich ist er wieder auf den Beinen und steht neben mir. »Es tut mir leid, dass ich dir wehgetan habe«, sagt er.

Ich frage mich: *Welches Mal?* Die blauen Flecken an den Armen sind nur ein paar Tage alt, das fleckige Violett, wo er mich gepackt und so fest zugedrückt hat, dass ich spüren konnte, wie das Blut in meinen Fingerspitzen pochte. Die Schnitte an den Ellbogen und Knien, die daher stammen, dass er mich zu Boden gerungen hatte, sind noch frisch. Und meine Kamera. Ich kann immer noch sehen, wie sie durch die Luft kreiselte, hören, wie sie gegen einen Baum krachte.

Am Abend danach schlich sich Danny in mein Zimmer. Sein Atem war heiß und roch nach Alkohol, als er mir ins Ohr flüsterte: »Wo ist die Kamera, Poppy?«

Er fragt mich jetzt wieder: »Wo hast du sie versteckt?«

Ich schüttle leicht den Kopf, bewege ihn nur ein ganz klein wenig nach rechts und nach links, unfähig zu sprechen. Dann schließe ich die Augen, damit sich mein Blick nicht auf mein Fenster oder meinen Wandschrank richtet. Vince wird mein Tagebuch und meine Filmrollen finden. Vince wird weiter nach meiner Kamera suchen und alles herausfinden.

Mit jedem Atemzug wird der Schmerz größer, und das Zimmer flimmert, versetzt mich an einen anderen Ort und in eine andere Zeit. Ich sitze auf dem Boden eines Pools, halte den Atem an und höre, wie Danny mich von der Terrasse aus ruft. Ich denke daran, wie er immer gelacht hat – laut und kräftig – und wie sein Lachen mir ein Gefühl von Leichtigkeit gab, bis ich das Gefühl hatte, ich könnte vielleicht fliegen. Wann hat er das letzte Mal so gelacht?

Ich öffne die Augen wieder, und er ist verschwunden. Hab ich ihn mir eingebildet? Ich mache mir Sorgen, wer mich finden wird.

Wie lange es dauern wird, bis jemand kommt, ob sie mir helfen können. Es werden nicht meine Eltern sein, die erst in ein paar Stunden zurückkehren. Wird es Margot sein, die sicher nach mir suchen wird, wenn ich nicht beim Tilt-A-Whirl auftauche? Ich hoffe, nicht.

So endet es also. Es überrascht mich, wie weit weg sich alles anfühlt. Das Geheimnis, das ich bewahrt habe, eine tickende Bombe, die hier explodiert, bevor ich die Möglichkeit hatte, es jemandem zu verraten.

Ein Geräusch irgendwo im Haus lässt mich aufhorchen. Eine sich schließende Tür. Ich reiße wieder die Augen auf, und dieses Mal sehe ich Danny in der Tür zu meinem Schlafzimmer stehen. Er starrt mich noch immer an, als könne er nicht glauben, was gerade passiert. Und ich erinnere mich, warum ich überhaupt hier bin.

Vince ist gekommen. Mein anderer Bruder, der nur ein Jahr jünger ist als Danny. *Irische Zwillinge*, scherzte unsere Mutter immer, als sie noch zum Scherzen aufgelegt war, ohne dass sie vorher zu tief in eine Flasche geguckt hatte. Ich starre Danny an, warte darauf, zu sehen, ob auch er das Geräusch hört, aber er dreht sich nicht um.

Ich möchte schreien, möchte Vince warnen, dass er weggehen soll. Das Haus verlassen soll. Aber natürlich kann ich das nicht. Und so sehe ich mit trübem Blick, wie Vince sich an Danny anschleicht, die Situation erfasst, das blutige Chaos mit mir im Mittelpunkt. Ich schließe wieder die Augen, außerstande zu beobachten, wie sie einander vernichten, ein für alle Mal.

KAPITEL 35

Ich verbringe vier Tage zu Hause mit dem Entwurf einiger neuer Kapitel für die Memoiren meines Vaters. Kapitel, die die Wahrheit über das Geschehene erzählen. Ich möchte etwas haben, das ich ihm zeigen kann, wenn ich zurück nach Ojai fahre. Und ich werde zurückfahren, ob Alma das will oder nicht. Ich muss meinen Vater wissen lassen, dass diese Geschichte nicht so enden muss, wie er es möchte.

Fast auf den Tag genau zwei Monate nachdem ich das erste Mal nach Ojai gefahren bin, unternehme ich die Fahrt erneut. Dieses Mal mit Antworten.

Ich finde meinen Vater im Hof, wo er die frühe Maisonne genießt, mit einem Verband um die rechte Hand. Ich nähere mich ihm vorsichtig und setze mich neben ihn auf die Bank, mit meinem Laptop auf den Knien. »Wie geht es dir?«, frage ich.

»Besser«, sagt er. »Das muss dir Angst gemacht haben.«

Ich winke ab. »Ich hätte dich besser vorbereiten sollen. Ich hatte keine Ahnung, dass es dich so aufwühlen würde.«

»Wie hättest du das auch wissen sollen.«

Während der gesamten Fahrt habe ich mir mehrere Möglichkeiten überlegt, meinem Vater zu erzählen, was ich erfahren habe. Was meiner Vermutung nach tatsächlich passiert ist. Und wie ich es ihm sagen könnte, ohne dass er wieder im Krankenhaus landet.

»Ich bin bei Mom gewesen«, beginne ich.

Er schließt die Augen und nickt. Als er sie wieder öffnet, sieht er aus, als gebe er sich geschlagen. »Warum kannst du nicht einfach das Buch schreiben, das zu schreiben ich dich gebeten habe?«

»Weil ich so nicht arbeite, und ich glaube, dass du das wusstest und mich deswegen engagiert hast.« Ich berühre seinen Arm. »Ich weiß, dass du gedacht hast, ich würde nicht achtgeben, doch das habe ich. Ich habe alles gefunden, was du für mich dagelassen hast.«

Er deutet ein Lächeln an. »Ich weiß.«

»Warum das alles, Dad? Warum hast du mir nicht einfach gesagt, was du mich wissen lassen wolltest?«

Er schweigt einen Moment lang, und ich bin mir nicht sicher, ob er versucht, eine Antwort zu formulieren, oder ob er in Gedanken jetzt irgendwo anders ist. »Ich wollte eine letzte Schatzsuche mir dir«, sagt er. »Außerdem hast du deine Entdeckungen für wahrer gehalten, wenn du dachtest, ich sei unehrlich. Deswegen habe ich dir nicht einfach alles erzählt.« Er zuckt leicht die Schultern und fährt fort: »Als sich bei mir die ersten Symptome zeigten, habe ich einen Plan gemacht. Ich habe die Notizen einfach an den Rand geschrieben, damit du sie findest. Ich wusste, welche Geschichten ich erzählen wollte. Und ich brauchte dich einfach hier, um mir zuzuhören.«

»Ich habe noch einen Filmausschnitt, den ich dir zeigen muss. Bist du dem gewachsen?«

»Ich habe hochwirksame Medikamente intus, sodass ich bestimmt nicht wieder ausrasten werde«, erwidert er.

Ich nicke und öffne meinen Laptop. »In jener letzten Woche fand Mom Poppys Super-8-Kamera im Naturschutzgebiet. Danny hatte sie wegen irgendetwas, das Poppy gefilmt hatte, kaputt gemacht. Der Film von diesem Tag war noch immer in der Kamera, und ich habe ihn digitalisieren lassen.« Der Film befindet sich im Pausenmodus, und die Kamera ist auf die Baumstämme im Eichenwäldchen nahe dem Haus gerichtet. »Sie wollte Poppy die Kamera irgendwann wiedergeben, aber dann ist alles passiert. Es war Poppys letzter Film, nur wenige Tage bevor sie starb aufgenommen.« Ich werfe ihm einen Blick zu, versuche, seine Geistesverfassung einzuschätzen. »Es ist wichtig, dass du bereit bist«, warne ich. »Das hier ist ein Film mit Ton. Du wirst ihre Stimmen hören.«

Ein sanftes Lächeln gleitet über das Gesicht meines Vaters. »Die elfte Filmrolle«, flüstert er.

Zu Anfang sind auf dem Film Szenen von der ERA-Kundgebung zu sehen. Poppy hatte die Sprecherinnen, die vielen Frauen und schließlich auch sich selbst aufgenommen, indem sie die Kamera auf sich richtete. Sie strahlte so viel Energie und Leidenschaft aus, dass mir die Tränen gekommen waren, als ich den Film das erste Mal gesehen hatte. Wie jung sie gewesen war. Wie glücklich. Doch ich habe all das übersprungen und zum allerletzten Ausschnitt vorgespult.

Ich drücke auf Play. Zuerst sind nur Bäume zu sehen und jemand, der zwischen ihnen hindurch spaziert. Doch dieses Mal können wir das Knirschen der Blätter, den Gesang von Vögeln hören. Die Kamera senkt sich auf den Rand von Poppys abgewetztem Tennisschuh, schwenkt dann wieder nach oben. Ein Zelt rückt ins Blickfeld, und Poppy zoomt auf zwei Gestalten, die davorstehen. Danny und Mr. Stewart, der ihn ansieht.

»Was machst du allein hier draußen?«, fragt Mr. Stewart.

»Sie haben mir doch erzählt, wie aufregend es ist, allein im Wald zu zelten«, sagt Danny. Die Stimme des Siebzehnjährigen klingt tiefer, als ich erwartet hatte, überschlägt sich vor Wut. Oder Nervosität.

»Du bist mir aus dem Weg gegangen, seit ich eingezogen bin.« Mr. Stewart tritt näher.

»Warum wohl.«

Mr. Stewart kommt noch näher und zwingt Danny zurückzuweichen.

»Wir hatten einmal eine besondere Beziehung«, sagt Mr. Stewart.

Dannys Miene versteinert sich. »Was wollen Sie, Mr. Stewart?«

»Ich habe dir doch gesagt, dass du mich Paul nennen kannst, wenn wir beide allein sind.«

»Was wollen Sie, *Paul*?« Dannys Stimme trieft jetzt vor Hohn. »Ich bin doch sicher zu alt für Sie. Nehmen Sie immer noch Kinder mit in diesen Geräteschuppen? Sagen ihnen, dass sie etwas Besonderes sind, erklären ihnen, wie man große Geheimnisse hütet?« Er schnipst mit den Fingern, als falle ihm gerade etwas ein. »Oh, warten Sie, geht ja nicht, weil ich ihn niedergebrannt habe.«

Ich schaue zu meinem Vater hin, um sicherzugehen, dass mit ihm alles in Ordnung ist. Er hat den Blick fest auf den Bildschirm geheftet, beobachtet, wie sich die Szene entfaltet.

»Ich bin Ihnen einmal entkommen«, sagt Danny. »Und Sie mussten nebenan einziehen.«

»So muss es nicht laufen, Danny. Wir sind jetzt Nachbarn. Lass uns wenigstens freundlich miteinander umgehen. Schließlich bist du ja nicht ganz unschuldig. Ich weiß, was du mit meiner Katze gemacht hast, und kann dir doch verzeihen.«

Mr. Stewart packt Danny am Handgelenk und zieht ihn zu sich. Er greift nach seiner Hand, führt sie nach unten, streckt dann die andere Hand aus, um Dannys Wange zu streicheln. Dann beugt er sich vor, um ihn auf den Mund zu küssen, was Danny wachzurütteln scheint.

Er stößt Mr. Stewart von sich. »Lassen Sie mich verdammt noch mal los!«

Mr. Stewart hält die Hände hoch, als habe er es nicht böse gemeint, geht mit einem Lächeln im Gesicht rückwärts, als habe er nur Spaß gemacht. »Ich hoffe, du kommst morgen Abend zu meiner Jahresabschlussparty. Es wird bestimmt lustig.«

Dann ist er verschwunden.

Danny hockt sich hin, bedeckt das Gesicht mit den Armen und schluchzt. Als er schließlich hochschaut, sieht er wohl seine Schwester, die ihn filmt. Sein Gesichtsausdruck verrät jetzt Angst, dann Wut. Er springt auf, und Poppy macht sich aus dem Staub. Die Kamera läuft noch.

Ich starre meinen Vater an, beobachte, wie er sich anschaut, was sich in diesem Moment abspielt, erfasst, was es bedeutet. Ich weiß, wie es ausgeht. Es sind nur noch wenige Sekunden Film übrig, und ich kenne sie jetzt auswendig. Aufnahmen von Erde und Blättern. Vom Himmel. Von Dannys wütendem Gesicht. Poppys stampfenden Füßen, ihrem schwer gehenden Atem. Ein flüchtiger Blick auf Poppy – ihr Haar, ihren Arm, ihr verängstigtes Gesicht. Dann kreiselt die Kamera durch die Luft, und das Bild wird schwarz.

Als es vorbei ist, frage ich: »Wusste Mom, was Mr. Stewart Danny angetan hatte? Sie hat viel Zeit mit ihm verbracht. Hat er ihr vielleicht dasselbe angetan?«

»Nein. Da bin ich mir sicher.« Meine Mutter war sich auch sicher gewesen, doch sollte sie mich angelogen haben, werde ich es nie erfahren. »Ich wusste, dass du die Filme finden würdest, habe aber nicht geahnt, dass deine Mutter diese letzte Filmrolle behalten hatte. Sie hat mir nie gesagt, dass sie die besaß.« Er starrt über den Hof, stellt sich vielleicht meine Mutter als junges Mädchen vor, das den Beweis wegpackt, der sein Leben verändert hätte. Der auch meines verändert hätte. Falls er wütend auf sie ist, zeigt er es nicht.

»Ich habe mit Margot und Mark gesprochen.« Er sieht mich durchdringend an, und ich stelle klar: »Ich habe das Buch nie erwähnt. Habe ihnen nur gesagt, dass ich als Dannys und Poppys Nichte Antworten haben wolle. Sie konnten mir ein paar Dinge sagen, die geholfen haben, mir ein besseres Bild von jenen letzten Wochen zu machen. Margot hat mir unter anderem von Mr. Stewarts Jahresabschlussparty erzählt und wie ungewöhnlich es war, dass Poppy nicht hingehen wollte.«

»Sie hat sich betrunken«, sagt er. »Eine Szene gemacht, und ich musste hingehen und sie abholen. Sie hat Mr. Stewart angeschrien, irgendwas von Geheimnissen gesagt.«

»Hältst du es für möglich, dass Mr. Stewart dadurch gewarnt war, dass sie über ihn Bescheid wusste?«

Mein Vater sieht mich erstaunt an. »Du glaubst …«

»Ich habe keinen Beweis dafür, dass Mr. Stewart die beiden getötet hat. Dieser Film beweist nur, was er Danny angetan hat. Doch wenn Poppy gedroht hat, es weiterzuerzählen – und nach dem, was du mir gesagt hast, wollte sie sich mit dir zu Hause treffen, um dir etwas zu sagen –, ist es sicherlich ein Motiv. Und ein sehr guter Grund dafür, dass er sich einverstanden erklärt hat, die Polizei über seinen Aufenthaltsort zur Tatzeit anzulügen.«

Mein Vater sieht erschüttert aus. »Wir haben die ganze Zeit gedacht, er hätte uns ein Alibi gegeben, weil wir ihn dazu gezwungen hatten.«

Ich schweige, gebe meinem Vater Zeit, zu verstehen, was ich ihm gerade gezeigt habe. Er hat den Blick nach vorn gerichtet, doch in Gedanken schaut er eindeutig in eine weit zurückliegende Vergangenheit. Schließlich sage ich: »Ich glaube, wir sollten …«, doch er schneidet mir das Wort ab.

»Ich brauche einen Moment.« Er hat Mühe, aufzustehen, und ich will ihm helfen, doch er winkt ab, geht zum Rand des Hofes, wo ein Torbogen in den Obstgarten hinter dem Haus führt. Er bleibt dort stehen, die Hand auf eine Seite des Bogens gestützt, und ich sehe, wie seine Schultern sich heben und senken.

Hinter mir kommt Alma an die Tür. »Was ist los?«, fragt sie.

»Dad?«, sage ich zaghaft.

»Es geht mir gut.« Er schaut keinen von uns beiden an.

Einen Augenblick später geht Alma wieder zurück in die Küche, und ich warte darauf, dass mein Vater sich sammelt.

Als er sich wieder neben mich setzt, frage ich: »Ist alles in Ordnung?«

»Ich habe immer gedacht, dass er es getan hat.«

»Mr. Stewart?«

»Nein, Danny. Ich habe immer gedacht, er hätte Poppy wegen des Babys umgebracht. Weil er dachte, Poppy würde es jemandem erzählen.« Er schüttelt leicht den Kopf. »Ich habe ihn jahrelang gehasst, weil ich wusste, was er deiner Mutter angetan hatte. Und geglaubt habe, er hätte Poppy umgebracht. Meine Wut fühlte sich gerecht und weiß glühend und rein an.« Er spuckt das letzte Wort geradezu aus. »Aber jetzt muss ich im Kopf alles neu sortieren. Lernen, Danny anders zu sehen. Es mir erlauben, dem Raum zu geben, was ihm angetan wurde. Was er so lange mit sich herumtragen musste.« Er hält inne, sammelt sich. »Es ist keine Entschuldigung für das, was er deiner Mutter angetan hat. Das werde ich ihm nie verzeihen. Aber es stellt sein Handeln in einen bestimmten Kontext. Er war noch ein Kind.«

Dann tut mein Vater etwas, was ich nie zuvor bei ihm gesehen habe. Er weint. Und ich halte seine Hand und lasse ihn weinen.

Als er sich wieder gefasst hat, sage ich: »Ich will all das ins Buch mit aufnehmen. Wir können nicht beweisen, dass Mr. Stewart die beiden umgebracht hat, aber wir können ihn für das bloßstellen, was er Danny angetan hat. Und wahrscheinlich auch noch anderen Kindern. Es würde Sinn ergeben, dass er sie beide getötet hat, um sie zum Schweigen zu bringen.«

Der Gesichtsausdruck meines Vaters verrät, dass seine Gedanken in die Vergangenheit abschweifen. Dass er sich an seinen Bruder und seine Schwester erinnert. Die Geheimnisse in sich aufnimmt, die sie beide mit sich herumgetragen haben. Sich auf diese neue Realität einstellt, die ihn endlich entlastet. Er nickt. »Tu es. Schreib es.«

»Hab ich schon«, sage ich. »Lass es mich dir vorlesen. Sag mir, wenn ich irgendetwas ändern soll.« Ich öffne das Manuskript auf meinem Laptop und beginne, laut zu lesen. *»Ich kam durch den Hintereingang in ein stilles Haus. Dort sollte ich Poppy treffen, und zuerst nahm ich an, ich sei vor ihr eingetroffen. Doch innerhalb von Sekunden wurde mir klar, dass das nicht der Fall war. Der Geruch nach Blut war überwältigend – dieser metallische, süßliche Geruch, der meine Nasenlöcher zu füllen schien und mich zwang, durch den Mund zu atmen. Ich werde ihn nie vergessen. Fast sofort sah ich Danny. Tot im Flur, wo er gelandet war. Der versucht und es nicht geschafft hatte, zu Poppy zu gelangen, die in einer Blutlache auf ihrem Bett zusammengesackt war.«*

Ich lese meinem Vater den Rest vor. Wie er schnell durch den Hintereingang wieder nach draußen gelaufen war und das Messer mitgenommen hatte. Dass er nicht nachgedacht und sich dann Sorgen gemacht hatte, dass es ihn belasten könnte. Wie er und meine Mutter Mr. Stewart gebeten hatten, ihnen ein Alibi zu geben, und ihre Überraschung, wie leicht es gewesen war, ihn dazu zu überreden.

Als ich fertig bin, schaue ich meinen Vater an und bin erleichtert, seine Zustimmung zu sehen.

»Es ist großartig«, sagt er. »Schick es an Neil.«

»Eine Frage habe ich aber noch«, sage ich. »Du hast die letzten fünfzig Jahre geglaubt, Danny habe Poppy getötet. Aber wer hatte deiner Meinung nach Danny getötet?«

»Schick das Manuskript ab«, erwidert er, als hätte ich nichts gesagt.

»Sie werden dieselbe Frage stellen«, sage ich ihm. »Da brauchen wir schnell eine Lösung.«

»Ich will, dass du es jetzt abschickst«, beharrt er.

Er sieht mir zu, während ich das Manuskript anhänge und es an Monarch und cc an Nicole schicke.

Dann sagt er: »Jetzt, wo das erledigt ist, muss ich dir erzählen, was wirklich passiert ist.«

POPPY

13. JUNI 1975
19 UHR

Ich verliere immer wieder das Bewusstsein, öffne aber rechtzeitig die Augen, um zu sehen, wie Vince sich von hinten auf Danny stürzt. Wie aus weiter Ferne höre ich, dass die beiden gegen die Wand knallen und in den Flur schlittern. Vince schreit: »Was zum Teufel hast du mit ihr gemacht?«

Ich kann meine Hände und Füße nicht spüren, nur einen dumpfen Schmerz in meinem Innersten. Kann nicht mehr sprechen, bringe nicht mehr als ein Flüstern heraus. Ich möchte meinen Brüdern sagen, wer mir das angetan hat, bevor sie einander umbringen.

Weitere Momente ziehen vor meinem inneren Auge vorbei – wie ich mit Margot in der fünften Klasse beim Mittagessen gelacht habe, wie meine Eltern letztes Weihnachten im Wohnzimmer zu Sinatra getanzt haben. Wie meine Brüder – vor Jahren – am Frühstückstisch die Sonntags-Comics zwischen sich hin und her schoben, im Hintergrund das Geräusch von Zeichentrickfilmen im Fernsehen. Und später ihre Kämpfe. Ihr ewiges Streiten.

Ich hätte nie zu dieser Party gehen oder das viele Bier trinken sollen, denn ich habe mich dadurch nicht besser gefühlt. Es hat mich nur noch wütender gemacht, meine Wut verstärkt wie das Megafon, das Mr. Stewart im Sportunterricht benutzte.

Mr. Stewart.

Ich habe aus dem Küchenfenster geschaut und auf Vince gewartet. Mr. Stewart muss durch die Haustür reingekommen sein, denn in einem Moment war ich noch allein, und im nächsten stand er neben mir.

»Ich glaube, wir müssen reden. Die Sache klären«, sagte er.

»Verlassen Sie das Haus. Meine Eltern werden jeden Moment wiederkommen.«

Mr. Stewart schüttelte den Kopf. »Ich habe sie getroffen, als sie weggefahren sind. Zum Kino in Ventura. Dein Dad hat mir erzählt, wie sehr ihm der erste Abend des Sommerfestivals zuwider ist. Zu viele Menschen. Zu viel Verkehr.« Er spähte aus dem hinteren Fenster, sah mich dann wieder an. »Scheint aber ziemlich ruhig hier zu sein.«

Während er sprach, bewegte sich meine Hand auf der Anrichte langsam nach links und landete auf dem Messer, das dort trocknete. Sobald ich es greifen konnte, sprang ich auf und rannte damit von der Küche durch den Flur zu meinem Zimmer.

Der Schmerz ist jetzt fast weg. Meine Brüder zerren im Flur aneinander, und ich hasse es, dass ich meine letzten Momente damit verbringen werde, ihnen dabei zuzuhören, wie sie sich prügeln.

Ich hätte zur Hintertür rauslaufen sollen. Das ist mir jetzt klar. Hätte den ganzen Weg zurück zum Festival schreien und allen erzählen sollen, wer Mr. Stewart in Wirklichkeit ist. Was er Danny angetan hat. Was er sicherlich auch anderen in diesem Geräteschuppen angetan hat.

Doch stattdessen lief ich in mein Zimmer. Dorthin, wo ich immer Zuflucht gesucht hatte, wo ich immer sicher gewesen war. Mr. Stewart stürzte hinter mir her. Zu groß. Zu stark. Er packte mein Handgelenk, verdrehte es, richtete das Messer auf mich und stieß es mir in den Bauch. Ich spürte die Klinge, scharf und heiß durch den weichsten Teil von mir eindringen, bis ich nur noch den Griff sehen konnte. Dann stieß Mr. Stewart mich zurück aufs Bett, noch mit dem Griff in der Hand. Es glitt aus mir heraus, und an der Stelle, an der es eingedrungen war, sammelte sich Blut. Ich drückte meine Hände auf die Wunde, als könne ich es zurückhalten, aber es war zu viel.

»Das hast du dir selbst angetan«, sagte er, wischte den Messergriff mit seinem Hemd ab und ließ das Messer dann auf den Boden fallen. Dann trat er einen Schritt zurück, weg von der Sauerei. Ich blinzelte, und er war verschwunden. Ich blinzelte wieder, und Danny stand neben mir, das weggeworfene Messer in der Hand. Weinte. Wusste, was geschehen war, dass ich das in Gang gesetzt hatte, was er unbedingt hatte verhindern wollen.

Im Flur ist ein lautes Krachen zu hören, das mich zurück in die Gegenwart bringt. Dann das Geräusch eines Körpers, der auf dem Boden landet. Schweres Atmen, alle Energie verbraucht. Meine Brüder werden einander nie so sehen, wie sie wirklich sind. Welche Tragödie, dass Danny die weiche Seite von Vince nicht sehen kann. Seinen dunklen Humor oder seinen scharfen Verstand nicht wertschätzen kann. Und Vince wird nie Dannys Ehrgefühl sehen. Die Opfer, die er gebracht hat, um es uns zu ermöglichen, an eine Welt zu glauben, die nie existierte. Vince wird nie Dannys Geheimnis erfahren, weil ich nie die Chance hatte, ihm davon zu erzählen. Und ohne diese letzte Filmrolle wird es nun niemanden mehr geben, der es kann.

Es ist jetzt ruhig, der Kampf ist vorbei. Ich höre, wie sich die Hintertür öffnet, und spüre, wie mich Panik erfasst. Ist Mr. Stewart zurückgekommen? Dann atmet jemand hörbar ein. Keucht. Schreit.

Lydias Stimme: »Was hast du ihm angetan, Danny?«

Ich wünschte, ich könnte mich bei ihr entschuldigen. Ich war so darauf fokussiert, ihren Fehler aufzudecken, ihr Vergehen, dass ich die Männer außer Acht ließ, die sie in diese Lage gebracht hatten. Und jetzt kann ich das nie wieder bei ihr gutmachen.

Ich will nicht sterben. Und doch soll es genau so geschehen.

Es ist in Ordnung.

Mir geht es gut.

VINCENT

13. JUNI 1975
19:45 UHR

Ich renne zwischen den Bäumen im Eichenwäldchen hindurch, presche durchs Unterholz, über Baumstämme, bahne mir den Weg tiefer in die Dunkelheit hinein, und die Geräusche vom Sommerfestival werden schwächer. Ich will unbedingt die Realität dessen, was ich getan habe, hinter mir lassen. Mein Kopf schmerzt an der Stelle, an der Danny ihn so heftig gegen die Wand geknallt hat, dass ich ohnmächtig geworden bin. Deswegen gibt es eine große Zeitspanne, an die ich mich nicht erinnern kann. Einmal musste ich anhalten und mich hinter einem Baum übergeben. Unsicher, ob es der Geruch von Blut war, den ich noch in der Nase hatte und der noch in meinen Kleidungsstücken hing oder die Beule an meinem Kopf, die immer größer wurde.

Ich muss unbedingt zu Lydia. Sehen, ob sie dort ist, wo sie ihren Worten nach sein würde. Zusammen können wir uns darüber klar werden, was wir als Nächstes tun sollen. Wem wir es sagen sollen.

Ich stolpere zu einem anderen Baum, kralle mich an ihn, versuche wieder zu Atem zu kommen und die Bilder, die mir im Kopf herumspuken, loszuwerden. Wie ich ins Haus kam, Poppy sah, voller Blut und reglos auf ihrem Bett, Danny, der danebenstand. Die Wut, die mich überwältigte. Ich erinnere mich, wie ich mit meinem Bruder zusammenprallte, wieder einmal mit ihm im Flur kämpfte, mit den Fäusten auf ihn einschlug, nicht nur wegen dem, was er Lydia angetan hatte, sondern auch wegen dem, was er getan hatte, um Poppy zum Schweigen zu bringen. Um sie davon abzuhalten, mir zu erzählen, was ich bereits wusste. Ich hatte unglaubliche Angst, denn ich wusste, dass ich der Nächste sein könnte. Aber dann packte Danny mich an den Schultern und knallte meinen Kopf gegen die Wand, und danach wurde mir schwarz vor Augen.

Ich wachte neben Danny auf, der auf dem Rücken lag und seine Kehle umfasste, aus der Blut zwischen seinen Fingern hindurchfloss. Nie im Leben werde ich das Geräusch vergessen, das er von sich gab – ein gurgelndes Röcheln, als sei da irgendwo ein Leck, das sich mit Blut füllte.

Das Messer lag zwischen uns auf dem Boden, wo es mir aus der Hand gefallen sein musste. Ohne nachzudenken, schnappte ich es mir und rannte aus dem Haus. Durch den Garten und zum Eichenwäldchen. Ich lief weg von dem, was ich gesehen hatte, dem, was ich getan haben muss, bevor ich das Bewusstsein verlor.

Ich umklammere das Messer noch fester, weiß nicht, was ich damit tun soll. Meine Fingerabdrücke sind darauf, Dannys Blut, Poppys Blut. Jeder wird denken, dass ich beide umgebracht habe. Ich unterdrücke ein Schluchzen. Niemand wird mir glauben, wenn ich sage, dass Poppy schon tot war. Dass ich von Danny angegriffen wurde und ihn in Notwehr getötet haben muss. Ich bin Vincent Taylor, der seltsame, wütende mittlere Bruder. Alle werden nur allzu gern glauben, dass ich es war.

In der Ferne kann ich Lydia sehen, den Kopf in den Armen vergraben. Das Geräusch von Schritten erregt ihre Aufmerksamkeit, und voller Panik schaut sie auf. Sie springt hoch, drängt sich an den Baum, und ich versuche, ihr etwas zuzurufen, kriege aber keinen Ton heraus. Als ich näher komme, sinkt sie wieder zu Boden, Fassungslosigkeit und Angst im Gesicht. Ich registriere das Blut auf ihren Armen. Auf ihrem Shirt. Auf der Stirn. Doch ich begreife noch nicht, was es bedeutet.

Ihr Blick bleibt an dem Messer in meiner Hand hängen, und ich lasse es fallen, sinke neben ihr zu Boden, vergrabe den Kopf in den Armen und erlaube es mir endlich zusammenzubrechen.

Sie schlingt die Arme um mich, hält mich fest und flüstert: »Ich habe gedacht, du wärst tot. Ich dachte, Danny hätte auch dich getötet.«

Und dann begreife ich plötzlich. Ich schaue zu ihr hoch, und unsere Blicke treffen sich. Wir denken beide dasselbe, verstehen, was sie für mich getan hat. Für uns. Für Poppy. Was wir auf ewig für uns behalten müssen. Ein stummes Versprechen, das ich die nächsten fünfzig Jahre halten werde.

KAPITEL 36

JUNI 2025

»Hier ist Jessica Schwartz, und ihr hört *Secrets and Lies*, den Podcast, in dem Geheimnisse enthüllt und Lügen aufgedeckt werden, bis nur noch die Wahrheit übrig bleibt. Heute spreche ich mit der Autorin Olivia Dumont. Ihr erkennt möglicherweise die Titel von vielen Büchern, an denen sie mitgewirkt hat, Bücher von Promis, Politikern, Wissenschaftlern und Musikern. Ihr erinnert euch vielleicht auch an ihren öffentlichen Konflikt mit John Calder, der nun selbst in großen Schwierigkeiten steckt. Doch deswegen sprechen wir heute nicht mit ihr. Denn Olivia ist auch die Ghostwriterin von Vincent Taylors Memoiren *All ihre wunderschönen Tage*, dem Bestseller, in dem endlich die Fragen beantwortet werden, die sich jahrzehntelang um den Horror-Erfolgsautor gerankt haben. Es dürfte aber vielleicht neu für euch sein, dass Olivia auch Vincent Taylors Tochter ist. Und zu sagen, sie sei mit Geheimnissen und Lügen aufgewachsen, ist eine Untertreibung. Willkommen in der Show, Olivia. Bevor wir loslegen, möchte ich Ihnen mein Beileid zum Tod Ihres Vaters aussprechen.« Jessicas Stimme ist weich, und als ich vor dem Haus meines Vaters anhalte, wechsle ich zu meinen Earbuds.

Nach seiner Enthüllung, wer Danny wirklich umgebracht hatte, schien sich die Erinnerungsblockade meines Vaters endlich gelöst zu haben. Er erlaubte es mir, noch einmal zu Margot und Mark zu gehen und sie erneut zu interviewen – um die Richtigkeit von Daten, Zeiten und Ereignissen zu klären. Um sicherzustellen, dass die Version, die wir erzählen wollten, so viele überprüfbare Fakten wie möglich enthielt und meine Mutter schützte, bis er dann begann, sie statt mich während unserer Arbeitssitzungen zu sehen. *Du hast getan, was du tun musstest, Lydia,* sagte er mir immer und immer wieder.

Kurz nachdem ich das Manuskript fertiggestellt hatte, mailte ich es an Tom mit der Anmerkung:

> Ich werde nicht nach Ausreden suchen, aber in diesem Buch wirst du alles erfahren, was du über mich und meine Familie wissen musst. Egal, was mit uns passiert, ich möchte, dass du weißt, wer ich wirklich bin.

Nachdem ich eine Woche lang nichts von ihm gehört hatte, fragte ich mich schließlich, ob er meine E-Mail überhaupt geöffnet hatte. Vielleicht hatte er sie einfach gelöscht. Doch dann schrieb er:

> Ich hatte ja keine Ahnung.

Danach gingen wir es langsam an. Zuerst Textnachrichten – vorsichtige Entschuldigungen, denen irgendwann spätabendliche Telefonate folgten. Geflüsterte Unterhaltungen im Dunkeln, von denen Bruchstücke durch meine Träume geisterten.

> *Ich wusste nie …*
> *Ich konnte nicht zugeben …*
> *Ich wünschte, ich wäre in der Lage gewesen …*

Und tagsüber machte ich mich daran, das Buch zu überarbeiten. Hektische Stunden – manchmal mit meinem Vater, später, als sich sein Zustand verschlechterte, allein.

Aber nicht allein. Nicht mehr.

Einen Monat nachdem ich das Buch bei Monarch abgeliefert hatte, zeigte sich, dass Alma es nicht mehr schaffen konnte, allein für meinen Vater zu Hause zu sorgen. Ich besuchte ihn in seiner Pflegeeinrichtung in Ventura, fuhr von Topanga hin oder auch von Ojai, wo ich dafür verantwortlich war, das Haus auszuräumen. Ein Leben in Kartons zu packen, das sowohl tragisch als auch außergewöhnlich gewesen war. Mein Vater war ein komplizierter Mensch mit vielen Facetten, die jedoch jemanden ausmachten, mit dem ich gern mehr Zeit gehabt hätte. Vor allem, weil ich gerade erst begonnen hatte, ihn besser zu verstehen.

»Danke für die Einladung zu dieser Show.« Meine Stimme klingt seltsam für mich, weicher, als sie wohl normalerweise klingt, und ich weiß die Qualität des Produktionsteams zu schätzen. Wir hatten die Sendung mehrere Wochen nach Erscheinen des Buches aufgenommen, als ich mich immer noch in einem Zustand der Trauer befand, da ich meinen Vater Ende April verloren hatte. Doch mein Comeback hatte mir auch Energie verliehen. *All ihre wunderschönen Tage* war am fünfzigsten Todestag von Poppy und Danny veröffentlicht worden, und so wie Nicole vorhergesagt hatte, steht es seitdem ganz oben auf der Sachbuchliste der *New York Times*. Ich habe Calder und meine Anwälte bezahlt, und Nicole ist damit beschäftigt, Anfragen für mein nächstes Projekt zu beantworten.

Ich steige zum letzten Mal die Treppe zum Haus meines Vaters hoch, schließe die Tür auf und trete über die Schwelle in einen fast leeren Raum, in dem nur noch etwa fünfzehn Kisten mit seinen Sachen stehen. Meine Schritte hallen auf den Terrakottafliesen wider, die der von mir angeheuerte Putztrupp gefegt und gewischt hat. Jack kommt später am Morgen, um diese letzten Kisten zu der Lagereinheit zu bringen, die ich gemietet habe. Doch deswegen bin ich nicht hier.

»Wie war es, mit dem berühmten Vincent Taylor als Vater aufzuwachsen?«, fragt Jessica. »Inwiefern war es eine Last – nicht nur als junges Mädchen, sondern auch als Erwachsene?«

»Es war nicht leicht.« Ich lausche meiner Stimme, höre mich erzählen, wie meine Mutter wegging und wie es war, mich in einer

Welt zurechtzufinden, in der alle glaubten, mein Vater sei ein Mörder. Dass ich den Rest meiner Kindheit im Ausland verbrachte und erst wieder in die USA zurückkehrte, sobald ich sicher war, als jemand anders leben zu können. »Meinen Vater zu lieben, war nicht einfach. Es bedeutete, zu akzeptieren, dass es Dinge an ihm gab, die ich nie verstehen würde. Es bedeutete, keine Fragen zu stellen, auf die ich die Antworten nicht wissen wollte. Es bedeutete, Möglichkeiten zu akzeptieren, über die nachzudenken zu schrecklich war. Lange Zeit war ich nicht fähig dazu und habe es auch nicht versucht.«

»Und doch sind Sie nach Ojai zurückgekehrt, um ihm dabei zu helfen, dieses letzte Buch zu schreiben«, sagt sie.

»Der Job war nicht meine erste Wahl, aber meine Optionen waren damals begrenzt.« Ich höre, wie ich kurz auflache, und erinnere mich daran, wo ich war, als wir den Podcast aufnahmen. In einem dunklen Studio in Hollywood, in dem mir ein Produzent, durch eine Glaswand getrennt, gegenübersaß. »Es war wirklich schwierig«, gebe ich Jessica gegenüber zu. »Zuerst wirkte er normal. Doch schon bald wurde deutlich, dass sein Verstand und sein Gedächtnis ihn im Stich ließen. Er war dann verwirrt und dachte, ich sei meine Mutter. Je verwirrter er wurde, desto mehr gab er preis. Facetten seines Lebens mit Poppy und Danny, die keinen Sinn ergaben. Die es nötig machten, tiefer zu graben.«

Nachdem wir beschlossen hatten, welche Geschichte wir der Öffentlichkeit erzählen würden, das Buch fertiggestellt war und wir beide nur noch für uns versuchten, den Rest des Puzzles zusammenzusetzen, fragte ich meinen Vater: »Glaubst du wirklich, dass Mr. Stewart Poppy umgebracht hat?«

»Ich weiß es nicht«, antwortete er.

»Was ist mit Mr. Stewarts Katze? Poppys Filme zeigen, dass du sie begraben hast, nicht Danny.«

»Danny hat die Katze getötet und in eins von meinen T-Shirts gewickelt. Er hat sie neben dem Schuppen liegen lassen, wo meine

Mutter sie dann gefunden und mir die Schuld gegeben hätte.« Er rieb sich die Augen und sagte: »Ich hasse den Gedanken, dass Poppy in dem Glauben gestorben ist, ich hätte Ricky Ricardo getötet.«

»Ist es möglich, dass Danny Poppy doch getötet hat?«, fragte ich ihn. Eine Frage, auf die wir immer wieder zurückkamen. Die wir wie ein mysteriöses Artefakt, das wir zu enträtseln versuchten, in den Händen umdrehten.

Und jedes Mal sagte er mir, dass er glauben wolle, Danny habe es getan. Weil das rechtfertigen würde, wie die Dinge schließlich gelaufen seien. Es ihm möglich machte, mit sich selbst zu leben, wie unvollkommen dieses Leben auch sein mochte.

Das letzte Mal stellte ich ihm diese Frage im November. Zu diesem Zeitpunkt war mein Vater bereits seit mehreren Monaten in der Pflegeeinrichtung, und sein Zustand verschlechterte sich sehr schnell. Er wurde streitsüchtig und wütend. Warf mir und seinem Pflegeteam – selbst den anderen Patienten – unerhörtes Verhalten vor. Es war schmerzlich, dies mit anzusehen. Aber ich kam immer wieder, denn gelegentlich war er bei klarem Verstand, sodass wir zu den Ereignissen jenes Tages zurückkehren konnten. Zu den Dingen, die wir immer noch nicht wussten. »Die Wahrheit gehört Danny und Poppy«, hatte er mir einmal gesagt. »Und sie lebt in der Vergangenheit, wo wir nicht mehr an sie herankommen können.«

Wenige Tage bevor mein Vater starb, wandte er sich mir aus heiterem Himmel zu und sagte: »Ich hätte dich nie wegschicken sollen. Es war ein Fehler.«

Wir saßen vor der Pflegeeinrichtung, ich auf einer Steinbank, er in einem Rollstuhl neben mir, und genossen den ersten blauen Aprilhimmel. Er sprach langsamer. Angestrengter, was er hasste. »Es ist alles gut«, sagte ich.

Er schüttelte den Kopf, eine heftige zuckende Bewegung. »Nein. Es war egoistisch. Ich war ein Feigling.«

»Es wäre schlimmer gewesen, wenn ich geblieben wäre«, sagte ich. »Und du hattest recht. Es öffnete mir viele Türen.«

»Darum ging es nie«, sagte er. »Ich habe gelogen.«

»Was soll das heißen?«

Er sah mich mit müdem, eingefallenem Gesichtsausdruck an. »Mit jedem Tag wurdest du Poppy ähnlicher. Wie du aussahst. Dich bewegtest. Dein Lachen. Deine …« Er hielt inne, suchte nach dem Wort, das er brauchte, und ich wartete darauf, dass er es fand. »Überzeugungen«, sagte er erleichtert. »Ich konnte es nicht ertragen, mit anzusehen, dass du älter wurdest als sie. Du hast mich täglich daran erinnert, wer sie nie geworden war.«

Ich legte meine Hand auf seine und drückte sie. »Du hast dein Bestes getan. Keine Reue. Niemals zurückblicken, schon vergessen?«

Er lachte unwirsch auf, ein Lachen, das sich eher nach einem Husten anhörte, und wir saßen dort in der Sonne und erinnerten uns.

Das war unsere letzte Unterhaltung gewesen.

Jessicas Stimme holt mich wieder zurück zu dem Interview. »Wie war es, endlich die Wahrheit über das, was passiert war, zu erfahren? Über die Ereignisse im Zusammenhang mit diesem schrecklichen Tag im Jahr 1975?«

»Es war niederschmetternd«, sage ich. »Solche Dinge zu wissen, ist eine Last, die dich niederdrückt und ein Teil von dir wird.«

»Ich bezweifle, dass es irgendjemanden gibt, der nicht die umfangreiche Berichterstattung darüber gelesen hat, was Sie während Ihrer Recherchen erfahren haben. Erzählen Sie uns von dem Moment, in dem Ihnen klar wurde, dass Ihr Vater wirklich unschuldig war. Dass Danny und Poppy Opfer eines Raubtiers waren, das nebenan lebte. Das bis vor wenigen Wochen immer noch nebenan wohnte.«

Ich fahre mit den Fingern das Treppengeländer entlang, während ich nach oben gehe. Vorbei an meinem alten Schlafzimmer mit Staubsaugerstreifen auf dem Teppich. Das Zimmer meines Vaters wirkt hell, mit seinen frisch gestrichenen Wänden und gewienerten Fenstern. Ich höre mir selbst dabei zu, wie ich die Geschichte meiner Eltern erzähle, die jung und verliebt waren und mit ihrem eigenen riesengroßen Geheimnis zu kämpfen hatten. Die Geschichte von Poppy, einem aufgeweckten, klugen Mädchen, das entschlossen war, die Wahrheit mithilfe von Filmen aufzudecken. Und von Danny, der das größte Geheimnis von allen schulterte, eines, das ihn schließlich zerstörte. Ich erzähle die Geschichte genau so, wie mein Vater und ich es vereinbart hatten. Dass er und meine Mutter wirklich die ganze Zeit über im Eichenwäldchen gewesen waren. Dass Mr. Stewart nur allzu bereit gewesen war, ihnen ein Alibi zu verschaffen, eine Lüge, um zu vertuschen, dass auch er kein Alibi hatte.

Doch unter all dem lebt das Geheimnis meiner Mutter fort, das, mit dem sie seit 1975 zu leben versucht. Eines, das nie an die Oberfläche dringen darf, wie mein Vater und ich beschlossen haben. Ein Geheimnis, dessentwegen mein Vater es zuließ, dass die Welt ihn für den Mörder seiner Geschwister hielt. Ein Mann, der immer noch das junge Mädchen schützte, das er einst so sehr geliebt hatte.

»Es gibt keine Beweise dafür, dass Paul Stewart Poppy oder Danny tötete«, sage ich. »Keine physischen Beweise, die ihn mit dem Tatort in Verbindung bringen. Eine Mordwaffe, die vor fünfzig Jahren verschwand und wohl kaum jemals auftauchen wird.«

Meine Mutter hatte das Messer irgendwann entsorgt. Sie hatten es in Poppys Fensterbank versteckt und eine Zeit lang dort gelassen. Mein Vater schaute mehrmals pro Woche nach, ob es noch immer dort lag. Bis es eines Tages verschwunden war. Nur meine Mutter weiß, wo es hingekommen ist, und ich habe nicht die Absicht, sie danach zu fragen.

Ich betrete das leere Büro meines Vaters, stehe vor den reparierten Fenstern und genieße ein letztes Mal die Aussicht. Denke an all die Bücher, die er hier geschrieben hat. An all die schlaflosen Nächte, in denen er Gedanken an Ereignisse aus seiner Kindheit gewälzt und das Schlimmste von seinem einst so geliebten Bruder geglaubt hat. Dieser Raum war für ihn Heiligtum und Gefängnis zugleich.

»Poppy hatte herausgefunden, was Paul Stewart den Kindern im Geräteschuppen der Highschool antat und was er Danny angetan hatte«, höre ich mich sagen. »Sie hatte meinen Vater im Haus treffen wollen, um es ihm zu sagen, doch er war nicht rechtzeitig da.« Meine Stimme klingt fest, doch meine Worte erschüttern mich, denn ich wünsche mir nach wie vor ein anderes Ende. »Einer von Dannys Freunden bekam zufällig mit, wie sie sich darüber stritten, und erzählte es Danny, der dann wusste, dass Poppy es verraten würde.« Meine Stimme klingt jetzt leiser, und ich wende mich vom Fenster ab und betrachte die Wand mit den leeren Bücherregalen, die darauf warten, in der Bibliothek von jemand anderem einen Platz zu finden. »Wir wissen nicht genau, was danach passiert ist, doch das Ergebnis war der Tod meiner Tante und meines Onkels. Von zwei Jugendlichen, die noch ihr ganzes Leben vor sich hatten.«

Das ist die Geschichte, die ich Jessica erzähle. Aber mein Vater und ich, wir sind uns da nicht so sicher. Wir können die Puzzleteile, die wir haben, zusammensetzen, doch die Wahrheit gehört Poppy. Und Danny. Und natürlich Mr. Stewart.

Wieder holt Jessicas Stimme mich zurück in die Gegenwart. »Mehrere andere Opfer von Paul Stewart – sowohl Männer als auch Frauen – haben sich seit Veröffentlichung der Memoiren mit ihren eigenen Geschichten gemeldet, die sich seit Mitte der Siebzigerjahre bis hinein ins Jahr 2011 abspielten. Ich habe gehört, dass er angeklagt wurde?«

»Ja, vor ein paar Wochen.« Die Polizei war mit einem Durchsuchungsbefehl bei ihm aufgetaucht, denn die kalifornischen Gesetze ermöglichten es den Anklägern, auch noch Jahre und Jahrzehnte später Mehrfachklagen gegen jemanden anzustrengen. Innerhalb weniger Stunden hatte man Mr. Stewart in Gewahrsam genommen.

»Quält es Sie, dass er nicht wegen der Morde angeklagt werden wird? Dass der Mann, der Ihrer Tante und Ihrem Onkel das Leben genommen hat, nicht dafür bezahlen wird?«, fragt Jessica.

»Paul Stewart wird ja trotzdem im Gefängnis landen. Er wird für die abscheulichen Verbrechen bezahlen, die er an Menschen begangen hat, die noch leben und unter den Folgen dieser Verbrechen leiden. Sie sind es, die Gerechtigkeit brauchen, mehr als meine Tante und mein Onkel.«

Ich stehe in der Tür zum Büro meines Vaters und betrachte ein letztes Mal den Ort, an dem ich es mir früher gemütlich gemacht und meine Hausaufgaben erledigt habe, nur um in seiner Nähe zu sein. Wo ich vor nicht allzu langer Zeit ein weiteres Mal saß und den Anfang vom Ende des brillanten Geistes meines Vaters miterlebte.

Dann wende ich mich ab und schließe die Tür hinter mir.

»Ich würde gern auf das Haus zu sprechen kommen, in dem die Morde stattfanden«, sagt Jessica. »Das Ihre Familie noch besaß. Sie haben es vor Kurzem abreißen lassen. Warum?«

»Mein Leben lang habe ich mit dieser Geschichte gelebt. Den Puzzleteilen, den Akteuren, den Fragen. Ich habe viel Zeit in diesem Haus verbracht, als ich die Memoiren fertigstellte. In Poppys Zimmer, um zu sehen, was sie sah, mir vorzustellen, wer zu werden sie sich erträumte. Ich stand an der Stelle, wo Danny starb. Saß in der Küche, wo sie als Familie zusammen aßen.« Ich halte einen Moment lang inne, fahre dann, so ehrlich es mir in diesem Moment möglich ist, fort: »Aber nachdem das Buch fertig war, musste ich den Kreis schließen. Als das Haus abgerissen worden war, habe ich das Grundstück verkauft, und jetzt wird dort etwas Neues gebaut. Was sich wie eine Metapher für uns alle anfühlt. Es geht darum, auf den Trümmern einer schmerzlichen Geschichte etwas Besseres zu errichten.«

»Das ist eine wunderschöne Art, es auszudrücken«, sagt Jessica.

Als ich wieder unten bin, schiebe ich die Glastüren auf und setze mich auf die schmiedeeiserne Bank meines Vaters, um zu warten.

In der Ferne sehe ich, wie das elektrische Tor aufgleitet und ein Auto langsam die Auffahrt hochkommt. Es hält an, und ich stehe auf und gehe seitlich um das Haus herum, gerade als Tom aussteigt und unsicher neben der geöffneten Autotür stehen bleibt.

Gestern habe ich ihm die Adresse und eine Uhrzeit geschickt, mit den Worten:

Ich muss dir zeigen, wo ich herkomme.

Und da er Tom ist, ist er gekommen.

VINCENT

3. MÄRZ 1975

Ich sitze auf der Treppe hinter dem Haus, male mit einem Stock auf der Erde herum, während die Sonne untergeht und der Himmel sich von Rosa zu Violett verfärbt, und beobachte, wie Poppy sich mitten im Garten im Kreis dreht. Sie trägt einen langen Rock, einen, den ich eine Weile lang nicht an ihr gesehen habe, und hat einen der alten Schals unserer Mutter am Hinterkopf befestigt – ein Stück Stoff in Zartblau und Grün, das so leicht ist, dass es beinahe durch die Luft schwebt und das sie unter den Geburtstagshut aus Papier geklemmt hat, den wir auf Anordnung unserer Mutter alle tragen mussten. Während sie sich dreht, sehe ich immer wieder ihr Lächeln aufblitzen. Sie hält ihre neue Kamera in den Händen, die Super 8, die unser Vater ihr trotz der Proteste unserer Mutter zum Geburtstag gekauft hat.

Unsere Eltern sitzen aneinandergelehnt auf der Bank vor dem Picknicktisch, auf dem ein Durcheinander von leeren Schachteln und zerknülltem Geschenkpapier herrscht, den Überresten von Poppys Geburtstagsgeschenken. Danny sitzt auf dem Stuhl neben der Feuerstelle und legt Holz nach, um das Feuer in Gang zu halten.

Ich werfe einen Blick auf das Haus nebenan mit dem *Zu verkaufen*-Schild davor, auf dem ein brandneuer Aufkleber mit dem Hinweis *Verkauft* prangt, und frage mich, wer das Haus gekauft hat. Vielleicht eine Familie mit einem Sohn in meinem Alter, jemandem, der noch keine vorgefasste Meinung dazu hat, wer ich bin. Jemandem, der nicht all die Gerüchte gehört hat, sich noch nicht anhören musste, wie viele Fehler ich im Lauf der Jahre bei dem gescheiterten Versuch gemacht habe, mich anzupassen.

Poppy hält inne, um wieder zu Atem zu kommen. Auf die Erde zu meinen Füßen zeichne ich ein Haus, ein Quadrat mit einem Dreieck obendrauf. Aus dem Radio ertönt jetzt der Song »Your Are So Beautiful« von Joe Cocker, und mein Vater steht auf und zieht meine Mutter hoch, um mit ihr zu tanzen. Ich stelle mir vor, dass ich mit Lydia zu diesem Song tanze, ihr die Arme um die Taille lege, sie an mich ziehe und nie wieder loslasse. Ich kann es kaum fassen, dass sie sich für mich entschieden hat.

Poppy beginnt wieder, sich zu drehen, und der Schal unter ihrem Hut bauscht sich wie ein Brautschleier im Wind. Ich überlege, wie sie wohl sein wird, wenn sie älter ist, wer sie im Lauf der Jahre werden wird. Der Geburtstagstoast meines Vaters kommt mir in den Sinn. *Bei ihrer Geburt verkörperte Poppy Schönheit und Anmut und Licht. Und sie tut es weiterhin, all ihre wunderschönen Tage.*

Dann denke ich an die Geschichte, die noch in meinem Rucksack steckt, an das, was mein Englischlehrer dazu geschrieben hat: *In diesen Seiten könnte ein angehender Autor zu erkennen sein. Großartige Arbeit. Mach weiter so.* Das erste Kompliment, das mir je ein Lehrer gemacht hat. Der Gedanke brennt hell in mir, und ich stelle mir eine Zukunft vor, in der nicht alles so schwierig ist. Zum ersten Mal erkenne ich, welches Potenzial in mir steckt. Ich muss mir mehr Mühe in der Schule geben. Mehr Geschichten schreiben – für die ich vielleicht sogar bezahlt werde.

Über uns tauchen gerade die ersten Sterne auf. Von den Fenstern hinter mir fällt ein warmer Lichtschein auf den Boden und erhellt die noch nicht blühenden Rosenbüsche. Mein Vater lacht laut auf, meine Mutter fällt in sein Lachen ein. Ich wünschte, ich könnte die Zeit anhalten. Könnte für immer in diesem Moment leben. Meine Familie, wie sie besser nicht sein könnte.

»Vince, komm und dreh dich mit mir«, ruft Poppy, die schließlich ihre Kamera weglegt. »Du weißt, dass du es willst.«

Ich zögere, aber nur einen Augenblick lang. Unsere Eltern lächeln mir zu, und Danny verdreht die Augen, während er das Feuer schürt und helle Funken in die Luft sprühen lässt. Ich lasse meinen Stock fallen und gehe zu Poppy, umfasse ihre Handgelenke und lehne mich zurück in dem Wissen, dass meine Schwester immer da sein wird, um mich zu halten.